Somewhere I'll Find You
by Lisa Kleypas

ときめきの喝采

リサ.クレイパス
平林 祥[訳]

ライムブックス

SOMEWHERE I'LL FIND YOU
by Lisa Kleypas

ときめきの喝采

主要登場人物

ジュリア・ハーゲイト……………素封家のひとり娘。ジェシカ・ウェントワースの名で女優として活躍
デイモン・サヴェージ……………若き侯爵。公爵家の跡取り
ローガン・スコット………………キャピタル劇場の経営者兼俳優
ネル・フローレンス………………往年の大女優。ジェシカの指導者
レディ・ポーリーン・アシュトン……デイモンの愛人
ウィリアム（ウィル）・サヴェージ……デイモンの弟
リーズ公爵フレデリック・サヴェージ…デイモンの父
エドワード&エヴァ・ハーゲイト……ジュリアの両親
アーリス・バリー…………………キャピタル劇場の女優
マイケル・フィスク………………キャピタル劇場の絵師

プロローグ

ウォーリックシャー、一八二六年

五月祭《メイデイ》を祝う音楽が風にのって、湖畔に立つ蜜色の壁の城まで聞こえてきた。城の住人のひとり、サヴェージ侯爵デイモン・サヴェージは、知らずその音に誘われるように、村へつづく道をぼんやりと歩いていった。

デイモンはきまじめな性格で、にぎやかな場所が苦手だ。この二年間は家を再興し、弟の面倒を見、病床の父を世話することに人生のすべてを捧げてきた。長子としての責任をまっとうするためには、娯楽に費やしている時間などない。だが村に向かう彼の心には、好奇心と孤独感、そして、屋敷から出たいという欲求がないまぜになっていた。

純白のドレスをまとった大勢の娘たちが、日暮れどきの菫《すみれ》色の光につつまれながら、リボンや花輪のぶら下がる五月柱《メイポール》の周りで踊っていた。集まった村人たちは笑い、飲み、歌って、もとはゲルマン民族の古い祭だったメイデイを、夜中までにぎにぎしく祝う。

夕闇が迫るなか、デイモンは群衆の端に遠慮がちに身を置いた。たいまつやランプが揺らめく影を芝生に落としている。メイデイはこれまでにも幾度となく見たが、乙女たちがメイポールに色とりどりの長いリボンを巻きつけながら踊る風景画のような光景には、やはり魅了される。花冠で髪を飾った乙女たちがメイポールの周りを優雅に跳躍するたび、真っ白なスカートの裾が揺れて、靴下につつまれた脚がのぞいた。

周囲の男性同様、デイモンも美しい少女たちに目を奪われていた。最後に女性とのたわむれを自分に許したのはずいぶん前だ。いずれ愛人を囲って無聊《ぶりょう》を慰めるつもりだが、いまはやるべきことが多すぎてそれどころではない。女性と触れあい、甘い肌の香りをかぎ、体にまわされるほっそりとした腕の感触を味わいたい。そうした厄介な欲求を忘れられたなら。日中は忙しいからまだいいが、夜になると……。

彼は張りつめたため息をもらした。なおも宴を眺めながら、けっして消え去ろうとしない空虚を胸の内に実感した。城に戻って、ブランデーをたっぷり飲もうと思いたち、人びとに背を向ける。そのときふと、祭に参加しようとやってきた旅芸人の一座が目に留まった。一行は声を張り上げて歌いながら、群衆に交わり、音楽に合わせて手をたたいた。

気さくな村人が数人、一緒に踊ってみせてくれと芸人たちをはやしたてる。ふたりの女芸人はそれに応じたが、編んだ金髪を結い上げたほっそりとした体つきの少女は、頑として首を横に振った。だが男たちは少女の拒絶を無視し、手を引き、背を押して、メイポールのほうに向かわせた。誰かに花冠をのせられると、少女はしぶしぶ笑い声をあげ、花輪で飾られたメイポールの周りを踊り始めた。

デイモンの視線はその少女にくぎづけになった。黒っぽいドレスと見るも優雅な身のこなしで、少女は大勢の乙女たちに囲まれながらひときわ目立っていた。まるで妖精のようだった。ふいに森から現れ、また唐突に姿を消してしまう妖精だ。彼は不思議な感覚にとらわれた。切望感だけが胸を満たして、少女の姿と優しく軽やかな笑い声以外、なにも見えず、なにも聞こえない。

ただの女の子じゃないか。デイモンは無言でそう自分に言い聞かせ、欲望にのみこまれそうになるのを必死にこらえた。あのような娘はどこにでもいる。そうも思ったが、本心ではなかった。あまりにも激しい感情に、われながら警戒し、驚いてもいた。あの少女と一晩をともにするためならば、すべてをなげうってもいいと思った。これまで彼は、衝動に屈したことも、妥当性や合理性を欠く行動に走ったこともない。だが抑えつけてきた向こう見ずな一面に、一瞬にして圧倒されてしまった。

村人たちの周りを、デイモンは獲物を狙う獣のように用心深く移動した。視線は少女から一秒たりとも離さなかった。なにをしようとしているのか自分でもよくわからず、ただただ、彼女のそばに行きたい一心だった。音楽に合わせ、手をつないで踊っているせいで、先ほどより踊りのテンポが増している。少女は笑い声をあげ、息を切らせながら、よろめきつつ踊りの輪から逃れた。その拍子に少女の花冠が宙に舞い、デイモンの足元に落ちた。彼は身をかがめてそれを握りしめた。無意識に、甘く香る花びらをつぶしていた。

少女は顔に浮かぶ汗をドレスの袖でぬぐいつつ、人の群れから離れていこうとしている。

心臓が早鐘を打っているのを感じながら、デイモンはあとを追った。音をたてたつもりはなかったが、少女は誰かがついてきているのに気づいたらしい。ふと歩みを止めると、くるりと振りかえって彼を見た。背後では、依然として人びとが浮かれ騒いでいる。デイモンは思いきって歩み寄ると、ほんの数十センチ手前で立ち止まった。

「きみのだろう」彼はつぶやいた。見上げる少女の瞳の色は、夕闇のせいでわからなかった。やわらかな曲線を描く口元に笑みが浮かんだ気がした。

「ありがとう」少女は手を伸ばして花冠を受け取った。ほんの一瞬ひんやりとした指先が触れて、デイモンの全身に衝撃が走る。

「名前は？」彼はだしぬけにたずねた。

ぶっきらぼうな問いかけに少女も驚いたのだろう、笑いながら「名乗るほどの者ではないわ。旅芸人のひとり」と答え、つかの間ためらってからたずねかえした。「あなたは？」

デイモンは無言をとおした。つぶした花びらと、ワインと汗の酔わせるような匂いに鼻腔を満たされて、全身を血が駆けめぐり、答えることができなかった。少女をこの人ごみから連れ去り、森にさらって、落ち葉の敷きつめられた湿った地面に押し倒したい……。透きとおる肌に唇を押しつけ、髪をほどいて、指のあいだで波打つさまを見てみたい。

少女は好奇心に満ちたまなざしを向けつつ、小首をかしげた。「お城からいらしたのね」と言うなり、ふいに警戒する表情になる。「サヴェージ家の方？」

デイモンは首を振り、素性を隠した。いまは、過去と未来のあらゆるものから自由でいたい。「たまたまここを訪れた者です」という自分の声がわずかにかすれていた。「あなたと同じように」

疑いの表情を浮かべつつも、少女は緊張を解いたようだ。

「どこから来たのですか?」デイモンはたずねた。

少女の歯が夕闇のなかで光った。その笑みほど美しいものを、彼は見たことがなかった。

「昔のことは考えたくないんです」彼女は言うと、額にかかったきらめくほつれ毛をかきあげた。「どうして村までいらしたの? 外の空気を吸うため? それとも、踊りを見るため?」

「きみと出会うため」

少女は小さく笑ってから、飛び立つ直前の鳥のように身をこわばらせた。逃げられてしまう。そう思ったときには、デイモンはろくに考えもせず行動していた。驚いて抗議されるのもかまわず、両手で彼女の頬をつつむ。やわらかな頬に押しあてた自分の指が震えるのを覚えながら、「じっとしていて」とささやく。唇を重ねると、少女はじっと動かなくなった。彼女が息を荒らげ、熱い吐息が肌を撫でた。口づけの味に意識を侵されるようだ。少女が口づけに応えてくれるのがわかった。魔法にかけられたかのように、ときが止まった。生まれて初めての感覚だった。

やがて彼女は困惑した声をあげながら顔をそむけた。ベルベットを思わせる頬のなめらかさと、彼女の体がすぐそばにある事実を、デイモンは痛いほど実感していた。向かいあっているだけで胸が震え、ふたりは無言で立ちすくんだ。

「おやすみなさい」少女がささやいた。

「行かないで」引き止めようとしたが、彼女はすでに小走りに立ち去り、群衆のなかにまぎれこんでいた。

あとを追うこともできたが、やめておいた。あのような女性が現実にこの世に存在するとは思えなかった。ある意味、実在しないほうがよかった。幻として、一生の思い出として彼女の姿を脳裏に焼きつけ、日々を取り巻く不快な現実と切り離しておきたい。デイモンはメイデイを楽しむ群衆から離れた。唐突に浮かんだ直感を振り捨てられなかった。いつか、なんらかのかたちで、自分たちはふたたび出会う気がしてならなかった。

1

ロンドン、一八二七年

遅刻だ。スカートの裾をぬかるんだ道に引きずらないよう、しつこく降りつづける冷たい秋の霧雨が顔にかからないよう注意しながら、ジュリアは歩を速めた。早くキャピタル劇場に着かなければ、髪もドレスもびしょ濡れになってしまう。「オーディションがあるのに」彼女は弱り果てた声でつぶやき、道行く人びとのあいだを縫うようにして、雨ですべるでこぼこの歩道を進んだ。小さな帽子の縁に飾られたしゃれた黄色の羽根が顔にたれてきたので、いらだたしげに元に戻した。

今日は彼女の人生でもとりわけ大切な日だ。すべてがうまくいけば、英国一の劇団の一員になれるかもしれない。だが、ローガン・スコットに才能を認めてもらえなければ、ストランド街にあるちっぽけでさえないダーリー劇場に戻らねばならない。経営者のビッカーストンは女優を娼婦のように扱い、金持ちの男たちとの密会を裏で手配しては私腹を肥やしている。ビッカーストンは、ジュリアが好色な老男爵とのつきあいを拒むと激怒した。彼女とべッドをともにするのと引き換えに、その老男爵が法外な金額を申しでたからだった。「おれのやり方に従うか」ビッカーストンは吐き捨てるように言った。「さもなくばここを出ていくかだ。今度いやと言ったら許さんぞ！」

そのうえビッカーストンは賭け事狂いで、役者たちに給金をきちんと払わないこともたびたびあった。いますぐなんとかしないと、ジュリアはテラスルームの家賃を払えなくなる。だからといって、ほかの女優たちのように収入が足りない分を性的奉仕で補うようなまねはできない。たとえ飢え死にしても、それだけはいやだった。

ジュリアはため息をついた。あそこに戻ることを考えるだけでぞっとする。なんとしても、もっといい職場を見つけなければ。彼女は湿った紙束を抱えた両腕に力をこめると、うつむいて、さらに歩を速めた。と突然、硬いものにぶちあたって、危うく後ろに倒れそうになった。紙束が腕から落ちる。男性にすばやく肩をつかまれなかったら、泥だらけの歩道に転ぶところだった。

「大丈夫か？」男性はジュリアを支えながらたずねた。

彼女はしゃがんで、水浸しの紙を拾おうとした。スカートの裾がねずみ色の水たまりに入り、思わずうろたえた。「ちゃんと前を向いて歩いたらどうなの！」

「お互いさまだ」という男性の声は、辛口の濃厚な赤ワインを思わせた。道に落ちた紙を一緒になって拾いながら、男性が紙面につと視線を走らせる。

読まれる前に、ジュリアは紙を取りかえした。「オーディションに向かう途中なの」歯切れよく告げ、「大遅刻だわ」と言い添えると、男性の脇をすり抜けて先を急ごうとした。だが、肩に軽く触れられて歩みを止めた。

「どの劇場に?」

相手を見上げたジュリアは、雨交じりの風に目をしばたたいた。長身で広い肩のたくましい体つきをした男性で、重そうな黒の外套を着ている。黒い帽子の縁から絶え間なく雨がしたたっているものの、無愛想だが魅力的な面立ちと、力強いブルーの瞳が見てとれた。「キャピタルよ」

「だったらここだ」男性はすぐそばの戸口を指し示した。「そこから入ればすぐに楽屋だ。オーディションはいつもそこで」

「なぜ知ってるの?」ジュリアはいぶかしげにたずねた。

大きな、よく動く口元に笑みが浮かんだ。「団員だからな」

「まあ」ジュリアは驚いた声をあげ、かすかな嫉妬を覚えた。キャピタルのような一流劇団に加われるとは、なんと運のいい人なのだろう。

男性はほほえんだまま、まじまじと見つめてきた。「なんなら案内しよう」

ジュリアはうなずいて、相手の先に立って用心深く戸口をくぐり、薄暗い静かな廊下に立った。ようやく雨から逃れられたことに安堵しながら、湿ったスカートのおもてを払い、しわを伸ばす。男性は礼儀正しくかたわらで待ち、彼女が雨のしたたる帽子とマントを脱ぐと、それを受け取った。「予備の更衣室に置いておけばじきに乾くだろう」と言うと、彼は手近の扉を開け、壁に据えられた大きな真鍮の掛け金に帽子とマントを掛けた。それから自分も帽子と外套を脱ぎ、乱れた髪を指でかきあげて整えた。短い髪は豊かに波打っていた。

ジュリアも自分の金髪に手をやり、鏡があればいいのにと思いながら形を直した。

「どこも見苦しくないよ」男性が、彼女の心を読んだかのように言った。

そこでようやく、ジュリアもためらいがちに相手にほほえみかけた。「見苦しくない、という程度ではだめだわ」

彼は肩をすくめた。「見た目より演技力のほうが大切だろう」

「それはそうだけど」ジュリアは男性について廊下を進んだ。化粧室、事務室、工房、衣装部屋などを通り過ぎていく。キャピタルは、舞台のある本館と四つの別棟からなる巨大な劇場だ。とはいえ、ドルリーレーンのシアター・ロイヤルと並び称されるようになったのは、ローガン・スコットが経営者となってからのことである。彼の優れた指導力と、たぐいまれなる演技力のおかげで、キャピタルはロンドン有数の劇場となったのだ。

ローガン・スコットはまだ二〇代の青年だが、演劇界ではすでに伝説的な地位を築いている。その彼に実際に会えると思うと、ジュリアは胃が勢いよくひっくりかえる感覚に襲われた。彼に才能がないと判断されたら、女優としてのキャリアはそこでおしまいだ。

「団員になったのはいつごろ？」建物の奥へと進むにつれ緊張が高まっていくのを感じつつ、彼女はたずねた。廊下で数人の職人を追い越し、角を曲がると、稽古場から俳優たちの声が聞こえてきた。

「四年前に経営者が変わってからだ」

「ミスター・スコットと一緒に仕事ができるなんて、とても幸運な方ね」

「そうかな」彼はそっけなく応じた。「ひどく短気な男だが」

「あのように優れた才能のある俳優なら、それくらいの欠点は許されるでしょう。英国一の俳優ですもの。誰もが彼を、デイヴィッド・ギャリックの再来と呼んでいるわ」

男性は皮肉めかした笑いをもらした。「大げさだな」

ジュリアは驚いて彼を見やった。「ミスター・スコットを尊敬してらっしゃらないの？」

「ほれぼれするときもある。だがギャリックの足元にも及ばない。少なくともいまはまだ」

ジュリアは肩をすくめた。「舞台での彼をまだ見たことがないから、評価は差し控えておくわ」

やがてふたりは楽屋《グリーンルーム》に着いた。ジュリアは紙束をぎゅっと握りしめながら室内に足を踏み入れた。緑色ではなくクリーム色の壁の広々とした部屋で、使い古した椅子や長椅子、傷だらけのテーブルなどが並んでいる。テーブルの上には、パンや燻製肉《くんせい》、チーズなどが山盛りになったトレー。部屋の隅に女性がふたり座っており、反対の隅で稽古をしていた少女と若い男優が、演出がおかしかったのかふいに笑い声をあげた。太った初老の男優は、座ったまま台本に視線を落とし、口だけ動かしてせりふの練習をしている。

部屋に人が入ってきたのに気づいた一同が顔を上げた。一同はすぐさまふたりに寄ると、ジュリアを押しやるようにして、彼女を案内した男性を取り囲んだ。矢継ぎ早に質問や要望を浴びせられた男性は、両手を上げてそれを制した。「あとにしてくれ。急いでやらなくちゃならないことがある――オーディションだ」

ジュリアは目を丸くして彼を見つめた。明るい光に満ちた楽屋では、先ほどまで気づかなかったこまかな特徴も見てとれた。完璧な仕立ての黒いズボンに深緑のベスト、黒絹のクラヴァットは、どれも高そうだ。男性のものとは思えないほどきれいな波打つ濃茶色の髪は、ところどころ赤褐色にきらめいている。髪は短く刈られ、後ろに撫でつけているが、どこか乱れた感じがして、まるで梳かしてくれと言っているかのよう。

そして全身に紛《まご》うことなき威厳をまとっている。その威厳と、朗々と響く声と、なかんずくその射るような青い瞳に、ジュリアは彼の正体を確信した。心臓が足元まで落ちていくように感じ、蒼白になるのがわかった。「あなたがローガン・スコットなのね……おっしゃってくだされればよかったのに」

彼はどこか挑むように、いたずらっぽく瞳をきらめかせた。「訊けばよかったのに」

ジュリアは陰気な顔でうなずいた。好印象を与えるチャンスなど、もうないかもしれない。

「それで、きみの名前は?」

「ミセス・ジェシカ・ウェントワースといいます」ジュリアは自ら考えた芸名を名乗った。楽屋にいた団員たちが興味津々に見つめてくる。部屋の隅の暗がりにこそこそと隠れてしまいたい。

「では、ミセス・ウェントワース」スコットが優しく呼んだ。「どの程度の力量があるか見せてもらおうか」彼はそう言って大きな手を伸ばし、ジュリアが持参した台本を取り上げた。湿ったページをざっとめくっていく。「なるほど、『マチルダ』か。うちも昨シーズンに長期公演をやった。チャールズが物語を熟知しているだろう」少し離れて立つ金髪の長身男性を手招きした。「チャールズ、アヴァース卿役を頼む」

若い男優はすぐさま指示に応じた。

スコットがリラックスした様子で腰を下ろすと、ほかの俳優たちも椅子にかけた。「団員たちに見学させるが、別にかまわんだろう?」

かまわないはずがない。演技をするのは、大勢の前よりも数人の前のほうがずっと難しいものだ。しかも相手は俳優。最も批評眼の厳しい観客である。キャピタルの一員になろうなんて、考えが甘いと笑うにちがいない。誰にも演技を習ったことがないこと、ほんのわずかしか経験がないことを、きっと瞬時に見破られてしまう。だがいまさら、あとには引けなかった。ジュリアは強いて笑みを浮かべると、こわばった脚で、楽屋の中央に立つ男優に歩み寄った。

ぱっと見、チャールズはアヴァース卿に適役とは思えなかった。極めつけの放蕩貴族を演じるには表情が温和だし、ハンサムすぎる。一方で、堂々たる物腰はなかなかのものだった。どのような役でも見事に演じきる技量を持っているにちがいない。

「オーディションにマチルダとは、またひねった役を選んだものだな」スコットが指摘した。ジュリアに言っているのか、室内のほかの誰かに言っているのかはよくわからなかった。

「彼女がみじめな暮らしを延々と強いられるのを見ていると、たいていうんざりする」

ジュリアはまじめな顔でうなずき、落ち着きはらった面持ちのスコットを見つめた。「うんざりさせないように努力しますわ、ミスター・スコット」

彼の口の端にかすかな笑みが浮かんだ。「用意ができたらいつでも始めたまえ、ミセス・ウェントワース」

うなずいたジュリアは、床をにらんで集中力を高め、物語のなかへと入っていった。『マチルダ』は元々、数年前に発表された小説で、作者のＳ・Ｒ・フィールディングを処女作にして一躍有名にした作品だ。その後は脚色されて舞台でも演じられるようになり、人気を博している。野心あふれる田舎娘のマチルダが娼婦に身を落とし、自らの過ちに気づくまでを描いたこの作品に、人びとは大いに魅了された。ジュリアが選んだのは、まだ無垢な乙女だったマチルダが、勝手気ままな放蕩者のアヴァース卿に言い寄られる重要な場面だ。

チャールズの顔を見上げたジュリアは、田舎娘のぞんざいな口調で語りだした。チャールズはアヴァース卿らしい、貴族そのもののせりふまわしで応じた。ひとつせりふを口にするごとに、自分が役に没頭していくのをジュリアは感じた。相手をもてあそぶように、あるいは怖がるように、ゆっくりと追ってくるアヴァース卿に自ら近づいたり、逃げたりする。

ローガンは彼女の演技に目を奪われていた。平均的な女性よりも小柄なくらいなのに、ほっそりとした体つきのせいでずっと背が高く見える。銀色がかった金髪、鮮やかな青碧《せいへき》の瞳、優美な曲線を描いた頬のライン。美しすぎると言ってよかった。これほどの絶対的な美貌と、自在な演技力を兼ね備えた女優はまず見つからない。非の打ち所のない美しさを誇る女性はみな、情感に乏しく、純情な乙女以外は演じたがらない。

オーディションが始まってものの一分で、ローガンはジェシカ・ウェントワースが醸しだす驚くべき存在感に気づいた。思わずうなじの毛が逆立つほどの存在感だ。彼女には役になりきる天賦の才があった。その才能は彼自身にも、うぬぼれではなく備わっている。団員のひとりふたりがときおりその種の才能を垣間見せるが、二〇そこそこの若い娘に備わっていることはまれだ。

ジェシカはマチルダ役を苦もなくものにしていた。自分を辱めようとしている男に子どものような好奇心を示し、哀れにも惹かれていくマチルダに、なぜかいじらしささえ感じる。それでいて彼女の振る舞いには計算高さもにじんでいた。裕福な男をたぶらかそうとする田舎娘の愚かな野心を、ジェシカは繊細に、巧みに解釈している。ローガンは小さくうなずいて、その流麗な演技に賛美を贈った。団員たちの様子をうかがうと、新しい仲間の演技を食い入るように見つめていた。

ジュリアは緊張がほぐれてくるのを感じながら、チャールズのような才能あふれる男優と演じる喜びを味わった。冷笑を浮かべながら、ゆったりとした足どりで部屋を行ったり来たりする——たったそれだけの演技でチャールズは、まさにアヴァース卿と思わせた。ところが、せりふの途中でいきなりスコットの声が割って入った。ジュリアはたじろぎ、動揺を覚えつつ口をつぐんだ。

「そのつづきはわたしがやろう、チャールズ」

彼女は仰天し、椅子から立ち上がって歩み寄ってくるスコットを凝視した。スコットはチャールズに座るよう身振りで指示し、彼と交代した。ジュリアは一瞬、その場に呆然と立ちすくんだ。スコットは先ほどまでとはまるでちがう空気をまとっており、瞳には青い炎が燃えている。ふいに楽屋を鋭い緊張感がつつんだ。やがて彼は小さくほほえむと、アヴァース卿のせりふを口にした。なんという声なのだろう。自分も椅子に腰を下ろし、静かな力をたたえた彼の声をただ聞いていたい。スコット演じるアヴァース卿はどこか猫を思わせた。過剰なほどに尊大で、思いがけない辛辣《しんらつ》さもにじませていた。

彼の演技に調子を合わせながら、ジュリアはマチルダのせりふをかえした。彼女はしばし自分が何者であるかを忘れて役に入りこんだ。アヴァース卿がマチルダをもてあそび、迫ってくる。甘い声と熱っぽい青い瞳は、歓喜と苦悩を同時に約束していた。唐突に両の腕をつかまれた彼女は、心底仰天した。その手を振りほどこうとすると、抱き寄せられ、温かな息が口元にかかるほど顔を近づけられた。

アヴァース卿がマチルダに口づけをする場面だった。口づけのあとは彼に連れられて舞台袖に下がるので、その後ふたりがどうなるかは観客の想像にゆだねられる。ジュリアはスコットの腕のなかで身を硬くしながら、完全にとらわれてしまったように感じていた。一瞬、本当にキスをされるのではないかと焦ったが、彼の顔からアヴァース卿の表情が消え、腕をつかむ手がそっと離れたので安堵した。終了だ。

団員たちは無言だった。彼らの視線を感じつつ後ずさったジュリアは、つかまれた腕のあたりを思わずさすった。

そのしぐさに気づいたスコットが、片眉を上げながらやや意外そうな声でたずねた。「痛かったか？」

すぐさまかぶりを振り、両手を下ろす。痛くはなかった。ただ、つかまれた感覚が、彼の手が離れたあともずっと残っているようだった。

長い沈黙が流れた。団員たちは依然としてジュリアから視線を離さず、スコットも思案する表情で彼女をじっと見つめている。果たして彼は満足したのか、失望したのか、それとも、判断しかねているのか。女優として多少なりとも使い物になると思ってくれたのか。ジュリアは沈黙を破らずにはいられなかった。「ほかの場面も演じましょうか……なんなら、別の役も」

「その必要はない」ふいにいらだたしげな口調になると、スコットは檻に閉じこめられた豹のように室内を見渡した。それから、片手を優雅に上げ、一緒に来るよう彼女を手招きした。「来たまえ、ミセス・ウェントワース。館内を案内しよう」

団員たちは誰ひとりとして驚いた顔は見せなかった。片隅にいた太った初老の男優は、通り過ぎるジュリアに励ますような笑みを向けた。茶色い巻き毛に緑色の瞳のかわいらしい女優が、戸口まで追いかけてきて言った。「いままで見たなかで最高のマチルダだったわ」

ジュリアは感謝の気持ちをこめてほほえんだ。若い女優の言葉に勇気づけられていた。だが、女優としての今後を決めるのはスコットの見解だ。彼はまだ一言も、批評の言葉を口にしていない。

「演技を習ったことはほとんどないようだな。あってもごくわずかか」彼は言いながら、事務室がいくつも並ぶ迷路のような建物内を案内した。

「そのとおりです」ジュリアは静かに答えた。

「経験もあまりない」

「旅回りの一座と一緒に、地方を少しまわったことがあるだけです。最近は、ストランド街のダーリー劇場に出ていました」

「ダーリーか」スコットは興味なさげに、おうむがえしにつぶやいた。「あそこに出るにはもったいないな」

「だといいのですけれど」

立ち止まった彼は劇場内にある図書室へとジュリアをいざなった。衣装や大道具や演技法に関する書物と一緒に、おびただしい数の台本が棚に並んでいる。彼は山積みにされた台本の束から擦り切れた『空騒ぎ』を取り上げ、彼女に手渡した。台本をぎゅっと握りしめ、彼のあとについて図書室を出る。

「うちの団員には、とにかく自然な演技を心がけろと常々言っている」スコットは説明を始めた。「ロンドンのよその劇場で流行りの、不自然なわざとらしい演技には我慢がならん。どの俳優も演技法で頭が凝り固まって、大げさな身振り手振りを真の演技とかんちがいしている」

畏怖の念と言ってもいいほどの感嘆の思いがあふれてくるのを感じながら、ジュリアは大きくうなずいた。「あなたは英国や欧州の演劇界に革命をもたらしたと、誰もが――」賞賛の言葉を口にしたが、皮肉めかしたスコットの声にさえぎられた。

「お世辞は嫌いでね。慢心につながって危険だ。ただでさえ傲慢なのに」

意外なせりふにジュリアは思わず声をあげて笑った。「ご冗談でしょう」

「じきにきみにもわかる」

希望の泡がジュリアの胸のなかにふつふつとわいてくる。「わたしにも、じきに？」と思いきって問いかえすと、彼は笑みを浮かべた。とても温かな笑みなのに、どこか近寄りがたい雰囲気をたたえたままなのが不思議だった。

「たぶんな」とスコットは応じた。「きみには女優としての素晴らしい可能性が秘められている。うちに迎えても支障はなさそうだ」

やがてふたりは舞台裏に到着した。スコットのあとについて、後方の垂れ幕から両袖を通り過ぎ、舞台の端に据えられた脚光《フットライト》のところで立ち止まって、客席を見渡す。ほの暗い、堂々たる劇場は、客席数一五〇〇を誇る。両脇のボックス席は目のくらむような高さまでずらりと並んでいる。ここに来るのはこれが初めてだ。純白とサーモンピンクと深緑で彩られたキャピタルは、じつに華麗だった。壁際には鮮緑色のガラスを埋めこんだ、そびえるような金色の柱が幾本も据えられ、ボックス席は鮮やかな花柄の壁紙で彩られている。

舞台そのものは、前方と後方で演じる俳優の両方が観客席からしっかり見えるよう、わずかに傾斜をもたせてある。傷だらけの床に立つと、一〇〇〇人以上の客の前で演じる感覚が容易に想像できた。

「いくつか話しあうべきことがあるな」スコットがふいに言った。「給金、出演回数、俳優たちに課している決まりごと……たとえば稽古に関する規則とか。うちでは、演目に対する習熟度にかかわらず、男女すべての俳優が全稽古に参加するよう定めている。私生活でなにをしようと自由だが、そのせいで稽古に出席できなかったり、舞台に立てなかったりした者は、罰金を払うか、さもなくばくび。酔って仕事に臨んだり、遅刻したり、妊娠したり、仲間と色恋沙汰になったり……とにかく、劇場のスケジュールに不都合が生じるような問題を引き起こした場合は、同様の措置をとる」

「わかりました」ジュリアは応じつつ、頬をわずかに赤らめた。

「それともうひとつ」スコットはつづけた。「団員からの不満は決まった場所で決まった時間にだけ聞くことにしている。団員の誰かに、あとできみにも教えるよう言っておこう。自宅で劇場のことに関して人と話しあう習慣はいっさいない。プライバシーを重んじるたちでね」

「当然のことですわ」ジュリアは答えつつ、興奮に胸を高鳴らせた。彼の口ぶりからすると、団員のひとりに迎えてもらえると考えてもよさそうだ。

「こいつもはっきり言っておこう。キャピタルは、人びとに芸術を披露する場所であると同時に、ひとつの事業体でもある。だからわたしも、どのような判断を下す際であれ、それが利益を生むかどうかを基準に考える。その方針を隠しだてしたことはない。きみをキャピタルに迎えると判断したとしたら、それは、きみがわが劇場に利益をもたらしてくれると見こんだからだ。わたしも含めたすべての団員が、ここで働く目的は利益を生むことだと理解している」

ジュリアは身を硬くした。先ほどまでの希望がふいに消えうせていく。ひょっとして彼は、劇場のために娼婦になれと言っているのだろうか。

そんな彼女の心の動きを読みとったのだろう、スコットは愉快そうにつぶやいた。「置屋稼業に手を染めるつもりはない。きみの——そしてわたしを含めた団員全員の——仕事のひとつに、シーズンごとの後援者探しも含まれるという意味だ。きみのその才能と魅力があればできるだろう。誰かと寝る必要はない……むろん、そうしたければきみの自由だが」

「そんなことしたくありません」ジュリアは語気を強めた。

「好きにするといい」そう請けあってから、スコットは広い額に思案げにしわを寄せた。「待てよ……そういえば今日は、オーディションの予定はなかったはずだな」

ふいを衝《つ》かれたジュリアは慌てて答えた。「たしか、こちらのマネージャーのどなたかと話しあって決めたような——」

「うちでは、わたしの許可を得ずになにかを決めることはない」

ジュリアは顔を真っ赤にしてうなずき、「嘘をつきました」と告白した。「そうでもしなければ、あなたに会えないと思って」

スコットはかすかにいらだちの交じった声で笑った。「その才能をせいぜい舞台で生かしてくれたまえ。そうなると、ミセス・ウェントワース……既婚者というのも嘘か？」

その質問には答えを用意していた。だが顔が赤みを帯びるのを感じて、思わずまごついた。本当のことを話すわけにはいかない。けれども、彼ほどの人がそう簡単に騙されるはずがない。ジュリアは腕組みをして、舞台を歩きまわった。「ええ」と彼のほうを見ずに言う。「既婚者のふりをすれば、誰かに言い寄られることもないだろうと思って」

「なるほど」

それ以上なにも訊かれないので、ジュリアは驚いてスコットを見やった。「家族のことを訊かないんですか。生まれや育ちについても？」

彼はかぶりを振り、赤褐色にきらめく髪をぼんやりと引っ張った。「きみもほかの団員たちと同類らしいからな。ここにいるのは、過去から逃れてきた連中ばかりだ」

「あなたも？」思いきってたずねる。

スコットはうなずいた。「ずっと長いこと、わが人生を取り巻くものからなんとかして逃げようと努力してきた。これ以上先には行けないようだが」ふたりきりの舞台を見渡し、安堵の表情を浮かべる。「こんなふうに快適に過ごせるのはキャピタルだけだ。ここはわたしにとってはわが家も同然。きみにとってもそうなるよう祈っているよ、ミセス・ウェントワース」

ジュリアは満面の笑みを浮かべ、「はい」と小さく応じた。彼がそこまで劇場を愛する理由が、少しだけわかる気がした。この舞台を彩ってきた幾千もの物語や人びとを、たやすく想像できた。劇場を満たす音楽や話し声も。観客の前で俳優たちがほとばしらせる感情も。それは恐れであり、希望であり、愛であり……。

舞台では、たとえつかの間であっても、自分が本当は何者であるかを忘れられる。俳優は、望めばどのような人間にでもなれる。それこそジュリアが求めている人生だ。彼女はこれからジェシカ・ウェントワースとして生きていく。ジュリア・ハーゲイトだった過去も、重荷だった秘密も、すべて忘れて。

「だから言ったでしょう」ネル・フローレンスはしわだらけの顔にこぼれんばかりの笑みを浮かべた。「ローガン・スコットを選んで正解だって。キャピタルでの彼の仕事ぶりは目を見張るようだもの。あの若さで経営者としても有能だし。スコットの劇団に加わるほうがあなたのキャリアのためになるわ、ドルリーレーンなんかよりずっと」老婦人は細い肩を震わせると、蔑みの表情を浮かべた。「興行主があの米国生まれのスティーヴン・プライスに変わってから、ドルリーレーンはすっかり見せ物主義になってしまったわ。あなたも半世紀前に生まれていたら、デイヴィッド・ギャリックの下で働けたのにね。彼なら、あなたみたいに才能のあるお嬢さんをどうしたら舞台で生かせるか、ちゃんとわかったはずよ。『ザ・ワンダー』であなたが彼と共演していたらどんなふうだったかと思うと……」

「よほどミスター・スコットを買ってらっしゃるんですね」ジュリアはさりげなく話題を戻し、ミセス・フローレンスが例のごとく長々と思い出話を始めそうになるのをさえぎった。

「そりゃそうよ。演出は見事だし、心から演劇を愛していることは疑いようもないもの」

ふたりはミセス・フローレンスの家の応接間で、紅茶を楽しみつつ語りあっているところだ。応接間は薔薇色の絹布張りの古ぼけた家具が並び、壁は女優時代の思い出の品々で埋めつくされている。ジュリアがミセス・フローレンスに出会ったのはほんの数カ月前。老婦人が、ダーリー劇場の演目で端役を引き受けたときのことだった。三〇年以上もドルリーレーンで活躍してきた大女優は普通、ダーリーなどに出たくないと思うだろう。だが経営者のビッカーストンが、彼女の知名度で客を呼べると考え、相当な出演料を払ってなんとか話をつけたのだ。

一カ月にわたる公演を成功させたあと、ミセス・フローレンスはビッカーストンとダーリーと縁を切り……ジュリアを弟子として迎えた。そして、彼女に心からの助言をいくつか与えた。「あなたの才能はあそこでは宝の持ち腐れよ。別の劇場、もっと名の知れた劇場に移って、きちんと演技を学びなさい」

老婦人とその成功ぶりに憧れていたジュリアはすっかり舞い上がってしまい、言葉も出なかった。ロンドンのイーストエンドの貧しい大家族に生まれたネル・フローレンスは、女優としてのたぐいまれなる才能と、数人の裕福な紳士との秘めやかな関係によって、いまの暮らしを手に入れた。語りつがれるほどの美貌は年齢とともに衰え、豊かな赤毛には白いものが交ざっているものの、それでも十分に美しい。

数年前に引退した彼女はいま、ひとにぎりの使用人を雇い、ロンドンのタウンハウスで隠居生活を送っている。向上心あふれる俳優と出会って興味をそそられたときには、自ら演技指導をすることもある。だが指導料はとても高く、ジュリアアに出せる額ではなかった。にもかかわらず、ミセス・フローレンスは弟子にしてくれた。

「自分の楽しみのために指導するくらいの余裕はあるのよ」彼女はそう言った。「それに、お互いに得るものがあると思うわ。わたしは、あなたがふさわしい成功を手に入れるお手伝いをする。あなたは、ここに来ることでわたしの暮らしに彩りを添える。年寄りはね、常に若い人と接していたほうがいいの。あなたは、わたしの若いころによく似ているしね」

こうして、ジュリアは週に一度、ミセス・フローレンスの家を訪問するようになった。散らかった応接間で彩色磁器のティーカップから紅茶を飲みつつ、老婦人の指導に熱心に聞き入るのである。今日はキャピタルの一員に迎えられた報告に来たのだが、ミセス・フローレンスはまるで自分のことのように喜んでくれた。

「スコットのことだもの。あなたの演技を見て、団員に加えるのをためらうはずがないと信じていたわ。あなたには才能があるし、彼がそれを見逃すわけがないものね。舞台の上のあなたは、自分のなかにあるものをすべて出しきっているかに見える……でも実際は、観客にもっとと思わせる程度に抑えている。すべてを出しきってはだめよ、ジェシカ。さもないと、それが当たり前と思われてしまうから」ふかふかの椅子に背をもたせて、老婦人は瞳をきらきらさせながらジュリアを見つめた。「それで……彼のように有能な俳優と共演した感想は？」

「興奮しました」ジュリアは即答した。「自分が本当にマチルダになった気分にさせられました。台本のほんの一場面をあんなふうに現実味たっぷりに演じられる人には、いままで会ったことがありません」

「本物の俳優にしか備わっていない才能ね」ミセス・フローレンスは思案げに言った。「でも、気をつけてちょうだいね、ジェシカ。舞台で高みに上りつめた人間にとって、現実の暮らしは味気なくなりがちだわ。ある朝目覚め、女優という仕事に大切な年月を奪われたことにふと気づく、そんな日があなたにもやってくるかもしれない。そしてわたしと同じように、色褪せた衣装や肖像画に囲まれ、思い出だけが支えの日々を送るようになるかもしれない」

「願ってもないことです」ジュリアは熱っぽく応じた。「あなたは女優として成功をおさめた。そしていまは、人びとから尊敬され、誰にも頼らずに悠々自適の暮らしを楽しんでらっしゃる。それ以上素晴らしい人生がどこにあるのかしら」

一瞬、ミセス・フローレンスの瞳にさびしげな色が浮かんだ。「わたしだって、いつも正しい選択ができたわけではないのよ。そしていままでずっと、その結果を受け入れて生きてきた」

「それはつまり……」ジュリアは当惑気味に老婦人を見つめた。「結婚しなかったことを後悔してらっしゃるんですか」

「結婚したいと思った男性はひとりだけ」老婦人は皮肉めかした笑みを口元に浮かべた。「でも彼は女優業を認めてくれなかった。引退してほしいと言われて……」どうしようもない、というふうに両手を広げてみせる。「お別れしたの。そういう選択をせずにすんでいる世の女性たちを、どれだけ妬んだことかしら!」老婦人はかすかに哀れみの色をにじませた目でジュリアを見つめた。まるで、彼女がいつか必ず同じ苦しみに直面するとでもいうように。できることなら、ジュリアはミセス・フローレンスに真実を話してしまいたかった。自分には、愛と仕事とどちらかを選ぶ必要などないのだと。本当はとっくに結婚していて、夫である人はなんの障害にもならないのだと。

物音をたてぬよう、ジュリアはハーゲイト・ホールの薄暗い東翼にある母の寝室に向かった。豪奢なゴシック様式の暗くどっしりとした屋敷は、そびえるような煙突と細長い窓が特徴的だ。バッキンガムシャーの白亜質の丘の中腹に立っており、何十年も前に設けられたという切通しを二キロほど行くと、市場町にたどり着く。ほの暗い明かりに照らされたひっそりとした邸内には重厚なマホガニーの家具が並び、見上げれば蜘蛛の巣のかかった扇形天井が広がっている。

三年前に飛びだしたわが家にふたたび足を踏み入れたとたん、ジュリアは閉じこめられたような、落ち着かない心持ちになった。それでもひるむことなく、二階へとつづく長い階段のひとつをかすかな恐れとともに上っていった。いつなんどき、出ていけという父の鋭い声が聞こえてくるかもしれない。

幼いころから知っている数人の使用人が控えめにあいさつしてくれたが、あとはみな、あえて声をかけてはこなかった。ハーゲイト・ホールの誰もが、ジュリアは招かれざる客だと知っている。彼女は父に、二度と領地に足を踏み入れるなと言い渡されている。だがさすがに、病の床に伏した母のエヴァを訪れるジュリアを止める者はいなかった。

母の寝室に入るなりむっとした臭いにつつまれて、ジュリアは鼻梁にしわを寄せて窓辺に歩み寄ると、カーテンを引いて窓を開け、おもての風を室内に招き入れた。ベッドの上掛けの下で動く気配があり、母の弱々しい声が聞こえてきた。

「だあれ？」

「あなたの放蕩娘よ」ジュリアは快活に答えてベッドのほうに行き、身をかがめて、母の青白い額にキスをした。

突然の訪問に驚いたのだろう、エヴァは顔をこわばらせ、目をしばたたきながら起き上がろうとした。母は大きな茶色の瞳の、ほっそりとした小柄な女性で、灰色がかったブロンドの髪にはすでに白いものが交ざっている。この三年間でめっきり年をとり、生気のない肌にはうっすらとしわが刻まれ、顔全体がいやに骨張って見える。「どうして帰ってきたりしたの。お父様に見つかったら大変よ」

「大丈夫よ」ジュリアは静かに応じた。「お母様が手紙で、今日ならお父様はいらっしゃらないと教えてくれたじゃない。忘れちゃった？」

「ああ、そうだったわね」母はそわそわと額をこすり、「最近は物忘れがひどくって」と言うと、ため息をついて枕に背をもたせた。「ずっと寝こんでいたものだから……」

「ええ、わかってる」ジュリアはぎゅっと口を結んで母を見下ろした。昔から痩せた人だったが、いまではまるで小鳥のようにもろく見える。「こんな暗い部屋に閉じこもっていてはだめよ。日の光を浴びて、新鮮な空気を吸って、おもてを歩いたり――」

「すぐに帰ったほうがいいわ」母は力なく言った。「もしもお父様が予定より早く戻られたりしたら……」

「わたしをここから追いだすわね」ジュリアはあとを継ぎ、皮肉めかした笑みを口元に浮かべた。「心配しなくて平気よ。お父様なんて怖くないから。なにを言われても、なにをされても、もう気にならないの」母の悲嘆に暮れた顔を見やって表情を和らげると、ベッドの端にそっと腰を下ろした。冷たくか細い手を片方とり、優しく撫でる。

「新しい人生を歩み始めたんだもの。いまのわたしは女優なのよ、それも、かなり才能のある」ジュリアは母の顔に浮かぶ表情に笑みをもらさずにはいられなかった。「娼婦じゃなくて、れっきとした女優よ。世の多くの人が両者のちがいを認識していないのはわかってるけど。このシーズンはね、キャピタル劇場で演じるのよ。ローガン・スコットからじきじきに演技指導を受けられるの。たっぷり稼いで、自分の馬車と家を買って……そうそう、芸名も考えたわ。ジェシカ・ウェントワースというの。気に入った？」

エヴァはかぶりを振った。「あなたにはもっと別の人生があるのに」という声が乾いた唇のあいだから聞こえた。「本来のあなたはそんなじゃないでしょう」

「本来のわたしって？」ジュリアは優しくたずねたが、答えは聞かなくともわかっていた。

ふいに、やるせなさに胸が締めつけられる。

「サヴェージ侯爵夫人でしょう」

その名を耳にしただけで我慢できなくなり、ジュリアは勢いよくベッドから立ち上がった。

「お父様が勝手に決めたことじゃない。わたしは、お父様の野心を満たすために見ず知らずの男性と結婚させられた。ばかげてるわ。サヴェージ卿の顔も知らない。手紙のやりとりもしたことがない。ときどき、彼がこの世に存在することさえ疑うくらいよ！」

「サヴェージ卿もあなた同様、この結婚を認めたくないらしいわ」母は打ち明けた。「お父様もリーズ公爵も、あなたたちがそこまでこの結婚をいやがるとは思わなかったのでしょう」

「未来を奪われて、怒らずにいられると思う？」ジュリアは興奮気味につづけながら、室内を大またに行ったり来たりした。「わたしは名誉のために、サヴェージ卿は富のために、実の親に売られたのよ。この結婚のおかげで、お父様は娘のために爵位を手に入れ、サヴェージ家は破産を免れた。その代価としてふたりが払ったのが、長男長女の未来だなんて」

「どうしていつまでもお父様を恨みつづけるの？」母は悲しげに問いかけた。「お父様がなさったことは、わたしたちのような立場の親なら誰でもしていることでしょう。結婚は昔から親が決めてきたのよ」

「誰でもじゃないわ。わたしはあのとき、たったの四歳だったのよ。夫と呼ばれる人だって、何歳もちがわなかったわ」ジュリアは窓辺に歩み寄ると、開いたカーテンの向こうを見据えながら、シルクのフリンジのついたベルベットを指先でもてあそんだ。「初めて知らされたとき、わたしは一二歳で、村の男の子に恋をしていたわ。ところがある日、お父様に呼びつけられ、おまえには誰かに恋をする権利などない、もう結婚しているのだからなと言われた」かぶりを振り、つまらなそうに笑う。「信じられないと思ったわ。いまもまだ信じられない。あれからずっと、夫と呼ばれる人のことが頭から離れなかった。頭の悪い、退屈な、女たらしなんじゃないかと思うと――」

「聞いたかぎりでは、サヴェージ卿は物静かで責任感のある方だそうよ」

「そんなことはどうでもいいの」意地を張っているだけだと母に思われているのは承知している。実際、意地もあった。だが、父の選んだ人生を受け入れていたら、母と同じ、従順なだけの不幸な女性になっていただろう。「サヴェージ卿が聖人だろうとなかろうと関係ないわ。リーズ公爵夫人になるつもりなんて、これっぽっちもないから。お父様が決めた人生には従わない。お父様はわたしの人生を一日、一時間、いいえ、一分単位で管理しようとしてきた。わたしが逃げだす勇気を得るまで、ずっとそうだったわ」

「お父様はあなたを守りたい一心で――」

「この屋敷にわたしを閉じこめ、出かけることも、人と会うことも許してくださらなかった。わたしが生まれた日からずっと、立派な爵位のある男性と結婚させようと決めていたんだわ。

口出しなんかしなくても、娘がいつか自分で公爵や伯爵の心を射止めるとは思わなかったのかしら。そういう結婚を望まないかもしれないとは、一度も考えなかったのかしら。でも期待するだけ無駄ね、お父様がわたしの幸せを望んでくださるはずが——」

カーテンをきつく握りしめていたのに気づいて、ジュリアはふいに口をつぐんだ。手を離し、深呼吸して気持ちを落ち着かせる。自分は父の呪縛から逃れられたが、母はいまだに父に支配されている。そう思うと、胸がひどく痛んだ。母の唯一の逃げ道は病だった。周囲のあらゆる人間の人生を操ろうとする独裁的な夫から身を守るには、床に伏せる時間を徐々に増やしていくしかなかった。

エドワード・ハーゲイト卿は、病というものをことごとく嫌悪した。恐れていたと言ってもいい。いたって健康な彼にとって、病は未知のものだからだ。頑固で冷たい性格ゆえに、父は人の気持ちを顧みることもできない。自らの富や力を誇示したいがために、人が心から望んでいるものを奪ったりする残酷な一面もあった。だから、父の弟たちやいとこ、おじおばといった親族たちはみな、できるだけ父を避けようとした。それなのに母は、父がとりわけ横暴な振る舞いに及んだときでも肩を持ち、自らの義務のように父に尽くしつづける。

「ほかの生き方があるでしょうに」母がつぶやいた。「なにも女優なぞにならなくたって。わが娘があの手の人たちと一緒に暮らし、舞台に立つのだと思うと……やりきれないわ」

「キャピタルはいたって安全よ」ジュリアはきっぱりと言った。「有名な劇団なの。それに、女優業以上にわたしに向いている仕事はないわ。子どものころに引きこもり生活を強いられたおかげで、すっかり想像力が豊かになったから」

「わたしもずいぶん心配したものだわ」母はまたつぶやいた。「あなたはいつも夢のなかに暮らしているようだったから。いつだって、自分以外の誰かのふりをしていたわ」

ジュリアはベッドのかたわらに戻ると、ほほえんで母を見下ろした。「そのおかげで、こうして高いお給金をいただけるというわけ」

「サヴェージ卿のことはどうするの」

ジュリアは肩をすくめた。「いまのところは彼も、この結婚を認めたがっていないのでしょう？　だったら、わたしはわたし自身の人生を送るしかないわ」と言って、不快げに顔をゆがめる。「変な感じね、顔も知らない人と結婚しているだなんて。法的にはその方が、わたしの人生を決める権利を持っているわけでしょう。そう思うだけで、世界の果てまで逃げだしたくなるくらい。正直言って、彼が本当はどんな人なのか知るのが怖いの。まだ心の準備ができていないのよ――これからもずっとできないだろうけど」

「永遠に真実を隠しつづけるなんてできないのよ……いずれサヴェージ卿も、自分の妻が舞台女優だと知ることになるわ。そのときのあの方の気持ちは考えたことがあって？」

「婚姻の無効宣告を求めるにちがいないわね」ジュリアはふいに、いたずらっぽい笑みを浮かべた。「そのときは喜んで従うわ。公爵夫人より、女優のほうがずっとわたしに向いているもの」

2

一八二九年

探偵が帰るとすぐ、デイモンは冷静をよそおった仮面を脱ぎ捨てた。自制心を失ったことなどこれまで一度もないが、今回ばかりはいらだちを隠せなかった。わめき、誰かを殴りつけ、なにかを破壊したい衝動は抑えがたかった。気がついたときには、手にしたグラスを書斎の暖炉に向かって力任せに投げつけていた。「くそっ、彼女はどこにいるんだ」

しばらくすると扉が開いて、弟のウィリアム卿が恐る恐る顔をのぞかせた。「どうやら探偵さんも、われらが謎の侯爵夫人を見つけられなかったみたいだね」

デイモンは無言で応じた。だが、柄にもなく赤らんだ顔が、いまの思いを物語っている。兄弟は外見的には驚くほどよく似ているものの、性格は正反対だ。髪はともに漆黒で、サヴェージ家特有の人目を引く、目鼻立ちのくっきりとした容貌。とはいえデイモンの灰色の瞳、靄《もや》がかかったかのような陰りを宿した瞳が、感情を表すことはめったにない。一方、ウィリアムの瞳にはいつもいたずらっぽい笑みが浮かんでいる。ウィリアムは楽天的な人好きのする青年だが、兄のデイモンにはそうした一面を磨く時間がないし、そもそも当人が磨きたいと思っていない。

二〇年というこれまでの短い人生のあいだに、ウィリアムは何度となく窮地に陥ってきた。そのたびに弟は、自分には悪いことなど起きやしないという、若さゆえの前向きさで切り抜けてきた。そんな弟をデイモンが叱責することはほとんどなかった。根は善人だとわかっているからだ。血気盛んな弟が、少々羽目をはずしたところでなにがいけないのだろう。デイモンは弟に、自分がけっして味わえなかった自由や特権を存分に享受してほしかった。そして弟を、自分がさんざん目にしてきた厳しい社会の現実から守ってやりたかった。

「彼、なんだって？」ウィリアムが促す。

「いまは話す気になれん」

ウィリアムはぶらりと部屋に入ってくると、華麗なカットガラスのデカンタが並ぶ、マホガニーのサイドキャビネットに歩み寄った。「でもさ」と呑気そうにつぶやく。「ジュリア・ハーゲイトと縁を切るために、わざわざ本人を捜す必要はないんじゃない？　もう三年も捜してるのに、国内でも海外でも消息がつかめない。きっとあの家の人間も、見つけてほしくないんだよ。彼女の家族も友人も、彼女の居場所を明かしたくない、いや、明かせないんだ。だったら、さっさと婚姻無効宣告を出せばいいのに」

「当人に黙って出すわけにはいかん」

「どうして？　兄上は彼女になんの借りもないんだよ」

「莫大な金をもらった」デイモンは苦々しげに応じた。「サヴェージ家がな」

ウィリアムは首を振り、ブランデーを注いだグラスを兄に手渡した。「また兄上のいまいましい責任感か。普通の男がいまの兄上の立場に置かれたら、ジュリア・ハーゲイトのことなんか無用の長物よろしく捨てるはずだよ。だいたい兄上は、彼女の顔すら知らないじゃないか！」

ブランデーをぐいっとあおって、デイモンは椅子から立ち上がると、室内を行ったり来たりした。「とにかく彼女を捜しださなくちゃいけない。わたし同様、彼女もこの結婚の犠牲者なんだ。こいつはわれわれの同意なしに勝手に結ばれた契約だが、お互いの合意があれば解消できる。それに、彼女になんらかの財産分与もせずに話を進めるわけにはいかない」

「実家があれだけ裕福なんだから、兄上が財産分与する必要なんてないじゃない」

「勘当された可能性もある。本人が見つかるまで、そのへんの真相はわからんだろう」

「貧乏暮らしをしてるってことはないと思うよ。むしろ、フランスかイタリアあたりの海辺で、父親の金を使って優雅に遊び暮らしてるんじゃない」

「そうだったら、とっくに見つかっているはずだ」

デイモンは弟の視線を感じつつ窓辺に歩み寄った。この部屋にかぎらず、中世の城を改修した屋敷のほとんどすべての部屋から、おもての素晴らしい景色を眺められる。屋敷は湖畔に立っており、水上にそびえる巨大な石造りのアーチが、天を衝くがごとき古色蒼然とした建物を支えている。かつてネズミ一匹通さなかった蜜色の壁には、いまでは菱形のガラスがはめられた華やかな窓がずらりと並んでいる。城の向こうにはウォーリックシャーの緑豊かな田園風景がどこまでも広がり、青々とした牧草地や庭を望める。遠い昔、この城はイングランド侵略を企む者たちを食い止める砦《とりで》だった。だがすっかり年月を経たいまは、しっとりと落ち着いた優雅な趣をたたえている。

サヴェージ家はかつて、この先祖代々受け継いできた屋敷と所有するあらゆるものを危うく失いかけた。現公爵が投資に失敗し、そのうえ賭け事に夢中になったためだった。それでも破産を免れたのはひとえに、デイモンがジュリア・ハーゲイトと結婚し、彼女の父親が持参金を用意してくれたからだ。その見返りとしてハーゲイト家は、娘のために未来の公爵夫人という地位を手に入れた。デイモンたちの父、フレデリックが健康を害している現状を考えれば、その未来が現実のものとなるのは遠い先の話ではないだろう。

「長男じゃなくてよかったよ」というウィリアムのせりふには実感がこもっていた。「父上もおかしな取引を考えたものだよね。自分が賭け事で借金を作ったのに、それを返すために息子を七歳で結婚させるだなんて。しかも兄上は結婚式以来、相手に会ったことがないんだから」

「会いたいと思ったこともない。ジュリアなどこの世に存在しないかのように振る舞うほうが、気が楽だったからな。彼女が自分の人生の一部だなんて認められなかった――いまも認めてないが」デイモンはグラスを持つ手に力をこめた。

「兄上たちの結婚って、法的に問題はないの？」

「あるとも――だが重要なのはそこじゃない。父上はかつて、わたしをだしにある約束をした。わたしにはその約束を守る義務がある。守れないなら、ハーゲイト家から受け取った金を返済するしかないだろう」

「約束に義務か……」ウィリアムは身震いし、しかめっ面を作っておどけた。「ぼくの大嫌いな言葉だ」

デイモンはグラスをまわし、琥珀色の液体を陰気な顔で眺めた。ジュリアにはなんの落度もない。だが彼女の名前の一文字一文字が、見えない鎖のようにデイモンを縛る。この問題を解決しないかぎり、平穏な日々はけっして訪れないだろう。

「ジュリアがどんな女性か、幾度となく想像した」デイモンは言った。「彼女について、こんなふうに失踪した理由について、考えずにはいられない。彼女から解放されることを心から望んでいるというのに！」

「居所を見つけたら、彼女に義務を果たせと言われるかもしれないよ。その可能性は考えたことがある？　なにしろ兄上は、サヴェージ家の財務管理を任されて以来、財産を三倍に増やしたんだからね」ウィリアムはダークブルーの瞳をからかうように光らせて言い添えた。「それに兄上は、陰気な割に女性にもてるし。ジュリアもその手合いかもしれないよ。世のすべての女性が求めているものをほしがるかもしれない。爵位のある夫と、その財産と」

「彼女がわたしになにを求めているかなんて、見当もつかん」デイモンは苦々しげに笑った。「いまのところはなにもいらないのだろう。ほしいものがあれば、身を隠してなどいまい」

「いずれにしても、なにか手を打たないとまずいんじゃない？　さもないとポーリーンと重婚する羽目になるよ」

「ポーリーンと結婚するつもりはない」

「でも彼女、兄上と結婚するってロンドン中に言いふらしてるよ。教えてあげたほうがいいんじゃない、兄上が結婚してるという噂はじつは本当なんだって」

レディ・ポーリーン・アシュトンの話題を出されると、デイモンはいっそう眉根を寄せた。情熱的な若き未亡人のポーリーンは、一年近くも熱心にデイモンに言い寄りつづけ、彼のプライバシーを侵し、社交の場で会うたびに迫った。彼女は男を喜ばせる方法を熟知していた。漆黒の髪の美しい女性で、ベッドのなかではいたって奔放、皮肉めかしたユーモアのセンスがあるところも魅力的だった。

六カ月前、デイモンは心ならずも彼女とのつきあいを始めた。彼にも欲望があったし、かといって娼婦を相手にするのはいやだったからだ。それに、シーズンごとに社交界にデビューする、結婚相手を探すことだけが目的の乙女たちにも興味がなかった。自身の結婚は公には知られていないものの、まさか彼女たちをたわむれの相手に選ぶわけにはいかない。

ところが最近になってポーリーンが、次のリーズ公爵夫人の座を狙っているそぶりを見せ始めた。いまのところは、彼に重圧をかけたり、要求を口にしたりすることはない。妻がいるという噂は本当なのかと、訊いてくることすらない。

「わたしとの未来は期待しないよう、ポーリーンには何度も言ってある」デイモンはぶっきらぼうに説明した。「だからといって彼女に同情する必要はないぞ。それなりのことをしてやってるんだから」

「同情なんてしないさ。兄上が彼女に贈った宝石やドレスのことも、兄上の名前でつけ払いを許していることも、ちゃんと知っているからね」ウィリアムはいたずらっぽく笑った。「ベッドのなかでは、さぞかしそれにふさわしい楽しみをくれるんだろうね」

「彼女にはたくさんの長所がある。美しく、魅力的で、頭もいい。総合的に考えれば、妻として望ましくないわけではない」

「まさか真剣に考えているわけじゃ……」ウィリアムは眉をひそめ、意外そうな面持ちで兄を見つめた。「聞き捨てならないね。ポーリーンだって、兄上に好意は持っているかもしれない。恋心すら抱いているかもしれない。でも彼女には、人を愛することなんてできやしないよ」

「たぶんわたしにもな」デイモンは謎めいた表情でつぶやいた。

妙な沈黙が流れ、ウィリアムは当惑の色を浮かべたが、やがて短い笑い声をあげた。「そうだね、兄上が誰かを真剣に好きになったところなんて、ぼくも見たことがない。でも、七歳で妻帯者になったんだから無理もないね。顔も知らない女の子に責任を負わされたものだから、世のどんな女性にも心を開けないんだよ。やっぱり兄上はジュリアと縁を切るべきだ。そうすれば、自分でも驚くほどあっという間に誰かを好きになれる」

「相変わらず楽天家だな」デイモンは陰気に言うと、部屋を出ていくよう身振りで示した。

「おまえの助言について考えてみるよ、ウィル。いまは仕事を片づけなくては」

退屈のあまりもれそうになったあくびを嚙み殺しつつ、ジュリアは舞踏室を眺めやった。洗練された物腰の裕福そうな貴族たちが軽快な音楽にのって踊り、その合間に、豪勢に振る舞われる飲み物やつまみを口に運んでいる。大きな長方形の窓を開け放ってさわやかな夏の風を庭から呼びこんでいるのに、室内は暑すぎるほどだ。ダンスを終えた招待客たちは汗のにじむ顔をそっと拭き、フルーツパンチをおかわりしている。

ジュリアはこのパーティーに来るのを拒んだ。だがローガン・スコットは、ブランドン卿夫妻がウォーリックシャーの屋敷で開く週末のパーティーに彼女を同行すると言って聞かなかった。ふたりのあいだには、この二年間である種の友情のようなものが築かれている。とはいえ、ローガンは娯楽目的で彼女を連れてきたわけではない。キャピタル劇場の後援者探しを彼女に手伝わせるのが目的だ。

彼女はいま、ローガンと一緒に舞踏室の隅に立ち、こっそり手はずを整えているところだ。これから二手に別れて、招待客たちへの勧誘を始めるのである。彼女はドレスのスカートをぼんやりとなぞった。アイスブルーのシルクのドレスは、ストレートのネックラインが広く開いて、肩がほとんどあらわになっている。細いウエストを際立たせるラインが四本、ブルーのサテンでほどこされているほかは、裾の部分に控えめにサテンの縁取りがあしらわれているだけのシンプルなデザインだ。

ローガンは鋭い目つきで室内を見渡しつつ、ジュリアの耳元でささやいた。「ハーディントン卿はどうだ？　キャピタルの常連だし、美しい女性に目がない。しかも年間一万ポンドの個人収入がある。次のシーズンについて彼と話してきたまえ。後援者が足りないってな」

ジュリアは苦笑を浮かべつつ、赤ら顔の太った初老の紳士を見やってからローガンに視線を戻した。黒の燕尾服に鮮緑色のシルクのベスト、ぴったりとしたクリーム色のズボンといういでたちの彼は、ほれぼれするようだった。シャンデリアの光を浴びた髪は、磨き上げられたマホガニーのごとき輝きを放っている。人びとが親睦のために集うなか、彼だけが仕事の一環としてここにやってきた。優れた容貌と持ち前の魅力で、キャピタルへの寄付を募るためだ。その目的を、彼はいつものように首尾よく果たすにちがいない。ロンドン演劇界始まって以来の偉大なる芸術家のひとりと称される男性と、ほとんど誰もが近づきになりたいと願っているのだから。

自分でも驚くほどあっという間に、ジュリアはキャピタルの人気女優となった。その結果、一介の女優にはもったいないほどの社会的地位も手に入れた。十分な報酬も得て、サマセット・ストリートに家も買った。恩師であるミセス・フローレンスの家の数軒となりである。ミセス・フローレンスはジュリアの成功ぶりに大満足のようで、時間を見つけてお茶やおしゃべりに訪問するたび、喜んで迎えてくれる。

人を見下す表情を浮かべた人たちとこんなところで無駄に時間を過ごすより、ミセス・フローレンスとおしゃべりを楽しみたい。ジュリアはそっとため息をついた。「人が大勢集まる場所は苦手だわ」彼女はローガンにというより自分自身に向かって言った。

「そうは見えんな。生まれつき連中のお仲間みたいにくつろいでるじゃないか」ローガンは袖についた糸くずをぼんやりと払った。「ランズデール卿を狙うといい。飲み物のテーブルにいる背の低い男性だ。それとラッセル卿にも声をかけてくれ。つい最近、かなりの財産を受け継いだばかりだそうだからな。優しくほほえんで、ちょっとそそのかせば、きっといい後援者になってくれる」

「週末のパーティーはしばらくお休みさせてくれない？　寄付金をお願いするためにお金持ちの老紳士にいい顔をするのって、なんだかいやだわ。次回はアーリスなり、ほかの女優なりを連れて――」

「きみじゃないと話にならん。舞台だけではなく、こういう社交の場でも才能を発揮できるからな。この二年間で、きみはキャピタルの最も重要な財産になった――むろん、わたしの次にという意味だが」

ジュリアはいたずらっぽくほほえんだ。「あら、ミスター・スコット。そこまで買ってくださるなら、もっとギャラを上げていただかないと」

彼は鼻を鳴らした。「これ以上は一シリングたりとも上げられないね。すでに業界一のギャラを払ってるんだ」

ローガンが渋い顔をするので、ジュリアは声をあげて笑った。「世間の人たちにも教えてあげたいわね。ロミオにベネディック、アントニー……舞台の上であれほど情熱的に求愛し、幾度となくわたしの心を射止めた男性も、ひとたび舞台を下りればお金と仕事のことしか頭にないんだって。ロンドン中のレディがあなたをロマンチックな恋人として見ているのに、現実のあなたはまるで銀行家だわ」

「ありがたいお言葉だね。さあ、わたしが言った連中に愛敬を振りまいてきたまえ。おっと、あちらの紳士も忘れないように」ローガンは、やや離れたところでほかの招待客と談笑している黒髪の男性を顎で示した。「数年前から、一族の領地や投資の管理を任されるようになった紳士だ。あの辣腕ぶりを見るかぎり、いずれ英国一の大金持ちのひとりになるだろう。是非キャピタルに関心を持ってもらえるよう、うまく話をしてきてくれ」

「名前は？」

「サヴェージ卿、サヴェージ侯爵だ」ローガンは小さくほほえむと、友人知人が集うほうへと消えた。

サヴェージ卿、サヴェージ侯爵……混乱したジュリアは言葉を失い、その場で固まってしまった。突然、まともにものを考えられなくなった。単なる聞きまちがいだろうか。ローガンの口からその名を聞かされるのは、なんだか妙な感じだった。恐れと怒りとともに何度となく想像した相手、恨みの対象でしかなかった相手が、生きてこの世に存在したとは。だがついに、過去が現在に襲いかかったのだ。どこかに逃げ道を見つけられたなら。でも彼女は、袋小路に入りこんだようにただそこに突っ立っていることしかできない。一歩でも動いたら、脱兎のごとく走りだしてしまうかもしれない。

夫である人は意外にも、目を見張るような長身のハンサムだった。優雅な物腰で、異国の王子のように肌が浅黒く、押しつけがましくない存在感を醸しだしている。黒の上着の下は琥珀《こはく》色と灰色の縞模様のベストに濃灰色のズボン。上半身は広くたくましい肩から引き締まった腰へと逆三角形を描いている。完璧に整った顔は威厳をたたえ、瞳にはなんの感情も浮かんでいない。夫である人は、ローガンを含むキャピタルの俳優たち、ジュリアが普段一緒にいる、豊かな表情を駆使して金を稼いでいる男性たちとは、まるでちがっていた。どうにも近寄りがたい雰囲気があった。

彼女がそこにいることに気づいたかのように、彼はふいにこちらに視線を向けた。いぶかるように眉間にしわを寄せ、おや、というふうに軽く首をかしげる。ジュリアは視線をそらそうとした。だが、食い入るように見つめる視線にとらわれてできなかった。唐突にパニックに襲われ、くるりと背を向けて、なにごともなかったかのように立ち去ろうとする。だが手遅れだった。彼はジュリアの行く手をふさぎ、手を伸ばして、危うく体ごとぶつかりそうになった彼女を制した。

心臓が痛いほど早鐘を打っている。ジュリアが顔を上げると、そこには見たこともないような瞳があった。薄灰色の瞳は、冷徹さと知性をたたえていた。周囲を縁取る黒いまつげが、長すぎて目尻でからみあっている。

「どこかでお会いしましたか？」という声は、ワインを思わせるローガンのそれのような芳醇な響きには欠けていたが、少しハスキーで耳に心地よかった。

「さあ」感覚を失った唇から、ジュリアはようやくそれだけ発した。「舞台をご覧になったのではないかしら」

彼の視線を感じながら、ジュリアの頭のなかにはひとつのせりふだけが渦巻いていた。あなたはわたしの……わたしの夫なの……。

目の前の若い女性を見つめつつ、デイモンは当惑を覚えていた。音楽が遠ざかり、周囲のきらびやかな色彩が褪せていく。初対面なのはたしかだった。彼女ほどの女性と出会って、覚えていないわけがない。それなのになぜか、困惑するくらいの懐かしさを感じずにはいられない。ほっそりとした体をアイスブルーのドレスにつつんだ彼女は、不安などかけらもない、落ち着きはらった堂々たる物腰を保っている。顔は生身の女性のものというよりも、むしろ一個の芸術作品のよう。高い頬骨から、頬と顎にかけてやわらかな曲線を描いていて、心かき乱されるほどの美しさだ。だがとりわけ惹かれたのは、青碧の瞳だった。清らかさと優しさを感じさせる一方で、世間の裏側も知っていることを物語るその瞳は、堕天使を思わせた。

舞台をご覧になったのではないかしら……彼女はそう言った。

「なるほど……ミセス・ウェントワースでらっしゃいますね」つぶやきながらデイモンは、想像していたよりずっと若いなと思った。人気女優であるジェシカ・ウェントワースの肖像や複製画、版画は、いまやロンドン中の至るところで見かけるほどになっている。大衆も批評家もジェシカに夢中で、その美貌と才能をひたすら褒めそやしている。彼女には疑いようのない才能がある。だが観客を引きつけ、あっという間にとりこにしてしまうのは、その親近感あふれる物腰だと。

けれども、高名なる女優と目の前にいるはかなげな若い女性は、別人としか思えない。ジェシカの首はあまりにも細く、編んでうなじにピンで留めた豊かな金髪を支えられないのではないかと心配になるほどだ。彼がジェシカの手をとったのか、それともジェシカが彼に手を差しだしたのか、手袋につつまれた手はいつの間にか彼の手のなかにあった。その手を口元に持っていったとき、彼女が震えているのがわかった。

デイモンの脳裏にいくつもの疑問がわいてくる。わたしを怖がっているのだろうか。どうして彼女はここにひとりで突っ立っていたのだろう。無意識のうちに彼は、ジェシカを怯えさせまいとするかのように、いつもより優しい声音になっていた。「なにかお困りのことでもありましたか、マダム。わたしの名は――」

「存じています。サヴェージ侯爵でしょう」と言うなり、彼女は唐突にそれまでとはちがう表情になると、口元に愛想のいい笑みを浮かべ、手を引き抜いてからつづけた。「わたしどもの劇場の経営者であるミスター・スコットから、あなたとお近づきになるよう命じられましたの。あなたを、キャピタルの後援者にお誘いできるだろうと言って」

率直な物言いに驚いて、デイモンは笑みもかえせなかった。「誘うのは自由です、ミセス・ウェントワース。ただし、くだらない娯楽のために散財するつもりはありません」

「くだらない娯楽? ときには演劇の世界に逃避することも、人には必要ですわ。観劇を通じて、人びとはそれまで想像もしなかったことを体験できるのです。ときには、舞台を観たことでものの見方や感じ方がすっかり変わり、人生を見つめなおせたりもするのです。それでも、くだらないとおっしゃいますの？」

デイモンは平然と肩をすくめた。「わたしには逃避など必要ありません」

「本当に？」彼女はいっそうまじまじと見つめた。「そんなこと、信じられませんわ」

「どうしてです？」デイモンはジェシカのようにはっきりとものを言う女性に出会ったことがなかった。さっきまで震えていた彼女が、いまでは挑むように質問を投げてくる。劇場のために寄付金を集めるのが目的にしては、ずいぶん突飛なやり方だ。

すると彼女はふいに、なにか強烈な感情を抑えようとしているかのように、首筋から頬まで赤く染めた。「人生のすべてを受け入れている人など、この世にいないはずです。誰にだって、変えてしまいたい過去、忘れてしまいたい過去はあるわ」

デイモンは彼女を見下ろしたまま、身じろぎひとつせずにいた。彼女は飛びたつ寸前の小鳥のように、全身に緊張感をみなぎらせている。そんな彼女をつかまえ、抱きしめ、自分のそばに置いておきたくなる衝動に駆られて、デイモンは必死に自分を抑えた。ふたりのあいだに渦巻く言いようのない感情に、いらだちを覚える。「あなたは？　あなたはなにを忘れたいのです？」

長い沈黙が流れた。「夫です」彼女はささやいた。まつげを伏せているせいで、青碧の瞳は見えなかった。

どうしてそんなことを言ってしまったのか、ジュリアは自分でもわからなかった。おのれの無鉄砲さに驚き、慌てて会釈をすると、相手に考える暇すら与えず人波のなかへと逃げこんだ。「待って――」と呼ぶ声が聞こえた気がした。だがその声を無視し、舞踏室から走って逃げた。

彼女の背中を見つめながら、デイモンは胸焦がすような記憶がよみがえってくるのを感じていた。ウォーリックシャーで五月の夕べに、たいまつの明かりにつつまれて踊っていた魅惑的な少女。旅芸人の一座とともに村にやってきたという少女の唇を、あの日、デイモンは奪った。彼女はあのときの少女にちがいない。いつかまたどこかで出会うという予感が、ついに現実のものとなった。「信じられん」デイモンはつぶやいた。

あまりの幸運に驚嘆した彼は、ジェシカが立っていた場所をただ凝視するばかりだった。なおも呆然としていると、ポーリーンがやってくる気配がした。彼女はわが物顔に彼の袖に触れた。「あなた」と呼ぶ甘い声が耳元をくすぐる。「新しいお友だちができたようね。わたしも一緒におしゃべりしようと思ったのに、逃げられてしまったわ。ミセス・ウェントワースとなにを話していたのか、教えてくださらなくちゃだめよ。ほら、そんなふうにしかめっ面をしないで。あなたのことは、なんでもお見とおしなんですからね。隠し事をしようとしても無駄よ」

「わたしにも秘密のひとつやふたつはある」

好奇心にこげ茶色の瞳をきらめかせながら、ポーリーンは真っ赤な唇をすぼめた。「まさか、彼女に言い寄られたの？」

「次のシーズンに、キャピタルの後援者になってほしいと言われただけだ」

「もちろん断ったんでしょう？」

「なぜそう思う？」

「あなたは、本当に必要なことにしかお金をかけない人だもの」

「きみとのことで金を惜しんだ覚えはないぞ」

「それはそうよ、わたしの愛情を失わずにいるには、絶対に必要なことですからね」

デイモンは声をあげて笑った。「そうするだけの価値もあるからな」と応じながら、ポーリーンの肉感的な体に視線を這わせた。海緑色のドレスは丸い胸をぴったりとつつみ、そのふくらみを誇示するように高々と持ち上げている。豊満な腰は、絹布で作った花と翡翠色のビーズをふんだんにあしらったスカートに覆われている。

「ミセス・ウェントワースについて聞かせてちょうだい」ポーリーンはせっつきながら、背伸びをして彼の黒髪をわが物顔に撫でた。周囲の人間に見られているのを承知で、わざとやっているのだ。「どんな方だった？」

デイモンは適当な言葉を探した。見つからないとわかると、あきらめたように肩をすくめた。

ポーリーンはいらだたしげに口をすぼめ、つんと顎を上げた。漆黒の巻き毛にあしらった鮮緑色の羽根が軽やかに揺れる。「どうせ、そこらの女優と大差ないに決まっているわ。相手が男性でさえあれば、見境もなくスカートを持ち上げるのよ」

デイモンはいじわるく考えた。ジェシカ・ウェントワースもポーリーンも、やっていることは同じようなもの。唯一のちがいは、優れた血筋に生まれた者のほうが偉いのだと、ポーリーンが固く信じていることだけだ。「誰とでも寝るような女性には見えなかったな」

「彼女、ローガン・スコットの情婦だってロンドン中の噂よ。共演しているところを見れば一目瞭然だわ」ポーリーンはわざとらしく身震いしてみせた。「ふたりのあいだに、くすぶるものがあるのがわかるの。でも相手がミスター・スコットじゃ、どんな女性もいやとは言えないわね」

デイモンは演劇に疎い。だがローガン・スコットの偉業については、ご多分にもれず知っていた。スコットは従来とまったくちがう自然な演技法を編みだした。彼の創り上げた、堂々としていながら繊細なハムレット像は、ほとんど伝説と化している。しかも彼は『悩める夫』のように軽快な演目でコミカルな役を演じても、同じように才能を発揮した。演劇について、デイモンには批評できるほどの見識はない。それでも、スコットがおのれの役どころの内面や感情を観客に伝える天賦の才に恵まれていることは、ちゃんと承知していた。

だが、舞台での才能以上にスコットの名をとどろかせているものがある。それは、彼がキャピタルをドルリーレーンと並び称されるほどの劇場に成長させ、そこから莫大な富を得ている事実だった。その優れた経営手腕で、彼は団員と利益の両方を巧みに管理した。そのような多彩な才能を持った人間であれば、社交界の最上層から歓迎されるのも当然だろう。実際、スコットには貴族や著名人の友人知人が大勢いるようだった。とはいえ、彼が社交界に完璧に溶けこめる日はけっしてやってこない。彼は成り上がり者だ。貴族社会は、彼が本来望むべくもない立場まで上りつめたと考えている。演劇界に身を置く人間は男女を問わず、大衆と貴族を楽しませるために存在しているのであり、芸術ともまやかしともつかない世界のほかに居場所などないのだ。

ジェシカ・ウェントワースの美しい顔が、デイモンの脳裏をふとよぎった。これから先、舞台で生活の糧を得ることがかなわなくなったら彼女はいったいどうやって生きていくのだろう。女優にとってその選択肢はかぎられている。裕福な男の愛人になるか、運がよければ年寄りの男やもめの後妻に迎えられるか、下級貴族の妻となるか……だが彼女はすでに結婚している。

あなたはなにを忘れたいのです？

夫です。

夫はどのような人間なのだろう。どこの誰なのだろう。どうしてその男と――。

「なにをぼうっとしてらっしゃるの」ポーリーンがいらだたしげに腕を引っ張った。「一緒にいるときにそんなふうにぼんやり考えごとをされるのは、おもしろくないわ」

デイモンはジェシカ・ウェントワースのことを頭から振り払い、ポーリーンを見下ろした。

「なにについて考えればお気に召すのかな？」と小声で問いかけながらほほえんでみせると、ポーリーンはつま先立って、挑発するように耳元でささやいた。

階上の個室につづく大理石の階段にたどり着いたときには、ジュリアの喉は詰まり、目は涙でちくちくと痛んでいた。最初の踊り場で立ち止まり、手すりをぎゅっとつかむ。「ジェシカ」ローガンの特徴的な声と、階段を上ってくる足音が背後に聞こえる。顔を見られたくなくて、ジュリアは振りかえらずに待った。「どうしたんだ?」とたずねる声が少しいらだっている。「たまたまきみのほうに目をやったら、すごい勢いで舞踏室から走って出ていくところだった」

「疲れたの」ジュリアはかすれ声でようやくそれだけ言った。「今夜はもう、あそこに戻る気になれないわ」

「誰かにいやなことでも言われたのか」ローガンは彼女の腕をつかみ、無理やり自分のほうを向かせた。そこに涙を見ると、はっと息をのみ、「なにがあった」と問いただしながら怒りに瞳をぎらつかせた。「どこかのろくでなしに侮辱されたのなら、わたしがそいつをここから追いだして——」

「そうじゃないの」ジュリアはつぶやき、ぎゅっとつかむ手から逃れた。「誰にもなにも言われてないわ。本当になんでもないの」

濡れた頬を彼女がそっとぬぐうのを見て、ローガンは眉根を寄せた。「ほら」鮮緑色のベストのポケットをすばやく探って、リンネルのハンカチを差しだす。

ジュリアはそれを受け取り、目元を拭いて、気持ちを落ち着けようとした。自分がいまな

に を感じているのかよくわからなかった。恐れ、怒り、悲しみ……そしてたぶん、安堵。ようやく夫である人に会い、言葉を交わし、瞳をのぞきこむことができた。サヴェージは冷淡な、自制心のかたまりのような人間に見えた。そういう人間とはいっさいかかわりを持ちたくない。向こうも同じ気持ちのはずだ。夫はわたしを求めていない。手紙を寄越すこともなければ、彼女の居場所を探すこともなく、妻の存在を完璧に無視しつづけた。理屈に合わないのはわかっていても、そんな彼に裏切られたように感じずにはいられなかった。

「なにか力になれることはないか？」

ジュリアは苦笑いを浮かべた。「いままでそんなふうに言ってくれたことはなかったじゃない。どうしていまになって？」

「きみが泣くところを初めて見た」

「もう何度も見たはずよ」

「舞台以外の場所では初めてだ。いったいなにがあったのか、教えてくれ」

「わたしの過去にかかわること。それ以上は言えない」

「なるほど」ローガンは青い瞳に笑みを浮かべた。「謎を解くだけの時間も忍耐力もないが……がぜん、きみに興味がわいてきた」

ジュリアは洟《はな》をかんで、丸めたハンカチを握りしめた。出会ってから二年が経つが、ローガンからそのように言われるのは初めてだった。舞台で最高の演技を引きだす以外に、彼がジュリアを含む団員に関心を示すことはない。望むものを相手から引きだすためなら、彼は優しく叱りつけたり、ときにいらだちを爆発させたり、場合によっては別人のようになることさえある。だが、彼女の過去に興味を持つなど……まるで彼らしくない。

「わたしの秘密なんて、大しておもしろくもないわ」ジュリアはスカートをつまんで、階段をゆっくりと上っていった。

「それはどうかな」ローガンはつぶやくように言い、彼女が視界から消えるまでずっと、目で追いつづけた。


幸い、翌日は夜になるまでサヴェージの姿を目にすることはなかった。日中、週末のパーティーに集った招待客たちはみな、屋外でさまざまな娯楽に興じていた。よく晴れた気持ちのいい日で、青く澄み渡った空には白い雲がたなびいている。レディたちは手入れのゆきとどいた庭を散策したり、アーチェリーに挑戦したり、豪奢な馬車で地元の観光名所を訪れたり。一方、紳士たちは森で狩りにいそしみ、あるいは近くの川で釣りを楽しみ、数人で集まってアルコール片手に談笑している。

不安と憂鬱に苛まれながらも、ジュリアは招待客たちとの陽気な会話に参加しようと精一杯努めた。劇場の話をすると、レディ・ブランドンやその友人たちは大いに喜んでくれた。女性たちは別世界の話にすっかり魅了された様子で、ローガンに話題が及んだときには、誰もが好奇心をあらわにした。

「舞台でミスター・スコットが演じる恋人ったらないわ」とひとりのレディがうっとりした

声音で言った。「舞台を下りてもあんなに情熱的なのかしらと、想像せずにいられないくらい。ねえ、ミセス・ウェントワース、実際はどうなの？」

大胆な質問に一同が驚いて息をのみ、返事を聞きもらすまいとしてわずかに身を乗りだした。ジュリアは、質問をした黒髪の美しいレディにほほえみかけた。ブランドン夫人から、レディ・アシュトンと紹介された女性だった。「何人もの女性と浮名を流しているのではないかしら。でも、女優とはけっして深い仲になろうとしないんです。理由は絶対に教えてくれませんけれど」

「あなたたちの『ロミオとジュリエット』を拝見したわ」別の女性が口を挟んだ。「まるで真剣に思いあっているようだったじゃない！　少しは本気の部分もあったのではなくて？」

「まったくないんです」ジュリアは正直に打ち明けた。「ただ、演技に熱が入ってくると、役を演じているとは思えなくなることもありますわ」

「そういうとき、相手の男優に恋したりしない？」

ジュリアは声をあげて笑った。「幕が下りるまでのあいだだけですわ」

お茶を楽しんだあと、招待客はみな、晩餐に向けて盛装に着替えるためにいったん自室に戻った。ふたたび一堂に会したときには、女性はこまかなプリーツを寄せたシルクやリボンをあしらった紗のドレスに、男性は純白のリンネルのシャツに紋織のベスト、ラインが崩れないよう足裏にストラップをつけた細身のズボンに身をつつんでいた。ジュリアはシャンパン色のシルクのドレスを選んだ。深い襟刳りの身ごろにこまかなフラットプリーツの入ったデザインで、胸元には谷間がうっすらと透ける金色の細いレースがあしらわれている。半袖のパフスリーヴは紗織で、ここにも金色のレースのトリミングがほどこされている。

豪華な晩餐会では、ローストビーフや野鳥、型でとったプディング、さまざまな風味のゼリー、おびただしい種類の野菜のソースがけなどが供された。それらの料理を幾人もの使用人たちが、食堂の中央に据えられたふたつの長テーブルについた二〇〇人の客たちにもったいぶった手さばきで給仕した。食事が終わりに近づくと、クリームやペストリーを詰めたメレンゲバスケット、ベリー類や果物がテーブルに並べられた。

ごちそうを堪能したいのはやまやまだったが、ジュリアは控えめに口に運ぶにとどめた。いつものように、食後は招待客からローガンになにか余興をとの声がかかり、彼女も協力を請われるはずだ。ジュリアはおなかがいっぱいだと眠くなり動きが鈍くなって、演技どころではなくなる。今夜はなんとしても、明晰《めいせき》な頭のままでいたかった。

食事中に幾度か、彼女はとなりのテーブルで左右の女性と談笑するサヴェージに目をやった。女性はいずれも、サヴェージのとなりの席に座れて興奮している様子だった。揺れる巻き毛を何度も直したり、宝石をもてあそんだりして、雄の気を引こうとせっせと毛づくろいをする鳥のようだ。彼を前にすると、女性はみなあんなふうに振る舞うのだろうか。きっとそうにちがいない。人柄はどうあれ、裕福で見栄えのする男性であることは事実なのだから。それにあの堅物ぶりは、かえって女性に、なんとかして自分のほうを向かせようという気を起こさせる。ともあれ、彼があまりこちらに注意を払っていない様子でよかった。周囲の陽気な女性たちとの会話が楽しくて、ジュリアのことなどすっかり忘れているのだろう。

食事がすむと、レディは紅茶を飲みながらゴシップに花を咲かせるため食堂をあとにし、紳士はその場に残って、葉巻とポートワインを楽しむ。そうして一息ついたあとは、何脚もの椅子や長椅子が並ぶサロンにふたたび集まる。

ローガンにエスコートされてサロンに足を踏み入れたジュリアは、レディ・ブランドンが丸顔に期待をこめた表情を浮かべて近づいてくるのに気づいて、やっぱりねと思った。こうしたパーティーの主催者の誰もが、晩餐後のくつろぎの時間をローガンのような名優の余興で演出できるわけではない。「ミスター・スコット」夫人はふっくらとした頬を赤く染めながら呼びかけた。「せっかくですから、詩の朗唱か、あるいは舞台の一場面を披露していただけませんこと？」

ローガンは優雅な物腰で、夫人の肉づきのよい手をとり、おじぎをしてみせた。相手の年齢や容貌、境遇にかかわらずレディとして扱う彼に、女性はみな喜びのあまりうっとりとしてしまう。瞳をじっとのぞきこまれたレディ・ブランドンも、彼の真っ青な瞳に吸いこまれるような錯覚を覚えているはずだ。「喜んで披露いたしましょう、マダム。その程度では、これほどの歓待へのお礼にもなりませんが。とくにこれといったご希望はございますか」

「あの」息をのむレディ・ブランドンの手が、はためにも震えている。夫人は困ったような笑みを浮かべた。「あの、なんでも結構ですわ、ミスター・スコット。でも……なにかロマンチックな演目がいいのではないかしら！」

「ロマンチックな演目」ローガンは夫人の言葉をくりかえし、なんという賢明な選択だとでも言わんばかりの面持ちでほほえみかけた。「最善を尽くしましょう、マダム」と応じてジュリアに向きなおり、問いかけるように赤褐色の眉を上げる。「新しい演目から一場面をご披露してはどうだろう、ミセス・ウェントワース？」

ジュリアは控えめにほほえんで、同意の言葉をつぶやいた。最初からローガンは新作を披露するつもりだったのだろう。彼は一シーズンに一、二本、新たな自作を発表する。いずれも社会に対する風刺の効いた、機知に富む胸躍る作品だ。天才とまではいかなくとも、彼が観客の求めるものを直感でとらえられる優秀な劇作家なのはまちがいない。最新作の『わが偽りのレディ』は、貴族の紳士と名家のレディが主人公だ。ふたりはひょんなことから身分を偽り、紳士は従者、レディはメイドのふりをして相手に接する。自然ななりゆきで出会い、恋に落ちたふたりが、ともに身分を偽りつづけ、それでも相手に誠実であろうと振る舞うさまがかえって笑いを誘う。いわば、貴族特有の視野の狭さと、社交界の面倒な決まりごとをやんわりと揶揄《やゆ》した作品と言える。

けっして斬新なストーリーではないが、ローガンにはそれを新鮮でおもしろみのある作品に仕立て上げる才能があった。男女が出会い、社交界の制約から解き放たれて心を通わせていくという筋立てを、ジュリアは気に入っていた。ローガンは最終的なヒロインの配役をまだ決めていない。ただ、ジュリアともうひとりの人気女優であるアーリス・バリーのふたりに絞りこんでいるのはたしかだ。ジュリアとしては是非ともこの役がほしい。とはいえ、彼女の情熱的な演技と、アーリスのコミカルな演技のどちらをとるか、決めるのはあくまでもローガンだ。今夜の余興が成功すれば、ジュリアに気持ちが傾く公算は大きい。

客たちがサロンの前方を空けて後方に陣取ると、ローガンは前に進みでて、自分とジュリアを紹介した。そして、いまから演じる作品について簡単に解説をし、通しでご覧になりたい方は今シーズンにキャピタル劇場で上演するのでお越しください、と宣伝をした。

彼が話しているあいだ、ジュリアは頭のなかでせりふをなぞっていた。だが得体の知れないおののきが背中を走り、集中力がとぎれた。近くにサヴェージの黒っぽい影があるのに気づく。磁石に吸い寄せられるように部屋の隅に視線をやると、彼はレディ・アシュトンと並んで座っていた。

サヴェージはすっかりくつろいだ様子で、長い脚を前に投げだすように座り、レディ・アシュトンのおしゃべりに耳を傾けているかに見える。だが視線はジュリアにひたと注がれていた。心臓が激しく鼓動を打つ。彼がいやおうなしに自分に引きつけられているのがわかる。自分が彼に引きつけられているのと同じように。幼いふたりを結びつけ、ふたりの人生を一変させたあの絆を、無意識のうちに感じとっているのかもしれない。

よりによって彼の前で演じる日が来ようとは夢にも思わなかった。この手の余興なら以前にもローガンと、あるいはほかの団員たちと何度か経験がある。観客が少ない分、演技にいつも以上のこまやかさを求められるのが常だった。観客との距離が近いため、声を張る必要はなく、ちょっとした身振り手振りや表情で感情を表すことが可能になる。いつものジュリアなら、こうした状況をむしろ楽しめるのだが……今日は無理だ。演じる技能も、頭にたたきこんだせりふも、すべて消えうせてしまった。

ローガンが身振りで、部屋の前方に出てくるよう促した。ジュリアは従おうとしたが、凍りついたように動けなかった。生まれて初めての経験だった。足首に冷たく刺すような感じがあるだけで、脚全体にほとんど感覚がない。パニックに襲われ、心臓がばくばくいった。できない。ここで演技なんてできるわけがない。ローガンはきっと、彼女が蒼白になっているのに気づいているはずだ。それなのに彼は、ほら急いでというように、愛想のいい笑みを浮かべている。やがて彼はジュリアに歩み寄ると、痛いほどぎゅっと手をつかんだ。それで少しは感覚が戻った。

「ワインをもらうか?」とローガンが小声でたずねながら、部屋の前方へといざなう。

「わ、わからないわ」ジュリアは意志の力を総動員し、やっとの思いでささやきかえした。

ローガンが声を潜めて話しかける。優しく助言を与えているように見せかけているが、その言葉には優しさのかけらもなかった。「いいか、きみがいまなにを感じていようが、そのいまいましい頭にどんな思いがよぎっていようが、わたしの知ったことではない。わたしにとって重要なのは、演劇とわが劇場だけだ。職を失いたくなければ稽古したとおりに演じきれ。きみは女優なんだぞ。演じるために雇われているんだ」

頬にぬくみが戻ってくるのを覚えて、ジュリアはぎこちないながらも、うなずいてみせた。最後まで演じきらなければいけない。たとえ、音信不通だった夫に見られていようとも。ローガンの静かな叱責は、ジェシカ・ウェントワースになるためにしてきた、ありとあらゆる努力を思いださせた。そのすべてを、いまここで台無しにするわけにはいかない。

「最初のせりふを教えて」彼女は震える声でささやいた。

「まったく……」ローガンはつぶやいて、むっつりと彼女をにらみつけた。「わたしが口火を切るから、遅れないように頼むぞ」

ジュリアは彼から少し離れて立ち、懸命に相手に意識を集中させながら、最初のせりふを待った。主人公である恋人たちが、お互いの本当の身分をついに知る場面だ。じっと見つめていると、やがてローガンの表情が変わるのがわかった。恋をしている男性そのものの声でしゃべりだす。ジュリアもほとんど無意識のうちに、苦もなく役に入りこんでいった。これほどまでに演技に集中できたのは初めてだ。観客の興奮がかすかに伝わってきたが、演技に没頭しているため、深く考える余裕もない。

お互いに身分を隠していたことを知った恋人たちの反応は、猜疑心から怒り、自己弁護、安堵、そして抑えきれぬ情熱へ、刻々と変化する。観客はローガンの狂態に笑い転げ、甘く情熱的に心のたけを打ち明けるジュリアのせりふによって、えもいわれぬ慈愛につつまれる。

デイモンはまばたきもせず、ほとんど息を詰めたまま、ふたりの演技に見入った。どのせりふもじつに自然だった。何度となく稽古を重ねてきた場面が演じられているのではなく、目の前で現実の物語が展開しているかのようだった。ふたりの演技には苦心の跡が見えなかった。ジェシカが並はずれた才能の持ち主であることは疑いようもない。

「ふたりとも素晴らしいわね」とポーリーンがつぶやく。ついでに自画自賛できる場合を除いて、彼女が誰かに賛辞を贈ることはまずないのだが。

デイモンはなにも言わずにいた。演技に感心しながらも、見ているうちになにか不快な感情がわきおこってくるのを覚えていた。ふたりのあいだに流れているかに思える情熱。あれはひょっとして本物ではないだろうか。あのたぎるような情熱が、単なる演技なんてことがありうるのだろうか。ローガン・スコットは現実にジェシカを腕に抱き、口づけたことがあるのでは。あの美しい肢体を組み敷いたことがあるのでは。まともな男なら誰だって、彼女によからぬ思いを抱くにちがいない。デイモンは夢想した。彼女はいったいどんなふうにわれを忘れ、身を震わせ、愛する男にすべてをゆだねるのか……。

糊のきいたクラヴァットの下を一筋の汗が伝い落ちる。肺が破裂しそうな感覚にふいに襲われて、デイモンは深呼吸をした。正気の沙汰ではないとわかっていても、部屋の前方に走り、ローガン・スコットから彼女を引き剝がしたくてたまらなかった。胸を刺す思い、彼女に触れ、匂いをかぎ、味わいたいという荒れ狂わんばかりの切望に、衝撃を受けた。これまで彼は、常に自制心を保ち、運命に翻弄されぬよう生きてきた。覚えているかぎり昔から、そういう生き方を自分に課してきた。他人に人生を左右されることを絶対に許さなかった……幼いころ、家の安泰のために自分の未来が犠牲にされたと知ったときからずっと。だから誰かにこんなふうに軽率な欲望を抱いたこともない。そうした感情は心と体を縛りつけ、相手を追い求める以外のすべての道を絶ってしまう。

ローガン・スコットが身をかがめ、ジェシカに情熱的な口づけをしたところで、余興は終わった。デイモンは両のこぶしを握りしめながら、嫉妬が内奥で渦巻くのを感じていた。拍手が鳴り響き、客たちが声援を送る。スコットは満面の笑みを浮かべつつ、もう一場面でも、短いモノローグでもいいから披露してほしいという懇願を断った。スコットとジェシカがあっという間に人びとに囲まれる。

「ほれぼれするようなふたりね」ポーリーンが言いながら、シルクとレースでできた扇で顔や首筋をあおいだ。「自分たちは仕事上のつきあいしかないって、ミセス・ウェントワースが昼間、言っていたけれど……そんな話を信じるのはよほどのばかね」

デイモンがなにか言いかえす前に弟のウィリアムがやってきて、ポーリーンが優雅に差しだした手をとり、おじぎをした。「今夜のあなたは見ほれてしまうほどだね、レディ・アシュトン——いつもながら」

ポーリーンは媚を含んだ笑みを浮かべた。「あなたも素敵よ、ウィリアム卿」

ウィリアムは兄に向きなおった。ダークブルーの瞳が興奮に輝いている。「素晴らしい演技だったね。女性版ローガン・スコットなんているわけがないと思ってたけど、ミセス・ウェントワースはスコット並みの才能の持ち主だよ。是非ともお近づきになりたいな」

「彼女は夫のいる身だぞ」デイモンは感情のこもらない声で応じた。

「かまうもんか」

ウィリアムの若者らしい情熱的な物言いに、ポーリーンは声をあげて笑った。「あなたみたいな容貌と血筋を誇る青年なら、ちっとも難しくないわ。しょせん彼女は女優だもの。でも先に注意しておくわね。愛情への見返りとして、きっと高価な宝石をおねだりされるわよ」

「きみへの贈り物以上に高くつきそうだ」デイモンが穏やかに言うと、ポーリーンは高慢に眉をひそめた。ウィリアムは噴きだしそうになっている。「ちょっと失礼」デイモンはつづけて言い、立ち上がった。「ミスター・スコットと話をしてくる」

「なんのお話?」ポーリーンが鋭い口調で問いかけるのも無視して、スコットがいるほうに向かう。大勢の人間に取り囲まれていても、赤みがかった濃茶色の髪が確認できる。デイモンはかつて味わったことのない、強烈なもどかしさを感じた。ジェシカだけを残して、あとはひとり残らずこの部屋から消えていなくなればいい。

会話に忙しい様子だったのに、スコットは彼がかたわらに来たことにちゃんと気づいたようだ。青い瞳と視線が合う。初対面にもかかわらず、ふたりは一瞬のうちに互いの立場を認識した。スコットは一度にふたつも三つも話題が飛び交う会話の輪からするりと抜けだし、デイモンに歩み寄った。デイモンほどの長身ではないが、肩幅が広く、たくましい体つきをしている。いかにも金回りのよさそうな洗練された雰囲気を漂わせ、貧しい出自だという噂と相容《あいい》れないものを感じさせた。

「サヴェージ卿」彼は呼びかけながら、ワイングラスを右手から左手に持ち替え、デイモンの手を固く握った。「もっと早くお目にかかりたかったのですが」

「ミスター・スコット」デイモンは握手をかえした。「きみの才能はかねて買っていた」

「ありがとうございます」表情豊かな顔に、スコットは問いかけるような色をわずかに浮かべた。「今夜の余興は気に入っていただけましたか？　今シーズンにキャピタルで上演する多くの優れた演目の、ちょっとした見本にすぎませんが」

「むろん気に入ったとも。大いに気に入ったので、劇団に寄付をしようかと考えているところだ」

「それは、それは」スコットは青い瞳を満足げにきらめかせ、ワインをたっぷりと口に含んだ。「まことにありがとうございます」

「五〇〇〇ポンドでどうだろう」

金額を聞いて、スコットが危うくワインにむせそうになった。だがすぐに落ち着きを取り戻すと、心底驚いた様子でデイモンを見つめた。「ご承知でしょうが、そのような高額な寄付を受けることはめったにありません。団員ともども、心からお礼を申し上げます」いったん言葉を切り、いぶかるまなざしになる。「ですが……ひょっとして、なにか見返りをお望みなのでは？」

「ちょっとした頼みがある」

「やはりそうですか」スコットはもの問いたげに眉を上げた。

「近いうちに、ミセス・ウェントワースを夕食にご招待したい」

その申し出に、スコットは少しも動じるところを見せなかった。ジェシカに同じような関心を示した男は、過去にも大勢いたのだろう。「彼女が断ったら？」

「それでも寄付はしよう」

「それをうかがって安心しました。というのは、ミセス・ウェントワースは金のために他人の言いなりになる女性ではないのです。簡単に口説かれる女性でもない。これまでに何人、彼女を手に入れようとして失敗した紳士がいることか。どうやら彼女は、富や社会的地位には興味がないようで。それから、わたしの知るかぎりでは、男に守られることも望んではいない。率直に申し上げて、いかなるご招待であれ、彼女が受ける可能性は極めて低いでしょう」

「きみの力で、なんとかできるんじゃないか」デイモンは穏やかに提案した。「わたしのために一肌脱いでくれるだろう？」

青い瞳が、鋼を思わせる灰色の瞳をひたと見据える。スコットはジェシカに対する保護欲に駆られているのか、あるいは、嫉妬に駆られそうになっているのか。デイモンには相手の本心が読めなかった。やがてスコットは抑揚のない声で言った。「あいにくわたしは、ミセス・ウェントワースに無理強いできる立場にありません。彼女が体面を汚されるような、あるいは困難に陥るような状況に無理やり――」

「数時間、彼女と過ごしたいだけだ」デイモンは静かにさえぎった。「どのようなかたちであれ、けっして彼女を傷つけたりしないと誓おう。だからわたしの招待を受けるよう、彼女を説得してくれたまえ。断られても、キャピタルへの寄付金は約束どおり出す」

しばらくためらっていたスコットは、やがて、ワインをもう一口飲んだ。世故に長けた彼のことだ、なんらかの譲歩が求められていること――寄付金が約束されたからといって譲歩が不要なわけではないことを、きちんと理解しているはずだ。五〇〇〇ポンドの見返りに一度の夕食は、けっして過度な要求ではない。「わかりました。当人と話をしてみましょう」

「よろしく頼む」冷静をよそおいつづけながらも、デイモンはジェシカの魅力にとらわれてから初めて深く呼吸ができたように感じていた。これでいい。スコットは招待を受けるよう彼女を説得してくれる。そうすれば、彼女とふたりきりで数時間を過ごせる。

きっと頭がどうかしているのだろう。まるで自分らしくない振る舞いだ。衝動に駆られたことなどこれまで一度もなかった。どんなときも、あらかじめ計算し、計画を立ててから行動してきた。だが今回は、一時的な過ちを自分に許そう。ほかに選択肢などないのだから。

スコットと別れたデイモンは、ジェシカの姿を視界の隅にとらえた。少し離れたところで数人の客に囲まれている。彼女はまるでデイモンの企みをすでに知っているかのように、非難をこめた視線を彼だけに注いでいた。

「なんのお話だったの？」ポーリーンは、デイモンがかたわらに戻るとすぐに問いただした。わずか数分とはいえ、放ったらかしにされて腹を立てているのだろう。

デイモンは肩をすくめ、彼女をちらと見やった。「キャピタルに援助をすることにした」

「あなたが？」ポーリーンはいぶかしむように彼をにらんだ。

「頭を殴られ、無理やり引きずられていくのでもないかぎり、劇場なんかに足を向けない兄上が？」ウィリアムがちゃかした。「どうして急にキャピタルに興味を持ったの？」

「そうよ、どうして？」ポーリーンは猜疑心に口をとがらせながらたずねた。

「視野を広げたくてね」デイモンは答えた。それ以上は質問するなと、視線でふたりに警告しながら。

「彼になにを言われたの？」群がる客から逃れる機会を得るとすぐ、ジュリアはローガンを脇に引っ張っていき、問いただした。

「彼？」ローガンの青い瞳には罪悪感のかけらも浮かんでいない。

「サヴェージ卿よ」ジュリアは食いしばった歯のあいだから言った。「ふたりでいったいなんの話をしていたの？　あのときのあなたの顔――誰かが援助を申しでたときの、いつもの表情だったわ」

「それなら、わざわざ訊くまでもないだろう」彼はほほえんで、いかにいい話か強調するように両手を広げてみせた。「キャピタルに多額の寄付をしてくださるそうだ。じつに太っ腹な方だよ。感じもいいし、紳士的だし――」

「彼への褒め言葉など聞きたくないわ。条件があるのでしょう！」

「その話はあとにしよう」

かっとなったジュリアはローガンの袖に手を伸ばし、上等な黒の燕尾服を強くつかんだ。

「わたしのことをなにか言ってた？」

「どうしてそんなことをたずねる？」ローガンは探るように彼女の瞳をのぞきこんだ。「ああ、きみのことを言ってた。ふたりのあいだになにかあったのか？」

「なにも」ジュリアは即答した。「これからだってないわ。彼にいっさい興味なんてないもの」

「それは残念だ。なにしろ、ちょっとした約束を彼としてしまったものでね」

「どんな約束であれ、わたしをだしにする権利はあなたにないはずよ！」

「静かに」近くにいる客の耳に入るのを気にして、ローガンは声を潜めた。「誰もきみに無理強いはしない。話はあとにしよう。きみが冷静に話せるようになってから」

ジュリアは懸命に気持ちを落ち着かせ、袖から手を離した。「いま話して、じゃないと頭がどうにかなりそう」

「サヴェージ卿は、きみを一度、夕食に招待したいそうだ」

「いやよ！」

「断る前に、少々思いだしてほしいことがある。きみには、わたしを除く全団員を上回る給与を払っている。きみの衣装に最高のシルクとベルベットを使い、本物の宝石を用意しても、その費用を負担させたことはない。きみの才能を最大限引き立たせる演目を選び、その演目に最も優秀な共演者を揃えている。サヴェージ卿と一度、純然たる食事の場で同席するくらい、大した試練とは言えんだろう。その見返りとして、キャピタルは五〇〇〇ポンドを寄付してもらえるんだからな」

「純然たる食事ですって？」ジュリアはせせら笑った。「置屋稼業に手を染めるつもりなら、はっきりそう言えばいいでしょう。わたしだってそこまで世間知らずじゃないわ」

「ああ、きみは単なる恩知らずだ」ローガンは穏やかにかえした。

「この二年間、あなたのために一生懸命働いてきたわ。それ以外に雇用条件はひとつもなかったはずよ」

「キャピタルのほかの女優なら、喜んでサヴェージ卿の申し出を受け入れるだろうにな」

「だったら、ほかの人を送りこめばいいじゃない。全員送りこんでやればいいわ！」

「いいかげんにしてくれ」ローガンは静かに諭した。「どうしてもいやなら断ってもいい。ただし代価は払ってもらう。今夜の演技で、きみは『わが偽りのレディ』の主役にふさわしいことを証明してみせた。だが、サヴェージ卿の申し出を拒絶するなら、きみにこの役は振らない。いや、今シーズンのどの演目でも望む役は与えない。人を卑怯者呼ばわりするつもりなら、その前によく思いだすんだな。わたしが演技指導をせず、目をかけることもなかったら、いまごろきみは旅の一座と地方を巡業しているはずだ」

自分の無力さに腹が立つ。ジュリアはローガンをにらむと、知己を得ようと声をかけてくる紳士たちを無視してその場を立ち去った。

つづき間の寝室が並ぶ二階で、ジュリアは一枚の扉の前に立ち、ノックしようと上げた手を脇に下ろしてためらった。夜も更けており、招待客はみな自室に下がっている。目の前の扉の向こう、あるいはほかの何枚もの扉の向こうから、引き出しやたんすの戸を開け閉めする音や、寝支度を手伝う使用人のささやき声が聞こえてくる。

使用人のひとりに金を渡してサヴェージの寝室がどこか聞きだしたあと、ジュリアは恐れと決意を胸にここへやってきた。男性の寝室など一度も訪ねたことがないが、ふたりきりで彼と話す方法はほかにないように思われた。彼ときちんと向きあって、なにが狙いであるにせよ、自分から得られるものはないとはっきり伝えなければならない。そうすれば彼も、夕食への招待をあきらめるだろう。

ジュリアはひどく緊張していた。余興を披露する前に彼の姿を認めたとき同様、パニックに襲われていた。深呼吸をして落ち着きを取り戻してから、覚悟を決めて扉をたたく。震えるこぶしは、扉の表面をこすっただけだった。ごく小さな音だったはずなのに、相手の耳には届いたらしい。くぐもった声が室内から聞こえてきて、彼女は蒼白になった。数秒後には取っ手がまわされ、気づいたときには、陰を宿したサヴェージの灰色の瞳を見上げていた。

しゃべろうとしたが、喉が詰まって言葉が出てこず、ジュリアはその場に無言で立ちすくんだ。心臓が狂ったように早鐘を打って、せわしなく響く鼓動しか聞こえない。キャピタルで幾度となく男性の裸体を目にしてきた。衣装の早替えのためには、周囲の目など気にしていられないからだ。だがそうした経験と、暗紅色のシルクの化粧着しかまとっていないサヴェージを目にするのとは、まるで別物だった。こぢんまりとした寝室に立つ彼は、階下の広々とした舞踏室で見たときよりもずっと大きく感じられた。広い肩は迫ってくるようで、金色に輝くあらわな首筋はちょうど目の高さにある。

サヴェージは視線を彼女の顔に注いだまま、わずかに首をかしげた。こんな時間に寝室を訪問されて驚いているのだろう。だが驚いてくれてむしろよかった。自分を自信に満ちあふれた、大胆な女として印象づけられる。

「入ってもよろしいかしら」とたずねる声は、奇跡かと思うほど落ち着いていた。

彼は答える代わりに扉を大きく開き、身振りで入るよう示した。部屋に足を踏み入れたジュリアは、近侍が隅のほうでリネン類をまとめているのを見て、つと歩みを止めた。

「あとはいい」サヴェージが言うと、近侍はうなずいて、すぐにその場を離れ、部屋を出て扉を静かに閉めた。

金襴の織物と、マホガニーの家具と、田園風景を美しく描いた絵画で飾られた部屋で、ジュリアとサヴェージはふたりきりに……長い年月を経てついにふたりきりになり、向きあうに至った。サヴェージに素性を知られている可能性はまずない。にもかかわらず彼女は、危険にさらされているように感じた。胸の奥深くにしまいこんだ真実以外、この身を守ってくれるものはなにひとつない。

3

サヴェージがじっと見つめつづけるので、ふと、身なりにどこか変なところでもあったかしらと不安になった。思わず髪に手をやってから、さっと下ろす。髪が全部逆立っていたとしても別にかまわない。彼にどう思われようと関係ないのだから。

やがて彼は、化粧着一枚の体に視線を落とし、シルクのベルトを結びなおした。「人と会う予定はなかったので」

ジュリアは腕組みをして、挑戦的な態度をとると同時にわが身を守ろうとした。「長居はしませんわ」

彼がまた視線を注いでくる。ジュリア同様、沈黙に居心地の悪さを覚えているようだが、かといってそれを破ることもできないらしい。心の内を読もうとしたが、なにひとつわからなかった。いったいどういう人なのか、皆目見当がつかない。いつもなら簡単に他人の性格を見抜き、寛容か、自己中心的か、内気か、正直かといったことを判断できるのに。だがサヴェージは、いっさい本心を見せようとしない。

顔立ちはとても整っているが、鼻が高く頬骨が張り、顎も頑固そうに突きでているため、いかめしさを感じさせる。ただ、大きめの口と長いまつげに縁取られた灰色の瞳には意外にも優しさが宿っており、魅力的だ。世の多くの女性が、この顔に笑みが浮かぶところを見たい、この瞳に熱く見つめられたい、無表情の仮面を剝ぎ取ってしまいたいと切望するだろう。ジュリア自身、思わず想像せずにはいられなかった。彼の信頼を勝ち取れたら、彼の頭を膝に抱き、豊かな黒髪を撫でることができたら――。

「ご用件はなんでしょう、ミセス・ウェントワース」

無意識にジュリアは眉をひそめ、冷ややかな口調で応じた。「訊かなくてもご存じのはずよ」

「なるほど、スコットから聞きましたか」

「ええ。それでこうして、あなたのお考えを正しにまいりましたの。どうやら、ほしいものはなんでもお金で買えると思ってらっしゃるようね」

「たいていのものは買えます」

「あいにく、わたしは買えませんの」かつて、求めても望んでもいない爵位のために売られたことはある。だが二度とあのようなまねを許しはしない。

「誤解があるようですね」サヴェージは静かに言った。「わたしと夕食をともにするのがおいやなら、断っていただいてかまわないのですよ」

「そんな単純な話ではなくなっているの。断れば、今シーズンわたしはキャピタルでいっさい良い役につけなくなる――もう決まったも同然だったのに！」

サヴェージは当惑したように黒い眉を寄せた。「わたしからスコットに話してみましょうか」

「結構よ。いっそう話がこじれるだけだわ」

「だったら、誘いを受けるしかないのでは？」相手が肩をすくめて当然のように言ってのけたので、ジュリアはいらだちを募らせた。

「今夜、ご一緒だった女性はどうするおつもり？　レディ・アシュトンでしょう？　あなたに相当ご執心の様子だったわ」

「わたしの私生活についてとやかく言う権利は、彼女にはありませんから。お互い合意の上です」

「さすがは上流階級の方ね」ジュリアは辛辣に応じた。「うかがってもいいかしら、サヴェージ卿。妻がいても、わたしとふたりきりで食事をともにしたい？」

「独身ですから」サヴェージは淡々と答えた。「そのような質問は意味がありません」

独身ですって！　彼にとってあの結婚はなかったも同然、妻などこの世から消え去ったようなもの——そのことに気づかされ、ジュリアは怒りに震えた。たしかに彼女自身も同じように振る舞ってきた。けれども、いまふたりが置かれている状況はまるでちがう。彼女は自らの力で、新しい人生を必死に築いてきた。一方のサヴェージは彼女の持参金のおかげで、領主としての快適な暮らしを享受している。

「わたしに夫がいても少しも気になりませんの？　わたしがほかの男性のものでも？」

サヴェージは長いことためらってから「ええ」と答えた。

ジュリアはゆっくりと首を振り、蔑みの目を彼に向けた。「どんなふうに見られているかくらい、わかってるわ。あなたのような立場の男性はたいてい、女優なんてそんなものだと考える。でもはっきり申し上げておきます。わたしは娼婦ではありません。夕食や、多少の褒美でこの身を売るようなまねは――」

「そんなふうには思っていません」サヴェージは足を一歩前に踏みだした。温かな息が肌にかかり、ジュリアはひるんだ。内に秘められた、思わず怖じ気づきそうになるほどの強さをひしひしと感じる。だが彼の口調は穏やかだった。「あなたを食い物にするつもりなどありません。わたしはただ、あなたと一度夕食をともにしたいだけ。退屈だったらいつでもお帰りいただいてかまわない……とはいえ、そうはならないでしょう」

傲慢なせりふにジュリアはとぎれがちな笑い声をあげた。「ずいぶんと自信がおありのようね」

「金曜日の舞台のあと、キャピタルでお待ちしています」

ジュリアは口を引き結び、無言で彼を見つめた。なんて洞察力に長けた人なのだろう。無理強いをされていたら、最後まで抵抗しつづけたはずだ。だが彼はジュリアの思いを察し、あえて拒絶できる余地を残した。

返事を待つサヴェージは、小さな獲物を狙う猫のような、期待に満ちた表情を浮かべている。その忍耐力にふとジュリアの心が動いた。直感的に、彼もまた胸の内に恐れと希望を抱いているのかもしれないと思った。彼も親の思惑に翻弄されてきたのだ。彼なりに、与えられた運命に逆らおうと闘ってきたのかもしれない。

そんな彼に、興味を抱かずにいられるわけがなかった。見知らぬ結婚相手のことを知るせっかくの機会を逃すなどもったいない。それに向こうはこちらの素性に気づいていない。だったら、ふたりきりで数時間過ごしてなにがいけないのだろう。別に困ることなどないはずだ。舞台のある晩は、終演後まっすぐサマセット・ストリートの小さな家に帰り、本を読むか、暖炉の前で物思いにふけるのが常だ。ちょっとした気分転換にはなるだろうし、ジュリア・ハーゲイトだと名乗る必要があるわけでもない。

皮肉な状況に、思わず笑みがもれた。ずいぶん手のこんだ冗談だが、笑えるのは彼女だけ。父に知らせられなくて残念だ。ずっと反抗しつづけてきた娘がついに夫と夕食をともにする日を迎えたと知ったら、卒中でも起こすにちがいないのに。

「わかりました」彼女は自分が事務的な口調でそう応じるのを聞いた。「金曜日にお会いしましょう」

「ありがとう、ミセス・ウェントワース」サヴェージは灰色の瞳にかすかに満足げな色を浮かべた。「後悔はさせません」

「大胆な人ねえ」アーリスは楽屋の古ぼけた椅子の上で座りなおしながら言った。

「ちっとも」ジュリアは思案顔で応じた。「大胆という言葉には無鉄砲なイメージがあるわ。

でもサヴェージ卿からは、沈着冷静できまじめな印象を受けるの」

「ますます興味深いじゃない」

稽古に呼ばれるまでの待ち時間、ふたりは紅茶を飲みながらのんびりとおしゃべりを楽しんでいる。舞台ではいま、ローガンと二〇代のハンサムな金髪男優チャールズ・ハヴァースリーと、さらにふたりの俳優が、少々入り組んだ場面の稽古にあたっている。演目は『じゃじゃ馬ならし』。主役のカタリーナを演じる機会を初めて得たジュリアは、とりわけやる気をみなぎらせている。アーリスは今回、妹のビアンカを演じる予定だ。

ひとつの役を争うこともしばしばだが、ふたりはこの二年間で友情を築いてきた。お互いに自分にはない才能を認めてもいる。役によっては、コミカルな演技が持ち味のアーリスに向いていることもあるし、より多彩な演技力を備えたジュリアにふさわしい場合もある。稽古や本番の合間には、こうしてお互いの私生活や悩み、目標について語りあう。とはいえジュリアは、過去についてけっして多くを打ち明けぬよう注意していた。

「どうしてあたしには、そういうことが起きないのかしら」アーリスは不満げにこぼしながら、紅茶にまた砂糖を加えた。根っからの甘党で、小柄だが均整のとれた体に肉がつきすぎないよう、常に気にしているはずなのだが。「大金持ちの魅力的な侯爵なら、是非とも求愛されてみたいわ。なのにあたしに言い寄るのは、一夜をともにすることしか頭にない太った老紳士ばっかり。しかもあとで舞台を見に来て、友人にあたしとのことを自慢するんだから」

ジュリアは心からの同情をこめてアーリスを見つめた。「男性の食い物にされる立場に甘んじる必要なんてないのよ、アーリス。あなたはきれいだし、才能がある。いまやロンドン演劇界で最も人気のある女優のひとりじゃない。そんなふうに、簡単に男性の言いなりになることはないわ」

「わかってる」アーリスは暗いため息をつき、くしゃくしゃの茶色の巻き毛をもてあそんでいる。乱れた髪からヘアピンを抜くと、でたらめに挿しなおした。「でもね、異性関係になるとどうもこらえ性がなくて。あなたとはちがうのよ。女性は普通、そんなふうに固い意志は持てないものよ。さびしいと思ったことはないの？　自分が女だってことを思いだすだけのためでもいいわ、ときには男の人に抱かれて眠りたいと思わない？」

「ときにはね」ジュリアはティーカップに視線を落とし、琥珀色の液体をじっと見た。「でもそういう気持ちは、胸の奥にしまっておいて舞台で生かすようにしているの」

「あたしもそうしようかな。だって、おつきあいしている男の人たちはみんな、本当にほしい人の代わりでしかないんだもの」

ジュリアは同情と好奇心が入り交じった表情で友人を見つめた。誰のことを言っているのかは訊かなくてもわかる。「ミスター・スコットが女優を恋愛対象とみなしていないのは、あなたも知ってるはずよ。そもそも、どうしてそこまで彼に夢中になれるのかしら」

「夢中どころの話じゃないの！　不滅の愛なのよ。彼にこういう思いを抱かずにいられる女性がいるなんて信じられない！」

「完璧とはほど遠い人なのに?」ジュリアは辛辣にかえした。「サヴェージ卿との食事を、どんなふうにわたしに承諾させたか教えたばかりじゃない。立派な信条の持ち主のように見えるけれど、実際は単なる金の亡者に決まってる」

非難の言葉を、アーリスは陽気にはねのけた。「誰にでも欠点はあるわ。それに今回の彼の判断は当然よ。なにしろ五〇〇〇ポンドだもの」難しい顔をしてクッキーをかじり、紅茶を口にする。「目下ミスター・スコットのお屋敷では、女性が同居しているそうよ。一番新しい愛人なんだって。半年ももたないだろうって噂だけど。誰も半年以上もったためしがないそうだから。でも、あそこまで結婚をいやがるのは、なにか理由があるにちがいないわ。きっと苦い思い出があるのよ……つらく、悲しい思い出が」

ぼんやりと空想にふける友人を見て、ジュリアは鼻を鳴らした。「あなたはロマンチストすぎるのよ。演劇界にいれば、普通はそういう幻想は抱かなくなるものだけど」

「あら、むしろ反対じゃない? 絶えず他人のために幻想を紡いでいるせいで、幻想にとりつかれてしまうんだと思うけど」

「わたしはそんなことないわ」

「あなたは鉄の女だから」アーリスは指摘した。「そんなあなたを、うらやむべきやら、哀れむべきやら」身を乗りだし、緑色の瞳を好奇心にきらめかせる。「ねえ……侯爵との夕食には、なにを着ていくつもり?」

「ごく普通の地味なドレス」

「だめよ、そんなの絶対にだめ。彼の目が飛びだしてしまうようなドレスじゃなきゃ。口のなかがからからに乾いて、頭がくらくらして、心臓が高鳴るような——」

「それじゃひどい疫病にでもかかったみたいだわ」ジュリアは笑い声をあげた。

「あの黒とピンクのドレスを着なさい」アーリスは命令口調になった。「ほかのドレスを着るのは許しません」

「考えてみるわ」ジュリアは言うと、顔を上げた。団員のひとりが楽屋の戸口に現れ、ミスター・スコットが稽古に参加するようおっしゃってますと告げた。


数日間にわたる過酷な稽古を経て金曜日に迎えた『じゃじゃ馬ならし』の初日は、大成功に終わった。ローガンの演出に従い、ジュリアは持てるエネルギーをすべてこのにぎやかな作品に注ぎこんだ。『じゃじゃ馬ならし』はこれまで、いわゆる応接間喜劇風の軽いコメディーとして脚色され、品のない冗談は省かれるのが一般的だった。だがローガンは過去に割愛された部分をすべて復活させ、体を張った演技も取り入れた。観客は大いに驚き、そして喜んだ。猥雑さと力強さを兼ね備えた作品を、批評家たちはこきおろし、あるいは絶賛した。

ローガン演じる粋なペトルーチオと、ジュリア演じる小悪魔カタリーナの丁々発止のやりとりに、客席は爆笑の渦だった。一方で、しっとりとした場面では静かに舞台に見入った。演じるジュリアはといえば、舞台も終盤にさしかかるころには打ち身でひどく苦しんでいた。『じゃじゃ馬ならし』は体を張った演技が多い。ある場面ではカタリーナがペトルーチオに殴りかかろうとして、反対に、ぬいぐるみのように足払いをかけられてしまう。ローガンはけがをさせないよう気をつけてくれていたが、腕や上半身にあざができるのは避けられなかった。

終演後、彼女は気を引こうとする取り巻きたちの賞賛の声にも応えず、ひとり楽屋に閉じこもった。まずは顔を洗って汗と舞台化粧を流し、ピッチャー二杯分の水を使って海綿で体を清めた。首筋と肘の内側と胸の谷間に香水をつけてから、用意しておいたドレスに視線を投げる。アーリスの助言に従って、お気に入りのイヴニングドレスを持参しておいた。畦織《あぜおり》のつややかな黒のイタリアンシルクでできた品で、短いギャザースリーヴに、濃いピンク色のシルクの薔薇がひとつずつあしらわれている。それ以外に装飾的なデザインと言えるのは裾に入ったスリットだけ。歩くと裾がリズミカルに大きく揺れて、そのたびにピンク色の裏地がのぞくようになっている。

しわが寄らぬよう注意してドレスに着替えたあと、ジュリアは背中のボタンを開けたまま、鏡に映る自分をじっと見つめた。かすかな笑みが浮かぶ。胸の内でどんな感情が渦巻いていようと、外見は完璧だった。抜けるように白い肌と淡い金髪を黒絹のドレスが際立たせ、頰の色と濃いピンクがよく合っている。

「ミセス・ウェントワース」メイドのベッツィが呼ぶ声が扉越しに聞こえた。「着替えをお手伝いしましょうか」

ジュリアは鍵を開け、黒髪のふくよかな少女を室内に招き入れた。ベッツィは有能なメイドで、衣装の管理と楽屋の整理整頓のほか、こまごまとした仕事にも手を貸してくれる。

「ボタンを留めてくれるかしら」

「かしこまりました。ついでに、またお花が届いたのでお持ちしましたから」

「よかったらあなたにあげるわ」ジュリアはこともなげに言った。楽屋はすでに花束でいっぱいで、むせかえるような甘い香りにつつまれている。

「でも、とってもきれいな花ですよ！　一目だけでもご覧になってください」ベッツィは言いながら、大きな花束を差しだした。

目にするなり、ジュリアは歓声をあげた。ごく薄いピンクから真紅まで色とりどりのみずみずしい薔薇を揃え、そこに珍しい蘭や、鮮やかな紫色や純白のヒエンソウがあしらわれている。「どなたから？」

ベッツィはカードを見ながら答えた。「サヴェージ、と書いてありますけど」

彼からだ。ジュリアは手を伸ばしてピンクの薔薇を一輪抜き取った。花びらをもてあそびつつ、化粧台のほうに向かう。メイドにボタンを留めてもらいながら、器用な手つきで髪を緩くねじって頭頂部にまとめ、こめかみと襟足におくれ毛を散らした。ややためらってから薔薇の茎を折り、紙を巻きつけて、大きなピンでまとめ髪に挿した。

「まあ、なんて素敵なんでしょう」ベッツィは褒めちぎり、自分も薔薇を手折ると、ジュリアの黒絹の手提げ袋《レティキュール》に挿した。「わざわざそんなことをなさるくらいですもの、よほど特別なお相手なんですね」

ジュリアは光沢のある黒の手袋を肘まで引き上げた。「こうして出会う日をずっと待っていた、そう言ってもいいかもしれないわね」

「よほど立派な方なんでしょうね……」ベッツィはそこで言葉を切り、丸顔をくもらせた。ジュリアの腕とあらわになった肩口にうっすらと残る、指の跡を見つけたのだ。「まあ、せっかくの夜ですのに」

ジュリアは恨めしげにあざを見やった。「仕方ないわ。ミスター・スコットと舞台であれだけやりあうんだもの、これくらいですめばいいほうよ」

メイドは肌色のファンデーションを取り、水で濡らした指先に少しのせると、あざを隠すように肌に塗りこんだ。ジュリアは満足げな笑みを浮かべ、メイドが手を動かすさまを見守った。「おかげでほとんどわからなくなったわ。ありがとう、ベッツィ」

「衣装の片づけのほかに、なにかお手伝いすることはございますか」

「そうね……おもてに馬車が待っているかどうか、見てきてくれるかしら」

メイドはすぐに戻ってきて、劇場の裏手に馬車が停まっていたと報告した。黒塗りに銀縁の立派な馬車で、先導者と、えんじ色のお仕着せを着た従者がふたりずつ控えているという。

ジュリアは心臓が痛いくらいに鼓動が速まるのを覚えた。激しい動悸を抑えようとするかのように胸に手をやり、深く息を吸う。

「ミセス・ウェントワース？　お顔が真っ青ですけど、大丈夫ですか」

彼女は問いかけに応じなかった。サヴェージとふたりきりで過ごすことに同意するなんて、なにかにとりつかれていたとしか思えない。いったいなにを話せばいいというのだろう。ききっとおかしな衝動に駆られていたのだ。それでも懸命に勇気を奮い立たせ、耳につきそうなほどいからせていた肩から力を抜く。ベッツィが黒絹のフード付きのマントを着るのを手伝い、ガーネットをあしらった襟元の留め具をはめた。ジュリアはメイドに小声でお疲れさまと告げてから楽屋をあとにし、迷路のような廊下を歩いた。

裏口からおもてに出ると、常連客が彼女を一目見ようと集まってきた。大胆にもマントや手袋に触れる者までいる。長身の従者がすかさず手を貸し、馬車のところまで連れていってくれた。従者は携帯式の踏み台を足元に用意し、彼女が豪奢な馬車に乗るのを確認してから扉を閉めた。まばたきをする暇もないくらいあっという間の出来事で、気づいたときにはジュリアはやわらかなベルベットと革張りの座席に腰を下ろしていた。

向かいに座るサヴェージを見つめる。ハンサムな顔の半分はランタンの明かりにくっきりと照らしだされ、もう半分は闇につつまれている。その頬に魔王ルシファーを思わせる危険な魅力をたたえた笑みが浮かんでいるのに気づき、慌てて視線を落とした。動揺のあまり、きちんと重ねて膝に置いた両手をぎゅっと握りあわせたくなる。

サヴェージは、ジュリアが背を向けつづけてきた世界に属する人間だ。両親が娘のために手に入れた爵位と地位を、引き継ぐ権利が彼女にはある。いや、引き継ぐのが義務だと言う人もいるだろう。だが全力でその権利を否定してきた。意固地な気持ちと怒りのせいもあったが、最大の理由は、どんな相手にわが身がゆだねられたのか、知るのが怖かったからだ。

ずっとサヴェージを恐れたままでいい、どんなかたちであれ、この身を守るすべを忘れてはいけない。そう思っていたのに好奇心に負け……そして、抗いようもなく惹かれあう気持ちに負け、こうして会う羽目になった。

「今夜の舞台は素晴らしい出来でしたね」サヴェージが言った。

ジュリアは驚いて目をしばたたいた。「ご覧になったの？　客席には見あたらなかったようだけど」

「あの演目は大変でしょう？」

「ええ、体力を消耗します」つかの間ジュリアは、ローガンとの猥雑なやりとりをどう思われただろうと考えた。ほかの観客のように楽しんだのだろうか、それとも、不快に感じたのだろうか。すると、考え事をしているのが顔に表れてしまったらしい、サヴェージは身を乗りだし、人の心をかき乱すあの銀色がかった灰色の瞳でじっと見つめてきた。

「どうかなさいましたか」彼はたずねた。

失うものなどなにもない。ジュリアは覚悟を決め、たったいま考えていたことを話した。

サヴェージは慎重に言葉を選びながらゆっくりと口を開いた。「舞台であなたがなにをなさろうと、わたしに非難する権利はありません。ご自身で選んだ仕事ですから」

「権利はともかく、気持ち的にはどうなのかしら」ジュリアは何気なく問いかけた。「ミスター・スコットがわたしにキスをしたときや、舞台で追いかけまわしたとき、あるいは――」

「不愉快でしたよ」というせりふは、思わず口をついて出たものらしい。サヴェージは自嘲気味に唇をゆがめた。「あなたもスコットも真に迫っていましたし」

嫉妬心の吐露に、言った当人も驚いているようだ。きまりが悪くて、ジュリアは両肩がやわらかなクッションにうずまるくらい、座席の隅に身を寄せた。「ただの演技ですわ」

「ほかの俳優の舞台も見たことがあります。あなた方は……演技には見えなかった」

ジュリアは眉を寄せてレティキュールにじっと視線を注いだ。ローガンと恋人同士だと噂されているのも、どうしてそんなふうに噂されるのかも承知している。ふたりは俳優としての相性がばつぐんによかった。ともに舞台に立つと、虚実がまさに渾然一体となった、迫真の演技を披露できる。

とはいえ、そうした比類のないハーモニーが舞台を下りたあとも響きつづけることは、絶対にありえない。そんな日を夢見た覚えもない。たしかにほかの団員同様、ジュリアもローガンに指導や助言、賞賛、批評を求めたりはする。けれども、仕事と直接関係のない部分で彼になにかを求めることはない。ローガンは気安くつきあえる相手ではないし、信頼してもいいと思わせる雰囲気もなければ、安心感やぬくもりを多少なりとも与えてくれるわけでもない。彼が劇場を愛するように女性を愛することはけっしてないだろう。芸術と野望のために身を粉にするように、生身の人間のために自らを犠牲にする彼など想像もできない。

だからこそふたりは舞台での相性がいいのかもしれない。お互いに、余人には心をさらけだせない人間だとわかっているから。自分たちのあいだには愛も苦悩も幻滅も存在しえない、そうわかったうえでつきあうのは気楽だった。舞台でどれほど激しい感情をほとばしらせようと、ひとたび幕が下りれば、そこにはなにも残っていないのだから。

大人になり、ようやく自立することができて以来、ジュリアは孤独のなかに安寧を見いだそうとしてきた。だが、それ以上のものを求める気持ちをどうしても抑えられなかった。自分を理解し、慈しんでくれる誰か、恐れも疑念も抱くことなくすべてをさらけだせる誰かと出会いたかった。それは彼女の心の奥底にしまった夢、自分でも認めたくない夢だった。

ときには自分のなかにふたつの人格が存在するように感じることさえある。一方は孤独な人生を望み、他方はかつて一度として経験したことのない束縛と愛情を求めている。父は支配的で、誰に対してもろくに愛情をかけようとしなかった。そして母は、極端に控えめな性格で夫の陰に隠れるように生きていたため、幼い娘に十分に目をかけてはくれなかった。ハーゲイト家では使用人の入れ替わりも激しく、おかげでジュリアは彼らにも心を開けなかった。彼女にとって愛は求めるものではなく、恐れるものとなっていた。

いやに長いこと押し黙っていた自分に気づいて、慎重にサヴェージのほうを見やった。思いが表情に出てしまったかもしれない。

「もうすぐ到着しますから」彼はつぶやくようにそれだけ言い、ジュリアは少し安心した。

馬車はアッパー・ブルック・ストリートを走っており、やがて道を折れたと思うと、上り坂の長い私道に入った。道の先には純白とクリーム色の壮大な屋敷が見える。完璧に左右対称をなした美しくも洗練された建物で、ギリシャ様式の列柱と広々とした前廊《ポルティコ》が正面を飾っている。左右に延びた白亜の優雅な翼には、パラディオ式のきらめく窓がいくつも並んでいる。ジュリアが育った陰気なゴシック様式の邸宅とは大ちがいだ。

サヴェージは先に馬車を降り、彼女が降りるのを手伝った。手袋の上からしっかりと手を握られながら地面に降り立つと、腕を差しだされた。その腕をとり、大理石の大階段を上って邸内に足を踏み入れる。彼のたくましさをひしひし感じるのと同時に、慎重に歩幅を合わせてくれるのに気づいた。

細面の執事がふたりを迎え入れ、ジュリアのマントと、あるじの帽子と手袋を受け取る。玄関広間とその先に広がる空間に、彼女は目を見張った。天井の高さは一〇メートルほどもあるだろうか。柱は古典様式で、床は緑と青と琥珀色のタイルで美しく彩られている。「素晴らしいお屋敷ね」

「ええ」と言いながらサヴェージは、邸内ではなくジュリアを見ていた。

「案内してくださる?」彼女はもっと見たくてせきたてた。

いくつかの部屋を熱心に案内してまわりながら、サヴェージはときおり歩を止め、壁画や調度品のいわれを語った。サヴェージ家の人びとが心から芸術を愛しているのがよくわかった。天井は精緻に描かれた天使や雲、神話の一場面のメダイヨンで飾られ、どの部屋にも四隅に見事な彫刻作品が据えられている。金と白に塗られた壁には、ファンダイクやレンブラントの肖像画、ゲーンズボロやマーロー、ランバートの風景画がかかっている。

「何時間でも見ていたいくらいだわ」ジュリアはうっとりと絵画に見とれた。

「あいにくわたしは、ゆっくり鑑賞している時間もなくて」

「どうしてそんなに忙しいんですの。投資や事業について隅々まで目を光らせるため、かしら」

「やらねばならないことがたくさんありますから」サヴェージは難しい顔でファンダイクの作品を見ている。

そのとき唐突に自分のおなかが鳴る音が聞こえ、ジュリアは顔を真っ赤にして、みぞおちのあたりに手を置いた。「これではレディとは言えませんわね。でも、今朝からなにも口にしていないものですから」

彼は口の端に笑みを浮かべた。「そろそろ食事にしましょうか」

「ええ、もうおなかがぺこぺこ」ふたたび彼の腕をとり、美術品で彩られたきらめく部屋べやを通り抜けていく。あたりさわりのない話題を選ぶべきだとは思ったが、詮索せずにはいられなかった。「侯爵は、財産管理人を雇ったほうがいいのではないかしら」

「自分で管理するほうが気楽なんです」

「容易に他人を信用できない性格ですのね」

「ええ」サヴェージは静かに応じた。「なにしろわが家の財政は一時、危機に瀕していましたから」

かすかな驚きを覚えて、ジュリアは頑固そうな横顔に視線を投げ、眉を上げた。このような内輪話はいやではないのだろうか。上流社会の人間は例外なく、金は無尽蔵にある、いくら浪費しても大丈夫というふりをするものなのに。

彼は淡々とした口調のままつづけた。「父は数年前に病に倒れるまで、自分が財産管理をすると言って聞きませんでした。あとを引き継いでみて、わが家に莫大な借金があること、財政状況がめちゃくちゃだということに気づいたんです。父は賭け事に目のない人でしたから。投資でそれなりの利益を上げることがあったとしても、単なる偶然だったはずです」

「では、あとを引き継いでからずいぶん努力されたのね。お父様も、息子が家を立てなおしてくれたと喜んでらっしゃるでしょう」

サヴェージは肩をすくめた。「父は自分のまちがいをいっさい認めません。まちがいに気づいてすらいない」

「なるほど」ジュリアはささやき声で応じた。その声が聞こえていたとしても、サヴェージにはなにがなるほどなのかわからなかっただろう。やはりふたりの父親は似た者同士なのだ。ハーゲイト卿同様、リーズ公爵も家族を自らの支配下に置こうとした。そして、領地も人間もまともに管理できないとなると、息子の未来と引き換えにハーゲイト家の財産を手に入れた。

きっとサヴェージは、二度と誰にも支配されまいと若くして心に誓ったのだろう。ジュリアは彼に同情……いや、親近感すら覚えた。とはいえ、夫としての彼は融通のきかない、信用の置けない、よそよそしい人にちがいない。それでは望ましい伴侶とはとうてい言えまい……少なくとも彼女にとっては。

贅を凝らしたメニューの数々は、一〇人ほどで食べてもまだ余りそうだった。らっぱ形の花瓶に蘭やキンレンカが生けられた長いテーブルで、ジュリアはサヴェージの右手についた。最初の皿は野菜のコンソメ煮で、二皿目はサーモンのリエットにクリームをかけディルを散らしたもの。つづけて従僕が持ってきた湯気のたつトレーには、トリュフとヘーゼルナッツを詰めたキジに、ボルドーソースを添えた子牛のカツレツがのっていた。

さらにプディングやタルト、子羊の胸腺《スイートブレッド》、野菜などが運びこまれると、ジュリアはついに抗議の声をあげた。「こんなにいっぱい食べきれないわ!」

サヴェージはほほえんで、クリームとロブスターを詰めたウズラの卵を是非食べるよう勧めてくる。久しぶりの贅沢を堪能しながら、ジュリアはさまざまなワインとごちそうに舌つづみを打った。彼は話題が豊富で、ともに食事をするのは思いのほか楽しかった。

「女優にはどういうきっかけでなったのですか?」ようやく食事が終わろうとするころ、サヴェージがたずねた。食器が下げられ、とりどりのペストリーや果物が並べられるのを、椅子の背にもたれて待っている。

ジュリアは真っ赤ないちごをもてあそんだ。「小さいころからの夢でしたから。一七歳で家を出て、旅の一座に加わったわ。やがてストランド街の劇場で働くようになり、その後、運よくミスター・スコットの劇団に雇ってもらえました」

「ご両親はあなたのご職業に賛成してらっしゃるのですか」

ジュリアは思わず鼻を鳴らした。「まさか。父も母も家に残るよう言ったのですけど……ある条件付きで、わたしはそれに従えなかったんです」

「結婚なさったのはいつです？　ストランド街の劇場にいらしたときですか」

「結婚については人と話さないことにしてますの」ジュリアは眉をひそめた。

サヴェージは口元にかすかな笑みを浮かべた。「本当にご主人がいるのかどうか、疑わしいな」

「おりますわ」ジュリアはワインを口に運び、あなたに妻がいるように、わたしには夫がいるの、という言葉をぐっとのみこんだ。

「ご主人はあなたに、女優を辞めてほしいとはおっしゃらないのですか」

「そこまで野暮な人ではありませんわ」彼女は挑むように応じた。「夫も役者ですから」相手の顔に好奇心が浮かぶのを見て、思わず笑みをもらしそうになる。きっと文字どおりの意味に解釈したのだろう。だが実際、サヴェージは役者だった。偽りの仮面で真実を隠した、キャピタルの団員に匹敵するくらい達者な役者だ。

さらになにか質問しようとした彼がふいにいぶかしげに目を細め、ジュリアの腕を凝視した。

「どうかなさった？」相手の表情に当惑し、たずねる。

あっと思ったときには、大きく温かな手に腕をつかまれ、明かりにかざされていた。ファンデーションを塗ってあざを隠しているのが、はっきりと見てとれる。ジュリアは困惑し、腕を引き抜こうともがきながら早口に弁解した。「なんでも……なんでもないんです。演技中にけがをしただけで――」

「しーっ」サヴェージは言うと、従僕を呼び止め、メイド長のところから軟膏を持ってくるようぶっきらぼうに命じた。

彼がナプキンの端をグラスに入った冷たい水に浸すさまを、ジュリアは呆然と眺めた。冷たい布がそっとあざを撫でる感触にびっくりして身を硬くする。サヴェージはさらに、肩口にくすんだ指の跡と青あざを見つけると、ファンデーションを丁寧に落としていった。

ジュリアは思わず首筋から顔まで赤く染めた。こんなふうに男性に触れられるのは生まれて初めてだ。彼の顔がとても近くにあるので、きれいにかみそりをあてた頬にうっすらと生え始めたひげや、長いまつげがはっきりと見える。

彼の体からはとてもいい香りがした。コロンと、温かな肌の匂いと、糊のきいたリンネルの匂い。息は食後のワインの香りがする。その豊かな黒髪に、きれいな曲線を描く耳に、黒々と弧をなす眉に触れたい。そう思ったとたん、心臓が早鐘を打ちだした。たぶん飲みすぎたのだろう。頭がぼんやりするし、体が熱い。身を離したいのに、どうして……。

従僕が軟膏の入った缶を手に戻ってきて、サヴェージに手渡す。従僕は部屋を出ていくときに扉を閉め、室内にはふたりだけが残された。

「そのようなことをしていただく必要は……」ジュリアの弱々しい抗議の声は、缶のふたが開けられると徐々に消え入った。ピンク色のなめらかな軟膏は、ハーブの香りを放っている。

サヴェージが視線を上げ、灰色の瞳と目が合った。ジュリアは初めて、その瞳の奥にかすかに青や緑がかった部分があることに気づいた。口を開いたとき、彼の声はいつもより深みを増しているように思われた。「スコットに、もっと慎重に演技してもらわねば」

「彼は気をつけてくれています」ジュリアはささやくように応じた。「わたしが、あざができやすいたちで」

サヴェージは視線をそらすことなく、軟膏を指にとり、身を乗りだした。拒絶の言葉を待っているかのようだった。ジュリアは唇を震わせたが、言葉を発することはなぜかできなかった。彼の指が腕をなぞり、あざに軟膏をすりこむ。あたかも磁器に触れるかのような手つきで、指の感触すらほとんど知覚できない。このように優しく触れられる男性がいるとは、思ってもみなかった。

その手が肩に移動していき、あざに薬を塗るあいだ、ジュリアは身じろぎひとつできなかった。胸の内には荒々しい衝動がわきおこっていた。彼に身を寄せ、指先ではなく手の感触を味わい、長い指を胸の丸みにいざなってしまいたい。息を止めて衝動を抑えこもうとしたが切望感は高まるばかりで、ついにはやわらかなシルクのドレスの下で乳首が硬くなっていく始末だった。薬を塗り終わるのをなすすべもなく待ちながら、ジュリアは彼の後頭部をただ凝視していた。

「ほかにもまだあざが？」サヴェージがたずねた。

「もう結構よ」そう答えるだけで精一杯だった。

彼はにっこり笑うと、ふたを閉めた缶を差しだした。「差し上げます。『じゃじゃ馬ならし』が千秋楽を迎えるまで、必要でしょうからね」

「ありがとう」ジュリアは食事の前に脱いでおいた黒絹の手袋を取り上げると、ほてった頬をあおぎ、「なんだか暑いみたいだわ」とぎこちなく言った。

「庭に出ましょうか」

大きくうなずいて、彼について食堂をあとにし、次の間を横切って、フランス戸から舗装された小道へと出る。暗闇につつまれたおもては涼しく、心地よい風が果樹の葉をそよがせながら生垣のあいだを抜けていく。

ふたりは無言で、生い茂るイチイの生垣と、花咲き乱れるスモモの木々の前を通り過ぎていった。庭の中心部近くまで来ると大きな噴水があり、いくつもの天使の像が踊っていた。うっとりと見入っていたジュリアは、やがて、胸の高さほどの薔薇の生垣があるのに気づいた。薄いピンクの大輪の、なんともいえない甘い香りを放つ薔薇。

「サマーグローリーだわ」ジュリアはつぶやくように言った。「母の一番のお気に入りなんです。よく庭で、何時間も世話をしていたものだわ。薔薇のなかでも最も美しく、最も棘の多い品種だと教えてくれた」サヴェージの視線を感じながら、生垣に歩み寄り、酔わせるような香りを吸いこむ。

「とても希少な品種で、とくに英国ではなかなか育たないそうですね。わが家もずっと昔に株を分けてもらったのですよ……」彼はふいに言葉を切ると、用心深い表情を浮かべた。つづく「さる知人から」という言葉がふたりのあいだにいつまでも漂って、疑問を投げかける。

ふいに息苦しさを覚えて、ジュリアは懸命に肺に空気を取りこもうとした。サマーグローリーはたしかに希少種だ。覚えているかぎりでは、いままで実家の庭以外で見たことはない。ということは、母のエヴァがかつてサヴェージ家に薔薇を分け与えたのだろう。床に伏せるようになる以前の母は、希少な薔薇を美しく育てられる技術を自慢にしていたものだ。育てた花を友人や知人に贈ることもたびたびあった。

動揺を隠すすべを探し、彼女は一刻も早く話題を変えてしまうことにした。無関心をよそおって生垣を離れ、「レディ・アシュトンは、わたしが今夜こちらにお邪魔したことをご存じなのかしら」と唐突にたずねる。

「レディ・アシュトン」サヴェージはおうむがえしに言った。思いがけない質問に困惑しているようだ。「いえ、話していませんから」

「彼女に知られたら困るんじゃありません?」

「わたしの私生活に口を挟む権利は彼女にありませんので」

「ああ、そうでしたわね。互いに合意の上、そうおっしゃっていた……」ジュリアは顔をしかめた。シルクの履き物のなかに、砂利が一粒入りこんだらしい。立ち止まって履き物を脱ぎ、上下に振って砂粒を出した。「でもあちらは、あなたとの結婚を望んでいらっしゃるのでは?」

「ずいぶん立ち入った質問をなさいますね、ミセス・ウェントワース」

「きっと望んでらっしゃるはずだわ」ジュリアは自ら質問への答えを出した。「だってあなたは結婚相手には申し分のないお相手ですもの」

サヴェージは彼女の手から履き物を取り、その場にしゃがみこんだ。「レディ・アシュトンと結婚するつもりはありません」

ジュリアは小さくよろめきながら、彼の肩につかまった。上着の肩に詰め物をしていないのがわかった。手のひらに感じる筋肉はまるでオークの木のようだ。「なぜ？」とたずねながら、月明かりを浴びてアザラシの毛皮のようなきらめきを放つ黒髪を見下ろす。「あなたの求める高い水準に合わないからかしら」足首に指が触れ、優しく履き物をはかせる感触に息をのむ。

応じる彼の声はわずかにくぐもっていた。「結婚は、愛する女性としたいんです」

サヴェージに対する共感が、ジュリアの胸の内で驚きとないまぜになった。すると彼は、あのきまじめな、自制心のかたまりのような表情の裏で、ひそかな夢を、ふたりの未来から奪われた夢をはぐくんでいるのか。「あなたみたいな男性が、そんなふうにロマンチックな考え方をなさるとは思いませんでしたわ」

「どんな男だと思ってらしたんです？」

「便宜上の結婚をし、家庭の外に愛する人を探すのだとばかり」

「それでは父と同じになってしまう。母は分別のある女性でしたから、夫には多くを望んでいなかったでしょう。それでも内心では傷ついていたはずです。だからわたしは、そのような結婚はしないと誓いました」

「でも、願いがかなわないことだってあるわ」

「かなえてみせますよ」

いったいどうやって？　おそらく婚姻無効宣告を出すつもりなのだろう。愛ある結婚を実現するには、まずジュリアを排除しなければならない。むろん、重婚でもかまわないと思っているなら話は別だが。

「ずいぶん自信がおありなのね。でも、心の通じる相手が見つかるとはかぎらないわ」

「たしかに」サヴェージはうなずき、足首を離した。「見つかることを願っているだけです」

立ち上がり、ジュリアを見下ろす。彼の顔は見上げたところにあるので、陰になって表情がうかがえない。つかんだ肩を離すべきなのに、なぜか足元がおぼつかず、離したらもう頼れるものはなにもないように感じた。

「わたしたちは初対面ではないのですよ」サヴェージが優しく言った。

その言葉に、冷たい不安が全身を走る。「そんなはずはないわ」

「あの晩のことを忘れたりはしません」彼は両手をジュリアのウエストに置き、見上げる顔をじっと見つめながら支えている。「三年前、ウォーリックシャーで会った。あの晩わたしは、村人たちがメイデイを祝うさまを見物しようと城を出た。そして、踊るあなたを見つけた」そこで口を閉じ、彼女の顔に浮かぶ表情が当惑から驚きへと変わる様子を眺めた。

「まあ」ジュリアは小さくつぶやいた。「ちっとも気づかなかったわ……」てっきり結婚のことを言われたのだと思っていた。それにしても、あの晩、キスをした見知らぬ男性だったとは。彼女はサヴェージのみぞおちのあたりに視線を落とした。あのときの口づけに、あれから何カ月間も心悩まされたのを思いだしていた。ふたたびあのときの相手と出会うとは、運命は不思議なものだ。「あの晩わたしは、サヴェージ家の方ですかとたずねたわ。でもあなたはちがうと答えた。どうして身分を隠したの」

「あなたがどんな反応を示すか見当がつかなかったからです。あなたを誘惑しようとしている、そう誤解されるのではないかと思った」

「誘惑したじゃない――無理やり唇を奪ったわ」

彼はすまなそうな笑みを浮かべた。「キスせずにはいられませんでした。あなたはわが人生で出会った最も美しい女性だった。その気持ちはいまも変わらない」

ジュリアは身を離そうとした。だが、彼がそうはさせなかった。「いったいわたしに、なにをお望みなのかしら」と震える声で問いかける。

「もう一度、あなたと会いたい」

ジュリアは首を大きく振った。「二度目は無理です。たとえあなたがキャピタル劇場を丸ごと買っても、絶対に無理よ」

「どうして？　ご主人が許してくれませんか？」

「夫について人と話すつもりはないと言ったはずです」

「どうして会えないのか、納得できる理由を教えてください」

「あなたと愛人関係を結ぶことを望んでいないから……お互いの境遇を考えれば、それ以外の条件をあなたは出せないはずだわ」ジュリアの心臓は爆発寸前だ。彼との距離があまりにも近いので、息づかいや体温すら感じられる。炎にうっかり近づいてしまう蛾のように、彼に引き寄せられてしまいそうだ。顔を仰向け、唇を重ね、ぴったりと身を寄せたい。このような激しい衝動に駆られるのは生まれて初めてだ。えもいわれぬ喜びが、すぐ手の届くところにある。だが、自らの破滅を招くそのような衝動に身を任せるつもりはない。結果は目に見えているのだから。

「二度とお会いしません」と告げて身をよじると、彼の手が離れた。「もう帰らなければ」

噴水のところまで走って戻り、小道が二手に分かれているのに気づいて歩を止める。

「こちらです」という声が背後に聞こえた。ふたりは無言で屋敷に戻った。あたりに漂う緊張を、破ることができないようだった。

馬車が美しい女《ひと》を乗せて走り去ってしまうと、デイモンは大理石が敷きつめられた玄関広間をひとりぼんやりと歩いた。生まれてこの方感じたことのない、激しい焦燥に駆られていた。頭のなかが彼女のことでいっぱいで、この数時間の一瞬一瞬をくりかえし思いだしては、次に会えるときを焦がれている。

彼女がほしかった。分別を失ったやみくもな情熱が、体中の神経を駆けめぐっている。そんな気持ちにさせる彼女を恨みさえした。

長い階段をのろのろと上り、階上を目指す。最初の踊り場で立ち止まると、その場に座りこんだ。膝を抱き、壁にかかった中世のきらびやかなタペストリーを見るともなく眺める。

ジェシカ・ウェントワースには属するべき世界がある。彼だってそうだ。ふたりの住む世界はちがうのだ。彼女の言うとおり、自分に与えられるのは愛人としての暮らしがせいぜいだろう。それにポーリーンのこともある。ポーリーンを裏切り、捨てることはできない。彼女は快適な、楽しい日々を与えてくれた。それで十分だった……ジェシカと出会うまでは。

すぐにジェシカを忘れるべきなのはわかっている。まともに考えればそれ以外の選択肢はありえない。だが彼のなかのなにかが、その選択肢を拒絶していた。こんなふうに身動きの取れない状態に陥るのは初めてだ。長い鉄の鎖のごとき重たい過去が選択肢を奪う。顔も知らない相手と結婚している自分に、残された道などない。

せめてジュリア・ハーゲイトを見つけだせたなら。そうしたら、それきり縁を切ることができるのに。

4

楽屋に入るなり、ジュリアは好奇心に満ちた六個の瞳が自分に向けられるのに気づいた。『じゃじゃ馬ならし』の共演者たちが、サヴェージとの一夜はどうだったのかと臆面もなく探るまなざしで見ている。

ローガンだけは稽古用のメモを読むのに夢中で、彼女が現れたことにも気づいていない。

「遅刻だぞ、ミセス・ウェントワース」しばらくしてから、彼は顔も上げずに言った。

「すみません、寝坊して」ジュリアはつぶやき、空いている椅子に歩み寄った。寝坊は本当だ。ゆうべはサマセット・ストリートの小さな家に帰ったあと、一向に眠気が訪れないので、ぼんやりと宙を眺めながらワインを飲んだ。ベッドに入ってからもうまく寝つけなかった。ようやくまどろみ始めたときにはすでに起きる時間で、くまが浮き充血した目で一日を迎える羽目になった。

サヴェージのことを考えるのを、どうしてもやめられなかった。昨日という一日は、長きにわたり悩まされつづけてきた恐れと好奇心がついに最高潮に達した日だった。顔も知らない夫についてあれこれ想像することはもうない。夫は生身の存在となった。それと同時に、ただ想像していただけのときよりもさらに危険な存在となった。サヴェージは普通の紳士とはちがう。知力と権力と気力を兼ね備え、女性を完璧に支配して籠の鳥にしてしまう男性だ。その意味では父によく似ていると言えるかもしれない。強い男の妻にはなりたくなかった。ジェシカ・ウェントワースとして生きるために必死の努力を重ねてきて、いまさらそんな人生は送れない。

拍子抜けするほど繊細な一面を垣間見ることさえなかったなら、すぐにないがしろにできるのに。だが、優しく触れられ、いつか愛する女性と結婚したいという驚くべき告白を耳にしたあとでは無理だ。あの仮面の下には、もっと別の一面も隠されているのだろうか……それを知る機会はもう訪れない。ふたりのあいだに流れる不思議な感情を思うと、なぜか残念な気持ちで胸がいっぱいになる。だが二度と会わないとはっきり告げてしまった。そうするのが一番なのだと頭ではわかっている。なのになぜ、なにものにも代えがたい大切なものをなくした気がするのだろう。

「はい、どうぞ」というアーリスの声が聞こえ、熱い紅茶の入ったカップが差しだされた。

ジュリアはありがたく受け取り、甘くさわやかな香りのする液体を口にした。

「一秒たりとも眠らせてもらえなかったんでしょ?」アーリスははしゃいだ声でたずねた。

「こんなに疲れた顔のジェシカは見たことがないもの。彼、よほどよかったわけ?」

ジュリアはうんざりした顔で眉をひそめた。「彼と会ったのは、そういう目的じゃないの」

「そうとも、そうとも」と口を挟んだのはミスター・カーウィンだ。六〇代の太った男優で、世にも気の利いた男を自負している。心配性の父親や苦悩する夫、酔っぱらい、道化などを演じるのが得意で、独特の魅力で観客を巧みに引きつける。「本当のことを言う必要はないよ。私生活は胸のなかにしまっておきなさい」カーウィンは気さくなウインクをしてみせた。

おしゃべりに気づいたローガンが皮肉めかした声で割って入る。「ミセス・ウェントワース、きみもちゃんと聞いててくれないか。ゆうべの舞台でのきみの問題点もメモにまとめてきた。気になるだろう？」

ジュリアはうなずいて、紅茶をもう一口飲み、今朝のローガンはなにをこんなにいらだっているのかしらと首をかしげた。喜んでしかるべきなのに。舞台は観客にも批評家にも好評だし、彼女はキャピタルのためにサヴェージとの夕食に応じた。これ以上、いったいどうしろというのだろう。

ローガンがつづけてメモを読み上げようとしたとき、楽屋の扉が開き、小道具係のひとりがおずおずと顔をのぞかせた。「すみません」と一同に謝ってから、ジュリアに視線を向ける。「ミセス・ウェントワース宛にたったいまお荷物が届きまして。持ってきた小僧が、いますぐご本人にお渡ししてほしいと言うもんですから」

好奇心をかきたてられたジュリアは、簡素な包みを手にした小道具係を手招きした。ローガンの眉間のしわがますます深くなるのに気づいたのだろう、小道具係は包みを渡すとそそくさと楽屋を出ていった。早く中身をあらためたかったが、あとで開けることにし、包みを脇に置く。これ以上、朝の打ち合わせの邪魔をしたら、ローガンの機嫌を損ねてしまう。だが楽屋に集まった団員たちは興味津々の面持ちで謎の贈り物を凝視しており、ローガンがいらいらとメモをめくる音を気にも留めない。

「まったく」彼は口元に冷笑を浮かべつつジュリアに言った。「そのいまいましい包みをさっさと開けたまえ。開けないかぎり、みんな仕事どころじゃあるまい」

アーリスが肩越しにのぞきこんでくる。好奇心に瞳がきらめき、茶色の巻き毛が軽やかにはねている。「彼からね、そうなんでしょ？」

ジュリアは慎重に包装をとき、手紙が入っているのを見つけた。読み上げてもらえるとでも思ったのか、団員たちが身を乗りだしてくる。彼女は手紙をみぞおちのあたりで隠すように持ち、無言で文面に目を走らせた。

マダム
こちらの品はかつて、ミセス・ジョーダンという才能あふれる女優のものだったそうです。気品と美貌を兼ね備えた女性が身に着けてこそ輝きを放つ品でしょう。どうぞお受け取りください。気に入っていただきさえすれば、なんの見返りも求めません。

敬具
デイモン・サヴェージ

ジュリアはブルーベルベットの小袋を箱からそっと出し、中身を手のひらに落とした。アーリスが聞こえよがしに息をのみ、カーウィンが感嘆したように喉を鳴らす。我慢しきれなくなったのだろう、ほかの団員たちもよく見ようと集まってくる。

手のひらの真ん中には、見たこともないほど華麗なブローチがのっていた。小さな薔薇の花束を模したデザインで、花弁はきらめくルビー、葉はエメラルド。英国王ジョージ四世の弟、クラレンス公の愛妾だったことで知られるミセス・ドロテア・ジョーダンなら、これほどの品を持っていても不思議ではない。ジュリアも多くの男性から宝石などの贈り物を差しだされたことがあるが（もちろんすべて断った）、ここまでの逸品は初めてだ。彼女は手のひらの小さな宝を呆然と見つめた。「こ、このような品はお返ししなくては」とやっとの思いで言うと、仲間たちがすかさず反対の言葉をいっせいに口にした。

「なんのために？」

「将来のためにも、とっておきたまえよ――」

「あれほどの大金持ちだもの、侯爵様はあと千個同じものを買っても、痛くもかゆくもないはずだわ！」

「すぐに結論を出す必要はないでしょ」アーリスも諭すように言った。「一日か二日、どうするか考えてみたらどう？」

「そこまでだ」ローガンがきらめく濃茶色の髪をいらいらと引っ張りながら言った。「ミセス・ウェントワースの求愛者より、もっと重要なことがあるはずだぞ」

俳優たちは素直に席に戻った。ジュリアはブローチを握りしめ、とりとめもなく考えていた。返す以外の選択肢などない。これまでだって、男性からの贈り物はすべて断ってきた。手紙にはああ書いてあるが、サヴェージはきっとなにか見返りを求めるに決まっている。ただで人にものを与える人であるはずがない。そこまで思ったところで、ふと妙な考えが脳裏に浮かんだ。彼は夫だ。だったら受け取ってもいいのではないだろうか。幼いころの結婚のせいで、ジュリアは多くのものを失った。そのちょっとした埋めあわせにはなる。それにこのブローチはうっとりするほど美しく、しかも自分によく似合っている。

ミセス・ウェントワースの求愛者……ローガンの最前の言葉を思いだし、ジュリアは照れくささと喜びに頬を染めた。だがサヴェージに好意を示されたからといって、嬉しがったりするべきではない。むしろ警戒すべきだ。それにしても、夫に求愛されるとはなんという運命のいたずらだろう。思いがけず言い寄られる羽目になったが、これ以上厄介な話になる前に手を打たねばならない。

ブローチをベルベットの小袋に戻し、彼女はローガンの読み上げるメモの内容に意識を集中させた。仲間たちが質問を投げたり、提案をしたりするかたわらで、黙っておとなしくしていた。打ち合わせが終了すると、しばらくひとりで考え事をするため、自分の楽屋に戻ろうとした。

「ミセス・ウェントワース」とローガンに呼びとめられて、ジュリアはいぶかしむ表情を浮かべつつ歩を止めた。

「なんでしょう、ミスター・スコット？」

さりげない様子をよそおってはいるものの、赤褐色の眉のあいだに寄るしわを見れば、彼が内心穏やかでないのは明白だ。「サヴェージ卿との夕食は、そう不快なものではなかったようだな」

「ええ」ジュリアは淡々と応じた。「とても楽しいひとときでしたわ」

「また会うのか？」と問いかけるローガンの口元に、ばかなことを訊いたとでもいうようにふと自虐的な笑みが浮かぶ。

「いいえ」とジュリアが答えると、なぜか彼は安堵の表情になった。サヴェージとのことがきっかけで、女優業に差し障りが出るのを心配したのだろうか。それとも、もっと別の個人的な意図があって訊いたのだろうか。

「では、これっきりというわけだな」

ジュリアはベルベットにつつまれたブローチをぎゅっと握りしめた。「ええ、もちろん」

レディ・ポーリーン・アシュトンはロンドンの優雅なタウンハウスの寝室で、刺繍をほどこした象牙色の絹の上掛けに寝そべっている。肉感的な肢体を覆うのは、かすかに透けるピンク色の化粧着だけだ。寝室に現れたデイモンの姿を認めると、彼女はけだるげに歓迎の言葉をつぶやいた。この週末、ふたりは別々に過ごした。彼女がハートフォードシャーの妹の家を訪問していたためだ。

ロンドンに戻るとすぐに彼女は、香水をふりかけ、金色の蠟で封をした短い手紙をデイモンに送ってきた。有無を言わせぬ文面に、彼は最近の行動について知られたのだろうと推測した。どういうわけか、ポーリーンは彼の行動を常に把握していた。あたかも大勢のスパイを雇って見張っているかのようだった。

「いらっしゃい、あなた」ほっそりとした白い手が手招きする。デイモンの顔を引き寄せ、驚くほどの力強さで抱いたまま、激しく口づける。彼はさっと顔を上げると、探るようにポーリーンを見つめた。彼の苦手な表情、勝ち誇ったような、高ぶった表情を浮かべ、こげ茶色の瞳は期待にぎらついている。どうやらけんかも辞さないつもりらしい。しかも、勝利を確実にするなんらかの切り札を握っているようだ。

「ポーリーン、話したいことが――」

「もう知ってるわ」彼女は静かにさえぎった。「屈辱よ。社交の場に行けば冷笑で迎えられ、心にもない慰めの言葉をかけられる。あなたが貧乏くさい女優にのぼせあがっていると、誰もがわたしの耳に入れる最初の人間になろうとする」

「恥をかかせるつもりはなかった」

「わたしが妹の家に遊びに行っているすきを狙うなんて、あなたも大したものね！　それで、彼女はどうだった？　有名なあばずれとの一夜ですもの、さぞかし刺激的――」

「彼女とはなにもない」

ポーリーンは疑いの目で笑った。「本当に？　それなら彼女、例のゲームを楽しんでいるのね。わたしも使ったあの作戦を。一カ月もじらしてから、ようやくあなたの誘いにのったのを忘れたの？　待てば待つほど勝利の味は甘みを増す、そうじゃない？」

いまようやく、デイモンはポーリーンになにを求め、その結果どのような責任を負うことになるのかを悟った。ほんの数カ月のつきあいだったが、彼女は一緒にいて楽しい相手だった。彼女に嘘をついたことは一度もないし、進んで差しだされる以上のものを求めたこともない。ベッドでともに過ごす特権を得る代わりに、相応の見返りも与えてきた。今日ここに来たのは別れを告げるためではなかったが、ふたりの関係がいかに陳腐なものだったか気づいてしまった。共有できたのは肉体的な喜びだけ。それ以上の深い心の結びつきや愛情を築くことはできなかった。これからも不可能だろう。

「用件は？」

彼の口調にかつてない冷淡さを感じとったのだろう、ポーリーンは身を硬くした。「これからどうするつもりか聞きたいの。ジェシカ・ウェントワースを新しい愛人にするのね？」

「きみには関係ないことだ」

「彼女みたいなあばずれのために、わたしを捨てるというの？　新しいおもちゃみたいなものじゃない。ただのきれいな玩具よ、じきに飽きるに決まってる。そしてけっきょく、わたしの元に帰ってくるんだわ」

あまりの傲慢さにデイモンはいらだちを覚えた。自分の行いについて他人の非難を甘んじて受けたことなど一度もない。ポーリーンに非難する権利を与えるつもりもない。「別の女性の寝室を訪れたいと思ったときに」彼は穏やかにかえした。「きみの許可を得る義務などない」

「ようくわかったわ、侯爵。わたしがこれからどうなるかくらいは、うかがってもいいわよね」

　デイモンは値踏みする目でポーリーンを見た。彼女は美しく魅力的だ。一週間後には新たな庇護主を見つけているだろう。彼女に愛されているなどという幻想は抱いていない。そのような病の兆候すら目にしたことはない。ここで関係を終わらせても、彼女が嘆き悲しむことはあるまい。

「きみなら大丈夫だろう。きみを一目見て、ほしいと思わない男はいない」デイモンは口調をやや和らげてつづけた。「この数カ月間、ともに過ごせて楽しかった。だから思い出を汚すことがないよう、気持ちよく別れたい。きみのつけはすべてこちらで清算しよう。餞別も贈る……新しい馬車、宝石、家、なんでもほしいものを言ってくれ」

　ポーリーンはこげ茶色の瞳でデイモンを見据え、「餞別ならもういただいたわ」とまばたきもせずに応じた。その声音にはなぜか皮肉めかしたものが感じられた。彼女は丸みを帯びたおなかにゆっくりと手をやり、意味深長な手つきで撫でた。

　わけがわからず、デイモンは白い指が動くさまをただ見つめていた。彼女がなにを言わんとしているのか、理解することを頭が拒絶している。

「なにをいただこうかしら」ポーリーンはけだるげにつぶやいた。片手は守るようにおなかに置いたままだ。「お金だけいただいて、その後は自分の体のことであなたを煩わせない、というのが一番よねえ。それが一般的なやり方でしょう？　あなたのような立場の男性は、しょっちゅう非嫡出子を作っているわけだし、その子の母親に対して責任を感じることもない。でもわかってるわ。あなたは世間の男たちとはちがう」

「ちゃんと予防措置をしていたはず——」デイモンはかすれ声で応じた。

「失敗することもあるわ」

「医者に診てもらおう」

「もう診ていただいたの。もちろん、先生にお話をうかがってくれてかまわないわよ。妊娠していると請けあってくださるわ」ポーリーンは言葉を切り、ふいに弱気な口調になってつけくわえた。「嘘だと言うんでしょう。あるいは、自分の子じゃないって。でもわたし、本当のことしか言ってないわ」

単なるはったりなら大したものだ。ポーリーンはまばたきひとつせず、頬を赤らめることも、血管を大きく脈打たせることもなかった。女性が嘘をついていれば、そうした変化からおのずとわかるものだ。だが彼女は極めて穏やかに、冷静に語った。

子ども……わたしとポーリーンの子ども。全神経がその事実を受け入れまいとしている。成人してからこのかた、女遊びに溺れた覚えは一度もない。慎重に相手を選んだし、子をなしたこともないはずだ。ポーリーンの言うとおり、たしかに世の男の大部分は金銭面以外で愛人の子に援助の手を差し伸べたりしない。だから普通、妊娠は切り札にはなりえない……だが、彼にとってはなるのだ。ふいに寒気を覚えて、デイモンはベッドのかたわらを離れた。吐き気をもよおすほどの現実を突きつけられてゆがんだ顔を、見られたくなかった。

ポーリーンにどのような感情を抱いていようと、彼女を捨てることはできない。子どもを介して、ふたりは永遠に結びつけられてしまった。彼女はわかっているのだ。子どもとその母親を見捨てるなどデイモンにはできやしないと。これから彼は、生涯ふたりとともに生きていかねばならない。

きっと妻の座を望んでいるのだろう。それが当然だと思っているはずだ。デイモン自身、普通ならそう考える……たったひとつの障害さえなければ。彼は口をゆがめて苦々しげに笑い、気づいたときには声に出して言っていた。「きみと結婚はできない」

「不本意なのはわかるけど、考えてもみて。あなたには跡取りが必要よ。でないと弟さんに爵位を渡すことになるでしょう。それに子どもの将来も――」

「結婚してるんだ」弟以外の人間に、その事実を認めるのはこれが初めてだった。デイモンは固くこぶしを握り、やるせない怒りに襲われるのを感じていた。このような運命を押しつけた父が憎くて仕方がなかった。

まったき沈黙がふたりをつつむ。耐えきれずに、デイモンはポーリーンを見た。衝撃のせいか、それとも憤怒のせいか、顔が真っ青だ。

「どういうこと？」彼女はあえぐように問いただした。「あの噂は本当だったの？　嘘でしょう、だって、あなたのような人がまさか――」

「もうずっと昔の話だ。七歳のとき、父が勝手に決めた」

「わたしを騙すつもりなら――」

「本当だ」

青ざめたポーリーンの顔が真っ赤になる。「なんてこと……どうして隠したりしたの。それに、つ、妻とやらはいったいどこにいるのよ」

「結婚してからは一度も顔を見ていない。両家の取り決めで、われわれは離れて暮らし、相応の年齢になったらいずれ引きあわされるはずだった」デイモンは深呼吸をし、やっとの思いでつづけた。「だがけっきょく、その日はやってこなかった。彼女がこの結婚についてどんなふうに聞かされていたのかはわからない。だがわたしの父はしきりに、おまえは運がいいと言った。裕福な一族と縁を結び、自ら妻を探す手間が省けたのだからと。どのような理由があるにせよ、こんな目に遭わせる父を憎んだ。うちの人間がわれわれを引きあわせようとするたびに抵抗した。ジュリアも――」

「ジュリア」ポーリーンはぼんやりとつぶやいた。

「彼女も会うのをいやがっているようだった。そして、自らの手でこの問題を解決するために会う決心をしたときには、彼女はいなくなっていた。それが三年前の話で、以来、行方知れずのままだ」

「いなくなったってどういうこと？　誰も居場所を知らないの？　ご家族も？」

「友人や家族は、知っていたとしてもなにも明かそうとしない。探偵を雇って欧州全土を捜したが、手がかりすら得られなかった」

「でも、そんなふうにいなくなるわけがないじゃない。きっと彼女の身になにかあったにちがいないわ」という声には希望がにじんでいる。「ひょっとしてもう亡くなっているのかもしれない！　そうよ、じゃなかったら、事故で二目と見られない顔になったんだわ。あるいは修道女になって――」

「あらゆる可能性を考えてみた。だが、裏付けになるような事実は得られなかった」

「でも生きているなら、未来のリーズ公爵夫人の立場を手に入れにやってくるはずよ」

デイモンは肩をすくめ、「わたしの妻として生きる人生に、魅力を感じないんだろう」とそっけなく応じた。

怒りと希望がせめぎあっているのだろう、ポーリーンは困惑した表情を浮かべており、こめかみと首筋に細く青い静脈が浮いている。「ミセス・ウェントワースのことはどうするの」問いただす声は震えていた。「ひょっとして、好きなだけ女性を囲うつもり？」

「彼女のことは、ジュリア・ハーゲイトとはいっさい関係ない。きみとも」

「わたしの代わりにするのね」ポーリーンはわめいた。「わたしをこんな目に遭わせたくせに、責任があるくせに！」

憤怒に燃える彼女の顔を見つめながら、デイモンは別の女性を思いだしていた。ジェシカ・ウェントワースの青碧の瞳、月光のようにきらめく肌。あなたと愛人関係を結ぶことを望んでいないから……彼女はそう言った。それ以外の条件をあなたは出せないはず、とも。「彼女とは二度と会わない」デイモンは静かに告げた。「わたしが与えられる人生など、彼女にふさわしくない」

「わたしのことはどうするつもり?」

「きちんと面倒を見る。きみのことも、子どものことも。だが、いままでどおりの関係というわけにはいかない」

ポーリーンは見るからに安堵した様子になった。いまの言葉の意図するところは、あえて無視することにしたらしい。「やっぱり」と打って変わってやわらかな声で言う。「あなたがわたしを捨てるわけがないと思っていたわ」手を伸ばし、真っ赤な唇を誘うように開く。デイモンは首を振って戸口に向かった。自制心を総動員しなければ、甘ったるい香りのするこの牢獄から走って逃げだしてしまいそうだ。「デイモン、話は終わってないのよ!」

「またにしよう」彼はつぶやいた。一歩足を踏みだすたびに彼女との距離が広がっていくのがありがたい。いまは愛を交わすつもりも、話をするつもりもない。つかの間でいいから、なにも考えず、なにも感じずにいたかった。

マダム・ルファヴルのドレスショップは、染料と生地と湯気のたつ琥珀色の紅茶の匂いでむせかえるようだった。ベルベット張りの椅子を並べ、金縁の鏡を壁にかけた、もっと上等なしつらえのドレスショップはロンドンにいくらでもある。だがマダム・ルファヴルの店ほど、審美眼に優れた裕福な客を引きつける店はない。ジュリアも、フランス育ちのマダムのシンプルながら着る人の魅力を引きだすデザインと、マダムが選ぶ美しいシルクやモスリン、やわらかなウールといった生地に惚れこんでいた。

別の女性客との会話をいったん中断して、マダム・ルファヴルは自らジュリアを店内に招き入れた。マダムにとってジュリアはお気に入りの客。演劇界でますます名を上げつつあるうえ、多くの女性客とちがってきちんと支払いをすませるからだ。普通の女性客はドレスを新調するたび、渋る夫や愛人に支払いをせがまなければならない。

「いらっしゃい、ミセス・ウェントワース、約束より少し早いご到着ね」マダムは歓声をあげて、デザイン画や生地見本、最新ファッションをまとった人形などが山をなすテーブルにいざない、椅子を勧めた。「こちらで少し待っていただけるかしら――」

「ええ、もちろん」ふたりは笑みを交わした。自立している女性同士、互いに敬意を払っている。ジュリアは使いこまれた椅子に腰を下ろすと、お茶は断り、デザイン画に目を通し始めた。

「すぐに戻るわね」マダムは言い、店の奥につづくモスリンのカーテンの向こうに消えた。

ジュリアが一枚のデザイン画――サテンのリボンを胸元にあしらった細身のモーニングドレス――をしげしげと見ていると、そばの椅子に誰かが座った。

魅力的な面立ちの黒髪の女性で、人形を一体手に取り、小さな襞襟《ひだえり》をもてあそんでいる。女性はジュリアを見やり、かすかにほほえんだ。

応じるようにほほえんだジュリアは、相手がレディ・アシュトンなのに気づいて笑みを消した。なんて不運な偶然……と内心でうめく。サヴェージとの密会をもう知っているにちがいない。罪悪感に思わず頬が赤くなったが、やましいことなどなにもないと自分に言い聞かせた。彼と夕食をともにして咎められる筋合いはない。それに、結婚してすでに十数年が経つ夫と、一度くらい食事をする資格はあるだろう。

レディ・アシュトンは余裕しゃくしゃくといった様子で、この偶然に狼狽するそぶりも見せない。「ミセス・ウェントワース」という声はベルベットのようだ。「ふたたびお目にかかれて光栄だわ」

ジュリアは愛想笑いで応じた。「ここでお会いするなんて驚きましたわ」

「あら、驚くことはなくてよ。わたしがマダムに、あなたの予約時間に合わせて予約を入れてちょうだいとお願いしておいたの。そうすれば、あなたとおしゃべりできると思って」

内心の動揺をひた隠し、ジュリアは問いかけるように金色の眉を上げた。

「あなたのような方は、大勢の男性から求愛されるのでしょうね」レディ・アシュトンは人形をかたわらに置き、別の一体を手に取った。ジュリアのほっそりとした体に値踏みするようなまなざしを向ける。「美しく、才能にあふれ、ロンドン中の男性から求められる。どこに行ってもあなたをモデルにした銅版画や絵画を目にするわ。英国演劇界で最も愛される女優、といったところかしら。あなたが望めばどんな殿方でも手に入るのではない？　あなたの誘いを拒絶できる人なんてきっといやしないわね」

張りつめた緊張が流れるなか、ジュリアは相手の見事な演技に感嘆していた。内心では怒り、傷つき、恥辱を覚えているだろうに、つゆほどもそうした感情をおもてに出さない。

「なにがおっしゃりたいのかしら」ジュリアは問いかけるようにつぶやいた。

レディ・アシュトンは肩をすくめた。「つまり、わたしを含む世の女性は、あなたのような有名人に太刀打ちできないと言いたいの」

ジュリアはひるむことなく相手の顔を見据えた。「どなたとも張りあう気はありませんわ」

軽やかな笑い声が響いたが、レディ・アシュトンのこげ茶色の瞳は少しも笑っていない。

「それなら安心ね。あなたのように優位な立場にある方に、人のものを誘惑していただきたくないから」

からみあったふたりの視線が、声にならないメッセージを伝えた。レディ・アシュトンの瞳が〈わたしのものを奪おうとなさらないでね〉と警告を発する。ジュリアは〈なにも心配することはありませんわ〉と穏やかに応じた。

しばらくしてから、レディ・アシュトンが先に目をそらした。腕に抱いた人形のドレスにあしらわれたレースのトリミングに視線を落とし、人形をそっとテーブルに置く。「マダム・ルファヴルの店に来るのはこれが初めてなんですの。どうやら新しいドレスが何着も必要になりそうで」

「マダムのドレスならどれもあなたによくお似合いだわ」ジュリアは機械的に応じた。彼女のようにほっそりとしていながら肉感的な体型なら、粗布を巻いただけでもおしゃれに見えるだろう。

「でもじきにそうではなくなりそう」レディ・アシュトンは平らなおなかをぽんぽんとたたき、愛情たっぷりの視線を注いだ。「数カ月もすれば、まったくちがう体型になっているでしょうから」

ジュリアの手のなかでデザイン画が震える。彼女は紙を膝に置いた。思いがけない知らせに稲妻のように打たれ、頭のなかが真っ白になる。なんということだろう……赤ん坊、彼女はサヴェージの子をみごもっているのだ。探るような視線を感じてはっとわれにかえり、別のデザイン画に気を取られたふりをする。彼はすでに妊娠を知っているのだろうか。知っているとしたら、いったいどんな気持ちで……。

おそらく怒っているだろう。罠にはめられたようにも感じているだろう。だがなかんずく、責任感を覚えているにちがいない。自分の子をみごもった女性を冷たく捨てるような人ではない。レディ・アシュトンと結婚するつもりはない、愛する女性と結婚したいと言っていたが……その夢はもうかなわない。そんな彼にいまにも同情を覚えそうになったが、どう考えても自業自得だ。彼とこの計算高い女性ならばお似合いだろう。どちらも黒髪にエキゾチックな面立ちで、ほしいものがあればなんとしても手に入れようとする残酷なまでの意志をもっている。

サヴェージは自ら招いた結果に責任を取ることになるだろう。彼との距離を保つよう、ますます気をつける必要がある。ふたりの問題はふたりに解決させればいい。わたしはわたしの人生を歩むので精一杯だ。

そこへ幸い、マダム・ルファヴルの楽しげな話し声が聞こえてきて、ジュリアの物思いは断ち切られた。試着の準備ができたからと、店の奥に来るようせかされる。ジュリアは立ち上がり、懸命に笑みを浮かべた。「ではこれで、ごきげんよう」とつぶやくようにレディ・アシュトンに告げる。駆け引きに首尾よく勝利したことに満足した様子で、レディ・アシュトンはうなずいた。


母のエヴァから最近、手紙を受け取っていたため、ジュリアは父が留守にする日にちを詳細に把握していた。父はよく、クラブの会合や財産管理人との打ち合わせのためロンドンに足を運ぶ。ジュリアは機会を見つけては、一時間ばかり馬車を飛ばしてハーゲイト・ホールを訪れ、一、二カ月おきに母と会うようにしていた。母の体調が心配だったためだ。調子がいいときもあれば、そうでないときもあり、常に不安定な状態だった。

嬉しいことに、今日の母は専用の応接間で刺繍入りの薄手の膝掛けをかけて座っていた。顔色もよく、表情も穏やか。足元の籠には、やりかけの刺繍が入っている。両腕を伸ばして迎える母に、ジュリアは駆け寄って抱きついた。

「苦しいわ」母は娘にきつく抱きしめられて笑い声をあげた。「いったいどうしたの……この前会ってから、なにかあったようね」

「お母様にプレゼントがあるの」

ジュリアはレティキュールの口を開け、なかから小さな宝石袋を取りだすと、きらめくルビーのブローチを手のひらにのせた。「常連のお客様にいただいたの」とさりげない口調で告げる。「わたしよりもお母様のほうがお似合いだと思って」どれほど気に入っていても、手元に置いておくわけにはいかない。サヴェージを思いださせるものはすべて、どこかにやってしまいたかった。

「まあ、ジュリア……」宝石で花束をかたどったブローチを見て、母はかすかに驚きの声をあげた。

「つけてみて」ジュリアはせかし、母の純白の襞襟にブローチをつけた。「はい……これで季節がいつだろうと、絶えず薔薇がそばにあるでしょう?」

「受け取れないわ」母は精巧な作りのブローチに手を伸ばした。「こんな高価なもの。それに、お父様に見つかったら——」

「お父様が気づくわけないじゃない。万が一ばれたら、亡くなったお友だちの形見としていただいたと説明すればいいわ」ジュリアは不安げな面持ちの母に向かって明るくほほえんだ。

「娘のプレゼントを断ったりしないでね。本当によく似合うわ」

「そうお?」母は少し安堵した表情になり、身を乗りだしてジュリアにキスをした。「そのお客様のことを教えてちょうだいな。そんなに興奮した様子なのは、その方のせいかしら。それとも、ミスター・スコットが新しい作品で素敵な役につけてくれたせい?」

「どちらでもないわ」ジュリアは母の顔をじっと見つめながら、頬がピンクに染まるのを覚えた。「彼に……会ったの」

母はしばし怪訝そうに娘を見つめていたが……やがて合点がいったようだ。「彼」が誰なのか、あえて訊くまでもない。母はぱくぱくと口を動かし、ようやく「どうやって？」とささやき声でたずねた。

「偶然なの。週末のパーティーで、名前を耳にして周囲を見渡してみたら、そこにいたというわけ。向こうはわたしが誰だかわかっていないわ。言えなかったの」

母はゆっくりとかぶりを振った。なめらかなこめかみのあたりが脈打っているのが、はためにもわかる。「そう……」という声はかすれ、困惑がにじんでいる。

「それから夕食に招かれたの」ジュリアはつづけながら、あの晩のことを人に打ち明けられることになんともいえない安堵感を覚えていた。「いいえ、強要されたと言ったほうがいいわ。ミスター・スコットに、劇場に多額の寄付をする代わりにわたしと会わせてほしいと申してたのよ。それで応じることにしたの」

「サヴェージ卿と食事をご一緒したの？」

ジュリアは大きくうなずいた。「そう、ロンドンのお屋敷で一週間前に」

「でも、名乗らなかった……」母の声は徐々に小さくなっていった。

「名乗れなかったの。それに、これっぽっちも疑われなかった。女優のわたしに興味があるだけなのよ」ジュリアは母のか細い手を握る手に、ぐっと力をこめた。「彼、独身だって言ったのよ。つまり結婚の事実を認めるつもりがないということでしょう？」

罪悪感のようなものが母の顔に浮かぶ。「彼の印象はどうだったの。魅力的だと思った？」

「そうね……」ジュリアは落ち着かなげに手を離すと、スカートをもてあそび、淡緑青色のやわらかなモスリン地を指先で折りたたんだ。「誰もがハンサムだと言うでしょうね。魅力的な男性なのは認めるわ」口元にしぶしぶ笑みを浮かべる。「でも、お互いに同じような欠点があるみたい。彼は用心深くて、他人に心を開かない人。人生のあらゆる側面で主導権を握り、そうすることで、大昔に父親から受けたような仕打ちを二度と味わわないようにしているの」かぶりを振って、短く笑う。「わたしの行方を知りたがらなかったのも、あれなら当然ね！　ジュリア・ハーゲイトのことなんて一度として考えたことがないんじゃないかしら。あったとしても、この世から消えてほしいと思ったに決まってる」

「誤解よ、ジュリア」母はため息をついて顔をそむけ、言いにくそうにつづけた。「サヴェージ卿は三年前にこちらにいらしたことがあるの。あなたの居場所を教えてほしいとおっしゃったわ。もちろんなにも教えなかった。海外にいて、連絡が取れないと説明したわ。以来、サヴェージ卿の雇った人間がときおりわが家を訪れては、あなたについて新しい情報はないかと確認するようになった。あの方は、なんとしてもあなたを見つけだそうとしているのよ」

ジュリアは困惑の面持ちで母を見た。「どうして……どうして彼が捜していると教えてくれなかったの」

「あなたに会う覚悟ができているとは思えなかった。あなたに選択肢を与えたかった。その気があれば自らの意思で会いに行ったでしょう？　それにお父様も、サヴェージ卿に行方を知られることを望んでらっしゃらなかったわ。あなたが、衝動的な振る舞いでせっかくの爵位と地位を失うと思ったのでしょう」

いらだちの声とともにジュリアは立ち上がった。「そうやって娘を操ってばかりいて、いやにならない？　教えてくれればよかったじゃない！　彼が会いたがっているなんて知らなかったわ」

「教えていれば、いまとはちがっていたかしら」母は穏やかに問いただした。「知っていたら、あなたも彼に会いたがった？」

「わからない。でも、選択肢をくれたってよかったのに！」

「選択肢ならいつも与えていたでしょう。ずっと昔に会うことだって可能だったのに、あなたは会わないほうを選んだ。一週間前だって、自ら名乗ることもできたのに、黙っているほうを選んだ。あなたがなにを望んでいるか、どうしてわたしにわかると思うの？　あなた自身わかっていないのに」

ジュリアは大またに室内を行ったり来たりした。「わたしの望みは彼から解放されることだけ！　こんな結婚、ずっと昔に解消するべきだったんだわ。向こうも解消したいはずよ。レディ・アシュトンの話を聞いたあとでは、なおさらだわ」

「それはどなた？　どうしてここで、その方の名前が出てくるの」

「彼の愛人」ジュリアは辛辣にかえした。「彼の子を妊娠したそうよ」

「妊娠」母は驚愕の面持ちでおうむがえしに言った。普段はそのようにあけすけな言葉をひどく嫌悪するのに。「それは……ずいぶん複雑なことになったものね」

「全然。話はいたって簡単よ。サヴェージ卿との縁をいっさい絶つだけのこと」

「ジュリア、お願いだから早まらないでちょうだい」

「早まるな、ですって？　この結論に達するまで何年もかかったのに。いったいどこが早まっているというの」

「あなたはただ延々と、自らの過去に背を向けてきただけ……彼と向きあうのを避けてきただけでしょう」母は諭すように言った。「いいかげんに夫と向きあいなさい。彼に真実を告げて、ふたりでこの状況に立ち向かう――」

「夫じゃないわ。夫として認めた覚えなんてないもの。どうせこの結婚とやらは、かたちだけのものなんでしょう。すぐに弁護士を雇って合法じゃないことを確認させ、サヴェージ卿に知らせるわ」

「それからどうするの。わたしたちは一生こうやって生きていくの？　死ぬまでずっと、こっそりあなたと会うことになるの？　お父様と仲直りしようとも、お父様を許そうとも思わないの？」

父の話になったとたん、ジュリアは歯を食いしばった。「お父様は、わたしの許しなんて求めてないわ」

「たとえそうだとしても、許してあげてちょうだい。お父様のためではなく、あなた自身のために」愛情にあふれた母の瞳が必死に訴える。「もう反抗期の少女でもないでしょう、ジュリア。あなたは自立した大人の女性で、母親のわたしに比べてずっと強い精神力の持ち主だわ。だからといって優しい一面をなくしてはだめ。愛情と思いやりにあふれた一面を失ってはいけないの。そういう辛辣な物言いばかりして、あなたがこれからどうなってしまうか心配でたまらない。いままでいろいろあったけれど、わたしはいまもあなたに対して、世のすべての母親と同じ夢を抱いているのよ。夫とともに家庭を築き、子どもを――」

「サヴェージ卿とそうなるつもりはないわ」ジュリアは頑固に否定した。

「せめて話だけでもしてみたら？」

「無理よ、だって――」説明しかけたところを、おずおずと扉をたたく音にさえぎられた。

二〇年近くもハーゲイト家に仕えてくれているメイドのポリーだった。ユーモアのかけらもない女性だが、心根は優しく、小さな顔はどこかフクロウを思わせる。母に献身的に仕えてくれるので、ジュリアも以前から彼女を気に入っていた。

「奥様」メイドは小声で告げた。「だんな様にお目にかかりたいというお客様がみえまして、ご不在だと申し上げましたら……奥様とお話がしたいとおっしゃるのですが」

母は表情をくもらせた。健康がすぐれないため、急な来客に応じることはめったにない。

「せっかくの娘との時間を邪魔されたくないの。あらためていらしてくださるよう、お伝えしてちょうだい」

「かしこまりました、ですが……お客様というのはサヴェージ卿で」

「彼が玄関広間に？」ジュリアは呆然と問いただした。メイドがうなずく。罵りの言葉を口にすると、母とメイドは仰天の面持ちで見つめてきた。「わたしがいることを知られたらまずいわ」ジュリアはつづきの間に大またで向かった。「お母様、彼をこちらにご案内して、なんの用件か聞いてちょうだい。ただし、わたしがいることは言わないでね」

「あなたはどうするの」母は見るからに当惑した表情でたずねた。

「となりの部屋に隠れているわ。絶対に彼になにも言わないで……どうすればいいのか、まだわからないんだから」ジュリアは投げキスをして隣室に消えた。


デイモンにとって、ハーゲイト・ホールに足を踏み入れるのはこれが三度目になる。一度目は結婚式の日、まだ七歳だった。二度目は三年前。ハーゲイト卿夫妻から娘の居場所を聞きだすため、初めて連絡をとったときだ。レディ・ハーゲイトは青白い顔をした無口な婦人で、消え入りそうな声でしゃべり、いかにもおとなしそうだった。一方のハーゲイト卿は思ったとおり冷酷そうで、おそらく誰にでも見下した態度をとるたぐいの人間。あれ以来デイモンは、ジュリア・ハーゲイトは両親のどちらに似ているのだろうと考えるようになった。内気な母親似か、それとも威圧的な父親似か。どちらに似ていても、ぞっとしない。

彼は玄関広間で辛抱強く待った。豪奢な屋敷は訪れる者を圧倒するようで、複雑に組まれたアーチ天井と磨き上げられた木の香りが教会を連想させる。幼い女の子にとって、このような屋敷で生まれ育つのは果たして楽しいものだろうか。ジュリア・ハーゲイトの幼少時代はどんなふうだったのだろう。邸内や見上げるほど高い天井に子どもらしい声が響きわたるくらい、元気に笑ったり、おしゃべりしたりしたのだろうか。それとも、屋敷の片隅で想像力をふくらませ、ひとり静かに遊んだのだろうか。デイモンの幼少時代も失望と不安に満ちたものだったが、ここでの暮らしに比べればずっとましだ。

それにしても彼女はいまどこにいるのか。このような環境に生まれ育ったあと、いったいどこに逃げたのだろうか。逃げた……ふとデイモンは、週末のパーティーでジェシカ・ウェントワースと出会ったときのことを思いだした。彼女はあのときこう言ったはずだ。人生のすべてを受け入れている人など、この世にいないはずです。誰にだって、変えてしまいたい過去、忘れてしまいたい過去はあるわ——。

メイドが戻ってきて、彼の物思いは断ち切られた。「奥様がお会いになるそうです。ただ、お体が弱い方ですので、あまり長時間はお話しになりませんようお願いいたします」

「わかった」

メイドに案内されるまま、玄関広間から二階に向かった。美しい彫刻がほどこされた壁板に囲まれ、分厚い絨毯の敷かれた廊下を進む。レディ・ハーゲイトになにを話すつもりなのか、デイモンは自分でもよくわからなかった。ハーゲイト卿に会って、娘の居場所をなんとかして聞きだすほうがずっと楽だろうに。健康を害している女性が相手では、言葉や態度で脅すわけにはいかない。

病気がちな母……またジュリア・ハーゲイトとの共通点が見つかった。デイモンの母も数年前に肺結核で亡くなった。母は哀れなほど体が弱く、絶えず一家の未来を案じていた。安定した生活を切望して結婚したのに、相手が賭け事狂いとは、運命はなんといたずらなのだろう。できることなら母を父から守り、母にふさわしい平穏で安寧な暮らしを与えたかった。母の願いをかなえられなかった苦い後悔に、これから一生苛まれるのだろう。

ジュリア・ハーゲイトを捨て、彼女のことまで後悔したくはない。彼のなかの高潔な一面が、なんらかのかたちでジュリアに手を差し伸べるべきだと訴えている。

ポーリーンに対しても責任は感じるが、状況は似て非なるものだ。ジュリアは自分の力ではどうにもできなかった運命の犠牲者。一方ポーリーンは、デイモンを操ろうとした結果こうなっただけのこと。妊娠はけっして偶然ではあるまい。

ピンクの濃淡に彩られた応接間に入ると、レディ・ハーゲイトは大きな椅子に腰を下ろしていた。デイモンは奇妙な懐かしさを覚えた。きちんと背筋を伸ばして座り、その姿勢のまま彼に向けて手を伸ばす、完璧に落ち着きはらった物腰。記憶のなかにあるとおりだった。誘惑に満ちたおもての世界に羽ばたくよりも、豪奢な籠のなかで安全に暮らすことを望むレディ・ハーゲイト。若いころはきっと美しい人だったのだろう。

デイモンはか細い手に敬意をこめてキスをした。

「どうぞ、となりにおかけください」と勧められ、すぐに従った。

「レディ・ハーゲイト、突然の訪問をお詫び――」

「お会いできて光栄だわ」夫人は穏やかにさえぎった。「久しぶりですもの。それで、ご家族はお元気?」

「弟のウィリアムは元気にやっております。あいにく父は脳出血の発作を何度か起こしまして、ますます体が弱っているようです」

「それはご心配ね」夫人の声は思いやりに満ちている。

デイモンはしばし口を閉じ、なにから話したものかと悩んだ。意味のないおしゃべりをする気はない。それに夫人のまなざしを見れば、ジュリアの話題を望んでいるのは明白だ。

「お嬢さんから連絡は?」彼は唐突にたずねた。「なにか新しい情報があるはずです。もう三年も経つのですから」

応じる夫人の口調は、曖昧ながらもよそよそしさは感じられない。「まだ娘の行方を捜してらっしゃいますの?」

デイモンはうなずき、相手をまじまじと見つめた。「はい。ですが、手がかりはなにも。まるで文明社会のどこにも存在していないかのようです」

隣室にいるジュリアは扉に耳を押しつけて盗み聞きをしていた。みっともないとは思ったが、聞かずにはいられなかった。サヴェージが母になんと言うか、真実を暴くためにどのような駆け引きに出るか、興味津々だった。

「娘を見つけたら、どうなさるおつもり?」夫人はたずねた。「娘をどうするのかしら」

「あれこれ考えてみるに、お嬢さんはわたしの妻としての立場につくことを恐れていらっしゃる、もっと簡単に言えば、望んでいらっしゃらないようです。だからといってお嬢さんを責めるつもりはありません。なにしろお互いのことをなにも知らないのですから。わたしはただ、お嬢さんが元気かどうか、不自由を感じていないかどうか、それが知りたいだけなのです。それさえわかったなら、あとはお嬢さんが望むとおりに事態を解決したいと考えています」

「娘があなたの妻のままでいたいと言ったら？　あの子もいずれ、公爵夫人になりたいと思う日が来るかもしれませんわ」

「そのときは、ご本人の口からそう言っていただきたい」デイモンはぶっきらぼうに応じた。抑えつけていた思いが、ふいに枷《かせ》を失ってしまったようだ。「面と向きあって、彼女自身の口から聞かねば。彼女がなにを望んでいるのか知りたいんですよ。そうすればこんなふうに捜しつづけることをやめて、けりをつけられるのに！」そこまで言ってすぐに、興奮した自分を悔やんだ。目の前のはかなげな女性を驚かせてしまったかもしれない。「すみません――」と彼がつぶやくと、夫人は手を振って謝罪の言葉をさえぎり、困惑を覚えるくらい思いやりに満ちたまなざしを向けてきた。

「娘が最も強く望んでいるのは、自ら運命を選ぶことです。人生で一番大切な選択肢のひとつを奪われたために、あの子はずっと苦しんでいる。もちろん、あなたも同じ思いでしょう」

デイモンのなかで感情が堰《せき》を切ったようにあふれだす。心から信頼し、すべてを打ち明けられる相手などいなかった。ウィリアムでさえその相手にはなりえなかった。胸にわだかまる思いも、さまざまな問題も、すべて彼自身が背負うべき重荷であり、彼以外に解決できる人間などいない。だがいまこの瞬間、誰かに話してしまいたいという欲求は、かつて感じたことのない激しい強迫観念となっていた。

デイモンは何度かこぶしを握り、手のひらを膝に押しあてた。「ええ、同じ思いです」という自分の声がかすれている。レディ・ハーゲイトの顔を見ることができない。「ジュリアが苦しむ気持ちがよくわかります。ハーゲイト卿と父が決めたことの結果に向きあえない気持ちも。彼女にはなんの落ち度もないと最初からわかっているのに、それでも彼女を責めずにはいられないのです。憎みつづけてきました。道楽ばかりで賭け事に狂っている父を憎むのと同じくらいに。存在そのものを忘れようとしたこともあります。母が亡くなり、父が病に倒れたために、わたしは新たな責任を負わされ、普段は仕事に没頭していられる。でもジュリアのことはいつも頭の片隅にありました。彼女がいるかぎり、わたしは誰も愛せないし、愛する権利すら得られない。でもようやく気づいたのです、彼女と向きあわないことには、自分はけっして自由にはなれないのだと」

「それほどまでにこの結婚は、あなたたちふたりに大きな影響を及ぼしていたのですね」レディ・ハーゲイトはつぶやいた。「当時は、ある意味筋がとおっていると思ってました。由緒正しいふたつの家が、お互いの子どもたちにふさわしい人生の伴侶を見つけるためのものだと考えていた……娘の将来が安泰で、いずれ誰からも敬われる爵位を得られると知って、安堵すらしました。あの子でなかったら、こういう結婚も望ましいものになったのかもしれません。あいにく当時のわたしは、自分が黙認した決めごとによって家族がばらばらになるとは想像もしなかった。ちっともわかっていなかったのですよ、幼い娘がどんなに強い意志の持ち主か……いいえ、あの子はいまもそうね」夫人は悲しげにほほえんだ。

「お嬢さんのことを教えてください」デイモンは思わず熱心な口調でたずねた。

「わたしにも、父親にも似てませんの。小さいころから親の考えに忍従せず、自分の意見や判断に従って行動する子でした。でもわたしは、あまり独立精神旺盛な子には育ってほしくなかった。女性にとって、好ましい資質とは言えませんからね。もちろん別の一面もありましたよ。想像力豊かで、情熱的で、傷つきやすい子でした。好奇心旺盛で、感情の起伏が激しくて。本当に、予測のつかないことばかり……」

レディ・ハーゲイトをじっと見つめていたデイモンは、ふと、襞襟のあいだに隠れるように光るものに目を留めた。夫人の話はつづいているが、ふいにただの言葉の羅列となり、周囲の音が自分の激しい鼓動にかき消される。内心の狼狽を気づかれまいと顔をそむけたが、鮮やかな映像は脳裏にこびりついたままだ。彼は唐突に、ことの次第を悟った。呼吸が速くなりそうになるのを懸命に抑える。

夫人は、彼がジェシカ・ウェントワースに贈ったブローチを着けていた。

世界にふたつとない品。レディ・ハーゲイトがそれを身に着けている理由はひとつしか考えられない。

娘から譲られたのだ。ジェシカ・ウェントワース、いや、ジュリア・ハーゲイトから……。

5

デイモンはルビーのブローチから目をそらせなかった。彼はジェシカ・ウェントワースのためにそのブローチを買い求めた。自分の贈ったものを身に着けていてほしかったからだ。これですべてつじつまがあう。ジェシカのとらえどころのなさも、謎めいた夫の存在も、遠い昔にレディ・ハーゲイトからデイモンの母に贈られた、あの希少な薔薇の名をすぐに言い当てた理由も。

さまざまな疑念が頭のなかで激しく渦巻く。彼女はどうして正体を明かさなかったのか。いったいどんなゲームを楽しんでいたのか。やがて導きだされた答えに、デイモンは苦々しげに唇を引き結んだ。てっきり彼女も自分に惹かれているのだとばかり思っていたが、あれはすべて幻想だったのだろう。やはり彼女は女優だ。それも、とてつもなく優れた。彼の気を引き、妻だと気づきもしないばかな男だと陰で笑うつもりだったのだろう。

怒りと傷ついた誇りに血が煮えたぎる。こんな目に遭わせた彼女の喉笛に手をかけ、いますぐ絞め殺したいくらいだ。こちらは三年間も無駄に行方を捜しつづけていたというのに、向こうは劇場という万人の目にさらされる場所に隠れていた。ジュリア・ハーゲイトのことは、理不尽な結婚からの逃げ場を求める哀れな乙女のように思っていたが、現実には人を欺く能力に長けた一流女優だった。

道理で両親が娘のいまの暮らしぶりを隠そうとするわけだ。彼女のように財産も地位もある若い女性が舞台女優になるなど聞いたことがない。もしも真実が知られたら、ハーゲイト卿の友人知人の大部分がジュリアを嘲笑し、悪しざまに言うことだろう。そんなふうに思う一方で、デイモンは彼女の大胆さをひそかに賞賛している自分に気づいてもいた。自らの才能だけを頼りに演劇界で生き残り……いや、栄光への階段を上り、現在の地位をつかむには、相当な勇気がいったはずだ。夢を実現するには、とてつもない犠牲を払い、大きな危険を冒さなければならなかっただろう。親の決めた結婚に対する嫌悪と、父親の野望をくじいてやりたいという思いは、それほどまでに強かったのだ。

デイモン自身、ずっと同じ気持ちを抱いてきた。ただ、置かれた状況への対処の仕方がちがっていただけのことだ。ジュリアはすべてを放棄した。名誉も安全な暮らしも、名前すらも。一方彼は、一家の長として父の跡を継ぎ、自分の人生だけではなく、周囲の人間の人生をも支配しようとしている。

レディ・ハーゲイトの顔を見据えたまま、彼は不本意ながら夫人に同情を覚えていた。心優しい女性なのだろうが、独裁的な夫や意志の強い娘と、うまく折りあいをつけられるような人ではない。表情の変化に気づいたのだろう、夫人はいぶかしげに見つめてきた。

「ジュリアはわたしに捜されたくないのでしょう」デイモンは穏やかな声音を作った。「だがいくらなんでも長すぎる。あなたには関係のない話でしょうが、わたしには義務というものがあります。いくつか重要な判断を下さねばならない……それもいますぐに。ジュリアが現れるときをずっと待っていました。これ以上はもう待てません」

ひたむきなまなざしに、レディ・ハーゲイトはまごついたらしい。「ええ、わかりますわ。娘と連絡がついたら、すぐにあなたにお会いするよう説得してみましょう」

そのとき、デイモンに応じるすきも与えず、別の声が会話に割って入った。「その必要はない！」

デイモンと夫人が同時に顔を上げると、ひとりの紳士が応接間に入ってくるところだった。デイモンは立ち上がり、義理の父であるハーゲイト卿と向きあった。

「あなた！」夫人の顔が見る間に青ざめる。「ず、ずいぶん早いお帰りですのね」

「ああ、じつに運がよかった」ハーゲイト卿の顔に冷ややかな傲慢さが浮かび上がる。「わしが留守のあいだは、サヴェージ卿の訪問はお断りするべきではなかったのかね」

「ジュリアの夫である方をそのままお帰しするわけには……」

エドワード・ハーゲイトは妻の弱々しい抵抗を無視し、しばしデイモンとにらみあった。義父は三年間会わないあいだにすっかり老いていた。豊かな鈍色の髪には白髪も目立つ。こまかなしわは細面の顔に柔和さを加える代わりに、長く風雨にさらされた花崗岩のごとき印象を与えている。黒い瞳はオリーヴの実を思わせるほど小さく、そこにぼさぼさの太い眉が影を落としている。背が高く、余分な贅肉は一ミリもなく、その姿を見ただけで自分にも他人にも厳しい人物だとわかる。

「いったいどういう風の吹きまわしだ？」義父は皮肉たっぷりに問いかけた。

「訊くまでもないでしょう」デイモンはぶっきらぼうに応じた。

「当家に来る必要などない。来たところで娘の行方についてはなにひとつわからんと、はっきり言ったはずだぞ」

デイモンは無表情をよそおいつづけた。だが胸の内では激しい怒りが渦巻いていた。ハーゲイト卿につかみかかり、優越感に満ちた澄まし顔をたたきつぶしてやりたい。自分のしたことにも、傷つけた相手にも、これっぽっちも良心の呵責など覚えていないその顔を。

「このような状況を招いたのはわたしではありません」デイモンは低い声で応じた。「それにわたしには、ジュリアがどうしているのか知る権利があります」

義父は耳障りな声で笑った。「まさかきみも、いまのあれが周りの人間にとってどれほどの面汚しか知りたくはあるまい。あれ自身にとっても、家族にとっても、夫であるきみにとっても、不名誉以外のなにものでもないのだ。捜索だろうとなんだろうと好きにやるがいい。だが、わしのいるところであれの名を口にするのは許さん」

「あなた」レディ・ハーゲイトが痛ましげに声を詰まらせながら訴える。「どうして、どうしてこんなことに――」

「あれがこういう道を選んだのだ。わしの責任ではない」ハーゲイト卿は鋭く言い放った。妻のこけた頰を伝う涙にも心を動かされないらしい。

ジュリアは隣室で凍りついていた。扉の脇の壁に体を押しつけ、サヴェージと両親の会話を聞いていた。いますぐに逃げなさいと本能が告げてくる。自分がひどく無防備で、父の無慈悲な言葉ひとつでその場にくずおれてしまいそうに感じる。父と向きあうのが恐ろしくてたまらない。だが会わねばならない、娘の存在を認めさせなければならない、そんな思いに駆りたてられている。自分がなにをしようとしているのかもわからないままに、彼女は扉を開け、応接間に足を踏み入れた。

娘の姿に、母が驚いて息をのむ。サヴェージは歯を食いしばるような表情を浮かべる以外、とくに反応は示さなかった。一方、父はすっかり肝をつぶした様子だ。

母のかたわらに歩み寄ったジュリアは、細い肩に手を置いた。母を安心させるための振舞いに見えただろうが、実際には、母から勇気を得るためだった。手のひらにか細い骨を感じる。母の不幸は父に原因があるのだと思うと、胸の内で怒りが頂点に達した。

「よくも顔を見せられたものだな！」父が罵声をあげた。

「お母様に会うにはほかに方法がありませんから」

「わしに隠れてこそこそ会っていたのだな！」

父をにらみながらジュリアは、ときが父の容貌にもたらした変化、顔に刻まれたしわや、髪に交ざる白髪に目を留めた。父も娘の変化に気づいただろうか。女の子らしいやわらかさや甘さを失い、大人の女性へと生まれ変わったことに。どうして父は、娘が求めてやまない父親らしい愛情を与えてくれないのだろう。優しい言葉を二言三言かけてくれれば、娘の成功を誇りに思っていると言葉で伝えてくれれば、ちがう生き方ができるかもしれないのに。父の愛を求める気持ちなど、できるなら捨ててしまいたい。父のもとを離れてからずっとそうしようと努力してきた。だが、自分のなかのなにかが、残されたわずかな希望を放棄するのを頑として拒んでいた。

心ならずも涙があふれてきたが、ジュリアはそれをこぼすまいとがんばった。「お父様のお気に召すことは、なにひとつできなかったわね」無表情な父の顔を見据えながら言った。「そんなわたしが、お父様を喜ばせようとするのをついにあきらめたとしても、不思議ではないと思わない？　お父様の求める高い水準を満たせる人なんて、この世にいないんだもの」

「わしの期待が重荷だったとでもいうのか」父はぼさぼさの眉を上げた。「親の言うことを聞けと言っただけではないか。ちっとも理不尽ではないぞ。代わりにわしはおまえに、何不自由ない暮らしと教育と、高い爵位のある夫を与えてやったのだ」

「どうしてわたしが女優になったかわかる？　わたしはずっと想像のなかで、お父様に愛され、気持ちや夢を理解してもらえる自分を演じていた。演じることに慣れてしまって、ほかの生き方ができなくなったからよ」

「自らの失態をわしのせいにするな！」父は大声をあげ、射るような目でサヴェージを見やった。「皮肉だな、おまえたちふたりはまさにお似合いとしか言いようがない。どっちも反抗的で恩知らずときている。いいだろう、おまえたちの人生には二度と干渉せん。だからおまえたちもわしの人生には干渉するな。金輪際、わが家に足を踏み入れたら承知せんぞ」

けんかをやめさせようと、デイモンは本能的に足を一歩前に踏みだした。だが歩み寄ったとたんにジュリアが驚いた声をあげて身を引き、なにかを訴えるまなざしを向けてきた。その目つきにデイモンははっとし、ようやく彼女の気持ちを理解した——おそらく、この世の誰よりも深く。彼女の胸には誇りと切望がせめぎあっていた。けっして相容れないそのふたつの感情は、彼自身をここまで駆りたててきたものでもある。彼女は愛されたいと望みながら、心をさらけだすことを恐れているのだ。

デイモンは脇にたらした手がうずくのを感じた。その手を伸ばし、この醜い争いの場からジュリアを救ってやりたい。かつて女性に一度として言ったことのない言葉が喉元まで出かかる。一緒においで……わたしにすべて任せればいい、もうなんの心配もいらないよ。ためらっていると、ジュリアは背を向け、部屋を飛びだした。両のこぶしが握られ、背中がこわばっていた。彼女がいなくなると室内はいやな沈黙に満たされた。ハーゲイト卿は、ことの成り行きにこれっぽっちも動揺の色を見せない。

「わしがどんな過ちを犯したにせよ」彼は言った。「あのような娘はわしにふさわしくない」

デイモンは口元に冷笑を浮かべた。「まったくです。あなたにはもったいないくらい、できたお嬢さんだ」

義父は小ばかにするように鼻を鳴らした。「そろそろお引き取りいただこうか、サヴェージ」彼は警告するように妻を見やり、おまえとの話はすんでいないぞと無言で伝えると、尊大な足取りで部屋をあとにした。

デイモンはすぐにレディ・ハーゲイトに歩み寄った。最前からひどく顔色が悪い。彼は椅子のかたわらに膝をついてたずねた。「使用人を呼びましょうか。なにかわたしにできることはありますか」


夫人は小さくうなずき、「お願い」とためらいがちに口を開いた。「ジュリアを救ってやって。強い子に見えるでしょうけれど、本当は――」

「わかっています」デイモンはつぶやくように応じた。「彼女のことは心配いりません。わたしが約束しましょう」

「こんなことになるなんて」夫人はささやいた。「ずっと夢見ていたんですよ、あなた方ふたりがいずれ出会い、そして……」

「そして？」デイモンは眉をひそめて促した。

自分の愚かしさを笑うかのように夫人が小さくほほえむ。「やはりお互いにふさわしい相手だったと気づいてくれる日が来ると」

デイモンは鼻で笑いそうになるのをこらえた。「それが望ましい結末なのかもしれません……ですが、そう簡単にはいかないでしょう」

「そうね」夫人は悲しげに彼を見つめた。

サマセット・ストリートの小さな家に戻ったジュリアの胸の内には、動揺と安堵がないまぜになっていた。ベッドに横たわり毛布の下に隠れて、今日という一日を記憶から消し去るすべを探したい。メイドのサラの気配を感じたので、今夜は来訪者があっても通さないよう伝えた。「誰にも会いたくないの、どんなに重要そうなご用件でもお断りして」

「かしこまりました」黒髪のメイドは、ジュリアがしばしばひとりになりたがることに慣れている。「なにかご用はございますか?」

「いいえ、着替えも自分でするわ」

ジュリアはキッチンでグラスとワインのボトルを探し、狭い階段を上って寝室に向かった。「わたしったら、なんてことをしてしまったの」とつぶやく。父と向きあったりするのではなかった。けっきょくなにも得られなかった――サヴェージに正体を知られてしまっただけだ。

彼は怒っているだろうか。きっとそうにちがいない。ばかにされたと思い、仕返しを考えているかもしれない。ジュリアはワイングラスを口元に運んだ。しばらく顔を合わせないようにしよう。怒りがおさまったころに会えば、理性的に話しあえるかもしれない。

夢遊病者のような足取りで、彼女は誰もいない寝室に入った。寝室はサルビアと薔薇が繊細に描かれた壁紙で彩られ、揺らめく淡緑色の天蓋をかけた大きな四柱式ベッドが置かれている。そのほかに、サテンノキの衣装だんすと化粧台、金色の枠にシャンパン色のベルベットを張った寝椅子も並んでいる。壁を飾るのは、俳優や舞台の一場面を描いた額入りの銅版画が数枚と、ローガンの手書き台本の一ページ。台本は、彼女が初めてキャピタルで成功をおさめたときにローガンから贈られたものだ。

室内を歩き、自分で買い集めた家具や装飾品を眺めて気持ちを落ち着ける。ここには過去の不快な記憶を呼びさますものはなにもない。あるのはジェシカ・ウェントワースとしてのプライバシーと安全な暮らしだけだ。今日という日をもう一度やりなおせたなら！　サヴェージに正体を明かしてしまうとは、いったいどんな自滅衝動に駆られていたのか。

母の応接間を飛びだす直前に見た、彼のまなざしが脳裏によみがえる。射抜くような瞳は、ジュリアの胸に秘められたあらゆる感情を見透かしていた。まるで子どものように無防備な存在となり、すべての秘密が暴露され、仮面が剝がされたかのごとく感じられた。

化粧台に座り、彼女は残りのワインを数口で飲みほした。これ以上サヴェージのことを考えるのはよそう。個人的な問題で、女優としてのキャリアに傷をつけるわけにはいかない。明日の新作の稽古に向けて準備をしておく必要がある。

脱いだドレスは床に落ちるに任せ、ブルーのモスリン地の簡素な化粧着に着替えると、前面に五つ並んだサテンのリボンを結んでいった。安堵のため息をもらし、ヘアピンを抜いて、乱れた淡い金髪を指で梳かす。『わが偽りのレディ』の台本を手にベッドに入ろうとしたとき、静まりかえった家に物音が響いた。ジュリアは身を硬くして、耳をそばだてた。一階でなにやら言い争うくぐもった声につづいて、メイドの叫び声が遠く聞こえた。

台本を放りだし、慌てて寝室をあとにした。不安に駆られつつ、「サラ！」と呼びながら階段まで走る。「サラ、いったいなにごと――」

ジュリアは階段の手前で足を止めた。メイドは玄関広間の中央に立っており、玄関扉が大きく開かれて、いままさにサヴェージが邸内に押し入ったところだった。

危険な雰囲気を漂わせたサヴェージを凝視しながら、ジュリアは頭のなかが真っ白になるのを覚えた。張りつめた表情の彼が、細めた目でこちらを見上げる。

「奥様」メイドが口ごもりつつ説明した。「こちらの、こちらの方が無理やり入っていらして、止めようにも止められず……」

「妻と話をしに来ただけだ」ジュリアに視線を注いだまま、サヴェージはぶっきらぼうに言い放った。

「妻……」メイドが混乱の面持ちでおうむがえしに言う。「では、あの、ミスター・ウェントワースでらっしゃいますか？」

サヴェージはしかめっ面をし、「いや、ミスター・ウェントワースではない」とかみつくような口調できっぱりと否定した。

ジュリアはやっとの思いで穏やかな表情を作りつつ、「お引き取りください」と断固とした声音で告げた。「今夜は話をする心の準備ができておりませんから」

「そいつは大変申し訳ないが」サヴェージは階段を上り始めた。「こっちは三年前から準備ができているんだ」

どうやら選択肢を与えるつもりはないらしい。ジュリアは覚悟を決めて勇気を奮いたたせ、仰天した面持ちのメイドに命じた。「今夜はもう休んでいいわ、サラ。わたしなら、心配いらないから」

「かしこまりました」サラはためらいがちにうなずき、決然とした表情で階段を上っていくサヴェージを見つめた。だが口出ししないほうがいいと判断したのだろう、すぐに自室に下がった。

ジュリアは顎を上げ、歩み寄るサヴェージを見かえした。「無理やり人の家に押し入るなんてずうずうしい方ね」辛辣な言葉を投げつつ、化粧着の前をぴったりとかきあわせる。

「どうして嘘ばかりついた？　どうして初対面のときに本当のことを言わなかった？」

「あなただって嘘ばかり。独身だって言ったじゃない――」

「ろくに知らない女性相手に、ごく個人的な秘密を話す習慣はない」

「個人的な秘密といえば、レディ・アシュトンは、あなたがじつは独身ではないということをご存じなのかしら」

「ああ、知っている」

「妻を捨てて、自分と結婚してほしいと思っているのではないの？　赤ちゃんのために」言いながらジュリアは、サヴェージの顔に驚きの表情が浮かぶのを見てほくそえんだ。

「どうしてきみが知っている？」彼は鋭く問いかえした。

「ドレスショップでお会いして、ご本人からうかがったわ。あなたに近づかないよう警告されたのだけど、心配ご無用と言ってさしあげればよかったわね。あなたとはお近づきになどなりたくないもの」

「だったら誰とお近づきになりたいんだ」彼はあざける声で言った。「ローガン・スコットか？」

「あなた以外の人なら誰でも！」

「なぜ？」サヴェージが身をかがめ、熱い息がジュリアの頬にかかった。「わたしが怖いからか？　わたしと同じものを求めずにはいられないからか？」

ジュリアは後ずさろうとした。だが両肩をつかまれてできなかった。振りほどこうと思えば不可能ではなかったが、なにかに、なにかとても大きな力に押しとどめられ、身を離せなかった。「なんの話だかわからないわ」彼女は震える声で応じた。

「初めて会ったときに感じたはずだ……お互いに」

「わたしはただ、ひとりにしてほしいだけ――」たくましい体に抱き寄せられて、ジュリアは息をのんだ。

彼の瞳には熱い炎が宿っており、冷たい灰色が溶けた銀のように見える。「まだ嘘をつくつもりか、ジュリア」

困惑に身を震わせながら、彼女はサヴェージに抱かれたままでいた。彼の匂いに鼻腔を満たされ、手のひらのぬくもりと、下腹部に押しあてられた硬いものをひしひしと感じる。厚い胸板の動きは、荒く息をする自分の胸の動きにぴったりと調和していた。男性に抱きしめられたことは過去にもあるが、どれも舞台の一場面だった。稽古に稽古を重ねたせりふやしぐさは、けっして彼女自身のものではない。観客を物語に引きこむために、技術を駆使して感情を表現しているだけだ。いまこうして、生まれて初めて現実に男性に抱きしめられてみると、どうすればいいのかまるでわからない。

サヴェージが薄い化粧着の袖の上をなぞり、肩からあらわな手首までぬくもりが伝わるのを感じた。彼は頬に唇を寄せながら語った。まるでじらそうとするかのように、唇のすぐそばに寄せられた唇が一言発するたびに肌を撫でる。「ブランドンの屋敷できみが夜中に部屋に来たとき、こんなふうにきみに触れられるなら、きみに近づけるなら、財産をなげうってもいいと思った。あのとき自分に誓った。きみを手に入れるまで、なにものにも邪魔はさせないと」

「妻と妊娠した愛人は除いて、でしょう」言いながらジュリアは、狂ったように脈が打つのを感じていた。

サヴェージが顔を上げる。濃いまつげが、ぎらりと光る瞳を隠していた。「ポーリーンの妊娠が本当かどうかはわからない。嘘をついているのかもしれないし、本当だったとして、自分がどうするつもりかもわからない」彼はためらってから、ぶっきらぼうにつけくわえた。

「わかっているのは、きみがわたしのものだということだけだ」

「わたしは誰のものでもないわ」ジュリアは軽くよろめきながら身を離した。「もう帰って」と打ちひしがれた声で訴え、安全な寝室に向かった。

「待って」ちょうど室内に入ったところで追いついたデイモンは、彼女を自分のほうに向きなおらせた。「ジュリア……」何度も練習を重ねたせりふが、喉の奥に詰まって出てこない。

彼女に自分という人間の真の姿をわかってほしいのに。いったいどうして、秩序だった彼の人生は唐突に、かくも混乱に満ちたものになってしまったのだろう。

金色の垂れ幕のように肩から腰まで覆うジュリアの髪に手を伸ばす。その髪をそっと指で梳く。彼をとらえて放さない宿命から、ジュリアも逃れられないのだろう、身じろぎひとつせず、言葉ひとつ発することなくただなにかを待っている。信じがたいことだが、幼いころから恨み、否定してきた女性が、いまやこの世で最も大切な人に変わっていた。

デイモンは長い髪をまさぐるようにして細いうなじを探りあて、産毛に覆われた肌を指先でつつみこんだ。うなじの筋肉がこわばるのが手のひらに感じられた。小さな抵抗の声が聞こえたが、少しずつ抱き寄せていき、最後にはぴったりと身を寄せた。

「こんなことをしてはいけないわ」ジュリアがささやいた。

「かまやしない」外の世界のことなど、もうどうでもいい。独力で慎重に築き上げてきた人生も、積年の苦しみも……デイモンはすべてを意識の奥底に追いやった。ジュリアのウエストに手をあて、きつく抱きしめる。彼女は身を震わせ、くぐもった声をもらした。

デイモンはジュリアのほうから動いてくれるのを待った。やがて小さな両の手がゆっくりと頭のほうに伸びてきて、髪をまさぐった。それだけで十分だった。デイモンは唇を重ねた。とたんに喜びが体を貫き、全神経と感覚が満たされていく。胸板にあたる胸はふっくらと豊かで、ひたと押しつけられた腰は引き締まっていながらやわらかい。長い髪は川のせせらぎのように彼の腕と手を撫でている。デイモンは唇を離し、きらめく髪をつかむと、頬をすり寄せた。

ジュリアはすすり泣きをもらし、彼の腕のなかで身を震わせた。「あなたを憎みたいのに」とくぐもった声で訴える。

デイモンはじっと見つめながら、なめらかな顎の先を親指でなぞった。「わたしは聖人ではない。周囲の人間に、いや、自分自身にも嘘をつきつづけてきた。でもそれは、きみだって同じはずだ。きみは可能なかぎり最高の人生を築こうと努力した。わたしもそうだ」

ジュリアは頰を涙が伝うのに気づいた。温かなしずくが、すぐにデイモンの親指でぬぐい去られる。初めて彼と心を割って話すことができて、安堵感につつまれていた。「あなたがずっとわたしを捜していたなんて、ちっとも知らなかった」

「ブランドンの屋敷で、どうして本当のことを言ってくれなかった?」

「自分を守ろうとしたの」

「陰で笑っていたんだろう?」

「まさか」ジュリアは即答したが、本音を隠しきれずに頰を赤く染めた。

デイモンの口元に苦笑が浮かんだ。「自分が本当は誰なのか、絶対に明かさないつもりだったんだろう?」と問いかけたが、頰がますます赤く染まるのを見て、答えは聞くまでもないと判断したようだ。彼は独占欲もあらわに両手で体をなぞった。「そう簡単にわたしは追い払えないよ、ジュリア」

彼女は身を離そうとした。だが、片手で背中を、もう一方の手でうなじを抱かれていて、身動きできなかった。今度のキスは欲望に満ちあふれたものだった。やわらかな口のなかを舌でまさぐられると反応せずにはいられず、歓喜に思わずうめきそうになり、さっと顔をそむけてたくましい肩に頰をうずめた。このような振る舞いがどんな不幸を招くことになるか、彼同様によくわかっていたからだ。「こんなことをしても、なんにもならないわ」と上着に唇を寄せたまま言う。「あなたが求めるような女性にはなれない。それにあなたには責任が……」

「責任はもうたくさんだ」というデイモンの声はいらだちで震えていた。「誰とつきあっても、一生つづくわけではないと最初からわかっていた。相手の女性にサヴェージの名を与えることはできない、どんなかたちだろうと、誰かと永遠の絆を結ぶことはできないと。ようやくきみと出会えたのに、求めていた女《ひと》ではないなんて言わないでくれ」

「いったいどういう意味？」ジュリアは絶望の笑みを浮かべて問いただした。「婚姻無効宣告を出さないとでもいうの？　わたしたちふたりに、いったいどんな未来があると思うの？　わたしはもうジュリア・ハーゲイトではないの。あなたにまるでふさわしくない女性に生まれ変わってしまったの」

「そんなこと、どうでもいい」

「どうでもよくないわ」ジュリアは言い募り、互いの体のあいだに腕をねじこんだ。「わたしが必死の思いで手に入れたものを、幸せでいるために必要なすべてのものを、あなたは捨てろと言うに決まってる。あなたは、妻が舞台に立つのを黙って見ていられる人じゃない。

単なる演技だとわかっていても、ほかの男性に求愛され、キスをされ、抱きしめられるのを許せる人じゃないでしょう?」

「ああ」デイモンは優しく応じた。「いまは許せない」と言って乱暴に唇を重ねると、彼女の口をこじあけ、むさぼるように愛撫を与えた。やがてジュリアは息を荒らげ、抵抗することも考えることも忘れた。彼を自分のなかに感じたいという切望感だけが、頭のなかを満たしていた。

サテンのリボンが荒々しく引っ張られ、化粧着の襟ぐりが肩まで落ち、抜けるように白い豊かな丸みが片方あらわにされた。デイモンの指先が丸みをなぞり、そこに炎を灯し、乳首をうずかせる。ジュリアは背を反らして、彼の手のひらに胸を押しあて、硬くなった先端を親指でもてあそばれる感覚に息をのんだ。

すっかり捨て鉢な気分になっていた。彼にすべてを捧げてなにがいけないのだろう。誰かになにかの義理があるわけでもない。自分のことは自分で決める権利をちゃんと持っている。とりわけこの問題に関してはそうだ。彼女はずっと誰かを演じてきた。それはときにジュリア・ハーゲイトであり、ミセス・ウェントワースであり、台本に書かれたさまざまな役柄だった。けれどもいまこの瞬間、誰を演じるでもなく、彼女自身としてデイモンの前に立っている。

「誘惑に屈するのはいやなの」ジュリアは震える両の手で、デイモンの引き締まった顔をつつんだ。「弱い自分を許せないから。仕事、規律、自立心……それ以外に信じられるものなんてない。誰かを愛したくなんかない。誰かのものにもなりたくない。でも……」

沈黙が流れ、デイモンは「でも？」と促した。

「ひとりはいや」

「今夜はひとりじゃない」

「今夜一晩だけ、一緒にいてくれる？　わたしのもとを去ってと言ったら、いつでもそうしてくれる？」

「わからない」デイモンはつぶやいた。現実と向きあいたくないのだろう。

もうどうでもいいわ……ジュリアはあきらめたように笑った。ふいに、彼と一緒にいたいという気持ち以上に大切なものなどないように思われてくる。ずっと享受できずにいた親密な交わりのすべてを、知りたくてたまらなかった。

彼女の瞳に浮かぶものを読みとったのだろう、デイモンは肩から化粧着を脱がせた。さらさらと音をたててモスリン地が床に落ち、小さな山を作る。食い入るような視線を全身に感じながら、ジュリアは身動きひとつせずにいた。彼の頰は赤らみ、こちらに伸びてくる両の手は震えている。裸身を見ただけで彼がここまで変わるとは思ってもみなかった。

デイモンは指の背で、乳房の下のなめらかな肌と、折れそうに細い肋骨の上をなぞった。やがて手のひらが下腹部に下りてきて、ジュリアは息をのんだ。太もものあいだを覆う巻き毛に指先が触れ、優しくかき分ける。彼女は驚きの声をあげて身を引き、かぶりを振った。すぐに彼が歩み寄り、両腕を背中にまわす。耳の奥で鳴る心臓の鼓動の向こうから、低く押し殺した彼の声が聞こえてきた。唇が重ねられ、ジュリアはそれを受け入れた。苦労して身につけた自制心を、生まれて初めて放棄した。ベッドに連れていかれ、ひんやりとした緑色のシルク地に横たえられる。ジュリアは彼の身をつつむリンネルやブロードを引っ張った。「ジュリア」と呼ぶ声はひどくかすれていた。「やめてほしいのなら……頼むからいますぐ言ってくれ」

熱に浮かされたように、ジュリアは彼の顎や首筋に唇を押しあてた。「あなたを感じたい……あなたの肌に触れたいの」

デイモンはざらついた吐息で応じると、上着とクラヴァットとシャツをあわただしく脱いだ。だがズボンの前に伸ばした手は、小さな手に押しのけられてしまった。忍耐強く待ちながら、細い指先が生地をつまんだり引っ張ったりする感覚に欲望が熱く燃え上がるのを覚える。彼女はひどくきまじめな様子で、丁寧にかがられたボタン穴から重厚なボタンをはずしていった。

最後のひとつがはずされたところで、デイモンはベッドの端に腰を下ろし、靴とズボンと下着を脱いだ。背後で待つジュリアは無言だったが、やがて、背骨の一番上にしっとりと濡れた唇が押しあてられた。快感に身がこわばり、首筋から背中へと口づけがくりかえされるたび、全身の筋肉が張りつめていった。

背中から抱きしめられ、あらわな胸が素肌にあたった。絹を思わせる髪がデイモンの肩に広がる。彼女はまるで、初めて人間の男と出会った好奇心旺盛な人魚のように、身をすり寄せ、優しく指先で触れてくる。たくましい胸の輪郭をなぞっていた手が、激しく鼓動を打つ心臓のあたりに押しあてられた。その手が下に下りていき、筋肉の張りつめた下腹部を撫でる。デイモンはぎゅっと目を閉じて、痛いほど硬くなった部分をおずおずと握られる感覚を味わった。震える手を彼女の手に添え、握りしめる手に力をこめさせると、圧倒的なまでの快感に襲われた。

体の向きを変え、ジュリアをベッドに仰向けに横たわらせ、その上に覆いかぶさる。彼女は自らデイモンの顔を引き寄せ、指先で髪をまさぐりながら唇を重ねた。彼は両手で乳房をつつみこみ、同時に乳首を口に含んで、すでに硬くなったつぼみが尖るまで舌先でさらになぶった。

ジュリアは身を反らして、肉体と肉体の語らいに没頭した。静けさにつつまれたこの数分のあいだに、いつもとはまるでちがう自分になっており、自分以外の誰かの意思に恥じらいもなくわれとわが身をゆだねられた。もっとほしくて、いっそうぴったりと身を寄せながら、自らの存在すら忘れて、えもいわれぬ歓喜の波にのまれていった。

デイモンの両手と唇が巧みに愛撫を与え、触れるたびに、そこに喜びのさざなみを立てていく。やがて膝が太ももを割り、指先が脚のあいだに触れ、小さな茂みの奥でかすかにうるおう部分を探りあてた。あまりにも親密な行為に、ジュリアははっと目を開き、かたわらのランプがまぶしくて目をしばたたいた。暗闇に隠れたい。

「お願い」口ごもりながら訴えた。「明かりを――」

「だめだ」デイモンはおなかに唇を寄せたまままつぶやいた。「きみを見ていたいから」

ジュリアは抵抗しようとした。だが、彼の頭がさらに下のほうに移動していくと、言葉が喉の奥に詰まって出てこなかった。彼の唇がさらに下へ、下へと移動していき、やわらかな巻き毛をかき分けて、その奥に隠された秘密の場所を見つける。熱い舌に舐められて、ジュリアは苦痛でも感じているかのように身をよじり、うめいた。だが感じているのは痛みではなく、刺し貫くような、得体の知れない歓喜だった。ジュリアは両手で彼の髪をつかみ、一度はその頭を払いのけようとしたものの、すぐに懇願するように撫で始めた。延々と襲う快感にとらわれて、解き放たれた感覚が白熱の光につつまれる。

デイモンが頭をもたげ、身を重ねた。ジュリアは背を反らし、ため息をついて、すべてを受け入れようとした。乙女らしい慎みなどとうに忘れ、彼の欲望をすべて受け止めるつもりだ。やがて脚のあいだに鈍い圧迫感があり、つづく痛みを予感した。唇を噛んでこらえ、彼の背中に両腕をまわす。あとで思いだして後悔することになってもいいから、原始の衝動にいざなってほしいと願った。ところがデイモンはそこで動きを止め、信じられないといった面持ちで見つめてきた。

「初めてだったのか？」彼はささやくように問いかけた。

ジュリアは背中にまわした腕に力をこめ、小さな手で腰をなぞって、無意識のうちに彼を促した。

「どうして」彼はそれ以上の言葉を見つけられなかった。

見上げるジュリアの瞳はきらきらと輝いている。「あなたに出会うまで、誰かを求めたことなどなかったから」

デイモンは彼女の張りつめた首筋と頬、そして震える唇にキスをした。大人になってからずっと抱いてきたやみくもな切望感が、胸の内にあふれていく。彼は覚悟を決めたように一息に腰を突き上げ、ジュリアの無垢を奪った。腕のなかで彼女が身を硬くし、鋭く息をのむ。デイモンは苦痛を与えている自分を憎む一方で、この世の男でただひとり彼女を手に入れたという事実に、たとえようもない喜びを覚えてもいた。彼女のなかはありえないくらい締まっていて、深くなめらかな襞は熱く、彼をつつみこんで離そうとしない。彼はゆったりと口づけをくりかえしながら、賞賛や歓喜の言葉をささやいて、痛みを和らげようとした。

ジュリアの体から徐々に力が抜けていき、絶え間ない挿入に身をゆだね始めたのがわかった。デイモンは時間をかけて探るように両手で体をなぞり、優しく愛撫を加えた。さらに深く沈ませると、彼女は身を震わせた。ゆったりとしたリズムを刻みながら、彼女の体の奥に歓喜の波を呼び覚ます。当初感じた痛みはもう消え去ったのだろう、彼女は自ら腰を上げて、さらに奥深くへといざなった。言葉にならない懇願に応じるかのように、彼はいっそう深く沈ませた。ジュリアがふたたび歓喜の大波につつまれるのがわかる。デイモンは彼女の臀部をぎゅっとつかみ、低く、苦しげなうめき声をあげて、自らを解き放った。彼はおののきながら、ふたりの体が溶けあってしまうまで、ぴったりと身を重ねたままでいた。

彼の腕に抱かれたまま、ジュリアは長いことぐったりと横たわっていた。やがてランプが消され、穏やかな闇がふたりをつつんだ。半ば夢のなかをたゆたいながら、とりとめもなく頭をめぐらせる。感覚だけは、かたわらに眠る男性のぬくもりと肌の感触を味わっていた。

もはや自分は大衆の好奇心をかきたてる謎めいた存在でも、稽古を重ねたせりふで観客を魅了する女優でもない……過去のくびきからついに自由になったのだ。ジュリアは顔を横に向け、くっきりとした横顔を見つめた。この人が、夫のサヴェージ卿。自分さえそれでいいと言えば、この人生は彼にすべてゆだねられる。彼に守られ、庇護の下に置かれ、贅沢な暮らしを享受し、金の籠に閉じこめられたようだと嘆くことすらない日々。でもやはり、誰かの所有物になりたくはない。何年間も父の意のままにされてきた。そういう暮らしはもうたくさんだ。

母のように夫の陰に隠れて生きたくない。懸命に作り上げ、守りつづけてきたいまの自分の生き方を、これからも大切にしたい。つまり今後もデイモンとは、いかなる関係だろうと築くことはできないのだ。

6

デイモンはのろのろと目を覚まし、見慣れぬベッドに横たわる自分に気づいて当惑した。女性ものの香水の匂いが、かたわらの枕からほのかに漂ってくる。彼は甘い香りのするクリーム色のリンネルに、夢うつつで顔を押しつけた。前夜の記憶がよみがえり、はっと目を開ける。

彼はジュリアのベッドにひとりでいた。

ジュリア……名前だけの存在、過去が落とした影でしかなかった彼女が唐突に、困惑するほどの現実感を伴う存在となった。シーツに点々とついた染みを見つけたとたん、デイモンの視線はそこにくぎづけになった。真紅の染みをぼんやりと指先でなぞる。彼女が純潔を守っている可能性など、考えもしなかった。無垢な女性とベッドをともにしたことなどなかった。いままで相手に選んできたのは、男女のことに精通した、成熟した女性ばかりだった。彼にとって夜の営みは単なる気晴らしであり、欲求のはけ口であって、生まれ変わるような感覚を味わうのは生まれて初めてだった。この世でただひとりジュリアだけが、自分のために存在する女《ひと》なのだ。

それにしても、これまで誰にも渡さなかった特権をデイモンに与えたのはなぜなのか。初めて男性に求められたわけではあるまい。ロンドン中の男が彼女に劣情を抱いていたはずだ。純潔を捧げられた理由をあれこれと考えてみたものの、わからないことがあまりにも多すぎて、けっきょく納得のいく理由は見つからなかった。

いますぐこの場でジュリアを抱きたい。彼女は信じられないくらい美しく、彼を信じてすべてをゆだねてくれた。彼女に笑顔と安らぎと愛情を与え、夢にも思わなかっただろう喜びを味わわせてやりたい。それから、眠りにつくまでずっと抱きしめ、夢を見る彼女をじっと見つめていたい。この気持ち、昼も夜もともにいなければならないというこの激しい思いは、唐突に彼を襲ったものである。にもかかわらず彼は、それが永久につづくことをはっきりと自覚していた。彼女のいない未来など想像もできなかった。

デイモンは毛布をはねのけてベッドを出ると、裸のまま、室内に散乱した衣服を拾って歩いた。すばやく身支度を整え、薄緑色のカーテンを開けて窓外を眺める。まだ早朝らしく、太陽は家々の屋根や尖塔の上に姿を現し始めたばかりだった。

家のなかはひっそりとしており、聞こえてくるのは玄関広間を歩くメイドの足音だけ。デイモンが階段を途中まで下りたところで、メイドが気づき、顔を赤らめながら用心深く彼を見やった。

「おはようございます。紅茶をお飲みになりますか、あるいは朝食をご用意――」

「妻はどこにいる?」デイモンはぶっきらぼうにさえぎり、メイドに歩み寄った。

彼がなにかしでかすのではないかと怯えているのだろう、メイドは一、二歩後ずさった。

「奥様なら、もう劇場に行かれました。毎朝、稽古があるものですから」

キャピタルか。出勤前に起こしてもらえなかったことにデイモンはいらだちを覚えた。いますぐ劇場に向かい、彼女と話をしようか。なにしろふたりには話すべきことがたくさんある。だが、ポーリーンとのことは置いておくとしても、片づけねばならない問題はほかにも山積みされている。彼は不安げな面持ちのメイドにしかめっ面を向けた。「ミセス・ウェントワースに、今夜また来ると伝えておいてくれ」

「かしこまりました」メイドは答えると脇にさっとよけ、玄関扉に向かうデイモンを通した。


朝稽古はさんざんだった。演技がまったくなっていなかったし、そのせいでローガンをひどくいらだたせてしまった。せりふを思いだすことさえままならなかった。役に入りこめず、共演者へのせりふのきっかけ《キュー》もまともに出せなかった。それもこれも、猛烈な頭痛に加えて体のあちこちに残る痛みのせいだ。なかんずく、前夜の出来事と自分のしたことで頭のなかがいっぱいなせいだ。

ゆうべジュリアはわれを忘れ、つい恐ろしい過ちを犯してしまった。あのときは、デイモンとの一夜が正しい選択肢に思えた。さびしさと不安のあまり、彼が与えてくれる歓喜と安心感に身をゆだねた。だが容赦のない朝の光のなかに立ったとたん、自らの過ちに気づいた。胸の内にずっしりと重たいものを感じた。そこに隠しておいたはずの秘密はどこかに逃げていき、手を伸ばしても取りかえせなかった。慣れ親しんだ劇場の空気ですら、心なごませてはくれない。いまごろデイモンは、彼女はもう自分のものだと安堵しているだろう。前夜のようなことがあったからといって、誰の所有物にもなるつもりはないとはっきり伝えなければならない。

「役を降ろされる心配はないとでも思っているのか?」声を潜め、ローガンが厳しい口調で咎めた。ジュリアがまた無様にせりふをまちがえたのだ。「いまからアーリスに替えることだってできるんだぞ。それ以上いいかげんな演技をつづけるなら――」

「だったら彼女に替えたら?」ジュリアはきっとなってローガンをにらんだ。「わたしはかまいませんから」

そのような反抗的態度に慣れていないローガンは、濃茶色の髪がぼさぼさになるまで乱暴に引っ張った。青い瞳はいらだちにぎらついている。「いまの場面をもう一回やるぞ」彼は歯を食いしばってジュリアに命じると、舞台に立つほかの俳優たち――チャールズ、アーリス、ミスター・カーウィン――に向かってぞんざいに手を振った。「きみたちは楽屋に下がってせりふの練習だ。いまの出来ではミセス・ウェントワースと五十歩百歩だぞ」

三人はわずかに不満の声をもらしつつ、いやな緊張感が漂う舞台から逃げられると知って見るからに安堵の表情で従った。ローガンはジュリアに向きなおると「始めるぞ」と冷たく言い放った。

彼女は無言で、台本どおりに舞台の左袖に移動した。主人公のクリスティンとジェームズが、互いへの愛情をほとばしらせる最初の場面だ。温室育ちの令嬢であるクリスティンは身分をメイドと偽り、しばしの自由を満喫している。一介の従者に惹かれている自分に愕然としつつ、大胆な行動を取らずにはいられないという設定だ。

ジュリアは左袖から舞台に登場した。ここではクリスティンの胸の内にある情熱と不安を同時に表現しなければならない……やがて彼女は、自分を待つジェームズのすらりとした姿を見つける。嬉しそうに笑いながら彼に駆けより、自ら腕のなかに飛びこむ。

「来ないかと思ったよ」ジェームズは言って、彼女を抱き上げて軽々とまわり、地面に下ろした。きみが目の前にいることが信じられない、とでもいうように、その頬にかかった巻き毛をそっと払う。

「来ないつもりだったわ」クリスティンはあえぎながら言う。「でも、我慢できなかったの」

そして彼は衝動的に身をかがめ、クリスティンに口づける。ジュリアは目を閉じて待った。舞台の上での口づけは数えきれないほど経験がある。場面に要請されるがまま、ローガンともチャールズともキスをした。ミスター・カーウィンとだって、老いた君主に嫁ぐ若く美しい花嫁という役を演じたときに一度だけした。ローガンは魅力的だが、彼とのキスで感じたことはない。お互いに仕事と割りきっているからだろう。場面にふさわしい感情を抱いていなくても、真に迫った演技はできる。

けれども唇が触れたとたんに前夜の記憶がよみがえった。デイモンの唇の熱さ、大きな体と抱き寄せた腕のたくましさ、彼女の全身に愛撫を与えたときの情熱の激しさ――。

押し殺した声とともにローガンから身を引き剝がし、ジュリアは呆然と彼を見つめながら、震える指で自分の唇に触れた。

ローガンの顔からジェームズの表情が消え去り、いつもの見慣れた表情が現れる。彼は困惑した様子でゆっくりとかぶりを振った。口を開いたとき、声には怒りがみなぎっていた。

「どういうつもりだ」

ジュリアは彼に背を向け、やみくもに両腕をさすった。「わたしだって調子の悪い日くらいあるわ。ほかの人たちの調子が悪いときには、こんなに厳しくしないくせに」

「きみならもっとできる」

「買い被りじゃない？」ジュリアはぴしゃりと言いかえした。

ローガンは彼女の背中を刺すような目でにらんでいる。「そのようだな」

大きく深呼吸をしてから、ジュリアは彼に向きなおった。「もう一度やってみる？」

「結構だ」ローガンは辛辣に応じた。「今日はもういやというほど時間を無駄にさせられた。午後の稽古には出なくていい。ほかの連中の芝居を見なくちゃならん。もしも明日、満足のいく演技を見せられなかったら、きみの役は誰かほかの人間に振る。こいつはわたしにとって、とても大事な作品でね。それが誰だろうと、台無しにさせるわけにはいかないんだ」

罪悪感に襲われ、ジュリアは目を伏せた。「二度とがっかりさせないわ」

「そう願いたいね」

「楽屋のみんなに、舞台に戻るよう伝えてくる？」

ローガンはうなずき、下がれというふうに手を振った。顔はこわばったままだった。

ジュリアはため息をつきながら舞台袖に下がった。こめかみとまぶたをこすって、頭痛を追い払おうとする。

「あの、ミセス・ウェントワース」若い男性のおずおずと呼び止める声に、彼女の物思いは断ち切られた。

ジュリアは立ち止まり、声のしたほうを振りかえった。絵師のマイケル・フィスクだった。素晴らしい才能の持ち主で、絵の具と絵筆を駆使し、見るも美しく個性あふれる書割や大道具、背景幕などを作り上げる。フィスクの才能に目をつけた他劇場が引き抜きを試みたことがあり、おかげでローガンは、引き止めるために桁はずれの給与を払う羽目になった。当のフィスクは例のごとく自信満々の態度で、自分は高い給与にふさわしい仕事をしているとローガンや団員たちに言ってのけた。団員の大半は内心、彼の言い分をもっともだと思っているようだ。

だが今日のフィスクはいつもの生意気な彼とは別人だ。しかも、なにやらひどくためらっている様子がうかがえる。厚みのある小さな包みを手にして暗がりに立っており、温かな茶色の瞳はなにかを懇願するかのようだ。「あの、ミセス・ウェントワース」彼は先ほどと同じ言葉をくりかえし、ジュリアに歩み寄った。

「なにかしら、ミスター・フィスク?」彼女は優しく促した。「どうかしたの?」

するとフィスクは広い肩をすくめ、手にした包みをぎゅっと握りしめた。「いえ、別に。

じつはちょっとお願いがあって、あの、お手数じゃなければ……」そこまで言ったところで大きくため息をつき、端整な顔をゆがめた。「いや、やっぱりあなたに頼むようなことじゃないな。すみません、このことは忘れてください――」

「いいから言ってみて」ジュリアは励ますように笑みを浮かべた。「そんなに遠慮しなくてもいいわ」

どうにでもなれと言わんばかりの表情で、フィスクは包みを差しだした。「これをミス・バリーに渡してください」

ジュリアは包みを受け取り、きちんと両手で持った。「アーリスへの贈り物なの？　差し出がましいようだけど、だったら自分で渡したほうがいいんじゃないかしら」

フィスクは細面の顔を真っ赤にした。「あなたがミス・バリーの親友なのはみんな知ってますから。彼女はあなたが好きで、信頼もしています。あなたから彼女にそれを渡し、ぼくのことを話してくれれば――」

なるほど。「それはつまり」ジュリアは優しく声をかけた。「アーリスに恋しているということかしら」

フィスクはうつむいて、そうです、とぶっきらぼうに答えた。

その率直さにジュリアは打たれた。「そうだったの。でも別に意外でもなんでもないわ。アーリスはとっても魅力的だもの、ね？」

「彼女みたいにかわいい、愛らしい人は見たことがありません」フィスクはだしぬけにまくしたてた。「あんまり素敵なんで、自分から話しかけられないんです。彼女がそばにいるだけで、ぼくは膝が萎え、息もできなくなる。なのに彼女は、ぼくの存在に気づいてすらいないんだ」

ジュリアは思いやり深くフィスクを見つめた。「アーリスのことだわ、きっとあなたが自分で言ったほうが喜ぶ――」

「無理です。そんな大それたこと。自分で気持ちを伝えようとも思ったんですが、彼女に笑われるんじゃないか、同情されて終わりじゃないかと……」

「大丈夫、アーリスはそんな人じゃないわ」ジュリアはすぐさま彼の言葉を否定した。「あなたのような人に思われて、彼女はとても幸運ね」

フィスクはかぶりを振って腕組みをし、腕組みを解き、むっつりと言った。「ぼくは立派な紳士とは言えませんからね。上等な服も広い家も持ってない。将来性だって大してない。そんな男を彼女は求めませんよ」

「あなたは人柄もいいし、絵師として素晴らしい才能があるじゃない」ジュリアは励ましつつ、内心、彼の言うとおりかもしれないと思った。アーリスはいとも簡単に、飾りたてた言葉やきれいな贈り物になびいてしまう。この数年間、彼女は何人もの放蕩者に騙されてきた。男たちは自らの快楽のために彼女を利用し、そのあとはあっさりと彼女を捨てた。一方でアーリスは、ローガンにかなわぬ恋をしている。彼女と恋愛関係になる可能性を、ローガンは考えることすらないだろうに。しかも彼女は常々、自分は強い男が好きだと公言してはばからない。でも、フィスクのような男性、裕福ではなくとも彼女を愛し、大切にしてくれる若く情熱的な男性と恋に落ちることができたら、彼女にとってどんなに幸せだろう。

「渡しておくわ」ジュリアはきっぱりと言った。「あなたのことをちゃんと話してあげる」

フィスクは安堵と絶望がないまぜになった表情を浮かべた。「ありがとう——うまくいくわけがないと、わかっているんですけどね」

「そうと決まったわけじゃないわ」ジュリアは彼の肩に手を置き、慰めた。「できるかぎりのことはしてみるから」

「よろしくお願いします、ミセス・ウェントワース」フィスクは言い、両手をポケットに突っこんで歩み去った。

楽屋に向かうと、俳優たちはそれぞれに稽古の最中だった。ばつの悪さに苦笑を浮かべつつ、ジュリアは彼らに伝えた。「ミスター・スコットが舞台に戻るよう言ってるわ。わたしのせいで彼を不機嫌にしてしまったわね。みんな、本当にごめんなさい」

「謝ることなんかないさ」ミスター・カーウィンが安心させるように言い、顎の肉を揺らしながらくっくっと笑う。「誰にだって調子の出ない日はある。きみみたいに才能あふれる女優でもね」

ジュリアはほほえんで感謝の意を伝え、同僚たちとともに楽屋をあとにしようとするアーリスを手招きした。「ちょっといいかしら。あなたに贈り物なんだけど」

「あたしに？」アーリスは眉をひそめた。「誕生日でもないのにどうしたの」

「わたしからじゃないの。あなたに恋い焦がれている、とある男性からよ」

「本当に？」とたんにうきうきと嬉しそうな顔になって、アーリスは巻き毛をもてあそんだ。

「ねえ、それって誰なの？」

ジュリアは包みを差しだした。「これを開けて、誰だか当ててみて」

嬉しさにくすくす笑いだしながら、アーリスは包みをひったくるように受け取ると、子どもみたいに包装紙をびりびりと破いた。何層にもなった包装紙がようやく取り除かれる。その下から現れたものを、ふたりはうっとりと見つめた。喜劇の女神に扮したアーリスを描いた、見事な肖像画だった。つややかな肌に薔薇色の頰、口元にはやわらかな笑みを浮かべている。少しだけモデルを美化しているのだろう、絵のなかの女性は実物よりもちょっぴり細身に、目も大きく描かれている。にもかかわらず、アーリスなのは一目瞭然だった。描き手の高い技術と非凡な才能は目を見張るほどで、陰影のある絵のなかに、モデルの生き生きとした魅力が巧みに表現されている。

「素晴らしい絵だわ」ジュリアはつぶやきながら、フィスクはきっとただの絵師では終わらないだろうと思った。

アーリスも見るからに気に入った様子で、絵をしげしげと眺めている。「かわいく描きすぎじゃない！　ま、惜しいところね」

ジュリアは金の額縁にそっと触れた。「あなたを心から思っている人ならではの作品ね」

「でも、いったい誰かしら」アーリスはすっかり当惑した表情で首を振った。

ジュリアは意味深長な目つきで親友を見つめた。「これほどの作品を描ける男性といったら?」

「そんな人はひとりしか……」嘘でしょうと言わんばかりにアーリスは噴きだした。「まさかあのミスター・フィスクなの? やめてよ、まるっきりあたしの好みじゃないのに」

「でも彼なの。彼なら誠実だし、仕事熱心で礼儀正しいし、いままであなたが泣かされてきた放蕩者とは正反対よ」

「でも少なくとも、放蕩者はいろいろくれるわ」

「くれるってなにを?」ジュリアは穏やかにたずねた。「プレゼントのひとつ、ふたつ? 情熱的な夜を一晩か二晩? そのあとは、いなくなってしまうんでしょう?」

「まだ運命の相手が見つかっていないだけよ」

「もう見つかったのかも」

「そんなこと言ったって、たかが絵師じゃ……」

ジュリアは親友の緑色の瞳をじっとのぞきこんだ。「彼に冷たくしちゃだめよ、アーリス。心からあなたを思っているんだから」

アーリスは面倒くさそうに眉を寄せた。「わかった、ちゃんとお礼を言うわ」

「そうそう、話をしてごらんなさいよ。好きになれるかもしれないわ。作品から判断するとまじめな人のようだし。それに彼、なかなかのハンサムよ」

「まあね」アーリスは思案げにうなずき、しばし絵を眺めてからジュリアに預けた。「ミスター・スコットを待たせたらまずいわ。悪いけど、あたしの楽屋に置いておいてくれる？」

「もちろん」ジュリアは人差し指と中指を交差させ、舞台にもどるアーリスの健闘を祈った。ふと苦笑がもれる。すっかり世知に長け、皮肉屋と言っていいくらいの人間になったと思っていたのに、いまだにロマンチックな一面が残っていたらしい。アーリスには、欠点も過去の過ちもすべて受け止め、愛してくれる男性と結ばれてほしい。自分自身の置かれた状況がどんなに悲惨だろうと、周りの人が愛に満ちた人生を手に入れてくれれば、少しは気が晴れるというものだ。


藤色と金色でまとめた寝室の絨毯敷きの床には、とりどりの包みが山をなしている。ポーリーンはその山から顔を上げた。リボンや包装紙に囲まれ、漆黒の乱れ髪をあらわな肩にたらした彼女はじつに魅惑的だった。寝室に入ってくるデイモンの姿を認めて、口元に誘うような笑みを浮かべる。

「ちょうどよかったわ、今日買ってきたものを見てちょうだい」ポーリーンは言った。「今朝のお買い物は最高に楽しかったわ」立ち上がり、戦利品の一枚を胸元にあててみせる。金糸で編んだ蜘蛛の巣のような、薄っぺらなドレスだった。「素敵でしょう……別のドレスの上に重ねて着るものなんだけど、ふたりきりのときはこんなふうに着ようと思ってるの」

彼女は優雅なしぐさでそのドレスを頭からかぶり、きらきら光る生地で体をつつむと同時に、それまで着ていたドレスを床に落ちるがままに任せた。金糸の蜘蛛の巣は肉感的な肢体をいっそうなまめかしく見せる一方で、脚のあいだの陰なす部分や、硬く尖った濃い薔薇色の乳首を隠す役割は少しも果たしていない。彼女は興奮に瞳をきらめかせ、唇を舐め、ゆっくりとデイモンに歩み寄った。

「ねえ、しましょうよ……最後にあなたに触れられてから、ずいぶん経つわ」

デイモンは無表情に彼女を見つめた。かつてあれほど気持ちをそそられた女性に、まるで心を動かされない自分に驚いていた。「今日はそのために来たんじゃないんだ」両手を脇にたらしたまま、満足げに喉を鳴らしながらすり寄る彼女をただ見つめる。「きみと話がしたい」

「いいわよ……あとでね」ポーリーンは彼の手をとり、胸元に持っていこうとした。

眉間にしわを寄せ、デイモンは身を離した。「医者の名前を教えてくれ。もう診てもらったと言っていただろう？」

ポーリーンの顔からうっとりとした表情が消え、代わりに警戒と当惑の色が浮かぶ。「どうして知りたいの？」

デイモンはひるまず彼女を見つめつづけた。「医者の名前は？」

彼女はベッドに歩み寄り、厚い金襴の上掛けに横たわった。猫を思わせるけだるいしぐさで、金襴の模様を人差し指でなぞる。「ドクター・チェインバーズよ。とてもお年を召しているけれど、もう何年もわが家のかかりつけ医を務めてくださっていて、信頼の置ける先生なの」

「その医者に会いたい」

「関心を示してくださるのは嬉しいんだけど、その必要は——」

「面会の手はずをつけてくれ。それともわたしが直接、連絡するか？」

ポーリーンは顔を真っ赤にした。罪悪感からなのか、それとも怒りのせいなのかはわからない。「まるで責めるような口ぶりね。わたしの話を信じていないの？」

「思いがけない妊娠にしては、ずいぶんときみに都合のいいタイミングだったのでね」デイモンはぶっきらぼうに言い放った。「それに、そろそろゲームは終わりにするべきだと思ってる」

「ゲームをした覚えなんて——」

「それはどうかな」彼は冷笑でさえぎった。

子猫のように寝そべっていたポーリーンが身を起こす。「そんなふうに不機嫌なあなたとは話したくないわ！」

デイモンは冷ややかに彼女を見つめた。「ドクター・チェインバーズに時間を空けておくよう伝えろ」

「先生は使用人じゃないんだから、命令するのはやめてちょうだい。わたしにもよ」

「きみには相応のものを与えてきたはずだ」

ポーリーンは不満げにうなって、金糸の刺繍がほどこされたクッションを彼に投げつけた。クッションは足元に落ちた。「そういう見下した態度は許せない。わたしのせいじゃないわ、妊娠も、あなたが行方知れずの妻に困っているのも。そもそも、そちらのほうではなにか進展があったの?」

「きみには関係のないことだ」

「わが子が庶子になるかどうか、知る権利があるわ!」

「きみと子どもの面倒は見ると言っただろう。約束は守る」

「妻として迎えられるのとは雲泥の差よ!」

「わたしはかつて父に便宜上の結婚を強いられた。相手がきみであれ、ほかの誰であれ、二度と同じ目に遭わされるのはごめんだ」

「それはあなた自身の問題でしょう」ポーリーンは声を荒らげた。「わたしの問題はどうなるのよ。わたしはあなたに誘惑され、妊娠させられ、そしていま、捨てられようとしている――」

「学校を出たばかりの無垢な少女だったわけじゃあるまい」デイモンはせせら笑った。ポーリーンが彼を挑発し、罠にはめ、ベッドに誘いこんだのだ。それをいまになって、自分が誘惑されたと主張するとは。「出会ったとき、きみはすでに裕福な未亡人で、老いた夫が亡くなる前から何人もの男たちと浮名を流していた。わたしは最初の庇護主だったわけじゃないし、最後のひとりにもならない」

「血も涙もない人ね」ポーリーンは美しい顔をゆがめて嘲笑を浮かべた。「出ていって。いますぐ出ていってよ!　こんなふうに怒ったら、おなかの赤ちゃんに障るの!」

デイモンは形ばかりのおじぎをして、殺伐とした雰囲気と甘ったるい香りが漂う寝室をあとにした。いったいどうしてポーリーンとかかわりあいになどなったのだろう。

馬車に戻ると、ロンドンの屋敷にやるよう御者に命じた。ふたりの土地管理人と予定している打ち合わせの時間が迫っており、遅刻するわけにはいかなかった。彼は時間に正確で責任感が強い男だと自負している。賭け事狂いの父にはまるで欠けていた資質だ。彼は話しあいに向けて意識を集中させようとした。だが、ポーリーンと彼女の妊娠のことで何度となく思考をさえぎられた。

デイモンはおのれの直感を信じていた。妊娠は彼を罠にかけるための作り話にちがいない。とはいえ、ポーリーンが真実を語っている可能性も捨てるわけにはいかない。憤懣やるかたないとはこのことだ。普通の男は、愛人とのあいだに子どもができても大した問題とは考えず、果ては冗談めかして人に話したりもする。だが彼には、とうてい軽々しく扱える問題ではない。子どものことは重い責任として一生背負うことになるだろう。

低いうめき声をあげ、もどかしげにまぶたをこする。「赤ん坊なんているものか」希望といらだちが入り交じった声でつぶやいた。「嘘をついているんだ。きっとそうに決まっている」

屋敷に到着し、玄関広間に入ると、すでに土地管理人が来ており書斎で待っていると執事から告げられた。

「わかった」デイモンはぶっきらぼうに応じた。「紅茶と、サンドイッチでも用意してくれ。少し時間がかかりそうだからな」

「承知しましたが、じつは……」執事は小さな銀のトレーに手を伸ばした。蠟で封をされた手紙がのっている。「こちらを先に読まれたほうがよろしいかと。少し前に届いたのですが、使いの者がたいそう急いでいる様子でしたので」

デイモンは眉をひそめ、斜めになった封蠟をはがした。殴り書きされた文字を見て、弟のウィリアムからだとわかる。彼は急いで文面に目をとおした。

兄上

今度こそ本当にまずいことになったみたいだ。明朝、ぼくは決闘する。兄上に介添人を頼みたい。それと、是非とも助言がほしい。すぐにウォーリックシャーに来て、たったひとりの弟の命を救ってくれ。

ウィリアム

不安のためにたちまち神経が張りつめる。弟の無鉄砲にもその後の窮地にももう慣れっこだが、さすがにここまでの事態は初めてだ。「ウィルのやつ、今度はいったいなにをしでかしたんだ」彼はぎゅっと眉根を寄せた。「決闘など時代遅れだというのに、この国でただひとり、あいつだけが知らなかったらしいな」顔を上げると、平素は無表情そのものの執事の目に同情の色が浮かんでいた。「ウィリアムがまた問題を起こした。今回は決闘を申しこまれたようだ」

執事は驚いたそぶりすら見せなかった。次男の向こう見ずな性格はサヴェージ家の誰もが知っている。「なにかお手伝いできることはございますか？」

「ああ」デイモンは書斎のほうにうなずいてみせた。「急ぎの用事で出かけなければならなくなったと、ふたりに伝えてくれ。今度の月曜日にあらためて打ち合わせをしたいから頼むと。その間にわたしは、ミセス・ジェシカ・ウェントワース宛の手紙を書く。サマセット・ストリートの彼女の家に夕方までに必ず届けてくれ」

冷たい霧交じりの九月の風が、ジュリアの家のささやかな裏庭を吹き抜けていった。下ろしたままの髪が風に吹かれて乱れ、彼女は片方の肩にまとめた。ローズマリーとペパーミント、そのほかさまざまなハーブの酔わせるような香りにつつまれながら、小さな白い長椅子に腰を下ろし、膝の上で手紙を開く。

愛するジュリア

今夜きみの家に行くつもりだったが、予定を変更せざるをえなくなった。弟のウィリアムのことで、いますぐ片づけなければならない問題が持ち上がり、ただちにウォーリックシャーの屋敷に向かわねばならない。ロンドンに戻り次第、きみに会いに行く。

草々
サヴェージ

書き終えてから思いついた、というように、下のほうにさらに一文添えられていた。

ふたりのあいだに起きた出来事を、わたしは後悔していない。きみも同じ気持ちでいてくれることを祈っている。

そっけない文面に当惑を覚えて、ジュリアはあらためて読みなおし、むっつりと眉根を寄せた。不安が胸をよぎる。最後の一文は彼女を安心させるために加えたものだろう。だが当のジュリアは、自分が安堵しているのか落胆しているのかわからなかった。手紙を握りつぶそうとして、代わりにぎゅっと胸に押しあてる。

義理の弟にあたるウィリアム・サヴェージ卿には一度も会ったことがない。義弟は本当に面倒に巻きこまれているのか、それとも、デイモンが彼女を避ける口実に利用しただけなのか。手紙にはあのように書いてあるが、じつはゆうべのことを後悔している可能性もある。おそらく、たとえ本心はちがっていても、後悔していないと女性に伝えるのが世の男性のやり方なのだろう。

屈辱感と不安に頬を赤らめながら、ジュリアは考えた。彼を喜ばせられなかったのではないだろうか。レディ・アシュトンと比べて、情熱もおもしろみもない女だと思われたのではないだろうか。だが、どうすれば相手を満足させられるか知らなかったのだ。きっと彼はがっかりしたにちがいない。ひょっとすると、内心で嘲笑しているかもしれない。経験豊富な成熟した女性とベッドをともにするつもりが、なにも知らない処女だったとわかって、笑っているかもしれない。

しかめっ面を浮かべ、ジュリアは無言で自分を叱りつけた。そもそもわたしは、婚姻無効宣告を求めていたはずだ。女優としてのキャリアや自立した生活を捨てるつもりも、強い男の庇護の下で生きるつもりもない。彼を喜ばせられなかったのなら、むしろ幸いだ。これで彼は、婚姻関係を終わりにすることになんのためらいもなく同意してくれる。

田園地帯にひっそりとそびえる蜜色の壁が美しいウォーリックシャーの城が見えてきても、城内でなにごとが起きているのかはわからなかった。すでに日が落ち始め、地面には長い影が伸びており、中世に建てられた屋敷を彩る菱形の窓もきらめきを失っている。

デイモンは人生のほとんどをこの屋敷で過ごしてきた。晩年の母とともにいるために、世間の若者のようにロンドンで遊び暮らすことを自らに禁じた。肺結核だった母は、長く苦しんだ末にこの世を去り、彼はそんな母とともに苦しみを味わった。読み聞かせていた本や手紙から視線を上げると、心配そうな母のまなざしにぶつかる……いったい何度そんなことをくりかえしただろう。「ウィリアムとお父様のことをよろしくね」母は懇願した。「ふたりとも、あなたに守られ、導かれなければやっていけないわ。ふたりを破滅から救えるのは、あなただけなのよ」母が亡くなってから五年間、けっして容易ではなかったが、デイモンは約束を守るために精一杯がんばってきた。

大広間を抜けて一階の広々とした応接間に足を踏み入れると、片手にブランデーグラスを持ち、ダマスク織の長椅子に寝そべる弟の姿があった。血走った目とだらしない身なりから判断するに、日がな一日強い酒を浴びるように飲んで、不運をかこっていたにちがいない。

「ああ、来てくれたんだね」ウィリアムは感極まった声で言い、もぞもぞと身を起こした。「てっきり来てくれないんじゃないか、ぼくを見殺しにするんじゃないかと思ってたよ」

デイモンは苦笑交じりに、愛情をこめて弟を見やった。「まさか、おまえにはさんざん投資したんだからな」

兄が座れるように長椅子の脇に尻をずらしながら、ウィリアムは暗いため息をついた。「決闘なんて生まれて初めてだよ。別にいますぐ開始してもいいんだけどな」

「おまえに決闘をさせるつもりはない」デイモンは眉をひそめた。「父上はなんと?」

「みんなで口裏を合わせて、父上の耳にこのことが入らないようにしているよ。だいぶ危険な状態だからね、決闘するなんて聞いたら、それこそあの世行きだ」

デイモンは首を振った。「実務面ではまるで鼻のきかない人だが、父上もばかじゃない。

周りの人間にこそこそ隠し事をされるより、真実を知ったほうがいいだろう」

「だったら兄上から言ってよ。死にかけている人に、自ら余計な心配をかけるのはいやだね」

呆れ顔で弟のとなりに腰を下ろし、デイモンはブランデーグラスを取り上げた。「酒はやめておけ。酔ったってなんにもならないぞ」室内を見渡し、まだ中身が入っているグラスを置けるテーブルはないかと探す。手近に見つからなかったので、残りの数口を自ら飲み、心地よく喉を伝うぬくもりに目を閉じた。

「ぼくのなのに」ウィリアムがむっとした声で抗議した。

デイモンは弟をにらんだ。「わたしだって長旅で疲れてるんだ。それよりも、いったいどういう理由でこんな厄介なことになったのか早く説明したらどうなんだ？　今夜は大事な予定があったのに、またおまえを窮地から救う羽目になったんだぞ」

「ぼくもよくわからないんだよ」ウィリアムは難しい顔をして、乱れた黒髪を両手でかきあげた。「本当に大したことじゃないんだ。ゆうべ、ワイヴィル家の舞踏会があってね、舞踏会といったって田舎のちょっとした集まりさ。そこでシビル嬢とワルツを踊って、ふたりで一緒に庭に出て……気づいたときには、彼女の兄のジョージから決闘を言い渡されていたんだ！」

話の筋はすぐに読めた。ウォーリックシャーに広大な領地と爵位を有するワイヴィル家の人びとは、気性が荒いことで知られている。たしかシビルはまだ一六か一七。彼女への侮辱行為は、どんなささいなものであれ、一家の名誉を完膚なきまでに傷つけると見なされるはず。「いったい彼女になにをしたんだ、ウィル?」デイモンは厳しく問いただした。

「キスしただけだよ! 別にどうってことないじゃないか。首を賭けるに値するようなことじゃないだろう? ジョージとは昔からうまが合わなかったからね。いつかぼくに決闘を申しこもうと、虎視眈々と狙っていたにちがいないんだ。まったく、どこまで短気なんだか――」

「文句はあとまわしだ」デイモンはそっけなくさえぎった。「解決策はただひとつ、老ワイヴィル卿に頼るしかない。一族を厳しく統率している彼がその気になれば、すべてを白紙に戻せる」

ウィリアムはダークブルーの瞳を見開き、期待をこめた表情を浮かべた。「じゃ、兄上から話してくれるんだね? それでワイヴィル卿が納得すれば、ジョージも決闘を撤回――」

「その前に真実を知りたい。本当に、シビルにはキスをしただけなんだろうな」

弟は目をそらした。「まあ、ね」

デイモンは眉根を寄せた。「まったく、ここにもロンドンにも相手はいくらだっているだろうに、なんだって温室育ちの娘をもてあそぶんだ」

「もてあそんでなんかいないよ! 彼女が子鹿みたいな目でうっとりとぼくを見つめて誘ってきたんだ。それでキスをしたら、向こうも応えてくれて……なのに突然、ジョージがものすごい剣幕で茂みから飛びだしてきたんだよ」

「それで、家族に叱責されるのを恐れたシビルが自分はなにもしていない、おまえに庭に連れだされ、誘惑されたと言ったというのか？」

弟は大きくうなずいた。「そうそう、そのとおり。そんな目で見ないでよ。まるで自分はかわいい乙女に気持ちをそそられたことなんて一度もないみたいな顔してさ。兄上だって、ぼくの年ごろには同じようなものだったんだろう？」

「おまえの年ごろには、莫大な借金のせいでわが家が崩壊しないよう死に物狂いだった。シビル・ワイヴィルみたいな娘とたわむれている時間などまるっきりなかった」

ウィリアムは腕組みをした。「別にいいじゃないか、聖人にはなれなくても、悪党まで堕ちやしないよ」

デイモンは苦笑をにじませた。「そいつをサヴェージの家訓にでもするか」

入浴をすませ、服を着替えてから、デイモンは数キロ離れたところにあるワイヴィルの屋敷を訪れた。相当な財産があるにもかかわらず、ワイヴィル家は群生するシラカバとツツジに半分埋もれた古色蒼然たる荘園屋敷に住んでいる。用件にふさわしい厳しい面持ちを作って、デイモンは出迎えた執事に、あるじにお目にかかりたいと伝えた。いったん屋敷の奥に消えた執事はすぐに戻ってきて、書斎に案内してくれた。

父フレデリックよりもほんの数歳上のワイヴィルは、小さな暖炉の前に置かれた革張りの大ぶりな椅子にかけ、ぱちぱちと音をたてる炎のほうに足を伸ばしていた。過去に何度も会っているため、ワイヴィルが尊大な野心家で、わが子が自慢の種なのはよく承知している。

ひとり娘のシビルに関しては、自分が必ず申し分のない夫を見つけると言ってはばからない。相手にふさわしいのは公爵か伯爵のみ。もちろん、ワイヴィル家の血筋と比べてなんら遜色のない財産も持っていなければならない。そんなワイヴィルに、ウィリアムを義理の息子に迎える意思はまずあるまい。

ワイヴィルはずんぐりとした手でデイモンを手招きし、かたわらの椅子に座るよう促した。暖炉の炎の投げる明かりが、はげあがった頭部で躍っている。「やあ、サヴェージ」と呼びかける声には、小柄な男には不釣合いなほどの深みがあった。「どうやら弟の無礼ならず者に泣きつかれたようだな。だがあいにく、今回ばかりは見逃せんのだ。恥ずべき振る舞いの責任を取ってもらわねばならん」

「お気持ちはわかります、ワイヴィル卿」デイモンは重々しく応じた。「たしかに弟はやりすぎたようです。しかしながら、お嬢様と息子さんの未来のため、わたしはあなたに決闘の取り止めをお願いする所存です。あなたが命じれば、ジョージは申し出を撤回するでしょう」

「なんのためにわたしがそのようなことを？」ワイヴィルは厚い唇を怒りに引き結んだ。「大事な娘が、純粋無垢なわが娘が体面を汚されたのだ。シビルの名誉はこれで地に落ちたも同然――」

「たった一度のキスでですか？」デイモンは片眉を上げて問いかけた。「少々厳しすぎるのではないでしょうか。美しい少女、月明かりに照らされた庭……ウィリアムがわれを忘れるりするべきではなかったのだ！」

「あのならず者は、わが娘と庭でふたりきりになったり、わが領地で不埒な行いに走ったのももっともだと、誰もが思いますよ」

「おっしゃるとおりです。ですから、ジョージに決闘を撤回させてくださるなら、あなたが望まれるとおりの償いをウィリアムにさせると約束しましょう。きっとなんらかの解決方法があるはずです。あなたもわたし同様、血筋を汚すことは望んでらっしゃらないはず。それに明日の決闘が決行されれば、シビルの名誉はますます傷つく。すぐに忘れ去られるようなちょっとした過ちが、一生のスキャンダルとなるのです。シビルの行くところ、どこまでも噂がつきまとうでしょう」話しながら相手の表情を注意深く観察していたデイモンは、うまく弱点を突いたことに満足感を覚えた。決闘の結果スキャンダルの的になれば、シビルが望ましい結婚相手を見つけるのはますます難しくなる。

「いったいどのような解決方法があるというのだ」ワイヴィルは疑い深げに問いただした。

一瞬ためらってから、デイモンは相手の目を見つめた。「あなたのご希望にもよります。たとえば、ウィリアムがシビルに求婚するのでは、ご満足いただけませんか？」断られるのは承知のうえだった。彼のような野心家が、娘を次男坊に嫁がせるわけがない。

「無理だな」ワイヴィルは二重顎を揺らしながら大きくかぶりを振った。「きみの弟は、わが義理の息子としてふさわしい財力も人格も有しておらん」いったん口を閉じ、しばらく沈黙してからずるがしこそうな表情を浮かべる。「しかし……代替案ならあるぞ」

「どのような案でしょう」デイモンはまじまじと相手を見つめた。

「思うに、きみがシビルと結婚すれば、娘の名誉は保たれるはずだ」

驚きのあまり、デイモンは両の眉が額までつりあがったのではないかと思った。数回咳払いをしてからようやく、「それは光栄ですが」とかすれ声で応じる。

「よろしい。ではシビルをこちらに呼ぼう。この場で娘に求婚してくれたまえ」

「ワイヴィル卿、じつは……打ち明けるべきことが」ふいにおかしくなって、このような場面だというのに笑いがこみあげてくる。デイモンはやっとの思いで、噴きだしそうになるのをこらえた。「シビルのことは美しい女性だと心から思いますが、しかし……」

「しかし？」ワイヴィルはブルドッグのようにしかめっ面をして促した。

「結婚はできません」

「なぜだ」

「すでに妻がおります」

長い沈黙が流れ、炎がたてる小さな音だけが室内に響く。ふたりは暖炉で躍る炎をじっと見つめている。ワイヴィルは思いがけない発言についてじっくりと考えているようだ。しばらくしてふたたび口を開いたとき、彼の声は疑念に満ちていた。「そいつは初耳だな」

「ずいぶん長いあいだ秘密にしておりましたので」

「相手は誰だ？」

「ハーゲイト卿の娘のジュリアです」

「ハーゲイト」ワイヴィルはおうむがえしに言った。短い眉がぎゅっと寄せられ、クエスチョンマークがふたつ並んでいるように見える。「欧州の学校に留学していると聞いたが。いや、修道会に入れられた、だったかな。いったいどういうことなのだ。奥方を屋敷の屋根裏か地下牢にでも閉じこめているのか?」

「そういうわけでは」

「だったらどういう――」

「あいにく、詳しい事情はお話しできないのです」

心底がっかりした表情を浮かべつつ、ワイヴィルはデイモンの説明に精一杯の理解を示した。「残念だな。きみならシビルとうまくいっただろうに」

デイモンも懸命に残念そうな顔を作ってみせた。「きっと幸せにしてみせましたとも。ところでウィリアムの件ですが――」

ワイヴィルは尊大に手を振った。「ジョージには決闘は取り止めだと言っておく。ただし、この貸しはいずれきみにきちんと返してもらうぞ」

ほとんど聞き取れないほど小さく安堵のため息をもらし、デイモンは頭を下げた。「ありがとうございます。ウィリアムについては、またひと悶着あるといけませんから、ウォーリックシャーから連れだすつもりです」

「ああ、それがよかろう」

それからふたりは礼儀正しく別れの言葉を交わした。デイモンは安堵感につつまれながら部屋をあとにした。敷居をまたごうとしたとき、ワイヴィルがひとりごとを言うのが聞こえてきた。「ハーゲイトか……あれの娘など、シビルの足元にも及ぶまいに」

弟によい知らせを伝えたあと、デイモンはすぐにでも自室に下がって眠りたかった。長い一日だった。しばらくひとりになって、体を休め、考えたい。だがやるべきことはもうひとつある。彼は背筋を伸ばし、父の部屋に向かった。父がすでに休んでくれていることを願ったものの、寝室の扉に近づくにつれ、暖炉の明かりが室内からもれているのが見えた。小説を読み聞かせている女性の声も聞こえる。

半開きの扉を軽くノックしてから、デイモンは室内に足を踏み入れた。父フレデリックは脳出血の発作に数度襲われており、右半身に軽い麻痺が残ってしまったが、気力は失っていない。いかにも女遊びの好きそうな、男くさいハンサムな顔立ち。俗な喜びを思う存分に満喫し、一度としてそれを悔いたことのない父。最近は、屋敷を訪れる大勢の友人たちに放蕩三昧の過去を聞かせるのを趣味としている。父の友人たちは、いまだに足繁く屋敷を訪れては、若かりしころの思い出話をしていくらしい。

豪奢な枕に背中を預けてベッドの上に半身を起こし、湯気の立つミルクの入ったグラスを手にした父は、じつに快適そうだった。小説の内容と、ベッドのかたわらに座る魅力的な若い看護師と、果たしてどちらにより大きな関心を抱いているのやら。看護師が読み聞かせをやめ、父は期待に満ちた顔を上げた。

「待っておったぞ」という声は、半身麻痺のせいでやや間延びしている。「どうしてもっと早く来なかったのだ」

「片づけるべき問題がありまして」デイモンはいったん言葉を切り、険しい顔でつけくわえた。「ウィリアムのことで」

「またか？」以前から、次男の向こう見ずな振る舞いについて聞くのが大好きな父だった。自分によく似ていると内心喜んでいるのだろう。「今度はなにをしたのだ」と促しながら看護師に手を振り、椅子を息子に空けろと無言で命じる。

看護師が出ていき、デイモンは椅子に腰を下ろした。「調子はよさそうですね」

「ああ、とてもいい」父は枕の下に手を入れ、銀のフラスクを取りだすと、ホットミルクにたっぷりとブランデーを注ぎ入れた。

「相変わらずですね」デイモンは苦笑交じりに言い、フラスクを差しだされると、かぶりを振った。

断られて一瞬残念そうな表情を浮かべた父は、あきらめた様子で肩をすくめた。「おまえもな」とつぶやいて、ブランデー入りのミルクをごくりと飲み、舌なめずりをする。「それで……ウィリアムはなにをしたのだ」

できるかぎり冷静な口調で、デイモンはこの二日間の出来事について話して聞かせた。思ったとおり、父は大いにご満悦のようだ。最初はかすかに不快げな顔をしたものの、愚かにもすぐに鼻高々といった表情になった。

「まったく、わがままなばか者めが……」父はくっくっと笑った。「ウィリアムの倫理観念は雄猫並みだな」

デイモンは眉をひそめた。「ご自分がさんざん手本を見せてきたから、ちっとも驚きじゃないというわけですか」

「始まったな」父はあきらめ顔で言い、中身の半分残ったグラスをいらだたしげに振った。「またわしのせいにしようというのだろう」

父のこういう態度に、デイモンはいつも激しい怒りを覚える。後悔のこの字も知らず、自らの行いに対して絶対に責任を負おうとしない。「ウィリアムが父上と同じ道を歩むことになるんじゃないかと心配なんですよ。どうやら父上同様、女遊びや賭け事に目がないようですからね」

「わしと同じだったらどうだというのだ？　いったいどんな恐ろしいことが、あれを待ち受けている？」

「決闘で撃ち殺されるか、借金まみれで苦しむか」

父はデイモンの大嫌いな、無関心そのものの視線を彼に投げた。「借金なぞどうってことはない。金というのは、いずれめぐってくるものだ」

「言われなくてもようくわかっていますよ」デイモンの胸の内は苦い思いでいっぱいだった。「一八年前、父上の元にはあっさりと金が転がりこんできたんですからね。あのときあなたは、危うく家族を路頭に迷わせるところだった。そこでハーゲイト卿に、莫大な持参金と引き換えに爵位を手にする絶好の機会を与えることにした。あなたは、七歳のわが子をおしめが取れたばかりの子どもと結婚させ、労せず金を手に入れたんだ」

ため息をついて、父は空のグラスをサイドテーブルに置いた。「そうやって、なんでもわしのせいにするがいい。ウィリアムの窮地も、おまえ自身の人生への不満もすべて。たしかにわしは父親として至らない部分もあった。だが、やるべきことはやったつもりだ。どうしておまえは未来に目を向けず、過去にばかり固執するのだ？」

「もう何年も父上の尻ぬぐいをさせられてきた。そして今度はウィリアムの尻ぬぐい――もううんざりなんですよ！」

「てっきり、おまえは好きでそういうことをしているのかと思ったがな」父は穏やかな声で言った。「優越感を味わっているのかと思っていたよ。ウィリアムやわしに欠けた正義感やら責任感やらを振りかざしてな」あくびをし、枕に背をもたせる。「おまえがジュリアを見つけだしたときのことが思いやられる。おまえにふさわしい従順な女などこの世にいないぞ。たとえそれがハーゲイト家の娘だろうとな」

反論しようとして開いた口をデイモンはふいに閉じた。ジュリアの声がよみがえってくる。わたしたちふたりに、いったいどんな未来があると思うの？　わたしはあなたにまるでふさわしくない女性に生まれ変わってしまったの。わたしが必死の思いで手に入れたものを、幸せでいるために必要なすべてのものを、あなたは捨てろと言うに決まってる。

息子の顔に当惑の表情が浮かぶのに気づいたのだろう、父は薄く笑った。「反論もできんのだろう? 少しウィリアムを見習ったほうがいいんじゃないのか。男には多少の弱点が必要だ。さもないと、とてつもなく退屈な人間になる」

疲れた様子なのを見てとり、デイモンは立ち上がると横目で父をにらみつけた。父から助言されることなどほとんどなかった。あっても的はずれなものばかりだった。「明朝また様子を見に来ます、ウィリアムと一緒に発つ前に」

父はうなずいた。「看護師を呼んでくれ」いったん口を閉じ、思案げな声でつけくわえる。「おまえを見ていると、若いころのハーゲイト卿を思いだすな。彼もおまえのように自制心が強かった。自分が正しいと信じる道を、周囲の人間にも歩ませようと必死だった」

デイモンは一瞬かっとなった。ハーゲイト卿と共通点があるなど、言われただけでもぞっとする。だがその一方で、本当にそうかもしれないと考えずにはいられなかった。ジュリアも父の指摘に同意するのではないかと思うと、ますます不安になった。自分はそんなに頑固で独裁的なのだろうか。だから彼女は、幼いころと同じような人生を自分に強いられるのではないかと恐れているのだろうか。

唐突に、いますぐロンドンに帰り、ジュリアに伝えたくてたまらなくなる。変わることを強いるつもりも、なにかを取り上げるつもりもないと。だが、それは本心だろうか。自信がなかった。彼女のキャリアを、演劇の世界に生きることを、頑ななまでの自立心を、そうやすやすと認められるのかどうか。解放してやるのが一番いいのはわかっている……だがそれは、彼にとって最も難しい選択肢だった。

7

ローガンの最新作『わが偽りのレディ』の初日には、驚くほど大勢の客が詰めかけた。貴族たちは使用人に命じ、開演の何時間も前から座席を確保しておくほどだった。場内は熱狂的な観客であふれんばかり。シリング・ギャラリーと呼ばれる安い桟敷席の周辺では、なんとかして割りこもうとする人とすでに席を確保した人のあいだで、口論や殴りあいまで起きている。

眼下の大混乱を、デイモンとウィリアムは三階の安全なボックス席から眺めていた。前座の女性歌手が、人びとの争う声に負けじと声を張り上げて歌っている。「ほとんど暴徒だね」ウィリアムが言い、かすかな笑みを浮かべながら、好奇心に満ちた目を兄に向けた。「それにしても、わざわざ初日を観ようと兄上が言いだすなんて珍しいな。なにかあったの?」

「キャピタルの後援者だからな」デイモンは淡々と応じた。「投資した金が正しく活用されているかどうか確認したかっただけだ」

「噂によると素晴らしい出来らしいよ。でもどうせなら、女性をひとりかふたり同伴させてほしかったな。せっかくのボックス席なのに、ふたつも空席にするなんてもったいないよ。

じつはぼく、すごい美人姉妹と知りあったばかりでさ、ふたりとも赤毛で——」

「今週はもうさんざん遊んだんじゃないのか？」デイモンはさえぎり、呆れ顔で首を振った。

ウィリアムはにやりとした。「そんなこと、訊くまでもないんじゃない？」冗談が通じていないのに気づいたのだろう、彼は心配げな表情になった。「ポーリーンのことを考えてるの？」とたずねる。ロンドンに戻る馬車のなかでデイモンは、彼女が妊娠したと言い張っていること、医師に確認したいと彼女に申しでたことなどを弟に打ち明けていた。「ぼくは全然心配してないけどね」弟はもっともらしく言った。「まちがいなくポーリーンは嘘をついているよ。妊娠は本当だと信じこませれば、高潔な兄上が結婚に応じるとわかってるんだ」

デイモンは皮肉めかした笑みを口元に浮かべた。「おまえが思うほど、わたしは高潔じゃないよ」

「兄上は身勝手な振る舞いをしたためしがない。家族のために自らを犠牲にしつづけてきた。ぼくなんかには——」

「過去のわたしの振る舞いがどんなものだろうと、どれも純粋に利己的な理由でしてきたものばかりだ。すべては自分の利益のため、自分を守るため。そうすれば、二度と望まぬことを誰かに強いられる心配はない」

ウィリアムはため息をついてうなずいた。「けっきょく、ジュリア・ハーゲイトとの結婚の話に戻るわけだね。一晩くらい彼女のことは忘れて、舞台を楽しもうよ」

「それは無理だな。今夜ここに来ようとおまえを誘ったのは、彼女に会うためだから」

「誰に会うって？」聞きまちがいだろうか、と言わんばかりに弟は首を振った。

デイモンはあえて説明せず、口元に薄い笑みを浮かべて弟を見つめた。

「それはつまり……ジュリアがここに、今夜ここに来るって意味？」信じられない、というようにウィリアムは笑いだした。「まさかね、そうやって兄上はぼくをからかおうと――」

「見つけたんだよ」デイモンは穏やかに応じつつ、弟の仰天した顔を見てほくそえんだ。

「この三年間、彼女がどこに隠れていたか、なにをしていたか、やっとわかった」

ウィリアムが両手で髪をかきむしり、豊かな黒髪がぼさぼさになる。「嘘だろう、そんなの信じられないよ。どうやって見つけたんだい？　もう話はしたの？　どうして彼女は――」

デイモンは片手を上げて弟を黙らせた。「待ってろ。じきにおまえにもわかるから」

ぶつぶつ文句を言いながら、ウィリアムはかぶりを振ると、周囲や階下の群衆を見渡した。そうすればジュリアが席から立ち上がり、わたしがそうよと名乗りを上げるとでも思っているかのようだ。

やがて前座の歌が終わり、まばらな拍手に女性歌手が感謝の言葉を述べた。歌手が退場し、オーケストラの音楽がしばしやむ。つづけて、幕開きを伝える生き生きとしたメロディーが流れだした。左右の壁に据えられた照明が徐々に落ちていく。桟敷席に興奮の渦がわきおこり、期待に満ちた拍手や歓声が一等席やボックス席にも広がる。

デイモンは舞台袖で出番を待つジュリアを想像した。客席からの熱狂的な歓声を聞きながら、期待をひしひしと感じていることだろう。富める者も貧しき者も関係なく、二〇〇〇人近い観客がみな自分の妻の登場を待ち焦がれているのだと思うと、誇りと嫉妬が同時に胸に渦巻いた。ミセス・ジェシカ・ウェントワースは歌や詩に詠《うた》われ、絵画や版画に描かれる人気女優だ。誰もがその才能と姿かたちに惚れこんでいる。男たちは彼女を求め、女たちは彼女のような女性になれたら、ロンドン中が足元にひれ伏す美貌と人気を兼ね備えた女性になれたらと夢想する。

そんなジュリアが、万人の憧れの的のごときいまの立場を捨てて、夫と家族に愛されるだけの平凡な存在に変われるのだろうか。彼女になにを与えれば、家庭を選んでもらえるのだろう。富は彼女にとってなんの価値もない。自由を手に入れるために、相続権を捨てた事実からも明らかだ。それにひとりの男の愛など、何千人という崇拝者からの愛の前にはかすんでしまう。デイモンは悶々とし、眉根を寄せたまま、幕が開いて舞台の上に壮麗な海辺の風景が広がるさまを眺めていた。背景幕は空に似せた鮮やかなブルーで、海辺に立つ優雅な邸宅を模した精巧な書割が並んでいる。

やがて舞台にほっそりとした女性が登場した。波打ち際を夢見るように眺めながら、リボンの部分を持って帽子をゆらゆらと揺らしている。割れんばかりの拍手が起こるなか、ジュリア――ジェシカ――は役になりきってじっとたたずんでいる。普通の女優なら、これほどの歓声で迎えられれば軽くおじぎをしたり、手を振ったりするものだ。だが彼女は役に入りこんだまま、拍手が鳴りやむのを待っている。淡いブルーのドレスに身をつつみ、ブロンドの巻き毛を背にたらした姿は、たとえようもないくらい優美だった。

「うっとりするなあ」ウィリアムが熱っぽく言った。「味見できるなら、なんだってするのになあ」

「わたしが生きているかぎりは無理だぞ」デイモンはつぶやき、意味深長な視線を弟に投げた。「わたしのものだからな」

ウィリアムは驚いた顔になった。「彼女を愛人にしたって意味？　だったら、まずはポーリーンと別れるべきだったんじゃないの？」

「いや、愛人ではない。もっと大切な存在だ」

「わけがわからないな。兄上にとって彼女が……」ウィリアムは兄の顔を穴の開くほど見つめ、疑念たっぷりのかすれた笑い声をもらした。「ちょっと待ってよ、まさか、そんな……嘘だ」と言ってかぶりを振る。「嘘だ」同じせりふを呆然とくりかえし、兄の顔から舞台に立つ女性へとすばやく視線を移す。「彼女が……ジュリア・ハーゲイトだって？　そんなのありえない」

「家を出て演劇界に入ったとき、父親に勘当されたんだ。以来、彼女はジェシカ・ウェントワースとして新たな人生を歩んできた」

舞台に視線を注いだまま、ウィリアムは小声でまくしたてた。「だったら兄上は世界一幸運な男じゃないか。こうなったら、彼女との結婚をおぜんだてしてくれた父上の両足にキスしなきゃ——」

「話はそう簡単ではない」デイモンはむっつりとさえぎった。「このわたしが、彼女を妻と呼び、舞台から引きずり下ろし、ウォーリックシャーの城に連れて帰れると思うか？」

「まあ、たしかにポーリーンとのことをなんとかしないと――」

「彼女は関係ない。問題はジュリアに、自ら築いた人生を捨てる気がないことだ」

ウィリアムは大いに首をかしげている。「兄上の妻になることを望んでいないの？　まともな女性なら、兄上のような爵位と財産のある男と是非とも結婚したいと――」

「どうやら彼女は、すでにほしいものを手に入れたらしくてね」

「女優としての人生ってこと？」ウィリアムはいぶかしげに問うた。

「彼女は大きな成功をおさめ、自立もしている」

「女性が結婚よりも仕事を優先する？」弟は不快げな表情を浮かべた。「そんなの不自然だよ」

「彼女は自分で道を選びたいんだ。生まれてからずっとハーゲイト卿に操られてきたのだから、そう考えるようになっても驚きではない」

「学問一筋とか、よほどの醜女《しこめ》というならまだわかるけど、あれほどの美貌と血筋があるのに……」ウィリアムは困惑の面持ちのまま、舞台でくりひろげられる物語に視線を向けた。

舞台には脇役たちも登場し始めていた。大いに笑いをとっている大柄な初老の男性がジュリアの父親で、巻き毛の小柄な女性はジュリアのメイドという役どころだ。やがて、長身でさわやかな印象のハンサムな青年も現れた。青年は貴族の令嬢であるジュリアに恋い焦がれており、父親から結婚の許可を得ようとしているようだ。しばらくは四人のあいだで、ユーモアと社会風刺に満ちた軽い会話がつづいた。

ジュリアの演技から、主人公のクリスティンが愛らしい外見の裏に満たされない思いを抱えているのが伝わってくる。窮屈ないまの暮らし以上のものを欲しているのだろう。つづく場面で、彼女は冒険を求め、立場をメイドと偽り、お目付け役も同行せず街に飛びだす。新たに別の美しい背景幕と舞台装置が現れて、そこがにぎやかな海辺の街だとわかる。

商人や街の住人でごったがえす通りにまごついているのか、しばし舞台の上を右往左往していたクリスティンが、背の高い濃茶色の髪の男性にどしんとぶつかる。客席に背を向けたままなのに、もうみんなそれがローガン・スコットだと気づいたのだろう、わっと歓声が起こった。ジュリアが登場したときと同じように、熱狂的な声援や拍手は一分以上もやむことがなかった。その間スコットは彼女同様、役になりきったまま、客席が静かになるのをじっと待っていた。

ふたりの会話が始まったとたん、お互いに惹かれるものを感じているのだと伝わってきた。ジュリアの体のそこここに、不安と好奇心とで緊張が走るのが見てとれる。スコットはクリスティンに対し、地元の名士に仕える者だと自己紹介をする。彼も立場を偽っているのだろうと鋭く見抜いた観客が笑いをもらす。どうしようもなく惹かれあったふたりは、こっそりまた会おうと約束をする。その後、物語はときにロマンチックに、ときにユーモラスに、すばやい展開を見せていった。

デイモンがふととなりをうかがうと、弟は舞台にすっかり引きこまれている様子だった。俳優たちの見事な演技に、ほかのことなどほとんど考えられないのだろう。スコットはいつもどおり圧倒的な存在感を放ち、脇役もみな素晴らしい。とはいえ、この作品の中心人物はやはりなんといってもジュリアだろう。謎めき、生命力にあふれた姿はまるで、舞台の上で炎が躍っているかのようだ。ひとつひとつの身振り手振りが信じられないほど自然で、声の高低にもはっきりと意味がこめられている。まさに、世のすべての男がいつか手に入れたいと願いながら、けっして手に入れることのできない女性。もしもジュリアが昨日まで無名の女優だったとしても、今夜のこの舞台だけで名声をものにしただろう。

恋人同士を演じるジュリアとローガンを見ているうちに、デイモンは嫉妬のあまり、うなじのあたりがざわざわするのを覚えた。ふたりが触れあうたびに歯ぎしりをした。キスシーンでは客席から妬ましげなため息が聞こえてきたが、デイモンは舞台に出ていって、ふたりを引き離したいくらいだった。

場面転換のために舞台が一時静かになる。そのすきに、ウィリアムが難しい顔を兄に向けた。「もしかして、ジュリアとミスター・スコットは——」

「それはない」デイモンは断固として否定した。みなまで言われなくても、弟が訊きたいことはわかっている。

「でも、いかにもそういうふうに見えるよ」

「ウィル、ふたりは俳優なんだ。恋人同士のように振る舞うのが、この舞台の肝だろう?」

「よほど演技がうまいんだね」弟は疑わしげにつぶやいた。

胸の内に燃え上がる嫉妬の炎を、デイモンは必死に抑えつけた。女優を妻に持つというのは、こういうことなのだ。疑い、怒り、尽きることのない口論の種。聖人でなければ耐えられまい。そしてデイモンは、聖人とはほど遠かった。

舞台袖で次の出番を待ちながら、ジュリアは興奮と静かな意志が胸を満たすのを感じていた。額に浮いた汗を、化粧を気にしながらドレスの袖でそっとぬぐう。舞台はしごく順調で、クリスティンとして表現したかったすべてを伝えられている。

客席の笑いや歓声に鼓舞されて、俳優たちの演技はますます生き生きとしたものになっていた。もうすぐジュリアのお気に入りのシーンになる。ブランドン家の週末のパーティーでローガンとともに余興として演じたあの場面だ。クリスティンとジェームズが互いの本当の身分を知るシーン。喜劇的な要素と切望感が巧みに入り交じったこの場面では、是非とも客席に笑いの渦を起こし、同時に感動も与えたい。

ふと気配を感じて振りかえると、ローガンがすぐそばに立っていた。舞台袖は薄暗いので、顔が部分的に陰になっている。ジュリアが彼にほほえみかけ、眉を上げて無言で問いかけると、彼はウインクで応じた。ウインクなど一度もしたためしがないのに。「嬉しそうね」ジュリアはそっけなく言った。「それとも、目にごみでも入ったのかしら」

「きみが個人的な問題で今日の公演を台無しにしないでくれて、嬉しいのさ」ローガンはつぶやいた。「今夜の演技はじつにまともだ」

「個人的な問題を抱えているなんて一言も言ってないけど」

「言われなくてもわかる」ローガンは彼女を袖の向こうに広がる舞台のほうに向きなおらせた。「だが、大事なのはこいつだけだ。舞台はけっしてきみを裏切らない。きみがそこに全身全霊を傾けつづけるかぎり」

「投げだしたいと思ったことは一度もない？」ジュリアは長く延びる木の板を、数えきれないほど何度も踏まれ、大道具でこすれて傷だらけになった床をじっと見つめた。「ここにはないなにかを、ほしいと思ったことはない？」

「ない」ローガンは即答した。「そんなふうに思うのは普通の連中——きみとわたしはちがう」自分へのキューを耳にし、ローガンは彼女の脇をすり抜けると、ジェームズとなって大またで舞台に出ていった。ジュリアは眉をひそめ、やわらかなベルベットの幕をつかみ、すりきれた表面を撫でた。舞台がもっとよく見えるよう一歩前に出ると、反対の袖で出番を待つアーリスが見えた。ほほえみあい、小さく手を振って、新作の初日が成功をおさめつつある喜びをわかちあう。

舞台袖は暑く、少し鼻をつく匂いが漂っている。絵の具と汗、照明のライムライトのかぎ慣れた匂いだ。だがそこに、ほとんどわからないくらいかすかだが、いつもとちがう臭いがかぎとれる。怪訝そうに眉根を寄せながら、ジュリアは視線をアーリスから背景幕、書割へと移動させた。なにも変わったところはない。だが、第六感がなにかがおかしいと伝えてくる。困惑した彼女はかたわらの団員に目を向けた。道具方や技師が、次の場面転換の準備をしている。彼らもいつもとちがう臭いに気づいているのではないかと思ったが、そのようなそぶりを見せる者はいない。

そのとき突然、煙の臭いが鼻をついた。動転しながらも、思いすごしだろうかと深く息を吸ってみる。今度はもっと強く臭いを感じた。心臓が早鐘を打ち始め、頭のなかをさまざまな思いが駆けめぐる。二〇年ほど前に大火事が発生し、ドルリーレーンとコベントガーデンが相次ぎ焼け落ちたことがあった。そうした大火事では多数の死者が出る。炎や煙に巻かれるのはもちろん、建物内にパニックが広がるからだ。消火活動が迅速に進んでも、押しつぶされたり踏みつぶされたりして命を落とす人もいる。もうすぐ自分の出番がくる。誰かに言わなければ……だが火元はいったいどこなのだろう。

無言の問いかけに答えるように、舞台右手の書割がいきなり炎につつまれた。注意深く位置を選んで置かれたランプ、あるいは蠟燭から炎が燃え移ったのだろう。火は書割の表面を舐めるように広がっていった。突然の惨事に舞台上の俳優たちは凍りつき、客席に金切り声が響き渡る。「なんてこと」ジュリアはささやいた。団員たちが罵声をあげながら、その脇をすり抜けていく。

「大変だ」ウィリアムは叫び、舞台の端で突然燃え上がった炎を魅入られたように凝視している。「兄上、は、早くここから逃げないと！」上下左右のボックス席は、惨事に気づいて慌てふためく観客ですでに大混乱だ。誰もが狂ったように押し合いへし合いし、死の陥穽《かんせい》から逃れようとしている。女たちは恐怖に叫び、男たちは暴徒と化した人びとのあいだに逃げ道を探そうと、罵り、殴りあっている。

デイモンは舞台の炎をじっと見つめた。延焼を免れたらむしろ奇跡だろう。団員たちが死に物狂いで水をかけているものの、舞台上に据えられた貯水槽はほとんど役に立つまい。書割のあいだを縫うように走る真っ赤な炎に襲いかかられて、背景幕があっという間に炎とともに巻き上がる。そのとき、煙と炎の雨の合間に、デイモンはジュリアのほっそりとした姿を見つけた。身をかがめ、水に浸した布を炎にたたきつけて、必死に消し止めようとしている。デイモンのなかに恐怖と怒りがわきおこった。男たちと一緒になって舞台に残り、消火活動なぞにあたるとは。「ジュリア、逃げろ！」叫んだが、その声は群衆の罵声にかき消されてしまった。理性が吹き飛んで、頭のなかにはもう、彼女のもとに行かなければという思いしかない。

ボックス席を飛びだし、劇場一階の玄関広間につづくふたつの大階段のうちのひとつを目指す。大階段は、怒声をあげる群衆で身動きもとれない状態だ。ウィリアムはすぐあとからついてきており、押しのけようとする相手にやりかえしている。「脇の玄関から出よう」弟は息を荒らげながら言った。「あっちのほうがましなはずだから」

「おまえはそっちから逃げろ」デイモンは肩越しに答えた。「わたしはなかに戻る」

「なんだって？　まさかジュリアのために？　彼女なら団員たちがちゃんと逃がしてくれる

よ。兄上が舞台にたどり着くころにはとっくに外に避難してる……兄上こそ逃げ遅れたらどうするんだ！」

「彼女はきっとここを離れない」デイモンは吠えるように応じた。手すりにつかまりながら、さらに階段を下りていく。

ウィリアムは鼻を鳴らしつつ兄のあとを追った。「あの炎から逃げようとしないなんて、どうかしてるよ！」兄が聞いていないのを見てとり、さらに毒づく。「兄上と火の海に飛びこむなんてごめんだ。ぼくは兄上みたいな英雄精神は持ってない」

「だから、おまえは逃げろと言ってるだろう」

「いやだね」ウィリアムは怒鳴った。「兄上が炎に巻かれて死んだらどうするんだよ。ぼくが長子として家を守る羽目になるじゃないか。そんな目に遭うくらいなら、こっちに賭けたほうがましだ」

弟の繰り言を無視して、デイモンは広間を目指しつづけ、あと数段となったところで手すりを飛び越えた。ウィリアムも兄について人波に飛びこみ、ふたりは一等席につづく扉を目指した。狂ったように逃げ場を求める人びとに逆行するのはほとんど不可能に思われたが、なんとかして一度に数メートルずつ進み、やっとの思いで客席の中央あたりまでたどり着く。場内はまさに混沌と化していた。

座席をまたいで舞台を目指しながら、デイモンはジュリアの姿をとらえた。懸命に炎をたたいて、幕に燃え移るのを防ごうとしている。周りの団員たちは、燃えやすいものを移動させ、装飾壁や頭上の足場に炎が燃え移らぬよう書割を倒している。このような危険に身をさらしている妻の首を、いますぐに絞め上げてやりたい。デイモンはそんな衝動に駆られつつ、一等席をまわりこんで舞台によじのぼった。

煙とガスで目も開けられない状態になりながらも、ジュリアは書割を引き裂く黄色い炎をたたいて消す作業に没頭していた。熱を帯びた灰が腕を刺す。息をするたびに喉が焼かれるようだ。彼女は激しい怒りにすすり泣いた。キャピタルを崩壊させてはならない。自分にとって劇場がこんなにも大切なものだとは。ローガンはすぐそばにおり、彼にとってこの世でたったひとつ価値あるものを必死に救おうとしている。キャピタルを失ったら彼は立ちなおれない――きっと、劇場が焼け落ちてもこの場にとどまろうとするはずだ。

腕がしびれてきて、熱風につつまれた体がぐらりと揺れる。どこか近くから警告する声が聞こえてくる。だがジュリアは、幕に襲いかかった炎を消し止めようとする手を休めなかった。そのとき突然、胴部に衝撃を感じ、息ができなくなるほど強烈な圧迫感をおなかに覚えた。痛みと驚きに顔をしかめつつ、身動きもできないまま、舞台の上を数メートル引きずられていく。と同時に、ひゅーっという音となにかが割れる音が耳をつんざき、自分の心臓の激しい鼓動と混ざりあった。

まぶたにかかった汗まみれの髪を払いのけると、団員の倒した書割が舞台右手に転がっているのが見えた。危うく下敷きになるところだったようだ。窮地を救ってくれた誰かは、いまは彼女のスカートをたたいている。太ももやふくらはぎまで痛いほどたたかれた。息苦しさに咳きこみながら、ジュリアはその誰かを押しのけようとした。だが、炎をまとった背景幕の端切れが舞い落ちてスカートが燃え上がっているのだと気づき、恐怖におののいた。

ようやくスカートの火を消し止めたところで、救い主は立ち上がった。見上げると、そこには怒りをたたえた浅黒い顔があった。炎と煙のなかに浮かび上がる顔はまるで悪魔のよう。褐色の肌は汗で光り、苦しげに大きく息をするたび、たくましい胸が上下している。

「デイモン」と呼びかけると、唇が感覚を失っているのがわかった。彼はいまにもジュリアを殺しかねない顔をしていた。両手でぎゅっと彼女の腕をつかんで、いやがってもがくのもかまわず、舞台裏に無理やり引っ張っていこうとする。

「ジェシカなのか？」というローガンの声がすぐ近くに聞こえた。彼は炎を消し止める手を休め、煙に細めた目を彼女からデイモンに移した。「頼むから、彼女をここから連れだしてくれ！」

「喜んで」デイモンはつぶやいた。

夫につかまれた腕の痛みに顔をしかめつつ、ジュリアは引っ張られるがまま、舞台裏から楽屋のほうに向かった。「こっちよ」と声を絞りだし、激しく咳きこむ。劇場の裏手を進みながら、ふたりきりではないのに気づいて、ふと歩みを止めた。ちらと振りかえると、驚くほどデイモンによく似た面立ちの男性がいた。彼の弟にちがいない。「ウ、ウィリアム卿なの？」

「ああ」デイモンがいらだった声で答えた。

「紹介はあとまわしだ。行くぞ」

尊大な物言いにむっとしながらも、ジュリアは通りに面した裏口へと向かった。ちょうどものすごい勢いで裏口から入ってくる人がいて、その小さな体に危うくぶつかりそうになる。アーリスだった。ひどく興奮しているが、顔には安堵の色をにじませている。「よかった！　あなたが外にいないのに気づいて、捜さなくちゃと思って戻ってきたのよ……」親友の背後に背の高い黒髪の男性がふたり立っているのに気づいて口をつぐみ、おどけた笑みを浮かべる。「でもちゃんと助けてもらったみたいね。こんなことならあたしも残って、誰かの助けを待てばよかった！」

ウィリアムが一歩前に進みでて、優しく腕を差しだした。「すぐに劇場から逃れたのは大変賢明でしたよ、ミス……」

「バリーよ」アーリスが答えた。きらきら輝く瞳は、優雅で仕立てのいい服や、浅黒いハンサムな容貌を見逃してはいまい。「アーリス・バリー」

「ウィリアム・サヴェージ卿と申します」彼は仰々しく名のった。「どうぞわたしの腕を、ミス・バリー」

デイモンは呆れ顔で、冷たく新鮮な空気のおもてへとジュリアの腕を引っ張った。彼女は歩道に出るなり、乱暴な振る舞いにいらだって身を離した。「麦の大袋みたいに引っ張りまわすのはやめて」ときつい口調で咎める。狭い路地には人が大勢いたが気にしなかった。

「もっと乱暴に扱ったっていいんだぞ。意味もなく自分の身を危険にさらしたりして――」

「逃げたくなかったのに！」ジュリアはかっとなって言いかえした。「できるかぎりのことをしなくちゃいけなかった。キャピタルが焼け落ちたら、わたしにはなにも残らないわ！」

「命があるだろう」デイモンの声は冷ややかだった。

また激しい咳が始まって言いかえせなかったので、ジュリアは涙がにじんでちくちくと痛む目で彼をにらみつけた。

汗と煤にまみれた彼女の紅潮した顔を見ているうちに、デイモンの怒りは薄らいでいった。こんなふうに、勇ましさと弱さを同時に醸す人は初めて見る。彼は上着の内ポケットからハンカチを取りだし、彼女に歩み寄ると、煤と化粧をぬぐい始めた。「じっとしてなさい」とつぶやくように言い、後ずさろうとしたところを腰に腕をまわして抱き寄せる。張りつめていた背中からやがて力が抜けるのがわかった。拭きやすいように、わずかに顎を上げるのも。

デイモンはハンカチのきれいな部分を使って、目の周りをそっとぬぐった。

「ウィリアム」弟が巻き毛の女優にちょっかいを出そうとしているのに気づいて呼びかける。「正面玄関にうちの御者がいるかどうか確認してこい。いたら、こちらに馬車をまわすよう言ってくれ」

「貸し馬車を探したほうが早いんじゃない？」アーリスと一緒にいたいのだろう、ウィリアムは反論した。「正面玄関のほうは人や馬や馬車でごったがえしていると思うよ。そんななかでうちの御者を見つけられたら奇跡――」

「行ってこい」デイモンはぶっきらぼうに命じた。

「わかった、わかったよ」ウィリアムは期待をこめたまなざしでアーリスを見下ろし、ほほえんだ。「どこにも行かないで。ここから動いちゃだめだよ。すぐに戻るからね」

アーリスはくすくすと笑いながら敬礼のまねごとをし、大またに歩み去るウィリアムの後ろ姿をうっとりと見送った。

ジュリアはなんの感情も表していない夫の顔を見上げた。「来てるなんて知らなかったわ」あのような惨事に遭った直後なので、いまにも平常心を失ってしまいそうだ。だが、自らも危険な思いをし、場内がどうなっているのか吐き気がするほど心配でならないというのに、なぜか安堵につつまれてもいる。デイモンの腕のなか以上に安全な場所は、この世にないように思われた。

やわらかなハンカチがそっと顔を撫でている。「ウォーリックシャーから連絡している暇がなかった。弟を連れて、一刻も早くロンドンに戻りたかったから」

ジュリアは気のないそぶりで肩をすくめた。「あちらでゆっくりしていればよかったのに。あなたがいつ戻ろうと、別にどうでもよかったわ」

「わたしにはどうでもよくなかった。きみに早く会いたかった——しかも今夜は初演だ」

ジュリアは苦々しげに唇をゆがめた。せっかくの初演だったのに。火事のせいで、女優として大きく飛躍する機会が台無しだ。劇場は——劇場に賭けてきた夢もすべて——朝を迎えることなく灰と化そうとしている。「上出来だったでしょう？」彼女は疲れた声でたずねた。

「予想以上によかった」デイモンはうなずき、口元にかすかな笑みを浮かべた。彼女の恐れと、このような落とし穴が潜んでいる人生へのやるせなさとを理解しているようだ。人生は不公平だ。どれだけ努力を重ね、犠牲を払おうと、すべてはあっという間に無に帰してしまう。

夫の銀色がかった灰色の瞳を見上げると、そこに秘められた穏やかさと強さに打たれた。彼はなにものも恐れていないのだ。今夜、ジュリアは彼に命を助けられた。少なくとも危険から救いだしてもらった。だがなぜ彼は、自らの身の危険も顧みずにあのようなことをしたのだろう。おそらく、形式的とはいえ妻である女性を守る義務があると思ったのだろう。

「ありがとう」ジュリアはやっとの思いで言った。「感謝しているわ……助けてくれたこと」

デイモンは親指と人差し指の先で、彼女の震える顎をなぞった。「二度ときみをこんな目に遭わせやしない」

指先に触れられた肌が焼け焦げそうだ。ジュリアはうつむこうとしたが、彼がそうさせてくれなかった。気持ちが高ぶり感覚が研ぎ澄まされていって、触れられる心地よさにいまにも反応しそうになる。彼はキスをしようとしていた。それを激しく求めている自分、彼にすべてをゆだねることを望んでいる自分に気づいて、衝撃を覚えた。意志の強い男性に対してずっと警戒心を抱いてきたが、いまこの瞬間、彼に身を任せてしまえればどんなにか安堵できるだろう。「責任感が強いのね。でもそんなふうに考える必要はない――」

「責任感の問題ではない」

そのとき、劇場の裏口から誰かが現れた。「ミス・バリー！　ああ、よかった！　さんざん捜したんだ。大丈夫かい？　どこもけがはしてないかい？」

振りかえると、絵師のマイケル・フィスクがアーリスに駆け寄り、彼女の肩を衝動的に抱きしめるところだった。顔は汚れ、全身煤だらけでシャツの肩が破れ、まるで勇敢な英雄だ。

「なんともないわ」アーリスは驚いた表情ながら、フィスクの熱烈な言葉にどこか嬉しそうでもある。「そんなに心配しなくても平気よ、ミスター・フィスク――」

「きみになにかあったらと思うだけで、生きた心地がしなかった！」

「ミスター・フィスク」ジュリアはこらえきれずに口を挟んだ。「劇場はどうなっているの？　なかはいま、いったいどんなことに？」

満足げな顔で腕の中にいるアーリスを抱いたまま、フィスクは答えた。「火はだいぶおさまってきました。逃げる際にけがをした人もいるようですが、いまのところ、犠牲者が出たという話は聞いていません」

「よかった」ジュリアは心底ほっとした。「では、少し修繕すればキャピタルはすぐにまた営業できるようになるわね？」

「少し、というわけにはいかないと思いますけどね」フィスクは沈んだ声で応じた。「数カ月はかかりますよ、いやもっとかな。そもそも修繕費をどうやって捻出すればいいのやら。今シーズンはどうにもなりませんよ、きっと」

「そんな」ジュリアは行き場を失い、すっかり見放された気分になった。これからいったいどうなるのだろう。今シーズンは、団員への給与支払いも止められてしまうのだろうか。彼女自身は多少の貯えがあるが、あれではとうてい十分とは言えまい。

ウィリアムの陽気な声が聞こえてきて、彼女の思考は断ち切られた。「兄上、御者がこちらに馬車をまわすってさ。悪いけどぼくは先に行くよ。かわいい女の子を抱きながら一杯やりたい気分なんだ」ウィリアムは兄に報告すると、アーリスに目をやり、怪訝な顔になった。彼女の顔に浮かんだ逡巡と、彼女を抱く青年の用心深くも挑戦的な表情に気づいたのだろう。

「ミス・バリーはそのような女性じゃない」守るようにアーリスを抱いたまま、フィスクは硬い声で言った。

ふたりの男を見比べるアーリスの表情から、考えていることはすぐにわかった。熱意と希望に燃えるフィスクと、怖いほどにハンサムで気ままなウィリアム・サヴェージ卿。彼女はゆっくりとフィスクから身を引き離した。

親友の意図を見抜いて、ジュリアは驚きと失望を覚えた。これまでもアーリスは、一晩の快楽を求められているだけだとわかっていても、相手がハンサムな貴族であればけっして誘いを断らなかった。どうか彼女がまちがった選択をしませんように。ジュリアは内心願った。

ウィリアムが黒い眉を片方つりあげ、ダークブルーの瞳を誘うように輝かせてアーリスを見つめる。「かわいいお嬢さん、ぼくと一晩楽しく過ごしませんか?」

それ以上の誘い文句は必要なかった。フィスクにすまなそうな視線を向け、アーリスはウィリアムに歩み寄った。妖艶にほほえむと、片手をウィリアムの腕に置いた。「まずはどちらにいらっしゃる？」とたずねられたウィリアムが声をあげて笑う。彼は兄に向かってお先にとつぶやいてから、ジュリアのこわばった手をとり、仰々しくおじぎをしてみせた。「ごきげんよう、ミセス……ウェントワース」その口ぶりにジュリアは、彼がすべてを知っていることを悟った。彼の厚かましさにいらだち、ほほえみはかえさなかった。

フィスクは無表情に、ウィリアムとともに貸し馬車を探しに歩み去るアーリスの後ろ姿を凝視している。

「ごめんなさい」ジュリアはささやいた。

フィスクはうなずき、絶望の笑みをちらと浮かべてみせた。場内に戻る彼を見つめながら、彼女は眉根を寄せた。責めるようにデイモンを見上げる。「なぜ弟さんになにも言わなかったの。アーリスのことは、彼女をちゃんと思ってくれる、まともな男性に任せるべきだったのに！」

「彼女には選ぶ権利がある」

「ええ、でもまちがったほうを選んだわ。弟さんが彼女に誠実に接するとはまるで思えないもの！」

「そう思ってまずまちがいないだろうな」デイモンはそっけなかった。「弟の頭にはあのことしかない――そしてきみの友人は、弟の要望に喜んで応えるとはっきり態度で示してみせた」近づいてくる馬車を視界にとらえ、そちらに向かって大きくうなずく。「うちの馬車だ。一緒に来たまえ」

ジュリアは反射的に首を振った。「場内に戻って様子を——」

「今夜ここできみにできることなどひとつもない。来なさい。きみを残しては行けない」

「この前の晩のようなことを期待しているのなら——」

「それも考えた」デイモンは愉快そうに瞳を輝かせた。「だが無理強いはしない。なんなら酒でも飲みながら話をしよう。二五年もののアルマニャックがある。世界一のブランデーだ」

悪い申し出ではなかった。ブランデーに引かれたわけではない。なぜか彼のそばにいたい、彼の与えてくれる安堵感につつまれたいと思ったからだ。だが、ふたりきりになったときに自分がどうなってしまうか不安だった。冷静とは言えないいまの状態ではなおさらだ。「遠慮するわ」

「ふたりきりになるのが怖いのかい？」デイモンが優しく問いかけた。

もはやそれは、誘いではなく挑発だった。彼の瞳をまっすぐ見つめながら、分別が失われていくのを感じる。今日という日は台無しになり、朝が来ればまた新しい一日を迎えねばならない。いまはただ、心落ち着けてくれる一杯とデイモンとのひとときがほしい。

ジュリアはのろのろと彼に歩み寄った。「きっと後悔するわ」

デイモンはほほえんで、彼女を馬車までいざない、手を貸して乗りこませた。御者に短く指示を出してから自分も馬車に乗り、となりに腰を下ろす。馬車がゆったりと車体を揺らしながら走りだし、ジュリアはため息とともにやわらかなベルベットの座席に背をもたせた。

まぶたを閉じたが、デイモンの強い視線を感じてすぐに開けた。その目は、身ごろを金色の紐で編み上げるデザインの薄緑色のドレスだったもの、黒焦げになったしわくちゃの布地を凝視していた。ぴったりと肌に吸いつく身ごろに視線が注がれているのに気づいて、ジュリアは咎めるように眉をひそめた。「そんな目で見るのはやめて」

彼はしぶしぶ視線を彼女の顔に移した。「そんな目とは？」

「夕食のテーブルに出てきた前菜を見るような目よ」とジュリアが答えると、彼は声をあげて笑った。彼女は身を守るように腕組みをした。「この前の晩だけで十分満足したと思っていたけど！」

「いや、ますます欲求が高まった」デイモンは彼女を見つめ、不快げな表情に気づいたのだろう、おどけた態度を消した。さりげなさをよそおって座席にもたれる。「痛かったろう」彼は静かに言った。「だが初めてのときはそういうものだ」

ジュリアは顔を真っ赤にした。ふいにあの晩のことが脳裏によみがえる。裸でからみあうふたつの体、結ばれたときの痛み、彼のものになったときの焼けつくような心地よさ。男女の営みについてある程度の知識はあったが、ここまで強くふたりを結びつけてしまうものだとは思いもしなかった。一部の人びとがあれをなんの意味もないことのように考えているのが、むしろ信じられない。どこをどうとは言えないものの、あらゆる意味で彼女を変えてしまったあの行為を。「別に平気よ」彼女はつぶやいた。だが、彼の顔を見ることはできなかった。

「次のときはもっとよくなるはずだ」

頬の赤みが全身まで広がった気がする。首筋や胸元が紅潮しているのを、彼にも気づかれているはずだ。「次のときなんてないわ」ジュリアはあえぐように言った。「いけないことだもの」

「いけないこと？」デイモンは当惑の面持ちでおうむがえしにたずねた。

「そうよ！　まさか、レディ・アシュトンとおなかの赤ちゃんのことを忘れたとでもいうの？」

デイモンは無表情になった。だが内心でいらだちを募らせているのがわかる。「赤ん坊のことはまだ確信が持てずにいる。真実を突きとめるつもりだ。だが妊娠が本当だったとしても彼女と結婚はできない。そんなことになったら、いずれわたしは彼女をこの手にかけてしまうだろう」

ジュリアは初めて彼にかすかな同情を覚えた。彼は誇り高い人だ。他人に、とりわけレディ・アシュトンのような女性に、操られる人生などけっして認められやしないだろう。彼に触れて慰めたくなる衝動を必死に抑えこみ、ジュリアは座席の隅におさまったままでいた。

「気持ちはわかるわ、そのような状況に陥って――」

「今夜はポーリーンの話はよそう」デイモンはぶっきらぼうにさえぎった。すぐに硬い表情を消し、口元に自嘲めいた笑みを浮かべる。上着の内ポケットを探り、小さなベルベットの小袋を取りだした。「これを、きみに」

ジュリアは小袋をじっと見つめたが手は出さず、「ありがとう、でも受け取れないわ」とばつが悪そうに言った。「贈り物はほしくない――」

「きみにはこれを受け取る権利がある。大昔に手に入れてしかるべきだったものだ」

ジュリアはおずおずと手を伸ばして小袋を受け取り、口紐を緩めた。指を二本差し入れて、なかから硬く冷たいかたまりを取りだす。それがなんなのか目にしたとたん、思わず息をのんだ。重厚な金の台座にローズカットのダイヤモンドが埋めこまれた、見事な指輪だった。ダイヤモンドは少なくとも四カラットはあるだろう。青みがかった色合いで、この世のものとは思えないきらめきを放っている。

「結婚指輪は一度もはめたことがないだろう」

「このようなものは――」

「はめてみてくれ」

それが自分の指の上でどんなふうに輝くか見てみたい。だがはめる勇気が出ない。この指輪も、それが意味するものも、手にする権利は彼女にはない。ふたりの婚姻関係は永遠につづくわけではない。誓いの言葉にも真実などなかった。あれは子どもだったふたりが命じられるがまま、わけもわからず口にしたものだ。デイモンの振る舞いに驚きと喜びを同時に覚えつつ、ジュリアはなすすべもなく彼を見つめ、「あなたが持っていて」と懇願するように言った。

デイモンは苦々しげに口元をゆがめ、指輪に手を伸ばした。そしてあっという間に彼女の左手をつかむと、薬指に指輪をはめた。指輪は少し緩かった。

催眠術にかけられたかのように、ジュリアはきらめくダイヤモンドをうっとりと見つめた。

「母の形見だ。母もきみに着けてほしいと願っていただろう」

「わたしを買収しようとでもいうの？」ジュリアはたずねながら、左手を上げて大粒のダイヤモンドをしげしげと眺めた。

「いや、誘惑しているんだ」

「見返りはなにがお望み？」

彼女の瞳をのぞきこんだとたん、デイモンは駆け引きなど忘れてしまったらしい。「この結婚のせいでいままで耐えてきたあらゆることへの、せめてもの埋めあわせだと思ってほしい」

「そこまで世間知らずじゃないわ」ジュリアは重たい指輪を引き抜いた。「あなたは見返りもなしに人になにかを与える人じゃない。お気持ちはありがたいけれど、指輪はいただけません」

「きみが受け取らないなら、窓から捨てる」

「まさか」口ばっかり、というようにジュリアはつぶやいた。

デイモンの瞳が怖いくらいに光った。このように高価な品を本気で道端に投げ捨てるつもりなのだ。「それはもうきみのもの。だからきみの好きにするといい」彼は手のひらを上にして差しだした。「自分で捨てるかい？　それともわたしがやろうか？」

仰天したジュリアは指輪を握りしめた。「こんなにきれいなものを捨てさせやしないわ!」

彼は満足げに手を下ろした。「だったらそいつは持っていたまえ。ただし、母上には譲らないように」ジュリアが後ろめたそうな表情を浮かべ、指輪をはめなおすのを確認すると、彼は声をあげて笑った。

夫の術中にはまりつつある気がして、ジュリアはいらだった。「なにか見返りがほしいのでしょう?」と問いただす。「あなたはそういう人だもの」

「きみが進んで差しだしてくれるものだけで十分だ」デイモンは彼女のほうに身を寄せながら、全身に視線を這わせた。「それよりも……わたしたちの関係はどうあるべきだと思ってる、ミセス・ウェントワース?」

胸を高鳴らせ、彼の存在をひしひしと肌で感じている自分に気づいて、ジュリアは腹を立てた。決然として自信に満ちあふれたデイモン。彼女はそうした資質を備えた男性に憧れていた。彼が演劇界に属する人間でない点も大いに魅力だった。俳優の人生で、永遠に変わらぬものなどひとつもない。ロマのように、ひとつの作品が終わればまた次の作品に取りかかる、流転の日々を送らねばならないからだ。デイモンのような男性に、ジュリアは出会ったことがなかった。

「それは……友だち同士のような関係かしら」彼女はためらいがちに答えた。「反目しあう必要はないと思うわ。求めているものは同じなのだし」

「求めているものとは?」

「お互いから解放されることよ。そうすれば、これからもわたしは女優としての道を歩んでいけるし、あなたはレディ・アシュトンへの義務を果たせる」

「ずいぶんと彼女にこだわるんだな……なぜだい？」

「もちろん、気にかかるから――」

「そうは思えん。なんとかして、わたしたちのあいだに壁を作ろうという魂胆だろう？」

「そうだとしたらなんなの？」質問を受け流そうとしたが、声が震えてしまった。彼との距離があまりにも近いせいだ。たくましい太ももが脚に触れているし、腕は彼女の頭の後ろの背もたれに置かれている。広い胸に飛びこみ、頭を抱き寄せて、彼の手と唇が与えてくれる喜びに身をゆだねてしまいたい。ジュリアは深呼吸をし、内心のおののきを抑えこんだ。

「自分の身を守ろうとしてはいけないの？」

「わたしに対してそんなことをする必要はない。いままできみに無理強いをしたことがあったか？」

ジュリアは震える声で笑った。「お屋敷での夕食も、純潔も、この指輪だって――」

「指輪は、きみが宝石に目がないのがいけないんだろう？」彼女の不服そうな顔を見て、デイモンはほほえみ、声を潜めてつづけた。「純潔に関しては――思いがけない贈り物だった。きみが思っている以上に、大切な贈り物だ」

ジュリアはまぶたを閉じた。彼の唇が額をなぞり、細い鼻梁の上で止まる。まぶたと頬に羽根のように軽やかに触れ、彼女の口の端をそっとかすめる。唇がうずくのを覚えて、ジュリアは自制心を総動員してこらえた。そうしなければ、深いキスへといざなおうとするこの感触に、進んで応えてしまいそうだ。「あの晩のきみは本当に素敵だった……信じられないくらい美しかった。あのような経験は生まれて初めてだ。幾度も思いだしては、もう一度きみと結ばれたいと願った」

乾いた唇を濡らしてから、彼女は答えた。「求める気持ちがあれば許されるというものではないわ」

「聞いた話によると、男が自分の妻とベッドをともにするのは罪ではないらしい」デイモンは指先で、胸元の肌があらわになった部分をなぞった。なめらかな肌に鳥肌がたち、ジュリアの息が浅く速いものになっていく。沈黙のなかで待つ以外なにもできないようだ。これから起きることを思い、彼女は全身が張りつめるのを感じた。「とはいえ」デイモンは優しくつづけた。「きみがわたしと友情をはぐくみたいというのなら、別に異論はない」身ごろの金色の紐を引っ張り、胸元が少し開くまで緩める。「そう、わたしたちはきっと友人同士になれる……とても親しい友人に」温かな唇が首筋に下りていき、大きな手が身ごろのなかに差し入れられ、素肌を覆う薄い純白のシュミーズの下をまさぐる。

ジュリアは目を閉じ、長い指に乳房をつつまれる感覚に息をのんだ。その指が、硬く尖るまで乳首をもてあそぶ。体がほてり、激しい切望感に力が抜けていく。膝に抱かれるのに気づいて、やめてとつぶやいたが、弱々しい抗議の声はあっという間に口づけにのみこまれてしまった。彼女は羞恥心をすべて捨て去り、飢えたように口を開いて受け入れた。彼の与えてくれる喜びをもっと味わいたい。

馬車が揺れて唇が離れ、ジュリアは自ら口づけようとした。だが彼はそれを拒み、首筋のほうへ、激しく脈打つくぼみへと唇を這わせていった。あらわな胸の谷間を見つけ、そこに深く鼻を押しつけながら、胸を覆う生地を指で引っ張る。乳首を軽く噛まれる感覚にジュリアは小さく叫んだ。両手で彼の頭をかき抱き、強く胸に抱き寄せながら、豊かな黒髪をまさぐった。舌先で感じやすいつぼみを何度もくりかえし舐められると、あえぎ声をもらしながら背を弓なりにした。彼は反対の乳房に唇を移動させながら、けだるく愛撫を加え、彼女の口からもれる小さな声を味わっているようだ。

ふたりの呼吸が荒く速いものになっていき、互いの体を欲望が駆けめぐる。デイモンはジュリアの身を起こすと、耳元に唇を寄せた。「ほしくないと言ってみろ……わたしと会っているときも、話をしているときも、このことを考えたりしないと。わたしと同じ気持ちではないと、友情以上のものなどいらないと言ってみろ」

ジュリアは震える体を彼に寄せ、むきだしの乳房を上等なリンネルとウールに押しあてた。頭がぼうっとして、なかなか言葉が出てこない。「あなたがほしいわ」彼女は小さくすすり泣きながらささやいた。自分の欲望が、それに身を任せたあとに待ち受ける苦しみが怖い。彼を愛することも、彼に頼ることもあってはならない。そんなことをすれば、せっかく身につけた強さも自立心もすべて奪われてしまう。そのあとに彼女を待っているのは、独裁的な父との暮らしよりももっとひどい人生だ。デイモンはきっと彼女の魂をも奪ってしまう。

彼はジュリアの長い髪を横にまとめると、あらわになった肩に口づけ、きつく抱きしめた。彼のものが硬くなっているのがわかる。ジュリアは身を震わせながら、やわらかな肌をそこに押しつけた。すると彼は髪に唇を寄せたままうめいた。

「やめてくれ……ここできみを奪ってしまいたくなる」デイモンは荒々しく彼女に口づけた。嵐のごとき情熱を帯びた口づけに、ジュリアは自らも欲望を隠すことなく応えた。

そのとき、馬車が停まった。屋敷に着いたのだろう。ジュリアは彼から身を引き剝がし、向かいの座席に逃れると、身ごろをかきあわせた。震える指先で金色の紐を引っ張り、きちんと編み上げていく。見た目だけでも慎みを取り戻し、顔を上げると、デイモンのまっすぐなまなざしがそこにあった。

「一緒に来てくれ」彼は言った。顔には緊張が走り、瞳にはあふれんばかりの熱情が浮かんでいる。ついていけば、なにが待ち受けているのかは明白だった。

だめよ。ジュリアは内心叫んだ。だが、なぜかその言葉を発せられない。彼と一緒にいたい。このうずきを癒してほしい。そして、この前の夜と同じ安堵と満足を与えてほしい。もう一晩だけともに過ごしたら……すでに負った傷はさらに深くなるのだろうか。おのれの弱さに恥じ入りながら、ジュリアは必死に誘惑と闘った。

デイモンは彼女に代わって決断を下し、馬車の扉を開けて降りると、手を差し伸べた。ジュリアはその手をとり、彼に抱き寄せられるがまま馬車を降りた。従者が屋敷に走り、ふたりのために扉を開ける。ふたりは敷居をまたぎ、ひっそりとした玄関広間に足を踏み入れた。

使用人たちは休みをもらっているのだろう。薄暗い邸内には誰の姿も見えない。

扉が閉まったとたん、デイモンはジュリアを抱き寄せて唇を重ね、執拗に口づけた。ジュリアは心地よさに身震いしながら、つま先立ってぴったりと身を寄せ、たくましい肩に両の腕をかけた。デイモンが耳元に唇を寄せて、優しく、みだらな言葉をささやきかける……だが彼女は身を硬くした。視線の先でなにかが動いている。驚いて彼を押しのけ、目を見開いて闖入者を見つめる。振りかえったデイモンも彼女と同じ表情になった。

女性がひとり、悠々たる足どりで優雅に腰を揺らしながら階段を下りてくるところだった。桃色の薄い布を幾層にも重ねた化粧着が、液体のように太ももや足首にからみつく。まさに男性を誘惑するためにデザインされたしろものだ。はだしで、予期せぬ客人が誰なのかと確認するために、ベッドから出てきたところのようにも見える。

「ポーリーン」デイモンは驚愕の声でつぶやいた。

ジュリアは後ずさり、無意識にスカートのしわを伸ばした。まなざしには棘があるが、絹を思わせる漆黒の髪を背中にたらし、猫のように目を細めたポーリーンは、たぐいまれなる美しさをたたえている。

「あなたを驚かそうと思ってたのよ」すっかり心得た面持ちで、彼女は優しく言った。「なのにこちらが驚かされるなんて。ふたりのあいだでまだ解決できていないことがたくさんあるのに、別の女性とお楽しみだなんてびっくり」階段を下りきると、胸の下で腕組みをして、豊かなふくらみを誘うように誇示した。嘲笑をたたえた冷たい目をジュリアに向ける。「いったいどうなさったの？　薄汚い格好をして……それにふたりとも煙くさいわ」

「劇場で事故があって」ジュリアは短く応じた。

「ふうん」ポーリーンはデイモンに視線を戻し、細い眉をつりあげた。「近ごろはずいぶんと演劇づいてらっしゃるようね」

「ここでなにをしている？」デイモンは硬い声で問いただした。

その声音にポーリーンが傷ついた表情を浮かべる。ほっそりとした手をおなかに当て、敏感な時期なのだと無言のうちに彼に伝えた。「わたしたちは話しあう必要があるわ……あなたが会いに来てくださらないなら、こうするしかないと思って」ふたたびジュリアに目を向ける。「帰っていただけるかしら。デイモンとわたし、ふたりきりになりたいの。あなたなら別の殿方に満たしてもらえるでしょう？」

怒りと屈辱感に、ジュリアは体が冷たくなっていくのを感じた。「言われなくても」冷静をよそおった声で応じる。「あなた方のお邪魔にならないようにしますとも」

「待ってくれ」デイモンが腕を伸ばしたが、ジュリアはさっと身を引いた。

満足げな笑みを浮かべたポーリーンは、追い討ちをかけずにはいられないようだ。「ねえミセス・ウェントワース、あなた、サヴェージ卿とすっかり親しい仲になったつもりなんでしょうけど、彼にはまだいろいろな秘密があるのよ。あえて明かさなかっただろう秘密のなかでも、とっておきのを教えてあげましょうか。じつはね、彼はすでに結婚しているの」

ジュリアは玄関の手前で歩を止め、「知ってるわ」と穏やかにかえした。

ポーリーンは一瞬、驚いた様子を見せ、すぐにけがらわしそうに渋面を作った。「発情期の猫並みの倫理観念しかない方ね。妻がありながら別の女性を妊娠させるような相手に、平気で身を任せるだなんて。あなたみたいに恥知らずな女、見たことないわ」

「ポーリーン――」デイモンが殺気だった声で呼ぶのを、ジュリアは静かにさえぎった。

「恥知らずですって？　妻がある男性の屋敷を化粧着一枚で歩きまわっているのはあなたのほうでしょう？」この場で彼女に真実を聞かせてやりたい。自分こそが彼の妻であり、彼女には他人のことをとやかく言う権利などないのだと。

やっとの思いでその衝動を抑えこむと、ジュリアは大またで玄関に向かい、扉をぐいと引き開けた。一瞬立ち止まり、肩越しにデイモンを振りかえったが、彼はこちらを見ておらず、ポーリーンだけに視線を注いでいた。ジュリアの胸の内を嫉妬が渦巻いた。激しい怒りが自分に対するものなのか、彼に対するものなのかよくわからない。

急いで外に出ると従者を呼んだ。「すぐに馬車を出すよう御者に言ってちょうだい。帰るわ」従者は慌てて走っていき、ジュリアはむきだしの腕をさすった。冷たい風に身を震わせる。家に帰ろうかと思ったが、すぐにその考えを打ち消した。こんなときはあの人と話すべきだ。正気を取り戻させ、現実に引き戻してくれるのは、この世にあの人しかいないのだから。

デイモンは長いこと無言でポーリーンをにらみつづけた。やがて彼女は勝ち誇った笑みを消し、決まり悪そうな表情を浮かべた。口調は穏やかで、平静をよそおっているのがうかがえる。「彼女とのたわむれを責めるつもりはないわ。なかなか魅力的な女性ですもの。残念ながら、見るからに卑しくていかにも――」

「なぜここに来た？」いまこの瞬間まで、デイモンはポーリーンを本気で嫌ってはいなかった。疑い、いらだち、怒りを覚えてはいたが、憎悪めいた気持ちを抱いたのはいまが初めてだ。まるで首にくくりつけられたひき臼だ。容赦なくしがみついて真っ暗な冷たい場所に彼を引きずり下ろそうとする。彼女が彼のなかの最も醜い部分を明るみに出したのだ。香水くさい体を押しつけられ、デイモンは身を硬くした。

「離れて過ごすのはつらかった……会いたくてたまらなかったの」

「ドクター・チェインバーズと話は？」

彼女はさっと目をそらした。「まだよ。でもすぐに連絡するわ」絹のようになめらかな腕を彼の肩にかける。「そんなことよりも――」

「自分で連絡する」デイモンは彼女を二、三歩後ろに押しのけ、からみつく腕から逃れた。けっして乱暴なしぐさではなかったが、優しいとも言えなかった。

ポーリーンはいらだちと驚きがないまぜになった表情を浮かべた。「絶対にだめ！」

「なぜだ？」

「先生はとてもお忙しいの。使用人相手みたいに命令することはできないわ。それに、患者の許可なしに体の具合について話したりしない方よ」

「人をおちょくるのもいいかげんにしろ」デイモンは怖いくらい穏やかに言った。「もう我慢できん」

ポーリーンは傷ついた表情で後ずさった。「脅すなんてひどい。そんな人だとは思わなかったわ、不愉快よ」

「不愉快？」デイモンは低い声でおうむがえしに言った。「きみの嘘がばれたときのわたしの態度を見たら、いったいなんと言うことやら」

彼女はまっすぐに彼をにらみかえした。「嘘なんかついていないわ」

「だったらさっさと医者に会わせろ。ただし、診断の結果次第では医者としての立場も危うくなるがな。会わせないならその首をへし折るぞ」

「よほどいらだっているようね、女優とは名ばかりの娼婦をベッドに連れこむ邪魔をされて――」

「二度と彼女を侮辱するな」わきおこる憤怒にデイモンは声を震わせた。

怒りを覚えながらも、ポーリーンはそのせりふに本気を感じとったらしい。しばらくしてようやく気持ちを抑えることができたのか、「そこまで彼女を強く求めているわけね」と言った。「たぶん、わたしのときと同じように。でも、だからといって自ら身を引き、あなたを楽になんかしてあげない。ほしいもの、求めてしかるべきものは絶対に手に入れるわ」彼女は花崗岩のようにこわばったデイモンの顔を見つめ、声を和らげた。表情も無愛想なものから、なだめすかすものに変わっている。「わたしと一緒にいるのが苦痛というわけではないのでしょう？　これまで仲よくやってきたじゃない。その点はなにも変わらないはずよ。ベッドでのやり方に飽きてしまったのなら、新しい方法を考えてあげる。普通の女性ならできないような方法で、あなたを満足させて――」

「もう終わりだ」デイモンは冷たく言い放った。

ポーリーンはこげ茶色の瞳を見開いた。「いったいなにが終わりなのよ」

「われわれの関係だ。少なくとも、いままでどおりというわけにはいかない」

「赤ちゃんはどうなるの」

「九カ月以内に生まれたら、どのような責任が取れるか考える。生まれなかったら、わたしの子ではないということだ。なぜならわたしは今後いっさい、きみとベッドをともにするつもりも、きみに触れるつもりも、顔を見る気もないからだ」

「妊娠は嘘なんかじゃない」ポーリーンは一語一語を鞭の一振りのように発した。「どうせあなたは前言を撤回する羽目になるわ。わたしをこんなふうに扱って、後悔するんだから」

「かもしれんな」デイモンは彼女の腕をぎゅっとつかみ、階上に引っ張っていった。「とっとと服を着て、ここから出ていってくれ」

8

「執事に、ミスター・スコットにお会いしたいと伝えてきて」ジュリアは馬車を降りながら従者に指示した。「こんな時間に申し訳ないけれど、急用だとお願いしてね」

「かしこまりました、ミセス・ウェントワース」従者は大急ぎで屋敷の正面玄関に走った。

ジュリアはゆっくりとそちらに向かった。一歩足を踏みだすたびに勇気がしぼんでいく。セント・ジェームズ・スクエアにほど近い、閑静な一角にたたずむ優雅なスコット邸は、縦溝彫りの柱が正面に四本並ぶ建物だ。巨大な列柱は、彼女のように詮索好きな訪問者を威嚇するためにそこに据えられているかに見える。ここに来るのは初めてだ。ローガンはキャピタルの全団員に、屋敷に足を踏み入れることを禁じている。

ジュリアの知るかぎり、彼はめったに自宅に人を招かない。そしてここを訪れる特権を得た少数の人たちはみな、屋敷についてもその住人についても口を閉ざし、プライバシーを重んじるローガンの意志を尊重している。彼だけの城であるこの屋敷は、あたかも見えない謎のとばりにつつまれているかのようだ。だが彼女はローガンに会いたかった。朝までこの気持ちを抑えられるとは思えない。

ジュリアにとって彼はよき指導者とも言える存在だ。彼女がいま抱えている問題は、ひとりで解決するにはあまりにも重すぎる。適切な助言を仰げる相手などほかにいない。しかし、ひょっとして門前払いを食わされるかもしれない。予期せぬ訪問に驚かれるか、立腹されるか、あるいはその両方かもしれない。彼女の窮地をおもしろがり、からかう可能性もある。そこまで考えて思わず顔をしかめたが、ジュリアは歩みを止めなかった。

先に玄関に向かった長身の従者は、執事に来訪を告げているところだった。執事はいったん屋敷の奥に消え、すぐに戻ってきた。完璧に表情を消したその応対ぶりから、しっかりと訓練を受けた人物なのがわかる。しかも相手は黒焦げの舞台衣装に身をつつみ震えている若い女性だ。「だんな様がお会いになるそうです」執事はつぶやくように言った。

ジュリアは従者を下がらせ、執事について邸内に入った。ベッドで休んでいたところを起こしてしまったのでなければいいが。とはいえその心配はないだろう。今夜のような出来事のあとで彼が眠れるとは思えない。そうした物思いは、邸内を進むうちにかき消えた。なにしろローガン・スコットの私生活をついに垣間見ることができたのだ。

各部屋の内装はイタリア風で、精緻な彫刻がほどこされた家具が並び、天井にはフレスコ画が描かれ、青白い大理石の胸像がそこここに飾られている。なにもかもが磨き上げられ、ベルベットにくるまれた邸内は、贅をつくしていながら派手さは感じさせない。ソファやカーテンといった布地類は深みのある青、金色、暗紫色でまとめられている。

案内されたのは居心地のよさそうな応接間だった。ソファにはシルクとベルベットのクッションが積み重ねられ、象眼がほどこされた小卓には書物や版画集がのっている。部屋の敷居をまたぐと、ローガンが長椅子から立ち上がるのが見えた。「ようこそ、ミセス・ウェントワース」という声はわずかにかすれていた。「けがはなかったようだな」

「おかげさまで」ジュリアは応じながら、そこにいるもうひとりの人物に視線を投げた。異国的な魅力をたたえた、まれに見る美しい女性だった。クリーム色の肌にまっすぐな漆黒の髪、印象的な薄緑色の瞳をしている。重厚なシルクの化粧着はウエスト部分で紐がきゅっと絞られており、しなやかでほっそりとした肢体の持ち主だとわかる。ジュリアはその女性に魅了されてしまった。この人がローガンと同居している謎の女性。愛人以上の存在なのだろうか、それとも、単なる都合のいい相手なのだろうか。

女性はジュリアにほほえみかけ、ローガンのかたわらに立った。「お話の邪魔になるから下がるわね」と如才なく言い、彼の髪をわがもの顔に撫でてから部屋をあとにする。

ローガンは探るようにジュリアを見つめた。煙のせいで目が充血しており、そのために、真っ青な虹彩がどきりとするほど鮮やかさを増している。「かけたまえ」彼は近くの布張りの椅子を指差した。「酒は？」

「ええ、いただくわ」ジュリアはほっとした声で応じ、座り心地のよさそうな椅子に腰を下ろした。ローガンが薄い琥珀色の液体の入ったグラスを持ってくる。ウイスキーの水割りだろう。口に含むとなめらかで、かすかに甘みがあった。自分用にはストレートでグラスに注ぎ、彼はかたわらの椅子に脚を伸ばして座った。彼も舞台衣装のままだった。ひどい状態で、汗染みと煤だらけのうえにシャツはところどころ破れ、ズボンは膝に穴が開いている。

「キャピタルは?」ジュリアはためらいがちにたずね、グラスを口に運んだ。ウイスキーはあまり得意ではないが、飲むと力がわいてくる感じがしてありがたかった。

ローガンは表情をくもらせた。「焼け落ちはしなかったが、修繕には相当な額が必要になるだろう。今シーズンのロンドン公演は予定の半分まで削ることになる。空いた時間は地方巡業だ。巡業中もわたしは、修繕の進み具合を確認するためにロンドンと各地を行き来するつもりだ」

「そう……」ジュリアは地方巡業が嫌いだった。開演時間は遅いし、食事は粗末で宿泊施設も清潔ではない。これまでにもブリストル、レスター、チェスターといった地方を数回まわったが、滞在先まで会いに来る観客たちの応対をするのが大変だったし、どこに行ってもしつこく詮索されるのが煩わしかった。

見るからに疲れた様子なのに、ローガンは彼女の浮かない表情に笑みをもらした。「文句は言うなよ。今夜は口論する気力もない」

ジュリアは疲れた笑みをかえした。「わたしも」と応じながら自分の衣装に目をやり、スカートをもてあそぶ。「火事が起きるまでは、今夜の舞台は大成功だったのにね。さぞかし高く評価されたでしょうに」

「再来週、バースで再演しようと思う」

「ずいぶん急なのね」ジュリアは驚いて眉をつりあげた。「でも、背景幕や大道具はだめになってしまったんじゃ――」

「フィスクやほかの連中に頼んで急場をしのぐつもりだ。『ベニスの商人』の海辺のセットが手を加えれば使えるし、衣装もほかの作品のものを流用できる」ローガンは親指と人差し指で鼻梁をこすった。「さっさと巡業に出ないとまずい状況だからな」

「募金興行を打ったらどうかしら、そうすれば修繕費が集まるわ」

「金の工面はわたしが心配する。それよりも……」ローガンはまっすぐにジュリアを見つめた。「どうしてわが家に、ジェシカ?」

彼女は視線を避けるようにグラスを口に運んだ。「あなたの……助言がほしくて」

ローガンはいつにない忍耐強さで説明のつづきを待っている。

ジュリアは大きく息を吸い、長々と息を吐き、「個人的な問題を抱えているの」とだしぬけに切りだした。

「だろうと思ったよ。つづけて」

「最近のわたしは、本来の自分ではないようなの。まちがった選択肢だとわかっていながら、どうしてもそちらに行ってしまう。仕事に影響が出るのも心配だけど、それよりも不安なのは自分が次になにをしでかすか――」

「待った」ローガンはつぶやくようにさえぎり、とりとめのない話の要点をつかもうとしている。「男と関係があるな。ひょっとしてサヴェージ卿か?」

「ええ」

「なるほど」皮肉めかした笑いが彼の瞳に浮かぶ。「彼はきみの人生を一八〇度変えた……そしてきみは彼を愛し始めているわけだ」

ローガンが物事を単純化しようとするのが気に入らなかった。この気持ちをそのような陳腐な言葉に置き換え、いわれのない悲嘆のように言ってほしくない。ローガンには理解できないのだ。胸に巣くうこの大きな冷たいかたまり、破滅へと駆りたてる孤独を。それでも彼女はローガンの指摘についてじっくりと考えてみた。デイモンに対するこの思い、彼と結ばれ、彼とともにいたいという切望感や、自分たちは理解しあっているという感覚……本心と向きあったとたん、ジュリアの全身を激しいおののきが走った。そう、彼女はデイモンを愛していた。ふいに涙がにじみ、喉が焼けつくのもかまわずウイスキーをあおる。

「わたしには不要なものだわ」彼女は小さく咳きこみながら言った。

「そうだろうとも」ローガンは濃茶色の髪をかきあげ、きらめく前髪をぼんやりと引っ張った。「彼と寝たのか?」

「あなたには関係ないでしょう!」

「寝たんだな」彼は落ち着いた口調で言った。むっとした表情から答えを読みとったのだろう。「それなら無理もない。きみは簡単に男に身を任せる人ではない。愛と情熱の区別ができなくて悩んでいるんだろう――だがそういうのはまずいぞ。主導権を握る自信がないなら色恋に深入りは禁物だ。サヴェージが手に余る相手なら、きっぱり別れることだな。別れるときはつらいだろうが、ほかに賢明な選択肢はない」

「そんなに簡単な話ではないのよ」

「どうして？」

「どうしてって……彼は夫だから」

このように苦悩しているときでなければ、ローガンのぽかんとした表情を見て楽しめただろうに。彼のように酸いも甘いも知っている世慣れた人が、自分の打ち明け話くらいでここまで驚くとは思わなかった。

ローガンは酒にむせ、まともに息ができるようになったところで「いつから？」と困惑の面持ちでたずねた。

「一八年前」

ますますわけがわからなくなったのだろう、もはやローガンは冷静をよそおいもしなかった。「ジェシカ、そんなのありえない――」

「子どものころに結婚したの」

好奇心と驚きがないまぜになった表情で、彼はグラスを脇に置いた。「つづけて」と静かに促す。

長年重荷として背負ってきた、自らの過去と結婚を語る言葉がジュリアの口からこぼれでた。彼がまばたきもせずに見つめているのを感じたが、視線は合わせられなかった。二年間ずっと秘密を守りつづけてきて、いまになって打ち明けるのも妙な感じがしたが、すべてを話してしまうとなぜか安堵感が胸に広がった。とはいえ、レディ・アシュトンの妊娠のことだけは言わずにおいた。自分にとってもデイモンにとっても、他人に知られたくない個人的な話に思えたからだ。

打ち明け話が終わるころには、ローガンもだいぶ冷静さを取り戻した様子だった。「それで、わたしにどうしろというんだ？」

「これからどうすべきか、助言がほしいの。自分で考えろとは言わないで。どうすればいいのか、いまのわたしには――」

「サヴェージは婚姻関係をつづけたがっているのか？」

「わからないわ」ジュリアは用心深く答えた。「たぶん……そうだろうと思うけれど」

「ではわたしの考えを言おう。その関係をつづけるのは無意味だ、ジェシカ……いや、ジュリア。夫のために自分を犠牲にはできないのだろう？」

「ええ」ジュリアはさびしげにささやいた。

「それにわたしは愛なんて信じていない。少なくとも、われわれが舞台で演じているあの壮大なる、情熱的な感情なんてものはまやかしだと思っている。あれは一時的なものにすぎない。人間なんて本来、利己的な生き物だからな。人は誰かを愛し、求めるものを手に入れるために偽りの誓いをたてる。愛が消えたあと、あるいは壊れたあとに残るのは、嘘と幻滅……そして、眠りを妨げる記憶だけだ」

彼の辛辣さにジュリアはかすかな驚きを覚えた。「実際に経験したような口ぶりね」

ローガンはつまらなそうにほほえんだ。「ああ、経験したとも。心から他人を信じるのがどんなに危険か、しっかり理解できるくらいにな。結婚なんてけっして勧められたものじゃない、とくに女性にとっては」

「どうして？」

「訊くまでもないだろう。そもそも結婚は契約と同じようなものだ。法律と宗教と社会によって女性を夫の所有物にするのがその目的。詩や小説は結婚をまるで好ましいもののように喧伝しているが、騙されるのは子どもと愚か者だけだ。サヴェージに身も心も捧げるかどうか決めるのはきみ自身……だがわたしは勧めない」

「あなたがわたしの立場だったらどうする？」

「裁判所で結婚を無効にしてもらうね。ただし、法的に拘束力があるならの話だ。どうせきみたちの結婚許可証は違法に取得したものだろう」ローガンはふいに笑みを浮かべた。「それにしても、ふたりともすごい父親をもったものだな。シェイクスピアの主人公も真っ青の貪欲ぶりだ」

「想像もできないでしょう？」ジュリアはそっけなく言った。断定的かつ現実的な彼の助言について考えてみる。彼に話せばすべてすっきりすると思っていたが……依然としてわからないことだらけだった。どうやら彼は、誰にも頼らない自立した人生が最善の選択肢と考えているようだが、そのような人生は代価を払わずには送れない。ジュリアは一生ひとりでいたくはなかった。

「混乱するばかりだわ」彼女はローガンにというより自分に向かって言った。「女優を辞める気はないし、自由も大切。でも、夫や家族がほしい、家庭を築きたいという気持ちも――」

「すべてを手に入れるのは不可能だ」

ジュリアはため息をついた。「子どものころからそうだったわ。自分のためにならないものばかりほしがっていた。わが家の応接間にお菓子の入った銀の箱があって、特別なときにひとつだけ食べていいという決まりだったの。ところがお菓子がいつの間にかどんどん減っていくものだから、しまいには父が使用人たちを疑うようになって」

「だが犯人は使用人ではなかった」

「ええ、わたしよ。夜になってからこっそり階段を下りて、おなかが痛くなるまで食べたの」

ローガンは声をあげて笑った。「現世の快楽なんてみんなそんなものだ。一口では絶対に足りない」

ジュリアは笑いかえそうとしたが、こみあげる不安にできなかった。自分の判断にこれほどまでに自信が持てないのは初めてだ。デイモンが与えてくれるだろう喜びと安寧に満ちた人生は、拒絶するにはあまりにも魅力的すぎる。だが判断を誤ったと気づいたときにはもう手遅れなのだ。彼女は永遠に彼に縛りつけられることになる。一生不満を抱え、自分自身と彼を責めつづけることになるだろう。

「地方巡業はかえってちょうどいいかもしれないわね。ここを――彼のそばを離れれば、まともに考えられるようになるわ」

「先にバースに発ったらどうだ」ローガンが勧めた。「なんなら明日にでも。誰にもきみの居場所は教えない。しばらくひとりで過ごすといい。バースの社交場《パンプルーム》で鉱泉水を飲みながらくつろぐもよし、ボンド・ストリートで買い物を楽しむもよし……好きに過ごせばいい。どうするべきか、ゆっくり考えられるだろう」

衝動的にジュリアは手を伸ばし、赤みがかった茶色の毛が生えた大きな手の甲に触れた。

「ありがとう。心から感謝しているわ」

ローガンはぴくりとも手を動かさずに応じた。「それなりの動機があっての助言だ。キャピタルできみの代わりはそう簡単には見つからないからな」

ジュリアは手を引き、ほほえんだ。「あの古ぼけた不運な劇場を愛するように、誰かを愛したことはないの？」

「一度だけある……だがもうこりごりだ」

キャピタルの内装は炎と煙と水で損傷を受けていたが、想像したほどひどくはなかった。通路をふさぐ壊れた椅子を押しのけつつ、デイモンは客席後方から舞台のほうに向かった。装飾壁の残骸の下では一〇人ほどの団員が片づけにあたっており、黒焦げの垂れ幕の名残をはしごに上って取り除く者もいれば、床を掃く者もいる。スコットも団員たちに交じって、過去の作品で使ったものとおぼしき背景幕を広げている。

「具合を見てみるから持っていてくれ」絵師とかたわらの助手に命じた彼は、後ろに下がって真剣な面持ちで幕を眺め、腕組みをして首を振った。

デイモンに気づいた団員がスコットに歩み寄り、小声で来訪を伝える。スコットはさっと振りかえると鋭い視線をデイモンに投げ、すぐに用心深い愛想笑いを浮かべた。「ようこそ、サヴェージ卿」という声は穏やかだ。「わたしどもになにか?」

「ミセス・ウェントワースを捜している」ジュリアの使用人から彼女がロンドンを発ったこと、しばらく戻ってこないことを聞いてすぐにデイモンはここにやってきた。金を握らせ、あからさまな脅し文句を口にしても、使用人たちはそれ以上のことを教えようとしなかった。

「ここにはいません」スコットは応じた。

「どこにいる?」

舞台から飛び下りたスコットは、慇懃な笑みを浮かべてデイモンに歩み寄り、声を潜めた。

「ミセス・ウェントワースはいま、誰にも居場所を知られたくないのです」

「そいつは困ったな」デイモンは淡々と言いかえした。「きみの手助けがあろうとなかろうと、彼女を見つけだすつもりなんだが」

スコットは石像を思わせる無表情な顔でため息をついた。「なにがあったのかはよく存じています、サヴェージ卿。わたしにとやかく言う権利はありません。だがジェシカには大いに投資してきました。そしてわが劇団は、いまこそ彼女の才能を必要としている。ひとりになりたいという彼女の望みを、どうか尊重してやってください」

ジュリアの雇用主と私生活について話したくなどない。しかし、スコットのほうが彼女と長いつきあいなのは不愉快だが事実だ。彼女はスコットを信頼し、キャピタルで活躍する機会を与えてもらったことに感謝もしている。彼との関係はそれ以上にはなりえないと言っていたが、デイモンは疑わずにはいられなかった。スコットだって、彼女のような女性に惹かれないわけがない。

「彼女をわたしから遠ざけようとするのは、ほかになにか理由があるのか？」デイモンは嘲笑を浮かべた。「それとも劇場経営者というのはみな、きみのように専属女優の私生活まで心配するものなのか？」

スコットは無表情なままだ。「ミセス・ウェントワースのことは友人だと思っています。必要とあらば彼女を守りますよ」

「いったいなにから守る？　客の前で夢を紡ぐ以外の人生を与えようと申してる男からか？」デイモンは焼け焦げた壁や幕を侮蔑の目で見やった。「彼女にはもっとふさわしい人生がある。きみたちがそれを認めようが認めまいが」

「彼女が求めるものすべてを与えられますか？」スコットはつぶやくようにたずねた。

「そいつはやってみなければわからん」

スコットはかぶりを振った。「ジェシカに対してなんらかの権限を持っているとお考えのようですが、あなたは彼女を知らなすぎる。おそらくあなたは、彼女を演劇界から引き離し、なにか代わりのものを与えるつもりなのでしょうが、そんなことをすれば彼女は花瓶の花のようにしおれてしまいますよ」

「それは友人としての意見か？」デイモンは気のないそぶりをよそおってたずねた。「それとも利益を追求する経営者として言っているのかな？」あざけりの言葉に、スコットはあからさまな反応こそ示さなかったものの、ふいに表情をこわばらせた。どうやら痛いところを突いたらしい。

「劇場の利益よりも彼女のほうが大事です」

「どれくらい？」デイモンは問いただし、答えがかえってこないとみると短く笑った。「ミセス・ウェントワースを心配するふりなどしなくていい。とにかく、わたしたちのことに干渉しないでくれ。さもないと、二度とサヴェージに会わないですみますようにと、神に祈る羽目になるぞ」

「とっくに祈ってますよ」スコットはつぶやき、歩み去るデイモンを彫像のように突っ立ったまま見送った。

バースはかつて、ローマ人が豊富な天然鉱泉を中心に建てた街だ。一七〇〇年代初頭、ジョージ王朝のころに、静かな遊歩道や優雅なパラディオ様式のテラスが美しい高級保養地に生まれ変わった。いまでは保養地としてすっかり定着し、上流階級だけではなく中流階級にも利用されるようになっている。人びとはここに、薬効のある鉱泉水を飲んだり、湯船につかったりして健康の増進に努め、交流を深めるために訪れる。石灰質の丘に囲まれたエイヴォン川沿いに広がる街には、さまざまな娯楽の場や商店、安宿から贅沢な宿泊施設まで、すべてが揃っている。

宿からほど近い、源泉を擁した浴場のほうに歩きながら、ジュリアはニュー・シアターの向こうに広がるピンクと薄紫が交ざりあった落陽を眺めた。エレガントな外観の劇場は、真紅と金色でまとめられた華麗な舞台と三階のボックス席が自慢だ。バースに来てすでに一週間が経つ。この二日間で、『わが偽りのレディィ』の大道具などが入った箱がいくつも届いている。団員たちもすでに何人かが現地入りした。ローガンからは、木曜日の初日に向けた明日の稽古には全員が参加するよう指示が出ている。

買い物をしたり、コリント式の列柱が内外に据えられた壮大なるパンプルームを訪れたりした際に、ジュリアは『わが偽りのレディィ』の評判を耳にしていた。縁起が悪いからなにをしたところで客は呼べないと言う人もいれば、是非とも観たいと熱心に語る人もいた。ミセス・ウェントワースについて噂する人もかなりいて、ヴェールで顔を隠してそばに座っていたジュリアは大いに愉快に思ったものだった。

素顔を知られないに越したことはない。素顔の自分に対する大衆の期待に応えることは絶対にできないのだと、数年前に学んでいる。彼らが期待するのは決まって、舞台で演じるヒロインのように快活にしゃべり、華やかに振る舞う女性だった。ローガンですら、私生活でも舞台に立つときと同じロマンチックな恋人でいてほしいと女性たちから求められ、あるいは命じられるという。「俳優ならではの悩みだ」彼はそう言った。「大衆は、われわれが自分たちと同じただの人間だと気づくととたんにがっかりする」

簡素なギリシャ様式のこぢんまりとした浴場に到着したジュリアは、なかに入り、案内係にうなずいてみせた。夕刻に利用するので人払いをしておいてもらえるよう、その初老の女性と話がついている。そうでもしないと、ここで一時間ばかりくつろぐあいだ、好奇心旺盛な女性たちのゴシップや質問や探るような視線から逃れることもできない。幸い、夕刻に利用する人はあまりいないらしい。日中に湯浴みをするほうが健康的だし、社交目的でも望ましいからだ。

ジュリアは控えの間をあとにし、ゆがんだ木の扉を抜けて浴室に入った。湯の表面は鏡のようにきらめき、壁にひとつだけ据えられたランプの明かりを映している。浴槽からは湯気がたちのぼり、少しつんとした温泉の匂いがあたりに漂っている。冷たい風に吹かれながら熱い湯につかるのは格別だ。期待に息をつきながら、ジュリアは服を脱ぎ、木の椅子に置いた。ヘアピン二本で、ねじった髪を頭頂部に留める。

古ぼけた階段を慎重に下り、浴槽に足を入れる。ぬくもりがふくらはぎをつつみ、臀部からウエスト、肩まで伝わっていき、ようやく一番深いところにたどり着く。体の芯までぬくもりが浸透し、ジュリアは心地よさに身震いしながら、浮力に任せて腕を泳がせ、けだるいしぐさで首筋に湯をかけた。

気持ちがほぐれてくると、さまざまな思いが脳裏をよぎった。急にロンドンからいなくなったのを知って、デイモンはどんな反応を示しただろうか。捜そうとしただろうか。それとも、レディ・アシュトンとのことで忙しくて自分のことなど思いだしもしなかっただろうか。ふたりが一緒にいるところ、ベッドで手足をからませあっている場面を思わず想像する。ジュリアは首を振って、頭から想像を追い払った。劇場で火事があった晩、デイモンの屋敷を自分が出ていったあと、ふたりはどうなったのだろう。そのことを考えると大いに気が滅入った。彼女は屋敷に泊まったのだろうか。ふたりでけんかをした？　それともベッドで愛しあった？

「どうでもいいじゃない。ちっとも気にならないわ」ジュリアはひとりごち、濡れた両の手で顔をこすった。だが本心ではなかった。何度も拒絶し、恐れを抱き、片意地を張りつづけながらも、デイモンは自分のものなのだという思いを捨てられずにいる。強いられた結婚に何年も苦しみつづけ、ようやく彼を愛せるようになった。だがレディ・アシュトンの妊娠が本当なら……自分がデイモンに責任を放棄させた、そんな思いを抱いて生きていく自信はない。

もう一度顔に湯をかけたとき、先ほどの案内係の朗らかな声が聞こえた。「ミセス・ウェントワース？」

ぼやけた目をぬぐって、ジュリアは案内係の立っている戸口のほうに顔を向けた。

初老の案内係は頭頂部にまとめた白髪交じりの巻き毛を揺らしながら、陽気に話しだした。

「お客様がいらっしゃってますよ。顔を見たら、きっとミセス・ウェントワースも大喜びでしょう」

ジュリアは頑としてかぶりを振った。「わたしが利用しているあいだは、どなたも入れないでちょうだいねとお願いしたはず――」

「はい、でも、ご自分のだんな様ならかまやしませんでしょう？」

「だんな様？」ジュリアは鋭く問いただした。

案内係は髪がほどけるのではないかと思うくらい大きくうなずいた。「はい、それにしてもご立派な、ハンサムなお方で」

彼女を押しのけるようにしてデイモンが現れる。ジュリアは信じられないとばかりに口をあんぐりと開けた。「見つけたぞ」愉快そうに言う彼の視線を感じて、ジュリアはさらに深く湯に体を沈めた。「会えなくてさびしかっただろう？」

すぐにわれにかえり、目を細めてデイモンをにらむ。「ちっとも」染みひとつない彼のズボンと純白のリンネルのシャツにたっぷり湯をかけてやりたい。

案内係は夫婦のたわいない冗談だと思っているのだろう、くすくすと笑っている。デイモンは彼女ににっこりとほほえんだ。「やっと妻に再会できました。心から感謝しますよ、マダム。申し訳ないが、少しふたりきりになりたいのでほかの客が来たら……」

「どなたも入れませんとも」案内係は請けあい、デイモンにウインクしてからその場を離れた。「ではごゆっくり、ミスター・ウェントワース！」

とたんにデイモンはしかめっ面になった。「ミスター・ウェントワースではないぞ」とつぶやいたが、案内係はすでに立ち去ったあとだった。彼が振り向いたときも、ジュリアはまだにらみつづけていた。

「どうやって捜したの？」

デイモンはさりげなく上着を脱ぎ、椅子の背にかけた。「きみの親友のアーリスから、バースに巡業予定だと聞いた。何軒か宿をあたってきみの宿泊先を見つけ、宿の主人からきみがいつも夕方ここに来ていると教えてもらった」

「どうして彼が勝手にそんな話を──」

「わたしは人を説得するのが得意だからな」デイモンは、揺れるランプの明かりを受けてきらめく白い胸元に視線を投げた。

「ええ、そうだったわね」ジュリアは皮肉めかし、体が見えないように浴槽の壁に寄った。熱い湯のせいだろう、鼓動が速くなっている。彼のような目で見つめられたことはなかった。灰色の瞳は独占欲にあふれ、熱く、値踏みするようだ。

デイモンは彼女に近寄ると、膝に腕をのせてしゃがみこんだ。「いつまでも逃げつづければいい」という声は穏やかだ。「必ず見つけだすから」

「わたしの部屋には一晩だって泊めないわ。それにバースの宿泊施設はいま、どこもいっぱいのはずよ。通りで野宿するのがいやなら、すぐにロンドンに戻ったほうがいいんじゃないかしら？」

「ローラプレースにテラスハウスを持ってるから大丈夫だ」

「嘘よ」不安を押し隠そうとしてジュリアは鋭く言いかえした。「あなたみたいな人がバースに別荘なんて――」

「父のために買ったものだ。体調がいいときにここに来るのが趣味でね。どんな別荘か見てみるか？」

「結構よ。お気づきでないようだから言っておきますけど、わたしはあなたを避けているの」顎にかかった湯のしずくを払おうとデイモンが手を伸ばし、ジュリアはとっさに頭を引いた。「触らないで！」

「このあいだのポーリーンとのことで腹を立てているのなら――」

「これっぽっちも気にしてないわ。あなたが彼女を誘ったのだとしてもどうでもいい。腹が立つのは自分自身に対してよ」

「わたしと一緒にいたいと思ってしまう自分自身に？」

沈黙が流れ、湯が静かに揺れる音だけがあたりに響いている。湯がもたらしてくれた安らぎはすでに消え去り、代わりにジュリアのなかで緊張ばかりが広がっていく。彼女はデイモンの張りつめた顔と用心深く光る瞳を見つめ、たぎる欲望を感じとった。彼がここに来たのはそのため――そう簡単には引き下がらないだろう。

「バースまで追ってきたって無駄よ」ジュリアはぴしゃりと言った。「わたしから得られるものなんてないわ。とりわけ、あなたがお望みの甘い言葉は無理ね」

彼はなにも言いかえさず、舐めるように彼女を見つめている。その視線がほっそりとした手のほうに移動する。ジュリアは浴槽の縁のぬるぬるした石をぎゅっとつかんだ。「わたしの贈った指輪をしているな」

ジュリアはこぶしにした手を湯のなかに沈め、きらめくダイヤモンドが見えないようにした。「別に意味なんかないわ。たまたま気に入っただけよ。わたしを物で釣れると思ったら大まちがい――」

「そのような期待は抱いていない」デイモンは口元に笑みを浮かべた。「わたしがいまにも襲いかかると思っているんだろう？　そうしなかったら、むしろきみはがっかりするんじゃないかい？」

「ゲームはこのくらいにしましょう」ジュリアは強気に言った。「あなたがここに来たのは、またベッドをともにするためなんでしょう？」

「そのとおり」デイモンは静かに答えた。「きみもそれを望んでいるんだろう？　わたしの記憶ではあの晩、お互いに楽しんでいたはず――それともただの演技だったとでも？」

いらだちに顔を真っ赤にしながら、ジュリアは脅すように腕を振り上げた。「もう行って。さもないとお湯をかけて、その上等な服を台無しにしてやるから」

デイモンはほほえんだままだ。「一緒に湯に入る格好の理由になるな」

ジュリアはゆっくりと腕を下し、「お願いだからもう行って」と歯ぎしりしながら言った。「ずっとお湯につかっているから、指先がしわしわだわ」

彼が心配そうに手を差し伸べる。「じゃあこの手につかまって」

「結構です」

「恥ずかしいのかい?」デイモンは眉を上げてからかった。「きみの裸ならもう見た。二度見たってなにも変わりはしない」

「あなたがいるかぎり出ません!」

彼は口元にからかうような笑みを浮かべた。「じゃあずっとここにいよう」

耐えがたいいらだちを覚え、ジュリアは無表情をよそおったままデイモンに向かって手を伸ばした。「いいわ」と落ち着いた声音で言う。「出るから手を貸して」喜んで手を差し伸べた彼の手首を、彼女は両手でつかんだ。そして相手が体勢を立てなおす前に全体重をかけてぐいと引いた。罵声とともにバランスを崩し、彼は頭から浴槽に突っこんだ。

勝利の悲鳴をあげながら、ジュリアは浴槽の反対側に逃れた。黒髪が張りついたようになったデイモンの頭が浮かび上がるのを見て、たまらず声をあげて笑った。濡れたまつげに縁取られた灰色の瞳が、仕返ししてやると訴えている。「悪魔め」彼はつぶやき、ジュリアに突進した。

笑いと悲鳴が入り交じった声をあげながら、彼女は逃げようとした。だが腰に腕をまわされ、抱き寄せられてしまった。水浸しの服がふたりのあいだでしわくちゃになる。

「温泉治療よ」ジュリアはくすくす笑いながら言った。「これで悪いところは全部治るわ」

「ひとつだけ治らないところがあるだろうな」デイモンは意味深長に応じ、彼女の臀部をつかむと自分のほうにぎゅっと引き寄せた。

太もものあいだに硬くそそりたつものを感じて、ジュリアは笑い声を消した。波打つ湯に体を持っていかれそうになり、両腕を彼の肩に、両脚を腰にまわす。見つめあうと、口からもれる不規則な息が混ざりあった。ふたりとも身じろぎひとつしていないのに、満ち潮のように寄せる湯の波にもまれているような感覚がある。

彼女はデイモンの濡れた前髪をそっとかきあげた。指先でこめかみから耳へとなぞり、親指で顎を撫で、顎の下のやわらかな部分に触れる。なめらかな肌を覆うひげのちくちくした感触と、彼が唾をのみこむときの筋肉の動きにうっとりした。

デイモンは唐突に、浮力を利用して軽々と彼女を抱き上げた。大きな両の手を脇の下に入れて体を支え、胸に顔を押しつける。ジュリアは身を離そうともがいたが、唇が胸の丸みを這い、薔薇色の乳首の上で止まると身じろぎするのをやめた。舌先で軽やかに愛撫されて、乳首が痛いほど硬くなっていく。唇でそこを引っ張られ、なぶられるたび、彼女は息をのんで身を反らせた。素肌に触れたくて、彼の体を覆い隠す薄いリンネルに飢えたようにつめを立てる。

ふたたび湯のなかに彼女の身を沈めると、デイモンは臀部から引き締まった腹部へと片手を這わせた。太もものあいだを指先でなぞり、ベルベットを思わせる巻き毛をかき分けて、一番感じやすい部分を探りあてる。ジュリアは高まる欲望に身を震わせ、彼のくれる喜びをもっと味わいたいと願った。突然、公共の場にいるのだと思いだし、われにかえった。

「だめよ」と荒い息を吐きながら訴える。「ここではだめ」

「わたしがほしいか?」デイモンはささやき、深く口づけて、甘いぬくもりを味わっている。

ジュリアは彼の腕のなかで身震いした。湯のなかなので肌がすべり、体が軽い。濡れたまつげのあいだから、彼の顔がすぐそばにあるのが見えた。肌はブロンズ色に輝き、瞳はエロチックな夢を約束するようだ。

無言でいると、デイモンは彼女の首筋に唇を寄せ、ときおり歯を立てながら、耳のほうへと口づけていった。「一言言ってくれるだけでいい。ジュリア、一言だけ……イエスかノーか」

ジュリアは小さくあえいだ。心地よさにわれを忘れて、自らに禁じた喜びを望んでいる。いけないことだとわかっていたが……もうどうでもよかった。この小さな浴場の外にはなにも、誰も存在していない気がする。彼女はデイモンの濡れたうなじをぎゅっとつかみ、「イエス」とささやきかえした。

デイモンはもつれる指でシャツのボタンをはずし、ジュリアが手伝おうとするとほほえんだ。ふたりの指が湯のなかですべり、からまりあう。ようやくあらわになった胸板に彼女は両の手を這わせ、濡れた大理石を思わせる感触を味わった。乳首が彼の素肌にこすれる感覚に興奮を呼び覚まされ、呼吸が速くなる。「早くして」懇願しながら彼の顔や首筋に口づけた。

濡れたズボンを脱ごうと苦心していたデイモンが手を止め、片方の眉を皮肉めかしてつりあげる。「水中で服を脱ぐのは生まれて初めてでね。こいつはきみが思っているよりずっと難しい」

「もっとがんばって」ジュリアはささやき、唇を重ねた。舌を差し入れ、じらすように誘うと、彼は笑い声ともうめき声ともつかない声をあげながら、ますます乱暴にズボンの留め具を引っ張った。ようやくはずれ、荒々しくたけるものがまろびでる。ジュリアはなめらかで硬いものをつかみ、そっと握りしめたり撫でたりした。

デイモンは彼女の耳元に唇を寄せ、かすれた声で名を呼びながら、尻をつかみ自分のほうに引き寄せた。しっかりと体を支えながら、ゆっくりとなかへ押し入る。ジュリアはすすり泣きをもらしながら彼に身を寄せ、歓喜に震えた。さらに深く彼が沈ませる。速く腰を動かそうとするのに、波打つ湯に邪魔されて、じらすようにゆっくりとしたリズムしか刻めない。永遠につづくかのような、なめらかにこすれる感覚につつまれて、ふたりの体がしなる。

ジュリアは身震いしながら両腕をたくましい肩にまわし、濡れた首筋に顔をうずめた。彼が息をするたびに胸が大きく上下するのが感じられた。脈も鼓動も重なりあい、ふたりがひとつになってしまったかのようだ。快感がいっそう鋭さを増し、驚くほどの激しさで全身を駆け抜けていく。自分のなかでうごめくもののことしか考えられなくなり、耐えがたいほどの歓喜があふれる。

デイモンは唇を重ねて彼女のあえぎ声をのみこみ、クライマックスを迎えてひきつけのように震える体を抱きしめた。小刻みに動く襞にぎゅっとつつまれて、やがて自らも精を放った。頭のなかが真っ白になり、血液に炎が灯るような感覚を目を閉じて味わう。「ジュリア」彼はささやきながら、張りつめたあらわな首筋に唇を寄せた。「絶対にきみを離さない、なにがあっても……」

その言葉を、ジュリアは身内をどくどくと流れる血の音の向こうに聞いていた。彼の声に束縛しようとする意志を感じとり、抗おうとする自分と嬉しく思う自分がいる。だが相手を縛りつけようとしているのはジュリアも同じだった。彼女もまた、結ばれたことに深い喜びを覚えていた。そして、純潔を捨てたばかりとはいえ、彼以外の誰かと同じ喜びを味わうことはけっしてできないのだと気づいてもいた。体に力が入らず、充足感と絶望とを同時に覚えながら、彼にしなだれかかる。大きな手が体を撫で、うなじから腰へと優しくさすってくれる。

「今夜は一緒にいさせてくれ」デイモンはささやいた。

拒絶しても無意味だ。結ばれた直後では、猫かぶりとしか言いようがない。ジュリアは小さくうなずき、彼のものが引き抜かれるのを感じながら身を離した。

振りかえるとデイモンは湯に潜って靴を捜していた。思わず噴きだし、むせそうになる。水面に浮かび上がった彼が、すっかり水浸しになった靴を得意顔で掲げてみせた。ジュリアはゆっくりとかぶりを振った。「濡れた服のままで宿に行くつもり？ 風邪をひくわよ。あるいはもっとひどいことになるかもしれない」

デイモンは先に出ると、彼女を湯から引き上げ、赤みを帯びた裸身をうっとりと眺めた。

「では、部屋に着いたらわたしを温めてくれ」

9

ニュー・シアターの舞台に立ったジュリアは、生命力があふれる感覚につつまれた。まぶしい光を浴びながら、周囲で準備を進める団員たちを満足感とともに見まわす。どうやらロンドンでの火事で彼らの士気がくじかれることはなかったようだ。みなせっせと新しい舞台装置を組み立てたり、せりふや動きを練習したり、地方巡業のつらさについて冗談を言い交わしたりしている。

「ほんと、狭くて退屈な街よね」アーリスが両手を腰にあてて不満をもらし、おどけた顔をジュリアに向けた。「健康そうな若い男性なんてひとりもいやしないんだもの。暗い顔のお年寄りと病人ばっかり」

ジュリアは苦笑した。「ここに来たのは『わが偽りのレディ』の舞台のため。素敵な殿方を探すのが目的じゃないでしょう」

「男漁りをやめるのは……」言いかえそうとしたアーリスが、ふいに妙な表情を浮かべて口をつぐんだ。

親友の視線の先を追うと、端役女優のメアリー・ウッズが人目もはばからずマイケル・フィスクにちょっかいを出しているのが見えた。フィスクのほうも、若く愛らしいメアリーのこぼれんばかりの笑みにまんざらではない様子だ。

「ミスター・フィスクの邪魔なんかして、なにを考えてるのかしら。せりふの練習でもしたらいいのに」アーリスは細い鼻梁にしわを寄せて不満げに言った。

その口調に嫉妬が入り交じっているのに気づいて、ジュリアは笑いを押し殺した。「メアリーのせりふは少しだけだもの。もうすっかり覚えたんでしょう」

アーリスはしかめっ面のままだ。「ミスター・フィスクは彼女なんかの相手をするほど暇じゃないのよ」

「彼のこと、その気になれば自分のものにできたのに」ジュリアは淡々と諭した。「でもたしか、自分でウィリアム・サヴェージ卿を選んだんじゃなかった？」

「ウィリアムもほかの男たちと同じよ。ベッドでは素晴らしかったけど、あたし自身にはこれっぽっちも興味を示さない。もう別れたわ。あたしは完璧にひとりよ、いまのところはね」アーリスは腕組みをして、これみよがしにフィスクとメアリーに背を向けた。ジュリアがふと視線を投げると、ちょうどフィスクはアーリスを盗み見ているところだった。つまり彼はアーリスにやきもちを焼かせようとしていたのだ。ジュリアは思わずほほえんだ。

「あなたの恋人について話しましょうよ」アーリスはいたずらっぽい笑みを浮かべて話題を切り替えた。「ロンドンにいるとき、サヴェージ卿が会いに来たのよ。あなたを捜してると言ってたわ。だから、これからバースで地方巡業だってことだけ教えたの。彼、こっちに来た？　もう会った？」

一瞬ためらってからジュリアはうなずいた。頬が紅潮するのが自分でわかった。

「それで？」アーリスがせっつく。「どうなったの？」

かぶりを振りながら、ジュリアは自嘲気味に笑った。打ち明けるにしても、ゆうべのことを表現する言葉が見つからない。浴場を出たあと、ふたりは歩いて宿に向かった。身の引き締まるような夜風はジュリアにとっては心地よかったが、濡れて冷たくなった服を着たままのデイモンはずっと全身を震わせていた。部屋に着くとすぐ、彼女は暖炉の火を熾《おこ》し、彼の服を室内につるして乾かした。

小さいが寝心地のいいベッドに入ったあとは、デイモンの素肌がぬくもりを取り戻すまで裸の体をぴったりと重ね、無言で愛を交わした。彼はジュリアの体をそっとなぞる指先と、唇の熱さと、肉体の動きで気持ちを伝えた。炎のぬくもりと暗闇につつまれながら感じたエクスタシーを思いだしたとたん、ますます頬が赤くなった。朝を迎えてからも、彼はなかなか起きようとせず、あくびをしたり伸びをしたり、ぶつぶつ文句を言ったりして……最後にはベッドから出ようとする彼女を抱き寄せ、もう一度愛しあった。ゆったりと刻まれるリズムに彼女はわれを忘れて……。

ジュリアはやっとの思いでみだらな記憶を頭から振り払った。「人に話すようなことじゃないわ」

アーリスは訳知り顔に身を寄せてきた。「よかったわね、ジェシカ！　あなたのそんな顔、いままで見たことないもの。愛しあっているのね。待った甲斐があったじゃない」

「お願いだから誰にも言わないで」

「もちろん……でも、いずれみんなにもばれるわ。噂ってそういうものでしょ。それに、恋する気持ちは隠せないものよ。いろいろなかたちで表に出てしまうんだから」

言いかえそうとしたジュリアは、ローガンがようやく現れたのに気づいて口をつぐんだ。地元の政治家や聖職者、市民など、なんとかして彼の知己を得ようとする人たちに足止めを食わされていたのだろう。鮮やかな青い瞳が、舞台で準備を進める団員たちの姿をとらえる。彼は満足げに小さくうなずいた。団員たちが周りに集まり質問攻めにしようとすると、小声でそれを制し、ジュリアに歩み寄った。

「ミセス・ウェントワース」とそっけなく呼びかける。「調子はどうだ？」

ジュリアは彼を見つめ、かすかに笑みを浮かべた。「おかげさまで、一週間ゆっくり休めましたから」

「そうか」

会話の邪魔になると思ったのだろう、アーリスはジュリアのそばを離れ、まだメアリー・ウッズとおしゃべり中のマイケル・フィスクのほうに向かった。

ローガンは見透かすような視線をそらそうとしない。「サヴェージがバースに来ているそうだな」という声は淡々としていたが、非難がこめられていた。

「そのようね」ジュリアは曖昧に答えた。

「もう会ったのか？」

答えることができなかった。だがローガンは顔色から返事を読みとったらしい。「またお菓子をむさぼり食ったか」

ロンドンのスコット邸での会話を引きあいに出されて、ジュリアは頬を赤らめた。肩をいからせて弁解する。「彼がここまで追ってきたのは、わたしのせいじゃないわ」

ローガンは赤褐色の眉を片方つりあげた。「ほほう？」

「わたしが彼をそそのかしたとでも――」

「きみが彼になにを言おうがわたしの知ったことではない。とにかく、舞台に支障がないようにしてくれ。初日からきみが稽古に遅れた理由が、ベッドで誰かさんとくつろいでいたせいとあっては――」

「遅刻なんかしてないわ」ジュリアは冷ややかな声でさえぎった。「遅れたのはあなたでしょう、ミスター・スコット」

ぞっとするような目つきで彼女をにらんでから、ローガンはくるりと背を向け、団員たちに次から次へと指示を出しながら歩み去った。

ジュリアは困惑し、首をかしげた。ローガンと口げんかになりそうになったことなどいままで一度もない。そもそも怒られる理由がわからない。ふたりの間柄がもっと別のものだったなら、彼がやきもちを焼いたのだと考えることもできる。だがそんな考えはばかげている。彼はジュリアに対して恋愛感情をいっさい抱いていない。抱いていたとしても、団員とそうした関係は結ばないという厳格なルールを破るくらいなら、死んだほうがましだと考えるはずだ。

ひょっとして、彼女が女優を辞めて結婚生活におさまると思っているのだろうか。キャピタルできみの代わりはそう簡単には見つからないからな――先週、彼に言われた言葉だ。たしかに簡単ではないかもしれないが、不可能というわけではない。若く才能あふれる新人女優はどんどん誕生している。自分が唯一無二の存在だなどとうぬぼれるつもりはない。

一同は通し稽古をしながら、部分的にペースが乱れるところはあるものの、とくに大きな問題点がないことに安堵を覚えていた。ところがローガンは満足とはほど遠いようで、何度となく稽古を中断しては、俳優や道具方にぶっきらぼうに注意を与えた。午後の稽古がどんどん長引いていく。いったいどれだけ厳しくするつもりなのだろうと、ジュリアは心配になってきた。やがて不満の声が団員のあいだにあがり始め、稽古がようやく終わったときには夜になろうとしていた。「明日の朝は全員、九時に集まるように」ローガンが命じる。一同はぶつぶつ文句を言いながら、さっさと舞台をあとにした。

「もっと嬉しそうにしたっていいんじゃないかしら」ジュリアは舞台の真ん中で顔をこわばらせているローガンに思いきって言った。「さんざんな稽古だったような顔をして」

ローガンはきっとにらんだ。「万が一きみが経営者に就任したら、好きなようにやればいい。だがそのときが来るまでは人のやり方に口出ししないでくれ」

辛辣な物言いにジュリアは驚き、傷ついた。「あなたみたいに完璧な人間ばかりだったらよかったわね」皮肉をこめた言葉を投げつけ、大またにその場を立ち去る。座席に置いてあった上着と帽子を乱暴につかむと、劇場の出入り口へと向かった。いらだちのせいで、おもてに人が大勢集まっていることなどすっかり忘れている。劇団が来ていると知った街中の人びとが、ローガンをはじめとした俳優たちを一目見ようと外に群がっているにちがいないのに。

扉を開けておもてに一歩足を踏みだしたとたん、立ち入り禁止の場内に入ろうとする群衆に押し戻された。「彼女だぞ！」と誰かが叫ぶ。「ミセス・ウェントワースだ！」男も女も奇声をあげ、狂ったように手を伸ばす。仰天したジュリアは全体重をかけて扉を閉めたが、ふたりの男に押し入られてしまった。

息を荒らげながら後ずさり、侵入者を見やる。ひとりは太めの中年男で、もうひとりは背が高く痩せた青年だ。太ったほうが帽子を脱ぎ、あからさまな好色の目でジュリアを見た。赤い舌先が小さく肉厚な唇の端を舐める。男がしゃべると、たばことアルコールのむっとする臭いがした。

そうすればジュリアが感銘を受けるとでも思っているのか、男は自ら肩書きつきで名乗った。「わたしはランゲート卿。そしてこちらは友人のストラザーン卿だ」帽子を脱いだ頭には、ポマードを塗りたくりコロンをふりかけた髪がまばらに生えている。「こうして近くで見ると、ますます麗しいな」

「それはどうも」ジュリアは警戒した声で応じた。小さな帽子を頭にのせ、きれいに結い上げた髪にピンで留める。「申し訳ないのだけど、通していただけ——」

男たちが距離を詰め、彼女を扉まで後退させる。ランゲートの小石のような目がらんらんと光り、ほっそりとした肢体を舐めまわした。「われわれはこの街にも、街の娯楽にもめっぽう詳しいんだ。あんたを夜のお楽しみにご招待しようじゃないか」

「結構よ」ジュリアはきっぱりと断った。

「うまいものを食べさせてやろう、マダム。そのあとはわたしの馬車で街をひとめぐり。きっと楽しいぞ」

「今夜はほかの予定がありますから」

「そうだろうとも」ランゲートは分厚い唇を舐めて薄笑いを浮かべた。やにで黄ばんだ歯がのぞく。「だが、心からあんたを慕う男たちがこうして誘っているんだ、予定を変更してくれるだろう？」

「あいにくですけれど」ふたりの脇をすり抜けようとしたが、ふたたび扉まで後退させられた。

ランゲートの手が肩に触れ、胸元を撫でる。「ちょいと心づけをやれば、あんたもその気になるさ」

驚いたことに、男は太く短い指でドレスの身ごろをまさぐり、数枚の札を胸の谷間に押しこんだ。嫌悪感に身震いしながら、ジュリアはのけぞり、ドレスのなかから札を引きだした。顔を真っ赤にして、助けを求めようと口を開く。

だが声をあげる前に、黒い人影が疾風のごとく現れた。凍りついたように突っ立ったまま目をしばたたくジュリアの前で、男たちが激しくもみあう。ランゲートともうひとりの男は、見えざる神の手で放り投げられでもしたかのように唐突に視界から消えた。ジュリアの手から札が離れ、床に散らばる。彼女は呆然とした面持ちで救出者を見た。デイモンだった。仮面のように冷たい表情を浮かべ、瞳が恐ろしいほど殺気だっている。彼は哀れな男たちを、うるさく吠えたてるテリア犬を威嚇するように壁にくぎづけにしていた。くりかえされる謝罪や言い訳も聞こえていないらしい。デイモンが食いしばった歯のあいだから絞りだすように言葉を発すると、男たちは黙りこんだ。

「今度彼女に近づいたら、きさまらを八つ裂きにして、バースの街中に肉をばらまいてやるから覚悟しておけ」

ランゲートの腫れぼったい顔が紫色に変わる。「ひ、庇護主がいるなんて知らなかったんだ」

デイモンはストラザーンを放してランゲートをじろりとにらみ、喉笛にあてた指先に力をこめた。「彼女に触れたり、話しかけたり、あるいは目を向けただけでも……殺してやる」

「そ、それには及ばん」男は苦しそうにあえいだ。「頼む……もう行くから……」

デイモンは唐突に手を離した。床にくずおれたランゲートにストラザーンが慌てて駆け寄り、青ざめ怯えた顔で腕を貸す。ふたりは連れだって扉のほうに向かい、俳優の登場を待ち受ける人だかりのなかへと戻っていった。

振りかえったデイモンの瞳は、依然として憤怒にぎらついている。

「どうしてここに……?」ジュリアはあえぐようにたずねた。

「裏口から入った。あっちにもきみを待つ人の群れができている」

「ほかの俳優を待っているんでしょう」わずかに気力を取り戻した声で応じる。

「大半はきみ目当てだ」デイモンは冷笑を浮かべた。「まるでみんなの共有物だな、ミセス・ウェントワース」

「わたしは誰のものでもないわ」

「そうではないことを示すために、結婚証明書を発行しようか」

「そんなものには――」ジュリアは指をぱちんと鳴らした。「この程度の価値しかないわ。わたしたちの結婚は合法じゃない、あなただって知っているはずよ。どこの裁判所にかけあったところで、当時のわたしたちの年齢を知れば躊躇せず無効と判断するはずだわ」

長いことにらみあってから、彼女はうつむいた。どうしてふたりとも急に怒ったりするのだろう。彼女はぐっと声を和らげてつづけた。「変な人たちを退治してくれてありがとう」

デイモンはなにも答えず、硬い表情のままだ。

「おもての人たちが帰るまで、ここで待つしかないわね」

「その必要はない」デイモンはつっけんどんに言った。「わが家の馬車までエスコートする」

ジュリアはかぶりを振って後ずさった。「ありがたいけどお断りするわ。またあなたと一緒に夜を過ごすのは、賢明とは思えないから」

「夕食だけでもか？　どうせ今日はまだなにも食べていないんだろう？」

「食事を一緒にするくらいならいいけど、そのあと……」

ジュリアの狼狽ぶりを見て、デイモンはなぜか急に穏やかな表情になった。手を伸ばして彼女の帽子の位置をほんの少し直し、ほつれた金髪を指先でそっとなぞる。「寝室できみを追いかけまわすためにバースに来たわけではない。まあ、それはそれで大いに意義があるが」

「だったら、なんのために来たの？」

「きみと一緒にいるためだ。きみがどんな人生を送っているのか、どうしていまの生き方にそこまでこだわるのか、もっとよく知りたい。それにきみにも、わたしのことを知ってほしい。なにしろわれわれはまだ赤の他人も同然だ。婚姻関係をどうするか決める前に、お互いをよく知ってみても害はないんじゃないだろうか」

「そうね」ジュリアは用心深くうなずき、彼を見上げた。帽子の黒いヴェールを上げようとすると、彼が代わりにこまやかな手つきで上げてくれた。

「では今夜はうちのテラスハウスで一緒に夕食を楽しもう。食事がすんだら、指一本触れることなく宿に送る。約束しよう」

ジュリアは頭をめぐらせた。宿に帰ってひとりで食事をするのにも、ほかの団員と同席するのにも、いまはまるで気持ちをそそられない。「宿が用意してくれる食事より、お宅の料理人が作ってくれるもののほうがずっとおいしいわね」

しぶしぶ応じる様子にデイモンは笑みを浮かべた。「それについても約束しよう」と言って彼女の手を自分の腕に置く。「ではまいりましょうか、マダム。あなたのファンがますます暴れだす前に」

いつもは自力で熱狂的なファンを追い払わなければならなかった。強い男性の腕につかまり、すべてを任せて劇場の外に出るのは気楽でいい。背中に守るようにそっと手をまわされても、ジュリアは抵抗せず、彼に導かれるがまま、好奇の目で群がる人びとが待つおもてへと足を踏みだした。たちまち質問攻めにあい、帽子やヴェールやマントに手が伸びてくる。帽子をむしり取られて、ジュリアは愕然とした。帽子を髪に留めていたピンが目尻をかすめ、思わず涙がにじむ。興奮して叫ぶ人たちに背を向け、デイモンに身を寄せながら馬車に向かう。それでも車内に乗りこむときには、群衆に向かってほほえみ、手を振るのを怠らなかった。だがデイモンはまるで容赦せず、抗議の声も無視して、最前列の人たちを押しやっている。

座席に身を落ち着けると、ジュリアは安堵のため息をもらし、痛む頭皮を揉んだ。「髪の毛までむしり取られるかと思ったわ」と走りだした馬車のなかで文句を言う。

デイモンは悠然と彼女を見つめた。「大衆の憧憬の的となり、どこに行ってもつきまとわれる……女優なら誰もがそれを望んでいるんじゃないのか？」

ジュリアはしばし考えてから慎重に答えた。「わたしの演技を大衆が気に入ってくれるのは嬉しいわ。彼らに評価されているかぎり、キャピタルでの立場も給金も保証されるわけだし」

「きみにとって彼らの評価は、もっと重要な意味があるだろう？」

冷笑を含んだ口調にいらだち、ジュリアは言いかえそうとして口を開いたが、ふいに閉じた。図星だった。彼の洞察力は気に食わなかったし、ほかの誰からもそんなふうにやすやすと心のなかを読んでほしくない。だがたしかに、賞賛を浴びるのは気持ちがよかった。彼らはジュリアに、父がけっして与えてくれなかった心からの賛美や愛着を示してくれる。

「それに比べたら、ごく普通の人生なんてつまらんだろう」

「どうかしら」皮肉めかして答えながら、乱れた髪をほどく。「普通の人生っていったいなに？　あいにくわたしは忘れてしまったの。あなたも、そんな人生は知りもしないんじゃない？」

「これがわたしの望んだ人生だ」

「わたしだってそうだわ」ジュリアは身構えるように言った。

デイモンは口の端をゆがめたがあえて反論はせず、彼女が鼈甲のくしで髪を梳かし、結いなおすのをただじっと見ていた。

サヴェージ家のテラスハウスは、洗練されたローラプレース界隈ならではの優雅なしつらえだった。つややかなオークの床には英国製の淡い色合いの手織り絨毯が敷かれ、磨き上げられた美しい紫檀の家具や、みずみずしい植物が植わった壺が並んでいる。縦長の窓には淡い黄色と緑のカーテンが揺れ、そこここにかけられた装飾的な額に入った鏡が、空間を広く見せている。

蠟燭が灯されたこぢんまりとした食堂の豪奢な雰囲気につつまれながら、ジュリアはゆったりと食事を楽しんだ。フランス料理のコースで、チキンとトリュフのシャンパンソース和え、ハーブをまぶした子牛のカツレツ、つややかなバターソースをからめた野菜などが供された。そしてデザートには、果物のワイン漬けと、ラズベリーとメレンゲが飾られた小さなアーモンドタルト。

「こんなにたくさん食べたら、衣装が着られなくなりそう」タルトに舌鼓を打ちながらジュリアは言った。

「いまだって着ていないも同然だ」

口調にかすかな嫉妬がにじんでいるのを感じとり、ジュリアはほほえんだ。「ほかのみんなに比べたら、わたしの衣装はずっと上品なのよ」皿に落ちたラズベリーをつまみ、優雅に口に運ぶ。

デイモンはまだ不機嫌な表情を浮かべている。「世間の男どもに妻の体を見られるのは気に入らん。連中がきみを見てなにを考えているか容易に想像がつく」

わがもの顔に言うのがおかしくて、ジュリアは顎を手にのせ、彼を見つめた。「たとえばどんなこと？」

ワインをつぎたすのを口実に、デイモンは立ち上がり、彼女のかたわらに移動した。テーブルの端に浅く腰をかけ、グラスにワインを注いで彼女を見下ろす。熱い視線が胸元をさまよっても、ジュリアは身じろぎひとつしなかった。彼は視線を顔に戻し、指先で彼女の顎をとって上を向かせた。

「きみの肌が、見た目どおりにやわらかいのか想像する」指先が頬の丸みをなぞり、唇の端にそっと触れた。「きみはどんな味がするのか……ほどいた髪が肩に広がるさまを……胸にたれるさまを……」手のひらがゆっくりと首筋に下りていき、指の背が一度、二度、胸の先をかすめた。

ジュリアの呼吸が速くなる。彼女は椅子の端をぎゅっとつかんで冷静をよそおいつづけた。立ち上がって彼の太もものあいだに身を寄せ、手のぬくもりを素肌に感じたい。デイモンはけだるく愛撫をつづけながら、銀色がかった灰色の瞳で彼女の表情が微妙に移り変わるのを見ている。「きみと愛を交わしたいと……どこかに閉じこめて、ふたりきりで楽しみたいと夢想する」指先が身ごろの縁から、うずく乳首の手前まですべりこむ。

ジュリアは身を震わせ、その手をつかんだ。「指一本触れずに宿に帰すと約束したはずよ」

「そうだった」デイモンはドレスのなかからそろそろと指を引き抜いた。唇がジュリアの唇の上をさまよい、温かく甘い息が肌にかかる。「口の端にメレンゲがついてる」

反射的に舌を伸ばし、かすかな甘みを見つけると、ジュリアはそれを舐めとった。デイモンのまなざしはその一瞬の動きを見逃さなかったようだ。彼女の手のなかにある大きな手が鋼のようにこわばった。

その手を放したジュリアの目に、薬指できらめくダイヤモンドがふと映った。蠟燭の明かりを浴びてえもいわれぬ美しさをたたえ、絶え間なく形を変える光を反射している。罪悪感がわきおこった。受け取るべきではなかった。これを身に着ける資格は自分にはない。「やっぱり返すわ」彼女は指輪をはずして差しだした。

「わたしが持っていても意味がない」

「わたしのものじゃないわ」

「きみのものだ」デイモンはきっぱりと言った。「わたしの妻なのだから」

眉根を寄せつつも、彼女はそれを握りしめた。「これが象徴するのは実体のない結婚……その事実は変わらないわ」

「きみに持っていてほしい。これからなにが起きようと、その指輪を見るたびに思いだしてほしい。きみがかつてわたしのものだったことを」

ジュリアはいまになってやっと悟った。彼はこの指輪で彼女を束縛しようとしていたのだ。指輪をテーブルに置く。美しいダイヤモンドに未練があっても、手に入れるための代価を払える自信はない。「ごめんなさい」彼の目を見ることはできなかった。

顔を見なくても、デイモンの態度が急変するのがわかった。闘いに挑む兵士を思わせる獰猛なまでの意志、征服し、支配しようとする衝動が感じられる。彼がそれを抑えようともしないのに気づき、ジュリアは身を硬くした。顔をそむけたまま耳をそばだてていると、荒い息づかいはやがて穏やかさを取り戻した。

「いつか返してほしいと言う羽目になるぞ」

驚いたジュリアは思わず見上げた。彼の顔はすぐ近くにあり、瞳は研ぎ澄まされたナイフの切っ先を思わせる。自制心を総動員しなければ、恐れのあまりぶるぶると震えてしまうところだった。彼が独力で家族を困窮の淵から救えたのも、これなら当然だろう。この純粋なまでの意志の力でそれを可能にしたのだ。「ありえないわ」ジュリアは静かに応じた。「たとえあなたを愛する日がやってきても、指輪を受け取り、あなたの所有物になるつもりはありません」

「所有物」というデイモンの声は、むちのごとき響きを帯びている。「わたしがきみをそんなふうに扱うと思っているのか？」

椅子から立ち上がり、ジュリアはテーブルの端に座ったままの彼とまっすぐ向きあった。「わたしが妻としての立場を認めたあとも、行きたいところに行かせ、やりたいことをやらせてくれるの？　疑念を抱くことも、非難することもなく？　女優業をつづけても、毎朝の稽古に参加しても、真夜中やもっと遅い時間に帰宅しても、文句を言わずにいられる？　そもそもあなたのお友だちやお仲間はどう思うかしら。わたしをあざ笑い、陰口をたたき、娼婦と大差ないと見下すに決まってる。そうしたことをすべて、あなたは受け入れられるというの？」

デイモンの顔色がわずかに赤みを増すのを見て、ジュリアは痛いところを突いたのだと確信した。「どうしてそこまで女優業にこだわる？　ロマがいの暮らしを捨てるのがそんなにもったいないか？」

「誰にも依存せずに生きてきたわ。そういう生き方しか信じられないの。爵位はいらない、来る日も来る日も社交行事に明け暮れるのもいや、田舎の静かな屋敷に住みたくなんかない。父がわたしのために用意したような人生はほしくないの」

デイモンは両手で彼女の腰をつかむと、太もものあいだにぐっと引き寄せた。「心の片隅ではそういう人生を望んでいるはずだ」

ジュリアは身をよじり、硬い胸板を押して逃れようとした。だが強く押さえつけられていてできない。激しくもがくといっそうきつく抱き寄せられ、腰と腰がこすれあった。その動きに彼の体が反応するのがわかり、思わず凍りついた。下腹部に硬いものがあたり、たちまち体の芯が熱くなってくる。「もう帰るわ」彼女はあえぐように言った。

彼は手を放したものの、依然として熱い視線を注いでおり、ジュリアはその場から動けなかった。「このままでは終わらせない。このままあっさり、わたしを避け、追い払うことは許さない」

恐れと切望が同時にわきおこるのを感じつつ、ジュリアは彼を見つめた。どうしようもないくらい激しく求めているものを、拒絶するのはつらい。心の底ではまだ夢見ていた。家族を持ち、家庭を築くことを。夜は夫の腕のなかで眠りにつき、昼は子どもたちとのんびりたわむれる日々を。ただの夢が、いまやはっきりとした形を伴うようになっている。できることならデイモンの妻となり、彼によく似た黒髪の子を産みたい。すでに現実味を帯びつつあるその夢を捨てるほど、厳しい選択肢に直面するのは初めてだ。

ふいにローガンの冷ややかな、からかうような声が脳裏によみがえった。サヴェージに身も心も捧げるかどうか決めるのはきみ自身……だがわたしは勧めない。

よろめきながら後ずさり、彼に背を向け、ジュリアは激しく鼓動を打つ胸に両手をあてた。深呼吸をくりかえして、渦巻く感情を抑えつける。デイモンが背後に歩み寄るのがわかったが、触れようとはしない。頭上から聞こえる声は抑揚がなかった。「宿まで送ろう」

「ひとりで……」というジュリアの声を無視して、彼は呼び鈴を鳴らし、馬車の用意を命じた。

宿に向かう馬車のなか、張りつめた空気につつまれながら、ふたりは無言を通した。太ももが触れあうくらい近くに座っているので、車輪が道のでこぼこを踏むたびに脚がぶつかった。ジュリアは距離を置こうとしたが、なぜか彼のほうに引き寄せられてしまうようだった。かといって向かいの席に移動もできない。冷たくあざ笑うまなざしを浴びつづけるくらいなら死んだほうがましだ。やがて馬車が停まり、気づまりな時間がようやく終わりを告げた。

彼の手を借りて地面に降り立つ。

「あとはひとりで平気よ」彼がついてこようとするのを感じとってジュリアは制した。

デイモンは小さくかぶりを振った。「危ないから部屋の前まで送ろう」

「一週間以上もひとりで滞在しているのよ。その間、あなたがいなくてもまったく心配はなかったわ」

「どこにも触れやしないと言っただろう。その気があったら、いまごろとっくにきみをベッドに誘いこんでいる。無事に部屋に入るところを見届けたいだけだ」

「お願いだから——」

「言うことを聞け」デイモンは押し殺した声で言い、いまにも彼女の首を絞め上げそうな表情を浮かべた。

いらだたしげに両手を振り上げ、ジュリアは先に立って建物内に入ると、帳場と誰もいない食堂を通り過ぎ、二階につづく階段に向かった。あとからゆっくりついてくるデイモンは黒い眉を不満げに寄せている。ほの暗い明かりの灯された長い廊下を進み、やがて部屋の前にたどり着いた。手首にかけていたレティキュールから小さな鍵を取りだす。鍵を差しこんだ感触が妙に軽かった。

どうやら今朝出かけるときにかけ忘れたらしい。彼女はわざとがちゃがちゃ音をたてて鍵をまわした。今夜はすでにいろいろあった。これ以上、不注意だの、だらしないだのと言われてはかなわない。取っ手をまわし、足を止めて振りかえる。「送っていただいてありがとう。おかげさまで無事に部屋までたどり着けたわ。おやすみなさい」

暗に帰れと命じられて、デイモンはむっつりと彼女をにらんでから、くるりと背を向けて大またに歩み去った。

ため息をつきながら部屋に入ったジュリアは、マッチ箱を手探りした。そっとマッチをすり、化粧台に置かれたオイルランプに黄色い炎を灯す。ランプのふたを戻し、芯の長さを調節して、やわらかな明かりで部屋を満たす。あれこれ考えすぎて頭痛がした。じっと物思いにふけっていたが……ふと姿見に目をやったとき、鏡面の端に動くものをとらえた。それと同時に、なにかが床にこすれる音が聞こえた。

誰かがいる。ジュリアの全身を戦慄が走った。身をひるがえし、助けを呼ぼうとしたが、男の手に口をふさがれて叫び声は途中でかき消された。肉の削げた、それでいて不快なほどたくましい体にぐいと引き寄せられる。ジュリアは鼻孔をふくらませ、目を大きく見開いて、歩み寄るランゲートのだらしなく太った体をにらみつけた。背後から押さえつけているのは仲間のストラザーンだろう。先ほどニュー・シアターでしつこく言い寄ってきたふたり組だ。ここに忍びこむ度胸をつけるのに、どうやら大量のアルコールの力を借りたらしい。ふたりとも泥酔状態で、酒の臭いをぷんぷんさせ、ばかみたいに得意な顔をしている。

「また会えるとは思ってなかったろう？」ランゲートが猫撫で声で言い、禿頭《とくとう》にポマードで撫でつけたわずかばかりの髪に、ぶよぶよした手をやった。身をよじるジュリアを値踏みするように見る。「それにしても上玉だな。こんなにいい女は見たことがない。なあそうだろう、ストラザーン？」

ストラザーンはうなずき、げらげらと笑った。

ランゲートは小さな口をにやつかせながらジュリアに話しかけた。「怖がることはない。おいあんたと楽しみたいだけだし、あとでちゃんと金もやる。安物の宝石でも買うといい。おいおい、そんな怒った顔はするな。そのかわいい太もものあいだで、これまでに何人もの男たちを楽しませてやったんだろう?」ジュリアに歩み寄り、払いのけようとした手を片方つかむと、自分の下半身に持っていった。好色そうな笑いを浮かべ、「ほうら」となだめる声で言う。「いいだろう? おまえもきっと気に入る――」

男のせりふはそこで断ち切られた。扉が勢いよく開く音がしたかと思うと、ジュリアは唐突に解放された。バランスを崩してつんのめり、硬い床に両手と両膝をつく。部屋の隅に這って逃げ、壁に背中をぴったりと押しつけた。乱れた髪が顔にかかって、なにが起きているのかよくわからない。こぶしがくりかえし肉を打つ鈍い音が聞こえ、苦しげなうめき声が室内に響いた。

ほつれ髪をかきあげたジュリアは、デイモンが戻ってきたのだと悟った。いまにも侵入者たちを殺さんばかりの勢いだ。デイモンはストラザーンをぼろ布のように床に転がすと、ランゲートに向きなおり、相手がべそをかいて命乞いをするまで殴りつづけた。本当に殺るつもりなのだ。驚きと恐れにつつまれながら、ジュリアは「もうやめて」と息も絶え絶えに訴えた。「わたしは大丈夫だから。やめないと死んでしまうわ……デイモン……」

名を呼ばれるなり彼は手を止め、振りかえって、石炭のように真っ黒な瞳を彼女に向けた。そこになにを見たのかはわからないが、おかげで恐ろしいほどの憤怒からわれにかえったらしい。震える男を見下ろすと、激情を吹き飛ばすようにかぶりを振った。血みどろのこぶしをランゲートの上着でぬぐい、立ち上がって、ジュリアに歩み寄る。そのすきに侵入者たちは、罵り、うめき声をあげながら逃げていった。

自力で立ち上がれず、ジュリアはデイモンに向かって両の手を差しだした。その手ははためにも震えていた。彼がしゃがみこみ、まるで子どものように彼女を抱き上げる。ジュリアは彼にしがみついて、いったいなにが起きたのか理解しようとした。「ありがとう」喉を詰まらせながら言葉を絞りだした。「あなたのおかげよ……」

デイモンはベッドに腰を下ろして膝に彼女を抱き、乱れた髪を背中に撫でつけた。ジュリアは頬を伝う涙を彼の指がぬぐうのを感じた。耳のなかでがんがんと鳴る鼓動の向こうから、もう大丈夫、誰もきみを傷つけやしないと静かになだめる声が聞こえる。

彼女は目をつぶったまま、また泣きだしてしまわぬよう、意志の力をすべて心の内に向けてこらえた。あのときデイモンが戻らなかったら、ランゲートとその仲間に陵辱されていただろう。そのような残虐行為にもしも遭っていたらと思うとぞっとした。

「どうして……なぜ戻ってきたの？」彼女はやっとの思いでたずねた。

彼は首筋をえもいわれぬ優しさで撫でながら答えた。「廊下の端まで行ったところで、きみの叫び声を聞いたように思った。愚か者と言われるのは承知のうえで、あえてもう一度様子を見に戻った」

ジュリアは手を伸ばし、彼の指をぎゅっと握りしめた。「いつも助けに来てくれるのね」

デイモンはそむけようとする彼女の顎をとり、顔を上げさせて瞳をじっとのぞきこんだ。

「いいかい、ジュリア……いつもこうして間に合うとはかぎらない。今夜わたしがここにいたのだって、単なる偶然――」

「もう終わったんだからいいじゃない」ジュリアはさえぎった。彼の声音は唐突に、先ほどまでの優しいものから咎めるものに変わっていた。

「終わってない」彼はぶっきらぼうに言った。「これからもっとひどいことが起こるようになるんだ。ああいう輩、きみを手に入れよう、きみに近づくためならなんでもしようと考える連中は今後も現れる。女優業をつづけるなら、いずれは昼も夜も護衛が必要になるだろう。わたしはそんな役目はごめんだ」

　彼はジュリアを乱暴に膝から下ろし、ベッドから立ち上がった。その視線は情け容赦がなかった。「それがきみの求める人生なら好きにするがいい。せっかくの喜びをきみから奪うつもりはない。だが助言しておこう。崇拝者から身を守りたければ人を雇え。それから、わたしが帰ったあとはちゃんと鍵をかけておけ」

　ジュリアはベッドに座ったまま、大またに部屋をあとにするデイモンの後ろ姿を無言で見送った。行かないでと言いたかった。ひとりにしないで……あなたが必要なの……。だがその言葉は胸のなかにしまわれ、唇は結ばれたままだった。扉がばたんと閉まる。ジュリアは枕をぎゅっとつかみ、力いっぱい投げつけた。枕は扉の側柱に小さな音をたててぶつかっただけで、なんの満足感も得られなかった。

　どうしてあんなふうに責められねばならないのだろう。まるで彼女が今夜の事態を招いたようではないか。舞台に立つことで生活の糧を得る人間は、人から乱暴されても当然だとでもいうのか。男の庇護の下で生きるのが女の義務だとでも？　勢いよくベッドから下り扉に歩み寄って、デイモンをはじめとするこの世のすべてから自分を切り離すように鍵をかける。小さな部屋にひとりぼっち。両手を顔にやると、頬がまだ涙で濡れていた。

彼女はいまのいままで、デイモンがどれほど女優業を嫌悪しているかきちんと理解していなかった。ふたりは袋小路にいる。彼が求めるのはふたつにひとつ——妥協案は絶対に認めないだろう。女優業は危険と背中合わせで、常に咎められる。夫や家族の希望に応えることもままならない。

やるせない思いを抱え、ジュリアは両腕でおなかをぎゅっと抱きしめながら室内を行ったり来たりした。数年後にはきっと誰か……デイモンのように血気盛んではなく、口うるさくて傲慢でもない男性が見つかるはずだ。もっと穏やかで、彼女の自立心をすんなり受け入れてくれる人。デイモンとのように奇妙な、ありえない過去を共有していない男性が。

だがその過去はこれからも永遠にふたりを結びつけるのだろう。どれだけ背を向けようとしても無駄なはずだ。ジュリアとデイモンはともに、親に支配され、心の片隅でお互いの存在を感じながら生きてきた。夫を避けつづけたのはまちがいだった。なにかの奇跡が起きて彼が存在しなくなればいいなどと道理に合わないことを期待したり、彼と出会わずにすむように自分の名前や生き方を変えたりしたのも。逃げるべきではなかった。もっと早く彼と向きあうべきだった。

だがいまさら悔やんでも遅い。ジュリアは気づいてしまった。ふたりのあいだに流れるもの、炎のごとき情熱や、ともにいるだけで感じられる純粋な喜びを、ほかの誰かと共有することは絶対に不可能だ。大切なものをすべて捨てて彼を選んだなら、失ったものを補って余りある見返りを得られるだろう。だが、女優業を辞めるのは体の一部を失うのにも等しい。いずれその空虚を満たせないことにいらだち、夫を恨むようになる。

窓辺に寄りかかり、小さな冷たいガラスに額を押しつける。かすかに波打つガラスのせいで視界がぼやけた。デイモンにはレディ・アシュトンのほうがふさわしい。彼の妻となり、子を産むことしか望んでいないのだから。彼女なら、彼にできない妥協を強いたりはしない。

眠れぬ夜を過ごしたあと、ジュリアはのろのろと着替えをすませ、ヴェールで顔を隠し、歩いてニュー・シアターに向かった。早朝なので詮索好きなファンの姿はない。劇場に入り、舞台に向かうと、ローガンがひとりで立っていた。新しい背景幕をしげしげと眺めている。だがその表情から、なにかもっと別のこと、余人には知ることのできない思いに頭をめぐらせているのがわかった。

足音に気づいたのだろう、ローガンはジュリアに顔を向けたが、早い出勤にも驚いた表情ひとつ浮かべなかった。手を差し伸べて彼女を軽々と舞台に引き上げる。ぎゅっと握ってくれる手にジュリアは安堵を覚えた。「ひどいご面相だな」

「眠れなかったの」ジュリアは口の端に疲れた笑みを浮かべた。「なんだか良心が咎めて」

「そんなもの、いっさい捨てたほうがいいぞ。わたしは数年前にそうした。おかげで毎晩ぐっすり眠れるようになった」

「捨てる方法を教えて」ジュリアは冗談交じりに応じた。

「またいずれな。それより、きみに伝えるべきことがある」ローガンは不可解な表情を浮かべた。「キャピタルに届いたきみ宛の伝言が、こちらに転送されてきた。家の人が倒れたらしい」

「母だわ」ジュリアは反射的につぶやいた。不安のあまり心臓が早鐘を打ち始める。

「いや、父上のようだ。詳しいことはわたしもわからないが」

「父が……」当惑して首を振る。「嘘よ。病気なんてしない人だもの……父は……」ジュリアは言葉を失った。呆然と宙を眺め、言葉にならないつぶやきをくりかえす。なにかとんでもない事態になったのだ。母はよほどのことがないかぎり娘を呼んだりしない。だが父が病に倒れ、伏せっているところなど想像もつかない。ジュリアが子どものころだって、鼻風邪のほかに病気らしい病気ひとつしなかった。

「見舞いに行くだろう?」ローガンが抑揚のない声でたずねた。

「無理よ……時間がないもの。初日を明日に控えて……」

「明日は中止しよう。初日は来週の火曜日の夜に延期する」

すっかりまごついて、ジュリアは鮮やかな青い瞳を見つめた。ローガンはいまだかつて舞台を中止したことがない。彼の決めた厳格な決まりごとのひとつだ。「どうして?」彼女はそっと問いかけた。

ローガンは問いかけを無視した。「火曜日までに戻れるか?」

「ええ、たぶん」彼の思いがけない優しさにジュリアは打たれた。「あなたのような地位にある経営者は普通、こんな土壇場になって女優に休暇を与えたりしないものよ。そんなふうに言ってくれるなんて、夢にも思わなかった」

ローガンはさりげなく肩をすくめた。「無理やり舞台に立たせても、どうせまともな演技はできないだろう」

「アーリスを代役に立てればいいわ。彼女ならせりふを全部覚えているもの。明日の舞台を中止にする必要はないでしょう」

「あの役はきみのものだ。ほかの誰もきみのようには演じられない」

「そう言ってくれるのは嬉しいけど、でも——」

「父上のところに行け。和解するんだ。そしてすぐに戻ってこい……遅れたら減給だぞ」

「了解」ジュリアは素直に従った。ローガンが冷淡をよそおっているだけなのはすぐにわかった。感謝をこめて小さくほほえみかける。「やっと気づいたわ。なんだかんだ言っても、あなたって優しい人なのね。でも心配無用よ——あなたの本当の姿を誰かに話して、面目をつぶしたりしないから」

10

ローガンに借りたワインレッドのラッカー塗りの馬車に乗り、半日かけてハーゲイト・ホールに向かう道すがら、ジュリアはバースを発つことをデイモンに知らせるべきだっただろうかと自問自答していた。やはり知らせるべきだったという思いがつきまとって離れない。彼の慰めを求めてはいけなかっただろうか。父に対する複雑な感情を、デイモンなら誰よりも深く理解してくれただろうに。

だが苦々しい別れ方をしたのが思いだされ、ジュリアは顔をしかめ顎をこわばらせた。やはりデイモンは慰めなどくれまい。肩の荷を下ろさせてよかったな、と冷笑交じりに言われるのが落ちだ。自由や自立した暮らしが大切だと大口をたたいておいて、困ったことが起きたとたんに彼にすがるわけにはいかない。

馬車と先導者が丘陵地帯を抜け、ハーゲイト・ホールに近づくにつれ、焦りは不安へと変わっていった。幼少時代を過ごしたあの屋敷で、これからなにに直面するのか。病の床に伏した父の姿を目にするのが怖い。父はきっと娘の顔を見たとたん、出ていけと命じるだろう。

小高い丘に囲まれそびえるように立つ屋敷は、黒ずんだ巨大な建物から天を衝く塔が延び、どこか鷹を思わせた。

馬車が正面玄関の前に停まった。従者がふたり、馬車を降りるジュリアに手を貸し、さらに数名の使用人たちが馬の世話にあたり、御者を厩舎と馬車置き場に案内する。彼女が階段を上りきらないうちに、大きな扉が開き、執事が邸内へと招き入れた。

すぐに母が現れ、なにも言わずに両腕で娘を抱きしめる。

「お母様」ジュリアは驚きとともに呼びかけながら、プリーツをほどこした青いリンネルのドレスに頰を押しあてた。母の体調は昔から波が激しかったが、今日ほど生気みなぎる姿は初めて見る。ここ何年も見せることのなかった強さと意志を、なんとかしてかき集めたのだろう。相変わらず痩せているものの、頰骨は以前ほど目立たないし、茶色の瞳には静かな光が宿っている。夫に必要とされるという、かつてない状況にうまく順応しているようだ。今度ばかりは寝こんでいるのは父のほうであり、家を司るのは母なのだ。

「よく来てくれたわね……スケジュールの都合で帰ってこられないかもしれないと思っていたのよ」

「お父様の具合は?」ジュリアはたずねながら、母とともに階段に向かった。まるで屋敷全体がとばりにつつまれたかのように、なにもかもが不自然なくらいひっそりとしている。

静かに答える母の顔は、不安で張りつめている。「数日前に熱を出してから寝こんでいるの。ひどい熱よ。お医者様には、臓器がすべてむしばまれてしまうだろうと言われたわ。持ちなおすかどうか心配だったけれど、いまのところ、最悪の状態は脱したようよ」

「元気になるのでしょう？」

「元どおりというわけにはいかないようね。お父様のように強い方でなかったら、もう亡くなっていたでしょうとお医者様が言ってらしたわ。いずれにしても、よくなるまでには時間がかかるでしょう」

「きっとわたしに会いたがらないわ」ジュリアの心はバイオリンの弦のように張りつめた。

「そんなわけないでしょう。お父様があなたを呼ぶようにおっしゃったのよ」

「どうして？」ジュリアは用心深くたずねた。「きっとまた、おまえは自らの人生を台無しにした、家名に泥を塗ったと責めるんでしょう。もう何度も聞かされた――」

「お父様にチャンスをあげてちょうだい……お父様だってつらい思いをしてきたの。たったひとりの娘に会いたがっているのよ。あなたになにを言うつもりなのかはわからないわ。でも、お願いだから広い心で会ってやって」

ジュリアはしばしためらってから「努力するわ」と応じた。

母は痛ましげな面持ちでかぶりを振った。「あなたは本当にお父様そっくり。いろいろあったけれど、お父様を愛しているのでしょう？　でも、自尊心ゆえにそれを認められないのね」

「ええ、愛してるわ」ジュリアは反抗的に言った。「だからって、これまでの仕打ちを帳消しにはできないの。愛情があっても、お互いに傷つけあうことはあるでしょう」

ふたりは無言で階段を上った。「お部屋で少し休んでからにする？」母がたずねた。

「いいえ、すぐに会うわ」ジュリアは答えた。このように不安な状態で待つなど無理だ。それに、緊張は刻々と高まっている。「お父様の容体が許せばの話だけど」

やがてふたりは病室の前に着いた。「ジュリア……」と母が優しく呼びかける。「人は変わるものよ。お父様だってそう。死に直面するのは恐ろしいわ。お父様はきっと、何年も背を向けつづけてきた過去の出来事と向きあおうとしているのだと思うの。お願いだから優しくしてあげてちょうだい。お父様の言葉に耳を傾けてやって」

「もちろんよ。病室に駆けこんで、非難の言葉を投げるようなまねはしないわ」

母を先に部屋に入らせ、ジュリアは戸口で待った。レモン色のカーテンの隙間から射しこむ細い陽射しに、母のほっそりとした体が浮かび上がる。ベッドに横たわる父の上に身をかがめて、母は父の髪を撫でながら、なにごとかささやきかけた。

ふたりの様子を見つめつつ、ジュリアはなにも感じない自分に当惑していた。胸の内が妙にがらんとしており、悲しみも、怒りさえも感じない。父に対していっさいの感情を抱けない自分に、心底とまどった。

母が顔を上げ、部屋に入るよう手招きする。ジュリアはゆっくりと敷居をまたぎ、ベッドに歩み寄った。父はチンツ地の天蓋の下、薄闇につつまれて横たわっていた。その姿を目にしたとたん、胸のなかに一気に感情が押し寄せた。後悔と哀れみに押しつぶされそうになる。いつも頑強そのものだった父。肩まで毛布をかけて横たわる姿は、信じられないくらい小さく弱々しい。あふれんばかりの生気が消え去り、ありえないほど老けて見える。瀉血《しゃけつ》治療のせいだろう、肌はまるで蠟のようだ。

ジュリアは慎重に、ベッドの端に腰を下ろした。父の大きな手をとると、皮膚にしわが寄った。だいぶ体重が落ちたのだろう。その手をしっかりと握りしめて、ジュリアは自らの生命力を父に分け与えようとした。

「お父様」と優しく呼びかける。「わたしよ」

長い沈黙ののちに、白茶けたまつげが持ち上がった。瞳はいつもと変わらぬ輝きと鋭さをたたえていた。だがこんなふうにまごついた様子の父は見たことがない。父はいつも、どんなときも周囲の人間を圧していた。だが目の前の父はなぜか、娘と同じ不安を抱え、必死に言葉を探しているように見える。

「ありがとう」という声は恐ろしいほどか細かった。父の手がぴくりと動き、ジュリアは一瞬、放してほしいのだろうと思った。だがその指はさらにきつく娘の手を握りしめた。何年かぶりに父が示した最大限の愛情表現だった。

「出ていけと言われるかと思ったわ」ジュリアは照れくさそうにほほえんだ。

「帰ってこないかと思ったぞ」父がため息をつき、胸が浅く上下した。「わしがそんなことを言うものか」

「容体はお母様から聞いたわ」ジュリアは手を握ったままささやいた。「わたしがいたら、お父様のように頑固な方が熱病ごときにやられませんってお母様とお医者様に言ったのに」

父が懸命に身を起こそうとする。母が手を貸そうと歩み寄ったが、ジュリアがすでに手近な枕を背中に挟んでいた。父は母に謎めいたまなざしを投げた。「すまんが……ふたりきりで話をさせてくれんか？」

母は薄くほほえみ、「ええ、あなた」と言うと、優雅な足どりで出ていった。部屋には父と娘だけが残された。

かたわらの椅子に移動してから、ジュリアは困惑の面持ちで父を見つめた。口論をくりかえし、いがみあってきた娘と、いったいなにを話したいというのだろう。「話ってなに？」静かに促す。「わたしの仕事のこと、それとも私生活について？」

「どちらでもない」父はつらそうに言った。「わしのことだ」グラスに手を伸ばしたので、ジュリアは小さな磁器の水差しから水をくんでやった。父が冷たい水を慎重に口に含む。

「わしの若いころについて一度も話したことがなかったろう。ハーゲイト家について……おまえに隠していたことがある」

「隠していたこと？」ジュリアはおうむがえしに問いかけ、細い眉をひそめた。ハーゲイト家にはごくありきたりないわれしかない。そこそこの名声と莫大な富を持った一族。より高貴な血統を誇る一族との結婚によってのみ得られる高い社会的地位を、手に入れることに野心を燃やしてきた。

「真実を知らせないほうがおまえのためになるのだと、自分に言い聞かせてきた。だが真実を隠したのは、単にわしが臆病だったせいだ」

「まさか。お父様にはいろいろな資質があるけれど、臆病なんて言葉はまるで似合わないわ」

父は腹を決めたようにつづけた。「ずっと話せずにいた。あまりにも痛ましい出来事だったからだ……その出来事ゆえに、わしはおまえを罰してきた」かすれた声にはっきりと後悔がにじんでいるのに気づいて、ジュリアは驚きを覚えた。けっして嬉しい発見とは言えないが、父にもそのような感情があったとようやく知ることができた。

「いったいなにを隠していたの？　わたしになにを打ち明けたいの？」

「おまえは知らんだろう……アナのことを」その名を口にしたとたん、父の顔にほろ苦い表情が浮かんだ。

「誰なの？」

「おまえのおば……わしの姉だ」

思いがけない返答だった。父の家族といえば、結婚して田舎で静かに暮らしている、ふたりのおじしか知らない。「おば様がいるなんて初耳だわ。いまはどこにいらっしゃるの、なにをして――」

父は片手を上げて質問を制し、のろのろと説明を始めた。「姉は世界一美しい女性だった。姉がいなかったら、わしの幼少時代は想像しうるかぎり最も不毛なものになっていただろう。姉はおもちゃや物語を作ってくれた。わしにとっては母であり、姉であり、友人だった。姉は……」適切な言葉が見つからないのか、父は困ったように口をつぐんだ。

ジュリアは打ち明け話に聞き入った。父がこんなふうに話してくれるのは初めてだ。優しい記憶に表情は和らぎ、冷徹な瞳も潤んでいる。

「わしの両親は子ども嫌いだった。わが子すらかわいがらなかった。ようやく目を向けるようになったのは、わしらがある程度大きくなってからのこと。それだって、大した関心を示したわけではない。興味があったのは、規律と義務の精神をたたきこむことだけ。とはいえわしだって、両親に愛情を抱いていたとは言えん。だが姉のことは大好きだった。心からわしを愛してくれるのは、この世に姉しかいなかった」

「どんな人なの？」沈黙が流れるとジュリアは促した。父は話すのがつらそうだった。もろい糸のような思い出にがんじがらめになっているようだ。

その視線は、どこかずっと遠くを見つめるようにぼんやりとしている。「奔放で想像力豊かな少女だった。わしや弟たちとはまるでちがう。規則や責任などおかまいなし。感情だけで生きているかのようで、行動にまったく予測がつかなかった。両親は姉のことをけっして理解できず――ときおりひどく叱っていた」

「それで？」

「一八のとき、姉はロンドンの某国大使館に勤める外交官と出会った。姉には彼が、ありとあらゆる夢の権化に見えたのだろう。だが父はつきあいを認めず、姉に彼と会うことを禁じた。当然ながら姉は聞く耳など持たなかった。機会を見つけては屋敷を抜けだして逢瀬を重ねた。姉は彼を愛した。誰かに愛情を注ぐときはいつもそうだったように、全身全霊で、身も心も相手の男に捧げた。だが姉の選択はまちがっていた……」父の表情がかげり、打ち明け話をやめたそうな顔になる。だがすでに話しすぎていた。ここまで来たら、つらい結末まで話してしまうしかない。

「姉は妊娠した」父はかすかに喉を詰まらせた。「相手の男は、すでに結婚している身で自分にできることはなにもないとだけ言い、姉を捨てた。ハーゲイト家はどのようなものであれスキャンダルを嫌う。姉は勘当された。まるで、姉の存在が唐突にこの世から消えてしまったかのようだった。父は姉の相続権を剥奪し、ほとんどなにも与えずに放りだしたのだ。姉は不名誉の責任をたったひとりで背負い、欧州に旅立つことを決めた。向こうに発つ前に姉が会いに来た。金やなんらかの援助を乞うためではない。まだわしが姉を愛しているか、ただそれを確認するためだった。だがわしは、愛していると言えなかった。姉に背を向け、一言も口をきかなかった。それでも姉はわしの名を呼びながら、両腕で抱きしめようとした……わしは、売女という言葉を投げつけ、その場を立ち去った」

　父は人目もはばからず泣いていた。涙は残された強さすら父から奪っていくようだった。

「姉の顔を見たのはそれが最後だ。姉は遠い親戚の住むフランスに向かった。のちにお産の際に亡くなったと知らされた。それからずっと姉のことを忘れ去ろうと努めつづけた。さもないと、思いだして気が狂いそうだったからだ。そして、存在したことすら忘れかけたころ、おまえが生まれた」

　父はハンカチで顔を拭いたが、涙はとめどもなくあふれて頬を濡らした。「おまえは姉に生き写しで、わしはおまえの顔を見るたびにびくついた。おまえの顔に、瞳に姉の面影を見るたび、なんという運命のいたずらだろうと苦しんだ。おまえの存在は、姉に対するおのれの仕打ちを絶えず思いださせた。しかもおまえは姉と同じように生命力にあふれ、同じような物の考え方をした。姉の生まれ変わりだと思った。姉のようにおまえを失いたくはなかった。わしみたいな人間、分別がありまじめな、想像力などかけらもない人間に育てようと誓った。そうすれば、おまえはわしを置いていったりしない。だが、型にはめようとすればするほど、おまえは激しく抵抗し、姉に似ていった。よかれと思ってやったことは、なにもかもまちがいだった」

ジュリアは自分の頬を伝う涙をぬぐった。「サヴェージ卿との結婚も?」

「あれこそ最大の過ちだ」父は嗚咽交じりに認めた。「ああすれば必ずおまえはわしの望むとおりの娘になる、そう考えた。だがおまえは姉と同じように抵抗した。名前を捨て、舞台に立ち、そのうえ有名になった。だからわしは、相続権を剝奪しておまえを罰した。まったく意味のないことだったがな」

「ええ、わたしにとってお金はなんの意味もないわ」ジュリアは震える声で答えた。「わたしがほしかったのは、お父様の愛情だけよ」

父は壊れた人形のようにかぶりを振った。「おまえを変えるまでは愛したくなかったのだ。危険を冒すわけにはいかなかった」

いまはどうなの? ジュリアはたずねたかった。いくつもの問いかけが喉元まで出かかる。もう手遅れなのだろうか。なぜ父はいまになってすべてを打ち明ける気になったのだろう。

娘を取り戻したい、これからは娘を受け入れる努力をしたい、それが父の願いだと期待するのが怖い。だが焦って訊くべきではあるまい。いまはただ、お互いを理解できればそれでいい。

父をじっと見つめる。顔のそこかしこに疲れがにじんでいた。まぶたは垂れ下がり、顎も胸元まで落ちている。「話してくれてありがとう」ジュリアはささやき、身をかがめて枕を直した。「もう休んで、疲れたでしょう」

「今日は……泊まっていくのか？」

うなずき、優しくほほえみかける。「お父様がよくなるまでずっといるわ」

その後、自室に下がったジュリアは、打ち明け話の内容に愕然として食欲はこれっぽっちもなかったものの、運ばれたトレーにのったチキンと茹で野菜を機械的に口に運んだ。聞かされたことはすべて母に報告した。しかし母は大して驚いた様子は見せなかった。「かわいそうなアナのことは知っているわ」母は認めた。「でもハーゲイト家の誰も、彼女について口にしたがらなかった。お父様も、あなたがアナに生き写しだとはけっしておっしゃらなかった。察するべきだったわね。でもこれで、いろいろなことのつじつまが合うわ……」

「なぜいまになって話したのかしら」ジュリアは心のなかの問いを口に出した。「話してどうしたかったのかしら」

「あなたにすまないことをしたと、お父様はおっしゃりたかったんでしょう」母は優しく言った。

ふたたび両親とひとつ屋根の下でともに眠るのは、なんだか妙な感じがした。小さな家鳴りや、窓をたたく風の音、夜の森の音。すべてがとてつもなく懐かしい。少女にかえった気分だ。朝を迎えたら、勉強をしたり、居心地のよい場所を見つけて山積みの本を読んだりする自分がいるような気がする。

闇に目を凝らしていると、幼いころの記憶が次から次へと脳裏に浮かんだ。厳格に家を取り仕切る父、いつもおどおどしている母、頭のなかで念入りに組み上げた幻想……そして、デイモンの影。思春期を迎えてからは、彼はジュリアの好奇心と恐怖と恨みの対象となった。見えない重しと化した彼を、なんとかして振り払いたいと願った。だが現実に出会ってしまったいま、彼の存在は重荷というよりもむしろ魔の手となっている。ようやく手に入れた自由を捨てさせようと、彼女をそそのかす魔の手だ。

舞台でいくつもの役を演じ、夜中に誰もいない部屋に帰り、さびしく眠る。そういう人生をこれからもつづければなにを失うことになるのか、デイモンははっきりと示してみせた。いまや彼女は、拒絶しなければという思いとは裏腹に彼を愛し始めている。心の枷をはずしたなら、いったいどこまで深く愛してしまうかわかったものではない。レディ・アシュトンとの恋愛沙汰を知ってもなお彼を求めている。あの冷徹な仮面の下にいるデイモンは、情熱を胸に秘め、欲望と名誉と責任感の狭間で苦しむひとりの男だ。目標に向かって突き進む激しさや、自らの思うとおりに世界を形作ろうとする意志の強さを、ジュリアは賞賛すらしている。女優になる前に出会っていたなら、自分の人生はいったいどのようなものになっていただろう。

そんなことを考え、ようやく眠りについたあとは、延々と夢を見つづけた。デイモンの姿と声は脳裏から離れず、甘い責め苦を与えた。夜中に何度か目覚めては、枕を直し、楽な姿勢を探して寝返りを打った。「彼をこちらに呼びましょうか?」自室に下がる前の母の言葉がよみがえる。ジュリアはまだ迷っていた。彼を求めずにはいられなかったし、たくましい腕に抱かれたくて体がうずいた。だがやはり呼ぶまい。自分以外の誰かに頼るつもりはないのだから。

それから三日間、ジュリアは父につきっきりで看病を手伝い、退屈しのぎに小説を読み聞かせて過ごした。父は娘の顔にじっと視線を注ぎ、熱心に聞き入っていた。「おまえは、さぞかし演技に定評があるのだろうな」あるとき父がふいに言ったので、ジュリアは驚いて黙りこんだ。女優業に頑として反対してきた父にとって、認めるのはきっと難しかったはずだ。

「ただの印刷された文字が、おまえが読むと生き生きとして聞こえる」

「いつかキャピタルに観に来て」ジュリアは言いながら、意図したよりも必死な声音になっている自分に気づいた。「つまりその、娘が舞台に立っているのを見るのがいやでなければ」

「そうだな」父は曖昧に答えた。

ジュリアはほほえんだ。そんな日を夢想することすら、これまではできなかったのに。

「きっとお父様も気に入るわ。演技派として少しは知られているのよ」

「偉大なる女優として、だろう。新聞に載っている批評を見つけるたび、つい読んでしまった。どうやらおまえは格好のゴシップの的らしいな。ついでに言うと、ゴシップのほとんどは父親にとって読むに耐えないしろものだ」

「ゴシップなんて」父と会話らしい会話をしていることが嬉しくて、ジュリアは陽気に応じた。「言っておくけどほとんどが嘘よ。ロンドンではとても静かに暮らしているの。自慢できるような恋愛沙汰もスキャンダルもないわ」

「劇場の経営者とのことをしょっちゅう取り沙汰されているようだな」

「ミスター・スコットはお友だち。それ以上のなんでもないの」ジュリアは父の目をまっすぐにのぞきこんだ。「彼が心から愛せるのは劇場だけなのよ。それ以外のものへの愛情なんて足元にも及ばない」

「サヴェージ卿とはどうなんだ？　エヴァはおまえが彼に好意を抱いているようだと考えているぞ」

ジュリアは目をそらし、眉根を寄せた。「好意はね」としぶしぶ認める。「でも、そこから発展する可能性はないわ。彼ってすごく……頑固なの」

父はその一言にこめられたさまざまな意味をしっかり理解したらしい。無言で娘を見つめる目は、なにごとか考えこんでいるように見える。

「相変わらずお父様は、わたしに彼の妻に、いずれ公爵夫人になってほしいと考えているのね」

　父は乾いた笑いをもらした。「わしに決定権はない。おまえがさんざんそれを示してきただろうが」

「わたしが婚姻無効宣告を出したらどうする？　また勘当する？」

「いいや」父は短い沈黙ののちに答えた。「おまえがどのような結論を出そうと、それを尊重するよ」

　ジュリアのなかで感謝の念がわきおこる。気づいたときには手を伸ばし、父の手を握りしめていた。「ありがとう」喉の奥が詰まった。「その言葉をどんなに待っていたか」

　幸い、父はゆっくりとではあるが着実に回復し、日に日に顔色がよくなり、体力も取り戻していった。ジュリアはバースに戻る支度をしながら、家族と一から出なおせたことに喜びを感じていた。父は娘に対する態度をすっかり軟化させ、独裁的なところが消えて忍耐強くなり、ときには愛情めいたものを示すことすらあった。妻に対しても思いやり深く接するようになった。おそらく、結婚以来ずっと妻の献身ぶりを当然と思ってきた自分に気づいたのだろう。

　月曜日の朝、最後の荷物をまとめ終えると、ジュリアは父の寝室に別れを告げに行った。明日の初日とそのための稽古に向けて、今日中にバースに到着していなければまずい。意外にも父はひとりではなかった。一〇年以上もハーゲイト家の弁護士を務めている人物と一緒だった。「ああ、入りなさい、ジュリア」父は言った。「ミスター・ブリッジマンとの話がちょうど終わったところなのだよ」

ジュリアは弁護士とあいさつを交わし、彼が辞去するのを待って、問いかけるまなざしを父に向けた。

厳しい面持ちながらも、瞳の輝きから満足感に浸っているのがわかる。父はそばに座るよう娘を手招きした。「おまえに贈り物だ」

「贈り物？」ジュリアはわざと軽薄な声音を作り、ベッドのかたわらの椅子に腰を下ろした。

「もしかして、相続権を回復してくれたのかしら」

「ああ、元どおりにな。だがそれだけではないぞ」父はなにやら差しだした。羊皮紙につつまれた紙束だった。

「なんなの？」ためらいがちにたずねる。

「おまえの自由だ」

ジュリアは用心深くそれを受け取り、膝に置いた。

「婚姻契約書が入っている。結婚式を執り行った牧師には、登録を抹消するよう依頼しておこう。そうすれば結婚式が行われた痕跡はいっさい残らない」

ジュリアは無言だった。感謝の言葉を期待していたのだろう、父は眉をひそめた。「どうした。嬉しくないのか。ずっとおまえが求めていたものだろう」

「わたしが求めていたのは、そもそも結婚なんてさせられなかった自分よ」彼女は冷静さを取り戻そうとした。いまのこの気持ちがなんなのかよくわからない。看守から唐突に鍵を渡された囚人のような気分と言えばいいだろうか。予告もない突然の出来事に心の準備ができていない。

「その点は変えられんのだ」父が言った。「だが、償うよう努力したい」

父は父なりのやり方で、まちがいを犯したことを認めた。娘から奪ったものを返そうと最善を尽くしているのだ。父の言うとおり、過去は変えられない。だがふたりはいまや未来を手にし、それを望むように形作ることができる。紙束を口元に持っていき、ジュリアはその端越しに父を見やると、ほほえみを浮かべてみせた。

娘の目尻のしわを認めて、父は笑みをかえした。「では、これでよかったのだな」

ジュリアは紙束を下ろし、なめらかな表面を指先でなぞった。「お父様はわたしに、自分の道を歩む力をくださったわ。それ以上に嬉しいものはないの」

父は娘を見つめながらゆっくりと首を振った。「おまえは変わった娘だな、ジュリア。エヴァのようだったら、誰にとっても楽だったろうに」

「残念でした」ジュリアは口元に小さな笑みを浮かべたまま応じた。「大好きよ、お父様」

デイモンはバースの街にあっという間に飽きてしまった。買い物や社交行事には興味がないし、鉱泉水も、それが消化器官にもたらす効能もどうでもいい。けっきょくジュリアが戻るのをひたすら待つ以外にすることはなく、おかげで心底うんざりし、いらだちを募らせていた。ロンドンに帰れば忙しい日々が待っており、仕事や個人的問題にただちに対処しなければならないというのに、バースで無為な日々を強いられるとは。

　彼女を追わず街にとどまったのは、熟考の末の判断だ。アーリスやほかの団員たちを説き伏せてようやく、ジュリアが家族を見舞いに帰ったこと、火曜日にバースに戻る予定であることを聞きだした。おそらく母親が体調を崩し、父親がしぶしぶ娘を呼んだのだろう。

　帰るにあたりジュリアは、デイモンに同行を頼みさえしなかった。だが彼女がそれを望んだのなら仕方がない。それに、ハーゲイト家の家族の集まりに無理やり顔を出すつもりはない。子犬のように彼女のあとをついてまわるのもごめんだ。

　彼女がバースを発った翌日、デイモンが街から三キロほど離れたウェストンの村からロープレースのテラスハウスに戻ると、驚いたことに弟のウィリアムが来ていた。相変わらずおしゃれないでたちで、書斎のギリシャ風のカウチにブランデーグラス片手に寝そべっていた。兄が部屋に入ってくるのを認めるなり、ウィリアムはにっこりと笑って歓迎した。

「散歩？」ウィリアムはたずねた。兄が頬を紅潮させ、枯れ葉や秋風の匂いを身にまとっているのに気づいたのだろう。「バースの素敵な午後の時間、ほかにいくらでもやることはあるだろうに。女ざかりを過ぎたそこそこ美人なご婦人方と、とっととたわむれてきたらどう。ここならそれがたっぷり楽しめる。彼女たちも捨てたもんじゃない。容貌の衰えは、優しさや積極性で補って――」

「おまえの女性論は聞き飽きた」デイモンはむっつりとさえぎると、自分もグラスに酒を注ぎ、重厚な革張りの安楽椅子に座った。

ウィリアムが身を起こし、人好きのする笑みを浮かべる。「奥さんは元気?」

「ああ、元気だ」デイモンはいったん口を閉じ、ぞんざいにつけくわえた。「バースを発った」

「そうなんだ?」ウィリアムは好奇心旺盛なおうむのように首をかしげた。「いつ戻るの?」

「火曜日らしいが、直接聞いたわけではない」

兄の陰気な顔を見つめていたウィリアムは、抑えきれなくなったかのように噴きだした。

「まったく」弟は苦しそうにあえいだ。「皮肉だね、大勢の女性に言い寄られ、レディ・アシュトンにつきまとわれている兄上が、ジュリアには逃げられてばかりだなんて」

「いくらでも笑え」デイモンは不承不承、しかめっ面に笑みを浮かべた。「いつか彼女も、わたしのよさに気づくときがくる」

ウィリアムは休日の男子学生のようにくすくす笑っている。「ぼくは兄上をよくわかっているからね、どこがいけないのかすぐに見当がつく。少し助言すると――」

「いや、おまえはわかってない」デイモンはさえぎったが、弟はかまわずつづけた。

「まず、女は男に誠実さなんて求めていない。誘われ、惑わされ、口説かれたいんだ。そしてなににも増して重要なのは、ひとりの男のものになるのを彼女たちが望んでいないこと。女はたわむれが好きだからね。そうやって人を見下した顔をする前に、思いだしたほうがいいよ。ぼくは誘った女を必ず落としているだろう?」

デイモンは冷笑を浮かべた。「女給や女優が相手なら口説くのも簡単だろうな」

それまで自慢げな面持ちだったウィリアムが、わずかにむっとする。「ま、兄上にとってはジュリアを落とすのはなんでもないよね。すでに結婚しているんだから」

デイモンは弟をじっと見つめた。会話を楽しんでいる様子だが、表情にどこか緊張が走っている。なにか思うところがあるのだろう。デイモンは唐突に話題を変えた。

「バースになんの用だ、ウィル?」

「もちろん、『わが偽りのレディ』を観に来たんだよ。結末を知りたくって」ウィリアムはゆがんだ笑みを浮かべてみせたが、すぐにばつが悪そうに顔を引きつらせた。「それと……兄上にちょっと話がある」

「やはりな」デイモンはそっけなく応じた。「またなにか面倒を起こしたのか?」

「いいや。じつは……面倒なことになっているのは、今回は兄上なんだ。ぼくはそれに巻きこまれたかたちだね」

「どういうことだ」

ウィリアムは一瞬ためらい、ブランデーを勢いよくあおった。「ロンドンのぼくのアパートにポーリーンが来た」ぶっきらぼうに告げる。「じきに家族になるんだから、ぼくのことをもっとよく知りたいと言ってね。友だちになるのが当然、姉と弟のように助けあおうって」

「どうやって?」

「はっきりとは言わなかったけど……あの日のドレスの露出具合とか、ぼくに何度も触ってきたことなんかを考えると、きっとぼくを誘惑するつもりなんだ！　誓ってそそのかすようなことは言ってないよ。兄上のものに手を出そうなんてこれっぽっちも思わない。本当だよ、兄弟なんだから――」

「心配するな」デイモンは穏やかにさえぎった。「ポーリーンはほかになんと言った？」

「ぼくをさんざんおだてた挙げ句に、わたしたちは似た者同士だ、どれくらい似ているか知りたいでしょうって。当然ながら、わけがわからないふりをしたよ。できるだけ早く帰ってもらうよう、これでもがんばったんだ。でも……帰る前に、兄上がロンドンにいなくてさびしい、困ったときには会いに来てもいいでしょうって」

　デイモンはじっくりと考え、長々とため息をついた。安堵が全身に広がっていくのを感じながら「興味深い話だな」とつぶやく。これで望みの綱が太くなった。ポーリーンの妊娠が嘘なのはまちがいあるまい。ただひとつ意外なのは、弟を誘惑するなどという恥ずべき振る舞いに彼女が及んだことだ。だが筋はとおっている。まんまとウィリアムの子を妊娠できれば、デイモンにもよく似た子が生まれてくる。罪悪感に駆られたウィリアムはけがらわしい秘密、兄の跡継ぎが本当は自分の庶子だという事実をけっして明かさないと踏んだのだろう。

「怒ってないんだね？」ウィリアムは心底ほっとした様子でたずねた。

「少しも」デイモンはグラスを掲げて乾杯のまねごとをしてみせ、満面の笑みを浮かべた。

「礼を言うぞ、ウィル」

「なにに対して？」

「すぐに知らせてくれたことに。それから、おまえの自制心に。ポーリーンに誘われて断れる男は少ない」

「かんべんしてよ」ウィリアムはむっとして言った。「ぼくにだって好みがあるんだ」

「ときどき」デイモンは心のつぶやきを口にした。「おまえに期待してもいいのかなと思うよ」

「それじゃあ、シビル・ワイヴィルの一件はこれで帳消しだと思っていいのかな？」

「ほとんどな。最後にもうひとつだけ、ポーリーンとのことでおまえが手を貸してくれるなら……」

ウィリアムは身を乗りだし、ダークブルーの瞳を期待に躍らせた。「なにを企んでるんだい？」


ジュリアが戻るのを待ち、『わが偽りのレディ』の出演者と道具方は火曜日の朝、ニュー・シアターに集まった。嬉しいことに稽古は活気にあふれ、滞りなく進んだ。厳格で完璧主義者のローガンですら、満足げな表情を隠さないほどだった。彼は団員に二言三言、賞賛の言葉を贈ったあと、その晩の初演に向けてたっぷり休息、準備ができるよう、早めの解散を命じた。

ジュリアは、実家に帰っているあいだにアーリスになにかがあったのだと気づかずにはいられなかった。親友はきらきらと光り輝き、少女のようにはつらつとしていた。出番を待って舞台袖にいるときなど、マイケル・フィスクに目配せをし、軽率にもなにやら合図を送っていた。一方のフィスクはメアリー・ウッズへの関心などいっさい失った様子で、アーリスだけを見つめていた。ふたりが一緒にいるだけで、そこにロマンチックな空気が流れた。

稽古が終了するとすぐにジュリアは親友を隅に連れていき、期待をこめたまなざしで「どういうこと？」とせっついた。「わたしがいないあいだに、ミスター・フィスクとなにかあったんでしょう？　絶対に教えてもらうわよ」

アーリスは満足げに、輝くばかりの笑みを浮かべた。「あなたの言うとおりだったわ。あたしにはやっぱり、愛してくれる男性が合ってるみたい。ホテルで団員のみんなと遅い夕食をとったあと、マイケルのところに行ってね、ちょっと甘い言葉をささやきかけたの。彼ったらバターみたいにとろけちゃって。あたしを愛してるって言うのよ、ジェシカ！　あたしがどんな女だろうと、過去になにがあろうと関係ないんですって。どうしてそんなふうに思えるのって訊いたら、一目惚れだからって答えたのよ。男の人がそんなこと言うなんて、信じられる？」

「もちろん信じられるわ」ジュリアは心から嬉しく思った。「あなたは愛されるに値する人だもの。ようやく自分を利用しない男性を選んでくれて、本当によかった」言葉を切り、親友の顔をじっとのぞきこむ。「でも、ミスター・スコットへの熱い思いはどうなったの？」

「完璧に忘れたわ」アーリスは身を乗りだし、いたずらっぽく笑った。「言っておくけど、ミスター・スコットはただの冷血漢よ。誰のことも愛せないに決まってる」書割に修正を加えているフィスクの姿を視界にとらえ、華やいだ表情になる。「今日の午後はね、マイケルと一緒に書店めぐりをするの。そのあとはパン屋でジンジャーブレッドを買うわ。ジェシカも行かない？　少し気晴らししましょうよ」

本が山積みにされた露店本屋を冷やかしてまわるのは、たしかに楽しそうだ。「ありがとう」ジュリアはほほえみ交じりに応じた。「考えておくわ」

「ミセス・ウェントワース、ちょっといいか？」ローガンがいつものようにそっけない口調で会話に割って入り、ジュリアを脇に引っ張っていく。アーリスはほほえんでから、腰に両手をあてて、なまめかしく振りつつ、フィスクのほうに向かった。

ジュリアは問いかける目でローガンを見やった。今朝、顔を合わせたときは妙にぶっきらぼうにおかえりと言われ、父の容体を訊かれもしなかった。その後すぐに稽古に入ったので、忙しすぎてそれどころではないのか、他人の私生活に首を突っこむ気がなかったのだろう。

劇場の明るい照明がローガンの濃茶色の髪をきらめかせ、無骨な顔の陰影をさらに深くしている。「父上の容体は？」彼は前置きなしにたずねた。

「おかげさまで、ずいぶんよくなったわ」

「父上との確執は？　少しはわだかまりが解けたか？」

なぜか答えるのがためらわれた。あまりにも個人的な問題すぎて、他人と話してはいけない気がした。だがローガンとはすでに秘密を打ち明けた仲だ。彼が信頼できる人なのはわかっている。「ええ。父は自分の行いを後悔しているみたい。償うよう努力すると言ってくれたわ。それと、婚姻無効宣告を出したければ、うまく取り計らってくれるそうなの」

ローガンは好奇心に瞳を光らせた。「それで、どうするつもりだ？」

ふたたびデイモンと向きあうことを想像して、ジュリアは奇妙な、どこか心地よい緊張につつまれるのを覚えた。「わからないわ」思わず額に深いしわが寄る。「彼の元に行き、心から愛してる、どんな犠牲を払ってでも一緒にいたいって伝えたい気持ちもあるの。その一方で、ほかのことなどどうでもいいくらい舞台を大切に思う自分もいる。ふたつのうちのどちらかを選ぶのがこんなに難しいとは夢にも思わなかった」

「第三の道もあるぞ」ローガンは謎めいた表情で言った。

「どういう意味？」

「いずれ話そう」

ジュリアは当惑し、歩み去るローガンの後ろ姿を見つめた。ふいにぷっと噴きだす。ローガンはいつもそうだ。謎めいた言葉を残してさっさと消えてしまう。やはり根っからの役者なのだろう。観客の心をつかみ、それを逃さずにいるすべを心得ている。

露店本屋が立ち並ぶあいだをのんびりと歩きながら、ジュリアは革と本の埃の匂いが入り交じったすがすがしい空気に存分に身を浸した。新しい本もあれば、古い本もある。どれもみな、現実逃避して新しい世界をのぞいてごらんと誘うようだ。おかげでジュリアは買いすぎ、しまいには腕に抱えた本がぶざまな山をなし、危なげにぐらぐら揺れる始末だった。アーリスとフィスクは本などそっちのけでお互いに夢中になっている。くすくす笑いながらささやいたり、意味ありげなまなざしを交わしたり、誰にも見られていないと思っているのか、ときおりこっそりと互いの体に触れたりしている。

もう十分すぎるくらい買ったと思ったジュリアだったが、表紙に真紅と金色の浮き彫りがほどこされた一冊に目を奪われ、その分厚い本を思わず手にとった。最初の数ページに目をとおしたところで、聞き覚えのある声が近くから聞こえてきた。耳をそばだて、ヴェール越しに目を凝らし、ようやく声の主を見つける。

少し離れた店先に、背が高く浅黒い肌をした男性の姿を認めたとたん、胸がどきんと鳴った。カラスを思わせる漆黒の髪、人目を引く彫りの深い横顔。デイモン……彼女は一瞬思い、すぐに夫ではないことに気づいた。あれは弟のウィリアム卿だ。周囲の本には大して興味も示さず、姿の見えない連れの人間に、もう帰ろうと文句を言っている。「本を漁るよりももっとおもしろいことがあるよ」いらだたしげな声が聞こえた。「まだ飽きないのかい、兄上？」

デイモンもいるのだわ。ジュリアは周囲にすばやく視線を投げ、すぐに、見まちがえようのない広い背中を見つけた。その鋭いまなざしに気づいたのだろう、彼は流れるような動きで振りかえり、彼女をまっすぐに見つめた。その瞳がたちまち輝く。だがジュリアはさっと背を向け、本が並ぶテーブルに視線を移した。心臓が不規則に鼓動を打っている。重たい本を胸に抱き寄せ、まぶたを半分閉じ、彼は来るだろうかと考える。

しばらくして、背後にデイモンの気配を感じた。すぐ近くにいるのに触れはせず、ただ、帽子のつばから広がるヴェールが彼の息でかすかに揺れている。露店の喧騒越しに、ささやくような声が聞こえた。その声のやわらかさに、ともに過ごした最後の晩の優しい会話が思いだされた。

「バッキンガムシャーへの旅はどうだった？」

顔が見たいのに、足に根が生えたように動けない。緊張のあまり、勢いよく言葉があふれそうになった。やっとの思いでそれを抑えつけ、穏やかに答える。「父が熱病で倒れたの。知らせを聞いてすぐに向こうに帰ったのよ」

「父上が」デイモンは意外そうに言った。「てっきり母上かと――」

「母はとても元気よ。父の看病をしているわ。父もだいぶよくなったみたい。父とは……仲直りしたわ」腕に手が置かれ、振りかえるよう促される。ジュリアは本の山を抱えたまま従った。きらめく灰色の瞳がヴェール越しにもはっきりと見えたが、表情はよそよそしいものだった。

「それはよかった」デイモンは静かな口調で言った。「長い道のりだったな。きみも父上も、さぞかしほっとしただろう」

「ええ」彼を見つめながら、ジュリアは息苦しさを覚えた。どうして彼はこうも魅力的なのだろう。どうしていつもきまじめな、陰気な顔をしているのだろう。どうして自分は、彼を見るたびにみだらな思いにとらわれてしまうのだろう。あの固く結ばれた唇に、記憶のなかにあるとおりの情熱とやわらかさを呼び覚ましたい。本の山を地面に落とし、大きく温かな手をとって引き寄せたい。デイモンがほしくてたまらなかった。それなのに彼は、同じ気持ちでいるそぶりすら見せない。「あの……バースを発つときに知らせなくてごめんなさい。とにかく急いでいたものだから――」

「別にいい」デイモンは平然と応じ、腕のなかの本に手を伸ばした。「わたしが持とう」

「ありがとう、でも平気よ」ジュリアは後ずさり、荷物を抱く腕に力をこめた。

拒絶を予想していたような面持ちでデイモンが短くうなずく。「きみにちょっと話が」彼は淡々と告げた。「今夜、ロンドンに戻ることになった。ずいぶん長いあいだ仕事やもろもろのことをほったらかしにしてしまったからな」

「そうなの」ジュリアはさりげない笑みを浮かべた。ヴェールを着けてきてよかった。急にしゅんとしたのを彼に見破られずにすむ。胸のなかの空虚が一瞬にして全身に広がっていくようだ。「レディ・アシュトンに会うの？」内なる悪魔にそそのかされたかのように、問いかけが口をついて出た。

「たぶん」

そっけなくかえされて、それ以上は訊けなかった。胸の内に疑問があふれ、むしばむような不安にとらわれる。デイモンとレディ・アシュトンはこれからどうするのだろう。おそらく彼は和解を試みようとするだろう。当然ながらレディ・アシュトンはそれを受け入れる。喜んで彼を迎え入れ、ふたりは子どもが生まれたあとの人生計画を練り始めるのだ。

心を責め苛む想像を頭から振り払い、ジュリアは静かにたずねた。「バースには戻ってくるの？」

デイモンは視線を彼女に注いだまま、しばしためらってから質問でかえした。「戻ってほしいのか？」

ええ。胸のなかで叫びながら、ジュリアは決めかねていた。いまできるのは、無言で彼を見つめることだけだ。

「まったく……いったいわたしにどうしてほしいんだ、ジュリア？」

答える前に、責めるような、からかうようなアーリスの声が聞こえてきた。「……あたしの名前をまだ覚えていただなんて、驚きだわ。一夜かぎりの遊び相手だとはっきり言ったくせに」

どうやらウィリアムがアーリスの姿を見つけ、すぐさま近づいたらしい。ジュリアは事態がどうなっているのか目で確認しようと振りかえった。ウィリアムは舐めるようにアーリスを見つめ、アーリスは挑むような目つきで応じ、フィスクはけんか腰でふたりのほうに大またで向かうところだ。殴りあいになるにちがいない。そのようなことになったら、親友とフィスクのあいだに芽生えたロマンスはいったいどうなってしまうのか。

「お願い」ジュリアは思わずデイモンに助けを求めた。「弟さんに面倒を起こさせないで」

デイモンは気にも留めていない様子だ。「心配無用だ。きみの愚かな友人がウィリアムをそそのかさないかぎりはな」

ジュリアは口のなかで悪態をついた。ウィリアムは一時のいやらしい感情ですべてを台無しにしてしまうにちがいない。あからさまな口説き文句でアーリスの傷ついたプライドをなだめ、気がすんだらまた彼女を捨てる。さすがのフィスクも、そうなればもうアーリスとかかわりたいとは思わなくなるだろう。

ウィリアムがアーリスにほほえみ、ダークブルーの瞳が魅惑的に光った。「もちろん、きみの名前は覚えているよ。名前と、そのほかにもたくさん。きみに会いたくて、きみの魅力が忘れられなくて、バースまでやってきたんだ」

見え透いたお世辞にアーリスは抵抗できないようだ。「わたしに会いにわざわざバースまで？」と用心深くたずねる。

「もちろんさ。ここにはほかに楽しいことなんてないからね」

そこへフィスクが加わり、ライバルをきっとにらみつける。かわいい雑種犬が、優雅なサラブレッドに挑んでいるかのようだ。「アーリスはぼくと一緒にいるんだ。向こうに行ってくれ。二度と彼女を困らせるな」

ウィリアムは愉快そうな顔でアーリスに問いかけた。「ぼくに話しかけられて、困っているのかい？」

当のアーリスはふたりの男に挟まれて、豊かな巻き毛を揺らしながらふたりを交互に見ている。やがて彼女はおずおずとフィスクのほうに少しだけ身を寄せた。「今日はミスター・フィスクと一緒だから」とつぶやく声は、いかにも自信がなさそうだ。だが小さな一歩はフィスクを大きく後押しした。

彼はすかさずアーリスを抱き寄せ、荒々しく唇を重ねた。大胆な振る舞いにアーリスが笑い、フィスクは彼女を抱き上げると、ひょいと肩にかついだ。甲高い叫び声とくすくす笑いが市場に響き渡り、アーリスを肩に乗せたまま歩み去るフィスクを誰もが振りかえって見る。

「ちょっと待てよ……」ウィリアムは抗議し、ふたりのあとを追おうとした。だがすぐに兄に腕をつかまれた。

「ウィル……退屈しのぎならほかの相手を探せ」

ウィリアムはためらい、去っていくふたりを見やった。「やりがいがあるほうが好きなのに」と物欲しげにつぶやく。

「彼女はやめておけ」デイモンは言った。「もう十分だろう。それにおまえは今夜わたしと一緒にロンドンに戻る予定だぞ。忘れたか？」

ウィリアムは不平をこぼしつつうなずいた。すぐにいつもの元気を取り戻すと、ジュリアにいたずらっぽい視線を投げ、兄に戻す。「ぼくからの助言も忘れないようにね」と言うと、彼は大っぴらにウインクをして、さっさと立ち去った。

ジュリアはデイモンに向きなおった。「なにを助言されたの？」

「弟によると女性は誘われ、惑わされたがっているらしい」

ジュリアは苦笑いを浮かべた。「弟さんは女性についてもっと研究したほうがいいみたいね」

「きみの友だちはきみを置いていってしまったらしいな。どこかに行くならエスコートしよう」

ジュリアは首を振り、断りの文句をつぶやいた。「宿までは歩いてすぐだから」

「きみって人は、片手でわたしを誘いながら、もう一方の手で追い払うんだな。思わせぶりな女だと噂されても知らんぞ」

「わたしのことをそんなふうに思っているの？」

「きみほど腹立たしい女性はいない」という声はからかうようだが、視線はぬくもりに満ちている。「なにがほしいのか決めたまえ、ジュリア。すぐに。わたしの忍耐力にも限界がある」デイモンはジュリアを市場に残して歩み去った。その背中を見つめながら、彼女はヴェールの下で顔をしかめた。

ロンドンで『わが偽りのレディ』に降りかかった悲運がバースにも広まっていたにもかかわらず、ニュー・シアターは満員御礼で、場内は人であふれかえるようだった。バースで名の知れた人はひとり残らず観覧に来ているのではないかと思われるほどで、開演を待つ客席は熱気につつまれている。ジュリアは袖で出番を待ちながら、薄闇のなか、通りすがりに激励の言葉をくれる団員たちに笑顔で応えた。

作品にふさわしい成功をおさめるため、今夜の舞台に意識を集中させようとする。だが、ここ数日の出来事を頭から振り払えなかった。父との和解、デイモンとの昼間の会話、いつでも彼から自由になれるという事実が脳裏にこびりついて離れない。デイモンの言うとおりだ。心の平穏のためにも、早く決断するべきだろう。

女優業はつらいことも多い。だが彼女はこの仕事を、仕事によって得られる興奮と充足感を愛している。永遠に舞台を離れるなど考えられない。しかし、デイモンに二度と会えないと思うと……もっとひどければ彼がほかの誰かと結婚し、自分は誰からも愛されない一生を送るのではないかと思うと、それもまた耐えられなかった。

「舞台以外のことを考えているな」という声に肩越しに振りかえると、ローガンが立っていた。

「ええ、いろいろとね。どうしてわかるの？」

「緊張で肩が耳まで上がっていた」

ジュリアはしかめっ面をし、肩の力を抜いた。深く息を吸って、しばし止め、ゆっくりと吐く。あらためて振りかえると、ローガンは満足げな表情を浮かべていた。

「それでいい」

思案顔で舞台に目をやる。幕が下りているので、大道具や書割の輪郭がぼんやりと見えるだけだ。幕が上がる直前のこの瞬間、期待が全身を駆け抜けるこのときが、彼女は大好きだった。だがなぜかいまは、その感情に勝る悲嘆に襲われている。きれいに包装された箱を開けてみたら中身が空っぽで、がっかりしている少女のような心持ちだ。「いつまで舞台に立っていられるかしら？」ほとんどひとり言のように問いかけた。「あと一〇年？　それとも二〇年？」

ローガンがとなりに来て、じろじろと顔をのぞきこむ。「まだまだずっと立っていられるさ。年をとればとったで、もっと難解なものも含め、いろいろな役に挑戦できる演技力がついてくる」

ジュリアの口元にわびしげな笑みが浮かぶ。「それだけで満足できるのかしら？」

「その質問に答えられるのは自分だけだ」

ふたりは無言のまま、幕が上がり、現実が空想に取って代わられるときを待った。

物語は驚くほどの速さで流れていった。二時間の舞台の一場面、一場面が、まるでひとつになったかのように切れ目なくつながっていた。袖で出番を待つとき、あるいは衣装を着替えるとき、ジュリアは次の出番が待ちきれない思いだった。観客をとりこにしている俳優たちに自分もくぎづけになった。舞台に立ち、せりふを口にするときには、魔法を使っている気分だった。観客が自分の一言一言に夢中になっているのが、一挙手一投足を、かすかに首をかしげるしぐささえも見逃すまいとしているのがわかった。

ローガンとの舞台でこれほどまでに満足のいく演技ができたのは初めてだ。ふたりのシーンは生き生きしたユーモアと切望感にあふれていた。しばし自分が自分であることを忘れてしまうほどだった。演じること以外なにも考えられなくなり、観客に伝えるべき感情だけが胸の内を満たす。幕が下りたときには、周囲の期待に応えられた、全力で演じきったという達成感があった。意気揚々たる面持ちで、ローガンに手を引かれて幕の前に立ち、嵐のごとき拍手と歓声を浴びた。

頬を紅潮させ、おじぎをして声援に応じる。拍手は延々と鳴りやまず、そろそろいいだろうと思って袖に下がろうとするとローガンに手をつかまれ、中央に戻された。歓声がますます大きくなる。舞台に花束や小さな贈り物が投げられ、山をなしていった。ローガンはそのなかから一輪の純白の薔薇を拾い上げると、ジュリアに手渡した。彼女は長い茎を指で持ち、もう一度おじぎをしてから、客がもっととせがむ声を聞きつつ袖に戻った。

舞台裏では団員たちから口々におめでとうと言われ、照れくささに笑ってごまかした。メイドのベッツィとともに専用の楽屋に下がる。「レモネードをご用意しておきました」ベッツィはそう告げると、舞台のあとはしばらくひとりになりたがるジュリアに配慮し、扉のほうに向かった。「あとで衣装を取りに来ますね」

「ありがとう」ジュリアは言い、小さな部屋の静けさのなかで安堵のため息をもらした。鏡の前に立ち、ドレスの前の紐をほどいていく。すでに舞台での興奮は消えつつあり、疲れだけが残っている。ドレスは脇の下に汗染みが広がり、舞台化粧はよれてまだらになっている。

鏡に映る自分をじっと見ていると、部屋に黒い人影が現れた。驚いてくるりと振りかえったとたん、小さな悲鳴がもれた。デイモンが目の前に立っていた。今夜来るとは思わなかった。彼が舞台を見てなにを感じたかはわからないが、喜びや誇りでないのはたしかだ。頬と鼻梁を赤く染め、灰色の瞳をぎらつかせている。怒っているのだ。その怒りから逃れることはできないだろう。

11

驚きとともに無言で夫を見つめたジュリアは、わずか二歩で歩み寄る彼に抵抗もせず、鏡に背をつけた。大きな手が腕をつかみ、もう一方の手が顔に近づいてきて、指先が顎をつつみこむ。

「今夜ロンドンに発つのではなかったの？」ジュリアはやっとの思いでたずねた。

「その前にきみに会うべきだと思った」

「舞台を観たんでしょう――」

「ああ、観た。嬉々として演じていたな。このいまいましい場所がきみやほかの団員たちにとって、どれだけ重要かわかった」

彼の怒りに困惑して、ジュリアは首を振った。

顎をつかんだ指に痛いほど力がこめられる。「こっちを選ぶつもりなんだな？」デイモンは歯を食いしばるようにして言った。「あきらめられないんだろう？　本当のことを言え、ジュリア」

「いまは無理――」

「いま言うんだ。ロンドンに発つ前に聞いておく必要がある」

「わたしのためにすべてを犠牲にしてと言ったら、あなたならどうする?」

「それがきみの答えか?」

「なにが訊きたいのかさえわからないわ」ジュリアは大声をあげ、彼から逃れようともがいた。

「わたしはきみがほしい」

「でもあなたのやり方に従えというのでしょう?」

「ああ、そうだ。サヴェージの名を名乗り、わが屋敷に住み、わたしのベッドで毎晩眠ってもらう。きみのすべてがほしい……感情も、言葉も、なにもかもすべて」

ジュリアはふいに身をよじるのをやめた。唇が重ねられ、そのぬくもりと舌が呼吸を奪う。唇に口づけを、魂に嫉妬深い情熱を刻みこもうとするかのようだった。抱きしめる腕はたくましかった。やわらかな曲線を描く体を両手で荒々しくつかみ、身をかがめる。ジュリアは思わず背を反らせながら、反応してはいけないと思った。だが胸の内で荒れ狂うものに突き動かされ、やるせなさにすすり泣きをもらしつつ身をゆだねた。

両手を彼の首にまわし、黒髪をぎゅっとつかんで抱き寄せる。デイモンは切迫感を帯びた声でうめき、彼女の臀部に手をあてて体を引き寄せた。「きみはわたしのものだ」首筋に顔をうずめて言い、やわらかな肌に歯とひげがあたった。「どうあがいても、きみはわたしから自由になれない」

ジュリアはその言葉を上の空で聞き、デイモンだけが与えてくれる喜びを求めて、やみくもに身を任せた。大きな両の手のひらが身ごろを這い、生地の端を探りあてると、紐がほどけるまで大きく広げた。シュミーズを引き下ろし、乳房を探す。温かな指が乳房を下からつつみこみ、親指がつぼみをなぞった。ジュリアはあえぎながらすべてを差しだし、口を開けて受け入れ、彼の手に胸を押しあてた。

彼は化粧台を背にしたジュリアの胸元に身をかがめ、硬く尖った乳首を口に含み、舌で愛撫した。ジュリアは彼にしがみつき、たくましい体を脚のあいだに引き寄せ、両腕を腰にまわした。唇が反対の乳房に移動し、薔薇色のつぼみを舐め、引っ張る。欲望と拒絶の狭間に立たされながら、ジュリアは考えた。こんなにも激しく求めているものこそが身の破滅をもたらすのだと。

「お願いだからやめて」喉の奥から絞りだすようにかすれた声で彼女は懇願した。「お願いよ……こんなことはしたくない」

デイモンは聞く耳を持たない様子だった。徐々に反応を示し始める彼女の体に意識を集中させ、飢えたように素肌に唇を這わせていた。ジュリアは彼の胸板と頭を、最初は遠慮がちに、次はもっと力をこめて押しやった。やがて抱きしめる腕から力が抜けるのがわかった。

デイモンは射るような目で彼女を見つめ、両手で頭をぐっと挟んで動けなくした。「ロンドンに戻る」と荒々しく言う。「そのあと、きみのもとに戻ってくる」

「やめて――」

「きみを離しはしない。わたしの目を見て、愛していないと言うまでは……これからの一生を、わたしを求めることなく生きていけると言うまでは」

ジュリアは唇を震わせたが、声を出せなかった。

そのとき取っ手がまわるかちゃりという小さな音が聞こえ、ふたりはともにはっとした。メイドのベッツィが着替えの入った籠を手に戸口に立っていた。「すみません」客人がいるのに気づいて目をまん丸にして叫ぶ。

デイモンはさっとジュリアの前に立ちはだかり、ぎこちなく身ごろの紐を直す姿が見えないようにした。「申し訳ありません、ミセス・ウェントワース」メイドはつぶやき、すぐに出ていくと、ぴったりと扉を閉じた。

ジュリアは頰を紅潮させ、彼の鋭いまなざしを感じながら懸命に身だしなみを整えた。「戻ってこないで」視線を避けながら訴える。「しばらく会いたくないの。考える時間がほしいのよ」

「わたしと出会う前の日々がいずれ戻ってくると、自分を納得させる時間がほしいだけだろう。そんなことをしても意味がないぞ、ジュリア。きみはもう以前のきみには戻れない……わたしだってそうだ」

「あなたといると、わたしは演じることができなくなってしまう。ほかのことにいっさい集中できないの」

「すぐに戻る」デイモンは言い募った。「そのときは、きっぱりと片をつけよう」

ジュリアは身じろぎもせず、部屋を出ていくデイモンをただ見ていた。化粧台に寄りかかって体を支え、震える吐息をもらす。家を出て以来ずっと、おのれの生き方を厳しく律してきたというのに、ついにその手を緩めてしまったようだ。父にもらった書類、自由への鍵について思いをめぐらせる。あれを使う勇気を奮いたたせられるだろうか。考えたとたんに頭のなかが真っ白になるのが不快だった。デイモンを失うのが、彼にすべてをゆだねるのと同じくらい怖くてならない。

ジュリアはゆっくりとドレスを脱ぎ、床に落ちるがままに任せた。「ミセス・ウェントワース？」というベッツィの声と、遠慮がちに扉をたたく音が聞こえる。

「どうぞ、入って」

メイドは顔を真っ赤にしていた。「先ほどは申し訳ありません、ちっとも気づかなくて――」

「いいのよ、気にしないで」ジュリアは抑揚のない声で応じた。「それよりも、着替えを手伝ってくれる？」

緑色のシルクドレスに着替え、背中に並ぶボタンをベッツィに留めてもらう。髪を結い上げて頭頂部に留めてから、顔を洗い、鏡をのぞきこんだ。唇はやわらかさを増して腫れており、頬は紅潮し、首筋にはためにもわかるほどはっきりと、ひげでこすれた跡が残っている。ドレスの襞襟を整えて跡を隠していると、扉の向こうからローガンの低い声が聞こえてきた。

「ミセス・ウェントワース、話があるんだが」

招き入れるよう、ジュリアはメイドに身振りで指示した。ローガンもすでに着替えをすませ、舞台化粧を落としていた。濡れた髪がチェリーウッドを思わせる暗赤色にきらめいている。

ドレスの入った籠を抱えたベッツィが、おやすみなさいませと言って部屋を出ていった。

「今夜の演技には満足いただけたかしら。それとも小言を聞かせに来たの？」

ローガンは笑みを浮かべた。「きみは、わたしのあらゆる期待を上まわる演技を見せてくれた。きみの素晴らしさに、わたしを含めた共演者も輝いたくらいだったよ」

惜しみない賛辞はまったく思いがけないもので、ジュリアはまごついた。おずおずと彼にほほえみかけ、化粧台に向きなおって、そこに並んだものを整頓する。

「サヴェージ卿が舞台裏に向かうのを見かけた。その顔から想像するに、賛辞をもらったわけではなさそうだな」

「ええ」ジュリアは手を休め、指先が白くなるくらいきつくテーブルの表面に押しあてた。鏡に映る表情から、なにがあったのか悟られまいとする。

ローガンは思案げに彼女を見つめてから、なにかを決心したように短くうなずいた。「一緒に来てくれ、ジュリア。最近考えていたあることについて、きみと話がしたい」

驚きを隠せずに、彼女は思わず振りかえった。「でも、もうこんな時間よ」

「夜中前には宿に送り届けよう」ローガンは大きな口に笑みを浮かべた。「きみの将来についてわたしから提案がある」

ジュリアは好奇心をかきたてられた。「なんなの？」

「ふたりきりで話そう」ローガンはそっと彼女の腕をつかみ、楽屋の外へといざなった。

「どこに行くの？」マントをとり、部屋をあとにしながらたずねる。

「川沿いに別荘を持ってる」

当惑を覚えつつもそれ以上はたずねず、彼についていった。それにしても、どうして別荘まで見せてくれるのだろう。用心深く守ってきたはずの私生活に、さらに一歩足を踏み入れることをどうして許してくれるのだろう。

劇場の外に群がっていた観客のあいだを縫うようにして、ふたりは馬車に乗りこんだ。たどり着いた先には、こぢんまりとした造りながら優雅なヴィラが木々に囲まれて立っていた。ロンドンのスコット邸同様、イタリア風のしつらえで、豪奢なのに落ち着いた雰囲気を醸しだしている。

応接間に案内されたジュリアは、ワイングラス片手にアンピール様式のソファにゆったりと腰かけ、期待をこめた目でローガンを見つめた。彼は窓辺で、大理石の天板ののったローテーブルの前に立ち、美しく並べられた置物をもてあそんでいる。中国の壺やマラカイトの小箱、ルイ一四世時代のものとおぼしき黒檀の置き時計。彼は機嫌をはかるように横目でジュリアを見やった。

「その表情からして、わたしになにか提案があるんでしょう？」

「そのとおり」ローガンは拍子抜けするほどあっさりと認めた。「だがその前に、サヴェージ卿とのことがどうなっているか聞かせてほしい」

ジュリアはグラスに浮かぶコルクかすを取り除く作業に夢中なふりをした。しばらくしてから顔を上げ、こわばった笑みを浮かべてたずねた。「どうしてそんなことを知りたいのか、理由を訊いてもいいかしら」

「きみたちの間柄……婚姻関係の邪魔をしたくはない」

「結婚していると言っても名ばかりだもの」ジュリアは気のない声で応じた。「婚姻無効宣告を出したほうがお互いのためだとわかっているの。でもサヴェージ卿は同意しないわ……それに彼は、自分の求めるものを手に入れるためならなんでもする人だから」

「そして彼は、きみを求めている」ローガンは静かに言った。

「彼が求めているのは平凡な妻よ」ジュリアはワインを口に含んだ。「わたしにレディ・サヴェージになってほしい、ジェシカ・ウェントワースとしての過去をすべて捨ててほしいと願っているの」

「それは不可能だな。きみのような才能のある人には無理な話だ」

「男に生まれればよかった」苦々しげに言う。「そうすればすべてを手に入れられたのに。仕事も、家族も、自分で物事を決める自由も……誰にも非難されることなくね。でもわたしは女。なにを選ぼうと不幸が待っている」

「たぶん、選んでしばらくのあいだはな。なにかを、あるいは誰かを失った悲しみは、ときとともに薄らぐものだ」

あたかも心を鋼の入れ物にしまいこんだかのように、ローガンは恐ろしいほど淡々と、冷静に語った。その落ち着きぶりをうらやむべきなのか、それとも不快に思うべきなのか。

「提案があると言ったわね?」

彼はソファに歩み寄り、端に腰を下ろすと、事務的な口調でさらりと告げた。「今後数年間で、わたしはキャピタルを変えようと思っている」

「つまり?」

「世界一の演劇集団にしたい。そのためにはきみが必要だ」

「そこまでわたしを買ってくれるなんて、お世辞でも嬉しいわ」

「わたしは誰にもお世辞など言わないよ、ジュリア。とりわけ、敬意を払ってる人間に対しては。自分でももうわかっているだろう、キャピタルをもっと大きくするにはきみは欠かせない人材だ。引きとめるためなら、利益の一部を喜んで分け与えるつもりでいる」

ジュリアは驚きのあまり言葉も出ない。ローガンがほかの俳優にそのような申し出をするところなど見たこともなかった。

「きみへの投資を無駄にしないためなら」彼はつづけた。「友人にとって難しい選択を容易にしてやるためなら、わたしはどんなことだってする」

ジュリアは首をかしげ、当惑気味に眉をひそめつつその言葉の意味するところを考えた。

「それはつまり……仕事のパートナーのような立場をくれるということ?」

「そういうふうに言ってもいいだろう。だが、仕事以外の面でもパートナーになってほしいと思っている」

仕事以外の面？　ジュリアはまじまじとローガンを見つめた。表情を見るかぎりでは、その言葉に性的な意味が含まれているようには思えない。ではどういう意味なのだろう。このような会話はまったく予想外で、ジュリアはいぶかしんだ。「説明してくれないとわからないわ」

ローガンは濃茶色の髪をぼんやりと引っ張った。「以前、愛など信じていないと言っただろう。だがわたしは、友情は信じている。敬意と誠意の上に成り立つからだ。愛のために結婚するつもりはないが、実際的な理由から結婚するのはありだと思っている」

「結婚？」ジュリアはおうむがえしに言い、あまりの驚きに声をあげて笑った。「まさかあなたとわたしが……愛してもいない男性と結婚なんてできないわ！」

「どうして？」ローガンは穏やかにたずねた。「結婚による利益はすべて与えよう。きみの話し相手になり、きみを守り、大切にする。義務はいっさい負わせない。嘘っぱちの誓いも、感情のもつれもふたりのあいだにはない。あるのは、友人同士がお互いに与えられる安心感だけだ。考えてみてくれ、ジュリア。ふたりで力を合わせれば、いままでになかった演劇集団を作れる。わたしたちはきみが思っているよりもずっと共通点が多い。蔑みの目で見るくせにわれわれの与えるものを求める、あの社交界の末端で生きている」

「でも、どうして結婚する必要があるの？」

「妻になれば、ロンドンやパリやローマの社交行事にきみを同伴できる。きみは好きなだけ演劇に打ちこめばいいいし、役も自分で選んでいい。キャピタルのために作品を書くのもいいだろう。この業界でそこまでの影響力を持てた女性はまだいない」

「よりによって、新たに結婚話をされるとは思わなかったわ」ジュリアは呆然とつぶやいた。

「だが両者には大いにちがいがある。サヴェージはきみを妻にすることで、きみのすべてを自分のものにしようとしている。一方のわたしは、ふたりが金銭面でも芸術面でも成功をおさめるために、きみを妻にしようと申してている」

動揺した彼女は一気にワインを飲み干し、グラスを脇に置いた。立ち上がり、室内を行ったり来たりしながら、長袖の上からくりかえし腕を撫でる。「夜は……一緒に眠るの？」彼を見ずにたずねた。「それも取り決めのひとつに含まれる？」

「お互いそれがいいと思うなら、もちろんそうしよう。だが当面はそれぞれの興味の対象を追うべきだな。きみを束縛するつもりはない。きみに対してなんらかの権利を振りかざすつもりもない。ただし、わたしにも同じように接してほしい」

懸命に気持ちを落ち着け、ジュリアはローガンに向きなおり、真正面から見つめた。ソファにゆったりと座った彼は完璧にくつろいだ様子で、結婚というよりも午後の紅茶を申しこんだあとのようだ。「どうしてわたしなの？」彼女はぶっきらぼうに問いただした。「結婚相手ならいくらでもいるでしょう。あなたのような財力を持った男性を家族の一員に迎えたがっている、貴族のお嬢さんとか」

「男に依存したり、社会奉仕活動に夢中だったりする娘に興味はない。わたしに必要なのは、同じゴールを目指すパートナーだ。きみは女優として、わたしですら見たこともないほどの可能性を秘めている。ひとりの人間としても……好意は抱いている。わたしたちはきっとうまくいく」青く鋭い瞳が、彼女の蒼白な顔だけに向けられる。「それに」彼は優しくつけくわえた。「きみはその板挟み状態からも逃れられる。わたしの妻になれば、サヴェージは二度とうるさく言ってこないだろう」

ローガンを見つめかえしながら、ふいに、青い瞳ではなく銀色がかった灰色の瞳をのぞきこんでいる気持ちになった。デイモンの声が脳裏をよぎる。どうあがいても、きみはわたしから自由になれない。

自立心と女優としてのキャリアを奪おうとする彼から逃れるには、これしか方法はないのかもしれない。心の奥底ではわかっている。ローガンの差し伸べてくれた手をとらなければ、自分はデイモンの激しい情熱に応えてしまう。彼に口説かれ、説得され、押しきられて……その後の人生を後悔とともに生きることになる。デイモンを愛している。でも、彼が望むような女性にはなれない。

胸のなかは不安でいっぱいだったし、これまでさんざん否定してきた可能性ではあるが、ほかに選択肢はないように思われた。ようやく口を開いたとき、自分の弱々しい声がどこか遠くから聞こえてくる気がした。「先に……いくつか片づけなければならないことがあるわ」

「それはそうだろう」ローガンの瞳が満足げに光った。「式はいつがいい？」

「できるだけ早く」ジュリアは硬い声で言った。「すぐにすませてしまいたいわ」

ローガンが歩み寄り、男性的な魅力をたたえた顔を気づかうように和らげる。「ジュリア、乗り気でないのなら——」

「いいえ」彼女はさえぎり、背筋を伸ばした。「これが正しい決断なんだもの」

「わかった」彼は手を伸ばし、ジュリアの腕をそっとつかんだ。「わたしたちはいい友だちになれる、ジュリア。これからずっと」

彼女はうなずき、ほほえんだ。だが、まるで花崗岩のかたまりをのみこんだかのように、重苦しさが胸の内に広がっていた。

翌朝、ジュリアが宿泊している宿に、友人であり演技の指導者でもあるミセス・フローレンスからの手紙が届いた。保養と社交のためにバースに来ており、『わが偽りのレディ』もすでに観たが、素晴らしい出来だったと賞賛してくれていた。パンプルームがにぎわう午前中に会わないかとの誘いも受け、ジュリアは一も二もなく応じた。ロンドンで最後にミセス・フローレンスと会ったのは、せっかく同じ通りに住んでいるというのにもう数カ月も前の話だ。あっという間に時が流れてしまって、会いに行く時間すら作ろうとしなかった自分に罪悪感を覚えた。

パンプルームに着くと、老婦人は相変わらず元気そうだった。色褪せた赤毛はおしゃれに巻いて結い上げ、表情にはほれぼれするような知性が宿っている。彼女はじつに上手に年を重ねていた。あたかも時を経てゆっくりと風化し落ち着きを増す、大理石の彫像のようだった。老婦人は小さなテーブルに着き、鉱泉水のグラスを前に、かたわらの弦楽四重奏団の演奏に耳を傾けていた。ジュリアの姿を認めるなり、期待に瞳を輝かせる。

「ミセス・フローレンス」心底嬉しくて、ジュリアは大声で呼んだ。まさに助言を求めているときに彼女がバースに来てくれたのは幸いとしか言いようがない。となりの椅子に腰を下ろすと、老婦人のやわらかな、こまかいしわの走る手を握りしめた。指には大ぶりな宝石のついた指輪がいくつもはめられており、手首には細い真珠とガーネットの腕輪がきらめいている。「相変わらずおきれいだわ」

「ずいぶんごぶさたじゃないの」ミセス・フローレンスは優しく不満をもらした。「仕方がないから、わたしのほうからバースにやってきたわ」

ジュリアは大慌てで、ぎこちない笑みを浮かべながら謝罪の言葉を口にし、釈明を始めた。

「ものすごく忙しかったの。想像できないでしょうけれど――」

「あら、だいたい想像がつくわ」老婦人はそっけなくさえぎった。「有名女優がどれほど忙しいか、忘れてしまうほど老いぼれてはいないもの」愛情たっぷりにジュリアを見つめる。

「ヴェールは上げなさいな。崇拝者も詮索好きな連中も、わたしが追い払ってあげるから」

ジュリアは言われたとおり小さな帽子からヴェールを上げた。たちまち周囲に好奇心に満ちた空気が流れだし、人びとの視線が自分に注がれる。肉づきのよい女性がふたり、興奮した面持ちですかさず立ち上がると、こちらにやってきた。するとミセス・フローレンスは、椅子の背にかけていた杖を手に取り、慣れたしぐさで、女性たちを押しとどめるように振り上げた。「またの機会にしてちょうだい」断固とした口調で言う。「個人的なお話をしているところなの」

怯えた顔になったふたりが小声で文句を言いながら退散する。ジュリアは感服し、笑いだしたいのを必死にこらえた。「まるで雌トラね、ミセス・フローレンス」

老婦人は賛辞をはねのけるように手を振った。「他人に無礼を働いても大目に見てもらえる年齢にやっとなったのよ、感謝しなくちゃ」ジュリアにほほえみをかえす。「でも本当に立派な女優に成長したわね。ゆうべは舞台のあなたを見て心から嬉しく思ったし、誇らしかったわ。なにしろあなたの成功には、わたしも多少は貢献しているわけだしね」

「なにもかもあなたのおかげだわ。いくつもの助言に熱心な指導、それから、キャピタルのオーディションを受けてみたらどうかと勧めてくださったおかげ」

「夢見ていたものをすべて手に入れたようね」老婦人はそう言ってから、わずかにいぶかしむ表情になった。「なのに幸せそうじゃないのはなぜなの、ジュリア?」

長いつきあいの彼女には、やはりどれほど見かけをとりつくろってもわかってしまうのだろう。ジュリアは椅子の背にもたれてため息をついた。「数年前に話してくれたことを覚えてらっしゃるかしら。愛する男性に舞台を下りてほしいと言われて、結婚を断ったと教えてくださったでしょう? あなたもいずれ同じような苦しみに直面するかもしれないと、あのときそう言ったわ。当時のわたしは、そんなこと信じられないと思ったけど」

「いまは信じているわけね」ミセス・フローレンスは言い、すべてを察したのだろう、瞳を光らせた。「わたしの言葉が本当になってしまって残念だわ。あなたが同じ目に遭うことを望んだわけではないのよ。耐えがたい苦しみだもの、ね？」

ふいに言葉を失って、ジュリアは無言でうなずいた。胸と喉がやりきれないほど締めつけられる。

「誰かに求婚されたのね？　なんと返事をしたの？」

「その人とは……別れたんです。でもゆうべ、別の男性から求婚されて……ミスター・スコットから」

老婦人は好奇心をかきたてられたようだ。「彼があなたに恋を？」

「いいえ、そういうことではないの。つまり、便宜上の結婚」

「なるほどね」ミセス・フローレンスはやわらかに笑った。「どうやらミスター・スコットの野望は尽きることがないようね。あなたがキャピタルを辞めたら、その穴を埋めるのはかなり難しい。でもあなたを妻にしてしまえば、キャピタルをふたつとない劇団にできる。そんな未来を確実にするために、結婚しようというわけね？　問題はあなたが仕事のためにもうひとりの男性、愛する男性を犠牲にできるのかどうか」

「あなたはしたのでしょう？」

ミセス・フローレンスは鼻をつまんで苦い鉱泉水を飲んだ。「あのとき、自分の判断を後悔しているとも言ったはずよ」そう言うと、レースのハンカチで口元をそっとぬぐった。

「もう一度最初からやりなおせるとしたら——」

「いいえ」老婦人は穏やかだがきっぱりとした口調でさえぎった。「一度決めたことを振りかえってはだめ。それがどんな道だろうと選んだからには進みなさい。そして自分自身に、これが最善の選択肢だったと言い聞かせるの」

ジュリアは懇願するまなざしを老婦人に投げた。「いままでみたいにミセス・フローレンスが助言してくだされば――」

「演技に関してなら、請われればいくらでも助言してあげる。でも、私生活に関しては無理よ。あなたの代わりに判断を下すことはできないの。それに、自分がちがう道を選んでいたらどうだったかなんて考えたくもないわ。過去は変えられないもの」

ジュリアは眉根を寄せた。老婦人の導きをどれほど望んでいたか、いまになって気づいた。「ひとつだけ、はっきりしていることがあるわ」むっつりと言う。「心より分別に従ったほうが、傷つくことはない」

「そのとおり」ミセス・フローレンスは苦笑と同情が入り交じった顔でジュリアを見つめた。「傷つくことだけは絶対に避けなくちゃね」

ウィリアムはセント・ジェームズにあるアパートの応接間に足を踏み入れた。執事の案内ですでにポーリーンが待っている。夜も遅い時間だったが、彼女の来訪は驚きではない。ロンドンに戻るとすぐに彼は、しばらくアパートに滞在するつもりだと社交界の友人知人に話してまわった。さらに、一緒にいてくれる女性がいなくてさびしく過ごしていると、さりげなく宣伝もしておいた。おかげで蜜に引き寄せられる蜂のように、ポーリーンがいそいそと彼のもとにやってきた。

彼女は窓辺に、美しい体の曲線を誇示するような姿勢で立っていた。しなやかな身のこなしで振りかえり、真っ赤な口元にうっすらと笑みを浮かべて彼を見る。暗紅色のベルベットのドレスは、男性的なしつらえの応接間の色彩と見事な調和をなしており、彼女をとても美しく見せている。ドレスの身ごろは深く刳られ、胸元が大胆にあらわになっている。控えめに言っても刺激的だった。

「レディ・アシュトン……ようこそ」ウィリアムはつぶやきながら部屋を横切り、差しだされた両の手をとった。

「ウィリアム卿」ポーリーンは猫撫で声で呼びつつ、彼の手に指をからませた。「すぐにお会いしなければならなかったの。ご迷惑じゃなければいいのだけど。なにしろとても困ったことがあって」

ウィリアムは心配げな顔を作ってみせた。「どうかしたのですか、レディ・アシュトン?」

彼女のこげ茶色の瞳が突然、濡れたように光る。「ポーリーンとお呼びになって。そう呼んでもかまわないくらい、わたしたちは親しい間柄でしょう?」

「ポーリーン」ウィリアムはおとなしく従った。「おかけになりませんか?」

彼女はしぶしぶといった感じで手を放し、ソファに歩み寄ると、つややかなダマスク織の上にスカートを広げて座った。

「飲み物は?」ウィリアムは勧めた。彼女がうなずくと、自分の分とあわせてワインを注ぎ、ソファの端に腰を下ろした。彼女は長い指でグラスを持ち、脚と縁を指先でそっとなぞり始めた。

「今夜はなにかご予定があったのではなくて?」ポーリーンが問いかけながら、彼をじっと見つめる。

「いいえ、なにも」

「なんだかさびしそうね、かわいそうに」かすれたささやき声で言う。「じつはわたしもさびしいの」彼女は漆黒の髪がきらめく頭をウィリアムの肩にのせた。彼はもじもじと尻の位置をずらした。

「レディ・アシュトン……いえ、ポーリーン、どうかわたしを冷たい男だと思わないでください。でも、疑い深い人間が見たら誤解しかねない状況ですからね。わたしは兄に対して忠誠を――」

「お兄様のことで悩んでいるの」彼女はさえぎり、ウィリアムの上着を指先でなぞってから、肩に頬をのせた。「できれば彼の負うべき責任のことなんて話したくないわ。彼自身が、わたしへの責任を認識していないんですもの。心の底から信頼できる相手はあなたしかいないの。こんなわたしを拒絶するほど、残酷な方ではないでしょう?」

ウィリアムはそわそわと身をよじった。「あなたと兄上のことに口出しするわけには――」

「口出ししてとは言ってないわ」彼女は片手で彼の胸元を撫で始めた。「わたしはお友だちがほしいだけ。それすらも無理なお願いなの、ウィリアム？　最近、デイモンはわたしにあまり優しくしてくれないの。それがどんなにつらいものか、あなたに想像できるかしら。誰かに優しくしてほしいのよ」

「だったら、どなたか別の人にお願いしては」

「いいえ、あなた以外の人ではだめ」

「しかし、兄上が――」

「彼なら出かけているわ。留守のあいだにわたしがなにをしようと、彼は気にしないの。ご自分が会いたいときに、わたしがいればそれで気がすむのよ。だからわたしは、誰のものというわけでもない。来て、ウィリアム、あなただって男でしょう。お友だち同士がふたりきりの時間をどう過ごそうと、咎める人はいやしないわ」

ウィリアムが答える前に、ポーリーンは彼にしがみつき、真っ赤な唇を押しつけた。小さな手で飢えたように彼の体をまさぐる。エキゾチックな香水の臭いが、見えない雲のように彼をつつんだ。

「ポーリーン」彼は鋭く呼び、太もものあいだをぎゅっとつかまれて顔をしかめた。

「心配いらないわ」ポーリーンはつぶやき、彼にのしかかった。「誰にも内緒にしておきましょう。わたしとの一夜がどんなものか想像したことがあって、ウィリアム？　夢にも思わなかったような喜びをあげるわ。お兄様のことは気にしないで大丈夫。あなただって彼に嫉妬しているんでしょう？　あなたのような立場の男性はみんなそうよ。彼は長男で、お金も権力もすべて持っている。あなたにも、彼が手に入れたものを味わうくらいの権利はあるわ。わたしがその機会をあげる」強引に彼の手を乳房に持っていく。「そうよ、触って……全身に触れてちょうだい。あなたの寝室に連れていって、ああん、ウィリアム……」

ウィリアムの体に身をすり寄せるポーリーンの顔を、黒っぽい影が覆った。長いまつげをわずかに上げてみる。とたんに彼女は目を見開き、驚きのあまり真っ青になった。目の前にデイモンが立っていた。まなざしは冷ややかで、顔は大理石のように無表情だ。

室内を緊張が走る。ポーリーンはウィリアムを力いっぱい押しのけた。身ごろを引っ張り、豊かな胸を隠そうとする。視線をデイモンに戻して震える声で訴えた。「こんなところを見せてしまってごめんなさい、デイモン。さぞつらいでしょうね、じつの弟がわたしをたぶらかそうとしているところを目撃するだなんて」

デイモンの口元に皮肉めかした笑みが浮かぶ。「すべて聞いたよ、ポーリーン」

ウィリアムは勢いよくソファから立ち上がり、クラヴァットと上着のしわを直しながら、純潔を汚された乙女のような表情を浮かべた。「いったいいつまでこんなことをさせるつもりかと、やきもきしたよ」と言って、デイモンを陰気ににらみつける。

「あなたたちが仕組んだの？」ポーリーンは怒りをたぎらせながら問いただし、兄弟を交互に見やった。「ふたりでわたしを罠にはめたのね」こぶしを握りしめ、怒りに顔を真っ赤にしてデイモンと向きあう。「品性のかけらもない人だわ！　あなたなんかに、ごまかされたり、騙されたりしてたまるもんですか」
唐突にデイモンは笑いだした。「きみが、ごまかされたりしないだって？」
「そうよ。責任はとってもらうわ。この数カ月間、わたしの体を利用し、わたしを欺き
――」
「体に対しては代価を払いすぎるくらい払っただろう」デイモンは瞳に笑いをにじませなが
ら言った。「きみを欺いたというのは……意味がよくわからん、説明してくれ」
「赤ちゃんのことで、責任をとると言ったじゃない！」
「赤ん坊はいない。きみはいるふりをしていたがな」
「ふたりのためにしたのよ」ポーリーンは躍起になって言った。「わたしたち、相性がぴっ
たりじゃない。あなたにはわたし以上の女は見つからない、わたしたちは似合いの――」
「弟の庶子をわたしの子として産もうと思っていたんだろう？」デイモンは静かに指摘した。
「名案だったな、ポーリーン。だが、ウィリアムもわたしもそう簡単には騙されん」
「うまくいくはずだったわ。彼がここまであなたの言いなりだと気づかなかったのが唯一の
誤算よ」彼女が恐ろしい目つきでウィリアムをにらむ。「自分の意志なんてこれっぽっちも
ないんでしょう？」と哀れむような声でたずねる。「そうやって一生、兄の影に隠れて――」
「いいかげんにしろよ」ウィリアムはポーリーンの腕をつかんだ。「なんでぼくが自分の家
で侮辱されなくちゃいけないんだ」怒り狂った猫のようにうなり、罵りの言葉を吐く彼女を、
ウィリアムはさっさと部屋から追いだした。

戻ってきたとき、弟は疲れた顔をしており、右の頬にはぶたれた跡がくっきりとついていた。

「行ったか？」

「ああ、捨てぜりふを残してね」ウィリアムは反射的に頬をさすった。「彼女、ベッドのなかではまるで女豹みたいなんだろうな。兄上が食い物にされなかったのが不思議だよ。ぼくよりまともな人間のくせに——ぼくの周りの女の子たちのほうが、まだましだ」

「ようやく彼女を追い払えたよ」デイモンはどっかりと椅子に腰を下ろし、両脚を伸ばした。兄の疲れた顔に安堵が広がるのを見て、ウィリアムはほほえんだ。サイドボードに向かい、ふたり分のブランデーを用意する。「ジュリアにはすぐに報告するんだよね？」

「ああ、だがこれでふたりのあいだの問題が解決したわけではない」

「今度はいったいなにが問題なの？」

デイモンはしかめっ面で、弟の差しだしたブランデーを受け取った。「この前、父上に会ったとき、おまえにふさわしい従順な女などこの世にいないと言われた。そのとおりだ。わたしはジュリアに、また別の人間を演じてくれとはっきり言ってしまった。夫に従う献身的な妻、わたしの欲求を満たすためだけに存在する人間だ」

「それのどこがいけないのさ」

デイモンはかぶりを振り、小声で罵った。「ジュリアのような女性には出会ったことがない。だが彼女の個性こそが、平穏な結婚の障害でもあるんだ」

「女優業をきっぱり辞めてほしいんだね？」ウィリアムは問いかけというよりもむしろ、断言する口調で言った。

「ほかに選択肢はない。妻が舞台に立ち、大勢の客の前で自分をひけらかすなんて耐えられない。想像しようとしたが――」デイモンは言葉を切り、こめかみを揉んだ。「無理だ」とぶっきらぼうに言う。「それなのに、彼女を求めずにはいられない」

「じきにそういう気持ちもおさまるよ」ウィリアムはなだめるように言った。「女ならほかに大勢いるじゃない。ジュリアと同じくらいきれいで、成功している女性だっているよ。未来のリーズ公爵と結婚するためなら、なんでも犠牲にするという女性だって」

「ほかの女はいらん」

「またか……」ウィリアムは首を振ってにやりと笑った。「兄上はいつも面倒な女性を選ぶね。ぼくはありふれた好みの持ち主でよかった。ぼくの周りの女性たちは絶対に、そんなふうにぼくを困らせないからね」

その後、デイモンはロンドンの屋敷に戻った。一晩ゆっくり休み、朝のうちにバースに発つつもりだった。だが、夜が明ける前に執事に起こされた。執事はデイモンが目を覚ますまで、控えめだが執拗に寝室の扉をたたきつづけた。「なんだ？」デイモンはうなった。

扉がわずかに開く。「申し訳ありません、ウォーリックシャーのお屋敷から従者が手紙を持ってまいりました。緊急事態のようなので、すぐにお知らせしたほうがよろしいかと」

デイモンはかぶりを振り、頭のなかの靄を振り払った。「いったいなにごとなんだ」

執事は寝室に入ると、手にしたオイルランプをナイトテーブルに置き、封蠟のされた手紙をあるじに渡した。

黄色い明かりに目をしばたたきつつ、デイモンは封蠟をはがし、文面にすばやく目をとおした。父の担当医からだった。「くそっ」と小さく悪態をつく。驚いたことに、手紙が手のなかで震えていた。

執事は目をそらしたが、すっかり心得ている表情だ。「ウィリアム様にもお知らせしますか、だんな様？」

『わが偽りのレディ』は大盛況のうちに一週間の公演を終え、すでにその評判が英国中に喧伝されつつあった。ブリストルやヨークの劇場から、是非とも巡業地に加えてほしいとの熱烈な要請も受けている。批評家たちは、クリスティンはジェシカ・ウェントワースの当たり役のひとつだ、あそこまで自然に、非の打ちどころのない演技ができるのは彼女しかいないと絶賛した。

皮肉だった。ずっと夢見ていた成功を手に入れたというのに、ジュリアは期待していたような充足感は覚えなかった。生を実感できるのは舞台の照明を浴びているときだけ。ひとたびそこを下りれば、なにもかもが味気なく、ぱっとしない。彼女もようやく、ローガンの劇場に対する思いを理解した。人生で価値のあるすべてのものを犠牲にした人間に、残されたのは舞台だけだ。

ローガンからは、盛大な結婚式を開こうと提案されていた。だが彼女はそのような式を開くことに落ち着かないものを覚え、ごくこぢんまりした式にしてほしい、結婚話も当面は秘密にしておいてほしいと頼んだ。彼と結婚することを知ったときの友人や家族の驚いた顔と向きあい、事情を説明する心の準備がまだできていない。現実主義者のローガンは快く要望を受け入れた。一方でジュリアは弁護士に相談をし、父が言っていたとおりの対応を依頼した。いずれデイモンのもとに、持参金の返還を求める手紙が届くことになるだろう。

バースでの千秋楽の前日、舞台を終えたあと、ジュリアは楽屋で舞台化粧と汗を落としていた。ぼんやりと鏡を眺め、胸に巣くう無気力をどうやって取り除いたものかと考える。

「ジェシカ!」アーリスがなんの前触れもなしに楽屋に飛びこんできた。興奮に顔が輝いている。「急いで来たのよ。真っ先にあなたに教えなくちゃと思って」

ジュリアは弱々しい笑みを浮かべて振りかえった。「教えるって、なにを?」

親友はふいに照れくさそうな顔をすると、片手を差しだした。「たったいま、マイケルにもらったの」

椅子に座ったまま身を乗りだし、アーリスの手に視線を落とすと、小さなダイヤモンドが光るほっそりとした金の指輪が薬指にはまっていた。「まあ」ジュリアは息をのみ、親友の顔を見上げた。「ということは——」

「そうなの!」アーリスはにっこりと笑った。

「でも、ずいぶん急なのね」

「人にはそう見えるかもしれないけど、でも、あたしにしてみればそうでもないわ。こんなふうに愛してくれるのはマイケルだけ。あたしも同じように彼を愛してるの」アーリスは誇らしげに指輪を見つめ、手を傾けてそのきらめきを楽しんでいる。「素敵でしょう?」

「きれいだわ」

「これももらったの」アーリスは半分に割られた銀貨を見せた。「婚約のときに硬貨を割って贈るのがフィスク家の伝統なんですって。もう半分はマイケルが持ってるのよ。ロマンチックだと思わない?」

親友から渡された銀貨の片割れをしげしげと眺め、ジュリアはほろ苦い笑みを口元に浮かべた。「あなたはとても幸運ね、アーリス。愛する男性と結婚できる人なんてそういないわ」

彼女の思いを察して、アーリスは化粧台に寄りかかり、鋭い視線を投げた。「どうかしたの、ジェシカ? 恋人となにかあった? お相手はひょっとしてサヴェージ卿なの?」

「恋人じゃないわ。少なくともいまは。彼とは……」ジュリアはためらい、慎重に言葉を選んだ。「もう終わったの」

「どうして? ハンサムだし、お金持ちだし、紳士に見える——」

「一緒にいても未来がないとわかったから」

「だとしても、恋を楽しむだけだっていいじゃない」

「そんなこと言っても、これからわたしは……」ジュリアはふいに口をつぐんだ。秘密にしておきたいのなら、アーリスに多少なりとも打ち明けるのは賢明とは言えない。だが誰かに聞いてもらいたくて仕方がない。口にできない言葉が、唇の上で燃えるようだ。

「いったいなんなの?」親友が心配そうに眉根を寄せてたずねる。「話してよ、ジェシカ」

ジュリアはうつむき、膝に視線を落とした。「ミスター・スコットと結婚するの」

アーリスは目をまん丸にした。「信じられない。どうやって射止めたの?」

ぎこちなく肩をすくめることしかできない。

「彼を愛してないんでしょう?」アーリスがつづける。「誰の目にも明らかだもの。もしかしてお金に困ってるの? それとも、キャリアのために?」

「ちがうの、ただこれが……一番いい方法だと思うから」

「いいわけないじゃない」アーリスは断言した。「あなたとミスター・スコットじゃ合わないわ。式はいつなの?」

「あさって」

「だったら、まだ中止できるわね」

親友に打ち明ければ、胸の内の絶望と無気力が多少は薄れるのではないかと思っていた。だが淡い期待はすぐに消え去った。どれだけ同情され、善意から反対されても、状況は変わらないのだ。「そんなことできないわ」と小さく言い、銀貨を返す。ジュリアは濡れたタオルを取り、口紅をぬぐった。

アーリスは難しい顔でジュリアを見つめている。あれこれとすばやく憶測をめぐらしているようだ。「まさか、妊娠しているわけじゃないわね？」

ジュリアはかぶりを振った。感情が高ぶって、喉が詰まり声が出ない。「いいえ、そういうことではないの。ただ、心から求めている男性と一緒になれないというだけよ。理由は説明しきれないくらいたくさんあるの。その人とともに人生を歩めないなら、いっそミスター・スコットと結婚しようというだけ」

「ちょ、ちょっと待って」アーリスは早口になった。「愛のためにこそ相手を選べって、あなたいつもそう言っていたじゃない！　あなたがあたしに教えてくれたのよ――」

「ええ、言ったわ」ジュリアはうなずき、わずかにかすれた声でつづけた。「でもね、すべての夢が誰にとっても現実になるわけじゃないでしょう」

「あたしにできることがきっとあるわ」

親友の手をとり、ジュリアは優しくほほえんだ。ふいに涙があふれてくる。「いいの……でもありがとう、アーリス。あなたはわたしの大切なお友だち、そんなあなたが幸せになれて、わたしも嬉しいわ」

アーリスはなにも言わなかった。その顔には、なにやら考えこむような表情が浮かんでいた。

一握りの親族と近しい友人だけが参列したリーズ公爵の密葬に、現実感はまるでなかった。父はついに永遠の眠りについた。父との果てしのない口論も、衝突も、ばかげた会話ももう終わった。デイモンはなんだか合点のいかない気分だった。弟の張りつめた顔を見やり、自分と同じように、悲しみと当惑を同時に覚えてまごついているのだと気づく。冷たい秋の土のなかに棺が下ろされ、つややかな木の表面に土がかけられると、参列者たちは一休みするために屋敷に戻った。デイモンとウィリアムは彼らの後ろから、ゆっくりとついていった。

風が吹いてデイモンの髪をなびかせ、灰緑色の周囲の景観を眺める彼の頰を冷たく撫でる。どっしりと落ち着いた風情をたたえた屋敷が視界に入ると、ふいに安堵を覚えた。そして、自らの努力のおかげで屋敷を手放さずにすんだことにかすかな誇りもわいた。父フレデリックは、サヴェージ家のすべてを危うく失うところだった。だが、身勝手な気まぐれをくりかえし、いくつもの悪癖のあった父の死に際して、満足感を覚えることはなかった。いずれ自分は父の不在を嘆くようになるだろう……いや、すでにそう感じ始めている。

「父上は幸せだったよね」ウィリアムがつぶやいた。「好きなことを全部やって、結果なんておかまいなし。天国に召されていなければ、いまごろきっと、老ルシフェルにトランプの大勝負を持ちかけていると思うな」

父のその姿を想像して、デイモンは思わず笑みをもらしそうになった。

「ぼくは父上にそっくりだからなあ」弟は陰気につづけた。「きっと同じような年寄りになるよ。ひとりさびしく、若かりしころの放蕩を自慢してさ、通りがかったメイドのお尻をつねってやろうと狙うんだ」

「心配するな。わたしがそんな老人にはさせないから」

ウィリアムは深々とため息をついた。「これまでぼくのためにいろいろしてくれたよね。これからは人生をまじめに考えないと。尻軽女のあとを追っかけたり、手当を酒や服や馬に使ったりするばかりじゃなくて」

「変わらなくちゃいけないのは、おまえだけじゃない」

兄の苦々しげな口調に気づいて、ウィリアムは驚いた目を向けた。「まさか自分のことを言っているわけじゃないよね。兄上は誠実で責任感のある男だよ。悪癖なんてひとつもないし──」

「わたしほど横暴な人間はいないよ。周囲のあらゆる人間に、自分の決めた生き方を押しつけようとしてきた」

「それも長男の役目のひとつだとずっと思っていたけどね。それに、決められた生き方に甘んじる人だっているよ」

「ジュリアはちがう」

「まあ、彼女は普通の女性じゃないからね」ウィリアムは前方に見える屋敷に視線を投げた。威厳をたたえた全容と、巨大な石造りのアーチが銀色の湖面に映っている。「彼女が、娯楽に満ちたロンドンからこんなに離れた場所で暮らす姿なんて想像できる？」

デイモンには想像できた。ウォーリックシャーで過ごすジュリアを想像するのは、難しくもなんともなかった。屋敷の周りに広がる丘や森を、金髪を風になびかせながら彼とともに馬の背に乗り駆けめぐるジュリア。大広間で開催した舞踏会でホステスを務めるジュリア……ほっそりとした体が巨大なシャンデリアの明かりを受けてきらめいている。東向きの寝室の大きなベッドで彼と手足をからませ、日の出とともに目を覚まし……。

弟と並んで屋敷に戻ったときにも、デイモンはまだ夢想していた。応接間や食堂に集まった参列者たちを避けて、兄弟はミスター・アーチボルド・レインの待つ書斎に向かった。レインは数年前にデイモンが諸問題に対応するために弁護士として雇った人物だ。言動や外見は控えめだが、じつに有能だった。年はデイモンの少し上。ただ、頭が薄くなり眼鏡をかけているせいで、ずっと落ち着いた雰囲気がある。

「サヴェージ卿……ああ、いや、もうリーズ公爵ですね」レインはデイモンの手を握りながら言った。「お元気でらっしゃいましたか？ いやその、とくになにもお変わりはない？」

デイモンはうなずき、弁護士に飲み物を勧めた。レインは断った。「父の遺言書にはどうせ、なにも驚くようなことは書かれていなかったのでしょう？」デイモンは言い、かたわらの机にきちんと並べられた紙束を顎で示した。

「ええ、これといってとくには。ただ、遺言書の内容についてご説明する前に、少々お話が……」レインの細面な顔に不安の色がよぎる。「つい先日、書簡を受け取りまして。ミセス・ウェントワースと公爵の、つまりその、結婚に関して」

デイモンは鋭い目で彼を見つめた。

「おふたりの婚姻は当初から無効ということになっています。婚約時の誓いが果たされなかったとみなし、無効と判断されたそうです。そのようなわけで、ハーゲイト卿がサヴェージ家に対し、支払った持参金の返還を求めてらっしゃいます」

デイモンはかぶりを振り、レインの言葉を懸命に理解しようとした。

「ハーゲイト家によりますと、令嬢のジュリアは、今後お互いにいっさい義務を負うことはないと考えてらっしゃるようです」

「彼女と話さなければ」デイモンは自分がそうつぶやくのを聞いた。ジュリアがふたりの関係を完全に断ち切ろうとしているだと？　そんなことは許さないと彼女を説得しなければ。

「くそっ……彼女はわたしの妻だ」頭ではちがうとわかっていても、そうとしか考えられない自分がいる。デイモンは彼女を愛していた。

「公爵」レインが呼んだ。「あなたに奥様はいないのです。法的には、ずっと独身だったという扱いになっています」

奥様はいないのです……その言葉はデイモンの耳の奥で静かに、だが執拗に鳴り響いている。奥様はいないのです……。

兄が黙りこんだのを見計らって、ウィリアムが口を挟んだ。「兄上……新しい人生を始めろという神の思し召しかもしれないよ。父上は亡くなり、兄上は自由になった。これまで自分に禁じてきたことを楽しめばいいじゃないか」

「ずっと……」デイモンは言った。「何年も彼女を捜しつづけてきたというのに、弁護士に泣きつき、そのような手紙を送りつけるとはな。せっかく見つけだしたのに――」

「ジュリアに感謝するべきだよ」ウィリアムがさえぎった。「彼女のやり方は理にかなっているとわかってる」と思うよ。ふたりが合わないのは一目瞭然だし、彼女だってそれをちゃんとわかってる……」凍りつくような目でにらまれているのに気づいて、彼は黙りこんだ。

「自分でなにを言っているのか、わかってるんだろうな」デイモンは怒鳴りつけた。

「わ、わかってるはずがないだろう」ウィリアムは慌てて言った。「思っていることとは別に、口が勝手に動いてしまうことがあるんだよね……不便ったらありゃしない。ぼくはもう二階に行くよ」すぐさま応接間をあとにしつつ、レインに警告するまなざしを向ける。弁護士はとたんにそわそわし始めた。

「公爵、お父上の遺言書については、ご都合のいいときに出なおしてまいりますが――」

「ああ」

「ではまた後日」弁護士はウィリアムよりもさらにすばやく応接間をあとにした。

しばらくしてようやく、わきおこる怒りがおさまり、デイモンはわれにかえった。気づくと机に座り、片手にグラスを、もう一方の手にブランデーのボトルを持っていた。アルコールのなめらかなぬくもりが、胸の内の冷たいかたまりを溶かし始める。

ジュリアは自分を、自分が差しだした人生を求めてはいない。いまここに彼女がいればいいのに。そうすれば、愚弄の言葉をすぐさま投げつけてやれるのに。公爵夫人としての人生より女優としての人生を選ぶなど、愚か者もいいところだ。誰に訊いたってそう言うだろう。彼女にしても、キャリアが大切だなどと口では言っているが、本当はわかっているのだ。

仕返しをしてやろうかという思いが浮かぶ。首を絞め上げ、さんざんいたぶって、すべて受け入れると言わせてやりたい。だが彼女はけっして屈しないだろう。それくらい頑固な人間なのだ。だったら貴族の娘を、頰を赤く染めた清潔感あふれる娘を妻に迎え、ジュリアと鉢合わせしそうな場所に連れまわせばいい。そうやってジュリアに嫉妬させてやるのだ。目の前で若く愛らしい妻とたわむれて、ジュリアに羨望と後悔を味わわせてやる。そうすれば、偽りの結婚のことなどもう忘れた、別れてせいせいしていると、暗に伝えられる。

おかわりを注ぎ、もう少しで手が届きそうな忘我の状態を求めて飲みつづける。すると苦々しい思いは少し和らいだ。目の前に置かれた書類をじっとにらんでいると、文字が異国の紋様の羅列に見えてきた。ジュリアの声が思いだされてくる。

わたしが必死の思いで手に入れたものを、幸せでいるために必要なすべてのものを、あなたは捨てろと言うに決まってる……。

わたしが妻としての立場を認めたあとも、行きたいところに行かせ、やりたいことをやらせてくれるの？　疑念を抱くことも、非難することもなく？

戻ってこないで。

それから、ローガン・スコットの皮肉めかした問いかけ、いまだに彼を責め苛む声も。彼女が求めるものすべてを与えられますか？

ジュリアのさまざまな表情を思いだしてみる。あれほど心惹かれる女性には出会ったことがなかった。デイモンは初めて、金の籠に閉じこめられるのが彼女にとってどれほど耐えがたいことなのか理解した。

「兄上?」というそっけない声が聞こえ、ウィリアムが戸口に現れたのに気づく。入っていいとも言われないのに書斎にずかずかと足を踏み入れ、弟は封蠟をした手紙を机の上に放った。「たったいま、バースから届いたよ」

デイモンは手紙に手を伸ばさず、じっとにらんだ。「ジュリアからか?」

「妙なことに、親友のアーリス・バリーからのようだよ。酔っぱらって読めなくなる前に持ってきてあげたんだ」

「もう酔っぱらってる」デイモンはつぶやき、さらにブランデーをあおった。「おまえが読め」

「いいとも」ウィリアムは陽気に応じた。「ただし、ぼくは人様の恋愛に首を突っこむのは大嫌いだからね」封蠟をはがし、文面に目をとおした。瞳から愉快げな色を消し、用心深く兄を見やる。

「われらがミス・バリーはなんと言ってるんだ?」デイモンはぶっきらぼうに促した。

ウィリアムはうなじをかき、曖昧に首を振った。「兄上のいまの精神状態を考えると、あとで話したほうがよさそうだね」

「とっとと言え!」

「わかったよ。ミス・バリーいわく、自分が口出しするようなことではないけれど、やはり知らせることにした、ジェシカ・ウェントワースがローガン・スコットと結婚を予定しています……明日」

ウィリアムは縮み上がった。デイモンがブランデーが入ったままのグラスを背後の壁にたたきつけたのだ。琥珀色の液体とクリスタルのかけらが部屋中に散った。デイモンは床に膝をつき、荒い息を吐いている。

「どうするつもり？」ウィリアムはおずおずとたずねた。

「バースに向かう」

「ぼくも一緒に行ったほうがよさそうだね」

「来なくていい」

「だって、兄上のこんな姿は見たことがないよ。心配なんだ。頼むから一緒に――」弟が最後まで言いきる前に、デイモンは決然たる足どりで部屋をあとにしていた。

12

千秋楽には、いつも以上の魔法がかけられるものだ。舞台が進むにつれ、俳優たちはさらに輝きを増していった。観客も惜しみなく笑い声をあげ、喝采を贈り、『わが偽りのレディ』の冒頭から幕が下りるまでずっと、物語に入りこんでいる様子だった。

そんななかでジュリアはひとり、今夜の舞台に没頭できずにいる自分に気づいていた。それなりの演技はできていたが、いつものように役に入りこめない。おそらくローガンとの結婚式が翌日に控えているせいだろう。これから自分は、便宜上とはいえ彼と未来を築いていくのだ。舞台でせりふを口にし、笑い、演じながら、その事実がずっと頭を離れなかった。いまごろはもう、デイモンのもとに手紙が届いているだろう。手紙を読んで彼はなんと言っただろうか。そしてどう感じただろう。今度会ったとき、ローガンの妻だと自己紹介したら、自分はどう感じるのだろう。お互いのためにこうしたほうがいいのはわかっている。けれども、もっともらしい理由をいくら並べてみても、胸の内の痛みや不安を和らげてはくれなかった。こんな出会いでなかったなら、せめて……。

幕が下り、割れんばかりの拍手喝采が長々とつづく。俳優たちはおじぎをして歓声に応えた。ローガンに手を引かれてようやく袖に下がったあと、ジュリアは汗ばんだ身ごろを引っ張り、ため息をもらした。

彼はジュリアをじろじろ見ると、「疲れているようだな。今夜はゆっくり休みたまえ」と言った。団員たちから打ち上げに誘われるのを見越してのことだろう。「明日はブリストルに発つ前に結婚式だ」

ジュリアは弱々しい笑みを浮かべてみせた。「そのあとは巡業と舞台のくりかえし……珍しい新婚旅行ね」

ローガンは、そのようなことは考えもしなかった、とでも言いたげな表情を浮かべた。「新婚旅行をしたいのか?」

ほんの一瞬、イエスと言いたい衝動に駆られた。短いあいだでもいいからどこか異国に、のんびり過ごしてすべてを忘れられるような場所に行きたい。だがローガンとふたりきりだと思うと、その気になれなかった。そもそも彼は、いかなる理由があろうと巡業のスケジュールを変えるのを嫌う。いまは巡業の合間にキャピタル劇場の修繕工事も監督しなければならないのだから、なおさらだ。

「いいえ」ジュリアはつぶやいた。「いまはタイミングが悪いわ。でも、いずれね……」

「ローマはどうだろう。あるいはギリシャか。アテネの祭に行き、野外劇場で舞台を観よう」

ジュリアはほほえんで、おやすみなさいとつぶやき、乱れた髪に手をやりながら楽屋に向かった。暗い舞台裏を歩きながら、大勢の人たちとすれちがう。気づいたときには誰かに押されて、通路の隅で混雑がおさまるのを待っていた。そのとき、「ミセス・ウェントワース？」と横から低い声で呼ばれた。劇場の道具方のひとりだった。反対側にもうひとり男性が立っていて、左右から人波に押されている。

「ええ」ジュリアは気づまりを感じつつ答えた。「ずいぶん人がいるわね」ようやく混雑がおさまったので、道具方とその友人とおぼしき男性を残して楽屋を目指した。ところがふたりはあとからぴったりとついてきた。不安に駆られ、足を速める。ようやく楽屋が見えてきた。

だが敷居をまたぐ前に背後から抱きすくめられた。叫び声が猿ぐつわでかき消され、後ろ手に縛られる。全身が恐怖につつまれる。必死にもがくと、肩にマントをかけられ、フードで頭と顔を隠された。男たちが彼女の腕をぎゅっとつかんで、早足にどこかへと連れ去る。

「すみません、ミセス・ウェントワース」ひとりがつぶやいた。「おもてにいる紳士に、金をはずむからあなたを連れてこいと言われまして。少しあなたと話がしたいだけだそうですから。そのくらいなら別にいいでしょう？」

恐怖にすくみ上がりながら、ジュリアは半ば引きずられるようにして劇場の裏手からおもてに出ると、待っていた馬車に押しこまれた。フードのせいでほとんど前が見えない。縛られた手を背中と座席のあいだに挟んだまま、彼女はじっと待った。呼吸がひどく乱れていた。車内は静寂に満ちている。馬車はがくんと揺れてから劇場をあとにした。

冷たい汗が首筋を流れ、胸の谷間を伝っていく。車内には自分しかいないのだろうかと思い始めたとき、かたわらで誰かが動く気配を感じた。縮こまり、頭を下げる。すると手が伸びてきてフードをつかみ、乱暴に引き上げた。ジュリアがゆっくりと顔を上げ、大きく目を見開くと、そこにあったのは夫の――前夫の――顔だった。

最初に感じたのは激しい怒りだった。だが怒りはあっという間に消え去った。舞台化粧の下で自分が蒼白になるのがわかる。このような姿のデイモンは見たことがなかった。身なりはだらしなく乱れ、ブランデーの臭いをぷんぷんさせている。

彼はひどく間延びした口調で話した。「こんばんは、ミセス・ウェントワース。貴重な時間を割いていただき感謝する。自分でさらいたかったんだが、このほうが簡単だったのでね」熱い指先が顎に触れ、やわらかな肌をなぞった。ジュリアは頭を引き、彼をにらみつけて、猿ぐつわを取るよう無言で訴えた。

「だめだ」彼女の心を読みとったのだろう、デイモンはつぶやいた。「きみの話は聞きたくないからな。きみはわたしを捨て、スコットとの結婚に同意した……ああ、知ってるとも。アーリスに秘密をもらしたのは失敗だったな」

デイモンは肩からマントを脱がせ、彼女の体を、後ろ手に縛られているせいで前に突きでた胸をじろじろと見た。ジュリアは鋭く呼吸し、鋼のように身をこわばらせた。

「もう彼と寝たのか？」デイモンはたずねた。「それにしては、満ち足りた顔をしていないな……わたしと愛しあったあとはそんな顔はしていなかった。彼の手や唇に触れられるのは気持ちよかったか？　愛してもいない男と寝るのはどんな感じだ？」

首を振って否定したかったが、ジュリアは頑固に身を硬くしたまま、デイモンの陰気な顔をにらんでいた。こんな目に遭わせるとは、なんて身勝手な人なのだろう。これは仕返しにちがいない。彼女を怖がらせておもしろがっているのだ。それにしても今夜の彼はどこかおかしい。ひどく粗野で、いつもの優雅な印象はまるでなく、好色そのものといった顔つきになっている。どんなことでもしでかしそうに見える。まるで、手の届く範囲にいるすべてのものや人間を傷つけて楽しむ、手負いの獣のようだ。

「彼はきみを愛していない。できることならわたしもきみを愛したくない。きみへの思いを、きみの顔を、甘い体を忘れるためならなんだってする」彼は胸に触れた。最初は優しく、やがて彼女が不快げにうめくのもかまわず、指先に力をこめた。「わたしのものだ」デイモンが言い、顔や首筋に息がかかる。「きみはまだわたしの妻だ。それだけはけっして変わらない。どんな法をもってしても、きみをわたしから奪うことはできない」

怒りに震えながら逃れようとしたが、座席にくぎづけにされていてできない。彼がなにごとかつぶやきながらのしかかり、ジュリアはめまいのようなものを覚えた。唇が首筋を這い、両手がぎこちなく、だが情熱的に愛撫を与える。ジュリアは目を閉じ、反応すまいとがんばった。だがどうあがいても、感じることを止められはしなかった。全身をしびれが走り、手のひらに押しあてた乳首が硬くなり、体中に鳥肌が立つ。彼女は本能で味わった。懐かしい彼の匂い、唇が首筋から胸の谷間へと移動していくときの、頰を撫でる髪の感触。

デイモンが汗ばんだ首を舐める。唾液で濡れた肌にかかる息が熱い。ジュリアが小さくすすり泣くと、彼は顔を上げ、勝ち誇ったように彼女を見つめた。顔が紅潮しているにちがいなかった。脈拍は異常に速く、欲望に燃えているのは一目でわかるはずだ。彼は乱暴に猿ぐつわを取り、荒々しく唇を重ね、熱っぽく、深々と舌を差し入れた。

彼が顔を上げるとすぐ、ジュリアはにらみつけ、冷静さを取り戻そうとした。「手をほどいて」苦しげに訴える。

「いくつかの問題を解決するまではだめだ」

「酔っぱらっているあなたと話しあう気はないわ」

「酔っぱらってなどいない――飲んではいたが。バースまでの道すがら、酒でも飲まなければ正気を保てなかった」

「いったいどうしようというの？　どこかに連れ去るつもり？　結婚式を邪魔したいの？　それなら別にかまわないわ、すでに決まっていることを遅らせるだけだから」

「きみをほかの男に渡すくらいなら、いっそめちゃくちゃにしてやる」デイモンは両手でやわらかな喉に触れ、胸元まで撫でていった。「彼を選びたいなら勝手にしろ。だがきみは、わたしが与えられるものをほかの誰からも得られやしない」

「この場で乱暴するつもり？」ジュリアは冷ややかにたずね、自分の体が指先に反応するのは無視した。

「こういうのは乱暴とは言わん」

彼の身勝手な傲慢さに、ジュリアはかっとなった。「あなたとのあいだに起きたことを、なにもかも後悔させようというの?」

「そうとも。大いに後悔するんだ。きみは人に愛されるのがどういうことか知ってしまった。でもこれからは、仕事しか頭にない男と一緒のベッドに眠ることになる」

「望むところよ。それにローガンとはまだ寝てないわ。この結婚は便宜上のものだもの」

デイモンは鼻で笑った。「だがいずれ寝ることになる。きみのように美しい女性を彼が求めないはずがない。だがきみは、彼のとなりで目覚めながら、わたしを求めつづけるんだ」

「わたしがわかっていないとでも思ってるの?」ジュリアは問いただした。声がかすれたものになっていく。「愛のない結婚を選ぶほうが簡単だったとでも思っているの? わたしだって、できることなら……」

デイモンはとぎれた言葉に飛びついた。「できることなら、なんだ? 言ってくれ、ジュリア。せめてそれくらい、してくれてもいいだろう」

彼女は震える唇をぎゅっと結び、きらめく瞳で彼を見つめた。

見つめかえす彼がはっと息をのんだ。「まあいい、夜が明けるまでには言わせてやる」

「こんなことをして、いったいなんになるの?」ジュリアはたずねながら、片方の目から涙が一粒こぼれ、頰を伝うのを感じていた。

デイモンが親指でそれをぬぐう。「きみの気持ちを聞きたい。きみがちゃんとわかったうえでその道を選んだのだと納得したい」彼の顔はすぐ近くにあった。乱れた黒髪は額にたれ、目は充血している。腕が体にまわされ、指先が手首のいましめをほどく。自由になると、ジュリアは彼の胸を強く押した。だが、なおも強く身を押しつけられ、耳元に唇が寄せられた。

「きみがなにを求めているのか、わかってる」彼はぶっきらぼうに言った。「なにを恐れているのかも。誰かに愛され、その誰かにすべてをゆだね、自分がなにも得られないことだろう？　きみはわたしを信じるのが怖いんだ。きみの父上が母上にしたのと同じように、わたしがきみの気持ちを利用する、そう思っているんだろう？」

「そういうあなたはどうなの？」ジュリアはもがきながら問いただした。「すべてをあなたの流儀で、あなたの都合のいいように進めるつもりなんでしょう？　そのためにわたしがなにを犠牲にするかなんて、考えもしないで！」

「犠牲になどする必要はない」

ふたりはまるで戦士のように、身じろぎひとつせずにらみあった。やがて馬車が停まり、デイモンはいやがる彼女を無理やり引きずり降ろした。ローラプレースのテラスハウスの前だった。見るからにいやがっている女性を邸内へと引っ張っていくあるじのかたわらで、当惑顔の従者がふたり、仕事に専念するふりをしている。ジュリアは彼らに助けを求めようと思った。だがデイモンに考えを見破られてしまった。「やめておけ。彼らはきみに手を貸したりしない」

階段のほうに引っ張られながらも、ジュリアはまだもがいていた。だがそれも、彼が足を止め、肩にかつがれるまでの話だった。驚きのあまり金切り声をあげつつ、目のくらむような思いで、階段が視界をよぎっていくのを眺める。たどり着いたのは彼の寝室だった。ロイヤルブルーの天蓋がかかる巨大なベッドの上にジュリアを下ろしてから、彼は戸口に戻り鍵をかけた。振りかえり、鍵を絨毯敷きの床に放る。

ジュリアは四つんばいになってベッドを下りた。怒りで筋肉がこわばっている。「レディ・アシュトンにはこの手でうまくいったの？　言っておくけど、わたしには通用しないわ」

「ポーリーンとは別れた。妊娠は嘘で、今後なんの責任も問われることはない」

その知らせに、ジュリアは反応すまいとした。だが実際には、いまいましいことに胸が喜びに高鳴っていた。「皮肉ね。妻も愛人もいっぺんに失うなんて」

「婚姻が無効になってよかった」

「どうして？」彼が歩み寄ってきたが、一歩も引くまいとがんばる。

デイモンは数メートル手前で立ち止まり、上着を脱いだ。それを床に放り、シャツのボタンをはずし始める。「きみとわたしのふたりだけの問題になったからだ。わたしたちのあいだにもはや過去はない。両親がしたことも帳消しにされた」

「お父様に、あの手紙のことは知らせたの？」ジュリアはたずねた。彼女自身はまだ両親に報告できずにいる。

どこか奇妙な、こわばった表情がデイモンの顔に浮かぶ。「いいや」彼はぶっきらぼうに答えた。「手紙を受け取る前に亡くなった」

「なんですって？」ジュリアは狼狽した声で問いかえし、ぼんやりと彼を見つめた。ようやくその言葉の意味が理解されてくる。「そんな」小さくささやいた。「だからバースに戻ってこなかったのね。知らなかったわ……なんと言えばいいのか――」

デイモンは明らかにこの話題を避けたがっている様子で、いらだたしげに肩をすくめてさえぎった。「長いこと病に伏せっていたからな」

同情と後悔の念がジュリアの胸の内に押し寄せる。知っていたら、あのような手紙を送ったりはしなかったのに。「もっと時期を考えて送るべきだったわね――」彼女は心底すまなそうに言った。

「そんなことは考えなくて結構」デイモンはシャツの裾をズボンから引きだした。純白のリンネルの前がはだけて、隆とした筋肉があらわになる。「服を脱いで、ベッドに横たわればいい」

ジュリアは口のなかがからからに乾き、血液が奔流となるのを感じた。「本気で言ってるわけじゃないのでしょう？」

「手を貸そうか？」

「気が変になったの？」冷静な声音を作ろうとしたが、声が裏返ってしまった。

「その一歩手前だ」彼の口元には皮肉めかした笑みが浮かんでいる。だが本気なのが、恐れとともに彼女にはわかった。「きみと出会った瞬間からそうだ」デイモンはつづけた。「どうしてほかの誰かを愛せなかったのだろうと考えたよ……わたしが与えられる人生を喜んで受け入れてくれる女性を。だが選択肢などなかった。きみが妻だと知るよりもずっと前から愛していた。思いがけずきみがジュリア・ハーゲイトだとわかって本当に幸運だった。これできみはわたしのものだ、そう期待に胸を高鳴らせた。だが、前にも言ったとおり、わたしたちの結婚は偽物だ。幼いきみが強制的に言わされた誓いに、きみを縛りつけることはできない。それにきみは、なんとしても自分の選んだ道を歩もうと必死だった。わたしと同じようにね。残念ながらわたしたちは、妥協するのが得意ではない。相手に変化を強いることもできない。だから……いまのわたしの願いはひとつだけだ。一生に一度でいい。きみと愛を交わし、きみに愛してると言われたい」

ふたりは見つめあった。空気が張りつめ、一縷《いちる》の望みがかすかにのぞく。だが恐ろしいような沈黙を引き裂いて、階段のほうから男のどら声が聞こえてきた。必死に止めようとする使用人たちに、脅し文句を吐いているようだ。

「サヴェージ！　ジェシカをどこに隠した！　この臆病者め、いますぐ彼女に会わせろ！」

ジュリアは仰天した。それはたしかにローガンの声だったが、舞台以外の場所であのように叫ぶのは聞いたことがない。彼女がニュー・シアターから忽然と消えたので、怒り狂っているのだろう。彼女はデイモンを見つめたまま、落ち着いた声音で応じた。

「ローガン、わたしなら大丈夫よ。心配いらないわ」

階段を上ってくる彼の声が大きくなる。「どこにいるんだ？」

用心深くデイモンを見やると、平然とした表情を浮かべていた。どうやら、怒ったローガン・スコットと対面するくらいなんの造作もないことらしい。「階段の右手のつづき部屋にいるわ」ジュリアは答えた。ためらいがちに、絨毯の上で光る鍵に歩み寄る。鍵を開けようとするのをデイモンに阻まれるかもしれない。だが鍵を拾う前に、ものすごい勢いで扉がしなった。もう一度しなり、ちょうつがいが悲鳴をあげる。さらに二度、大きくしなってから、扉はすさまじい音をたてて開いた。

ローガンは凶暴な面持ちでそこに立っていた。濃茶色の髪はぼさぼさになっている。鋭い視線を室内に投げて状況を確認した。ジュリアのドレスの乱れ、床に放られた上着と鍵、デイモンのはだけたシャツ。ローガンは大きな口に侮蔑的な笑みを浮かべた。「わたしにたたきのめされたあとは、二度と彼女に近寄りたくないと思うだろうな」

デイモンの顔に暗い喜びが影を落とす。「彼女はまだきみのものではない」

「わたしならなんともないから」ジュリアはローガンに向かって言った。室内に漂う敵意に息も絶え絶えだ。「ここから連れて帰ってくれるだけでいいわ。今夜のことは、あとで落ち着いて話しあいましょう――」

「きみの行く場所はわたしのベッドしかないぞ」デイモンが低い声で言った。「婚約者殿をわが家からたたきだしたら、きみはすぐにベッドに行け」

ローガンの忍耐力もそこまでだった。彼は電光石火の速さでデイモンに突進した。こぶしが宙に大きく弧を描き、いやな音をたててデイモンの顔に直撃する。

「やめて」ジュリアは息をのんだ。ふたりに駆け寄ろうとして、デイモンがローガンに飛びかかるのに気づき、足を止める。ふたりは激しく殴りあい、ジュリアが何度やめてと叫んでも耳を貸さない。デイモンが苦しげにうなりつつ、ローガンをどんと押して二、三歩後退させる。ふたりは殺意すら帯びた目でにらみあった。

そのすきを狙って、ジュリアはすかさずふたりのあいだに割って入った。言い知れぬ怒りの浮かぶデイモンの顔を見てから、ローガンに歩み寄り、胸の真ん中に手を置いて制した。

ローガンが青い瞳で彼女を見下ろす。息をするたびに鼻孔が大きく広がった。

「お願い」ジュリアは静かに言った。「こんなことをする必要はないわ」

「すぐにここを出よう」

ジュリアは従おうとした。だが心のなかのなにかがその考えに抗っている。彼女は口ごもりながら答えた。「で……できないわ」

「あんなことをされたのにか？」ローガンは鋭く問いただした。「きみが舞台裏から拉致されるのを目撃した者がいるんだ。すぐにサヴェージのしわざだと悟ったよ。彼のやりそうなことだからな」ジュリアの両肩に手を置き、やわらかな肌をぎゅっとつかむ。「彼はきみを自分の所有物だと思っている。いますぐ彼から逃げて、こんな茶番は終わりにしたほうがいい」

ジュリアはうつむいた。ローガンの顔をそれ以上見ていられなかった。「いまはできないの」小声で告げる。「なにも解決してないんだもの。お願いだからわかって」

「ああ、わかった」というローガンの声は冷静だった。彼の指から力が抜け、両手が肩を離れる。「下で待っていようか？」

「いいえ、でも……来てくれてありがとう。あなたがわたしを守ろうとしてくれたこと、心から感謝しているわ」

「きみ自身から守れればよかったんだがな」ローガンは皮肉っぽく言った。最後にもう一度デイモンとにらみあうと、くるりと背を向け、破壊した扉を閉めるまねごとをしてから部屋を出ていった。

デイモンに向きなおったジュリアは、彼がすでに話す気すらなくしているのを見てとった。

「帰ってくれ」彼は言うと、シャツの袖で鼻血をぬぐった。上等なリンネルが真っ赤に染まる。

ジュリアは怒りに口を引き結んだ。洗面台に歩み寄りタオルを探して、磁器の水差しに入った水で濡らす。デイモンはベッドの端に腰を下ろし、彼女がタオルで拭こうとすると、顔を後ろにそむけた。

「鼻の骨が折れたの？」ジュリアはたずねながら、上唇についた血を丹念にぬぐった。

「いいや」彼はタオルを取り上げた。「優しい看護師の役など演じなくていい。もうきみを必要としていない」

ジュリアはゆっくりと首を振った。デイモンに対する、圧倒されるほどの愛が胸にあふれるのを感じる。なんて頑固で、傲慢で、怒りっぽい人。乱れて顔にかかった髪をかきあげ、彼女は彼のかたわらに腰を下ろした。きれいにひげを剃った頬にそっと手を添え、自分のほうに向かせる。その顔は花崗岩のようにこわばっていた。

「わたしはあなたが必要よ」優しくささやきかける。

デイモンはじっと座ったままだ。だが、手のひらの下で頬の筋肉が動くのがわかった。

「あなたの言うとおりよ。あなたを信じるのが怖かった。でもあなたを信じなければ、ほかの誰も信じることなんてできない。わたしがあげられる以上のものを求められたらと思うと、怖くて仕方がなかった。だけど、わたしが与えられるものを受け入れてくれるのなら……」

彼は内奥でくすぶる嫉妬や怒りと無言で闘った。ジュリアがスコットの妻になろうとしていると知ったときから彼をとらえていた憤怒は、徐々におさまり始めている。彼女に視線を向けると、胸の内の緊張が見てとれた。

頬に触れている手はやわらかく、青碧の瞳に浮かぶ感情は、見ているだけで心臓が押しつぶされそうになる。彼女を求める気持ちで息ができなくなりそうだ。どんなことをしてでも、彼女を離したくない。語るべき言葉も、説明すべき事柄も、解決しなければならない問題もたくさんある。だが、彼はそれらをすべて無視して、ジュリアをいきなり抱き寄せた。

唇を重ね、激しく口づけても彼女は抵抗しなかった。口を開き、はだけたシャツの下に両腕を忍ばせ、背中に手のひらをあてる。彼女がこんなふうに愛してくれる日を、デイモンはいったい幾夜、夢想したことだろう。彼の腕のなかに飛びこみ、しなやかに、ぴったりと身を寄せてくれる日を。

ジュリアをベッドに仰向けにすると、豊かな髪が金色の急流のように広がった。身をかがめ、首筋と胸元に口づけ、乳房に移動する。衣装の下でつぼみが硬く尖り、生地の上からそっと歯をたてると、彼女は喉の奥で小さくあえいだ。

奇跡のようだった。ジュリアはいっさい抵抗せず、愛撫を受け入れていた。今夜は彼にすべてを許してくれるのだろう。高まる欲望に、デイモンの心臓は恐ろしいほどに早鐘を打った。震える指先で身ごろの紐をほどき、肩からドレスを脱がせ、腰まで引き下ろす。脱がせやすいように、ジュリアが腰を浮かせてくれる。彼女はリンネルの下着だけの姿になった。それから、なめらかな動きで起き上がり、ベッドに膝をつくと、頭からシュミーズを脱いだ。魅惑的な曲線や陰があらわになる。デイモンは片方の胸に手を伸ばし、繊細な丸みに触れ、指の背で硬いつぼみをなぞった。視線を上げ、光り輝く彼女の顔を見ると、そこには圧倒されんばかりの優しさが浮かんでいた。

「約束したとおりにして」という声はかすれていた。「今夜はわたしを愛して……どれだけあなたを愛しているか、打ち明けさせて」

「朝が来たあとは?」デイモンは訊かずにはいられなかった。

ばかな質問ね、とでも言いたげにジュリアはほほえみ、身を乗りだして彼に口づけた。

「明かりを消して」

デイモンはランプを消しに行った。小さな明かりだけを残してベッドに戻る。薄明かりのなかで見るジュリアの肢体はつややかに光り、この世のものとは思えない美しさだった。身に着けているのは、きらめく絹の靴下と靴下留めだけだ。デイモンは自分も服を脱ぎ、ベッドに身を横たえた。裸の体を抱き寄せると、めまいのような感覚に襲われた。肌が触れあうたびにそこに炎が灯った。

ジュリアのからかうような手が背中や腰を撫で、引き締まった臀部まで下りていく。彼女はいままでとは比べものにならないくらい大胆で、唇と指先の動きはいらだたしいほどの想像力に富み、責め苦を与えるのに夢中のいたずらな精霊のように全身をまさぐっている。すぐに彼女を奪ってしまわぬよう、デイモンは必死に自分を抑えた。歓喜をできるだけ長く味わっていたかった。靴下留めを片方だけ取り、靴下を丸めながら脱がせ、素肌があらわになるたびにそこに口づけていき、太ももの内側から足の甲までくまなく堪能した。ジュリアは心地よさげに喉を鳴らし、反対の脚を差しだすと、彼の胸元をつま先でみだらになぞった。デイモンはそちらの脚にも同じように愛撫を与えた。膝の裏に唇を寄せたときには、彼女はくすぐったそうに身をよじった。一糸まとわぬ姿にし終えたところで、彼女の上にのしかかった。

「言ってくれ」顎の丸みに鼻を押しつけながら命じる。

ジュリアが目を開く。瞳がなまめかしく輝き、彼女がじらして楽しんでいるのがわかった。

「なにを?」

「言うと約束したことを」

「あとでね」ジュリアは硬くそそり立ったものを握りしめ、脚のあいだに導いた。デイモンは腰を引いて眉をひそめた。彼女にその言葉を言わせたかった。だが彼女はデイモンを巧みに抱き寄せると、エロチックにささやきながら、ほっそりとした脚をからめてきた。彼は思わずくぐもった笑い声をもらした。やわらかな肌を撫で、唇を重ね、反応を味わう。呼吸が速くなり、全身におののきが走る。「早くして」ジュリアは息も絶え絶えに訴えた。「早く……」

「愛してるか？」デイモンはたずねながら彼女の腹を撫で、指先で臍《へそ》を愛撫した。

「ええ」ジュリアは息をのみ、自ら脚を開いた。「これ以上待たせないで」そして耳元で、愛と脅しと懇願の言葉をささやきつづけた。デイモンはじらすのをやめ、指を挿入すると、リズミカルに動かした。ジュリアは背を反らし、やわらかな巻き毛を彼の手に押しあて、あえぎ、とめどなく身を震わせながらクライマックスを迎えた。

しばらくしてからジュリアはまぶたを開け、彼の口づけに応え、舌をからませた。デイモンは腰を沈め、ひと息にふたりの体を融けあわせた。彼女が歓喜にすすり泣きをもらす。深く挿入し、ゆっくり動かすと、背中にまわされた手が腰を引き寄せ、さらに奥へと導いた。細い両の手首を片手でつかみ、彼女の頭の上に押さえつけ、ベッドにくぎづけにする。

ジュリアは唇が首筋に触れるのを、言葉にならない言葉をささやくのを感じた。彼の両手が胸を離れ、結ばれた部分に優しく責め苦を与え、息もできなくなる。気を失うのではないかと思ったとき、快感が全身をつつみ、満たしていった。彼女は激しく身を震わせ、腰を浮かせて、デイモンが放つ欲望と切望とを受け止めた。

ようやく動けるようになったところで、ふたりは横向きになった。ジュリアはまどろみながらほほえんだ。長くたくましい脚が自分の脚の下にあり、胸板が背中に押しあてられている。「誘拐されるのっていいわね」とささやき、大きな手を引っ張って腰にあて、乳房の上に持っていく。

「ほかにどうすればいいのかわからなかった。今朝からずっと正気を失っていたから」デイモンは指先で優しく乳首の周りに円を描いた。「ジュリア……明日、スコットと結婚するのか？」

「別の案があるの？」

デイモンは乳房をつつみこんだ。ジュリアの鼓動が彼の手のひらに伝わる。彼は長いこと答えずにいた。返事をしないつもりなのかとジュリアが思い始めたとき、ようやく、「結婚してくれ」とぶっきらぼうに言った。「今度こそ本当に」

ジュリアは目を閉じ、不規則に息をした。「条件は？」

「条件はない。舞台を降りろとも言わない」

「悪名高き女優を妻にしたと陰口をたたかれるわよ」ジュリアは優しく言った。

「そういう輩はくそくらえだ」

ようやくここまでたどり着いた。彼は最大限の譲歩ができるほどに彼女を愛しているのだ。思ってもみなかった。デイモンが、彼女の知るかぎりこの世で最も誇り高く、やかまし屋の彼が、自らの希望よりも彼女の希望を尊重してくれるとは。「仕事を減らすことならできるわ」ためらいがちに提案する。「本当にやりたいと思う役だけ引き受けて……巡業もやめるわ」

「スコットがそれを許してくれるか？」

「許すしかないわ。わたしを引き止めたければ」

「いままでのようにはキャリアを積めなくなるぞ」

「あなたがそばにいてくれれば、そんなことはどうでもいいの」

デイモンがそっと彼女を向きなおらせる。ジュリアの胸は希望と幸福感であふれそうだったのに、彼の顔に笑みは浮かんでいなかった。「いずれは子どもがほしい」という声は低くかすれており、彼を突き動かしている感情は推測するしかなかった。

「ええ、わたしもほしいわ」と答えてから、困ったように肩をすくめた。「できたあとのことはわからないけれど……きっといい方法が見つかるはずよ。簡単ではないにしても」

「別々に生きるよりはずっと簡単だろう」

ジュリアはうなずき、優しくキスをした。

「スコットのことは？」デイモンは唇が離れるとたずねた。

「わたしたちのあいだに、愛はないもの。どうして結婚できないのか、彼なら理解してくれるわ。それに、あなた以外の人の妻になる気はないの」

「それならいい。あまりにも長いあいだきみの夫だったから、それ以外の自分など想像もつかん」

ほほえんで、ジュリアは彼の胸板をなぞった。「おかしいわね、ずっとお互いから自由になりたいと望んでいたのに……出会ってみれば、一緒にいること以外考えられないなんて」

「またあの指輪をもらってくれるか?」

「あの指輪も、それに付随するものもすべて」

デイモンは彼女の手をとり、痛いほどにぎゅっと握りしめた。手のひらを口元に寄せ、やわらかなくぼみに口づける。感情が高ぶって言葉にならない……愛と喜びが胸の内で入り交じっている。その一方で、これは夢ではないか、かたわらにいる女性は、ずっと感じていた孤独と切望が生みだした幻想ではないかとも思う。

ジュリアは彼のうなじに手をまわし、ふたたび抱き寄せると口づけへといざなった。そして自らも惜しみなく口づけをかえした。


翌朝早く、ジュリアはローガンのヴィラを訪れた。邸内に迎え入れる彼は、赤褐色の眉のあいだにしわを寄せている以外、ほとんど無表情だ。彼女の顔をまじまじと見つめ、紅潮した頬と、幸福そうにきらめく瞳に目を留めた。

「おはよう」ジュリアは息をきらせて言った。ローガンはうなずいた。結婚式は取り止めだとすぐに理解したのだろう。ふたりのあいだで、この計画が話題に上ることは二度とあるまい。

ジュリアは応接間に通された。ローガンはくつろいだ様子だ。使用人が金色の磁器のカップにコーヒーを注ぎ、ふたりの前に並べる。彼は使用人に身振りで下がるよう命じ、あきらめたような目でジュリアを見た。「きみはまちがってる」と抑揚のない声で言う。

ジュリアは口の端に笑みを浮かべた。「たぶんね。デイモンとの結婚は悲惨な結末を迎えるかもしれないわ。でも、試してみないことには自分を許せないの」

「幸運を祈るよ」

「わたしの選択にあれこれ言わないの？　結婚がうまくいくわけがない理由を並べたてたり――」

「愛のための結婚に関するわたしの見解なら、もう話しただろう。わたしが心配なのは、きみの決断がわが劇団にもたらしうる影響だけだ。いままでどおりというわけには、いかないだろうからな」

「ええ」ジュリアは懸命に、ローガンの淡々とした口ぶりをまねようとした。「これからもキャピタルの女優として舞台に立ちたいと思っているわ。でも、巡業には参加できない。それから、出演本数も制限したいの」

「キャピタルには、きみがいたいだけいるといい。貢献度が制限されるからといって、きみほどの女優を手放すのは愚か者だけだ」

「ありがとう」

「きみにはもっと大きな成功を与えたかった」ローガンは唐突に言った。「きみはまだ、本当の意味で才能を開花させていない。英国演劇界で最も高く賞賛される女優にだってなれただろうに――」

「その代わりに、幸せをつかむわ」ジュリアはさえぎった。「世界中から賞賛を浴び、富を手にしても、孤独から救ってはもらえない。わたしは愛されたいの。笑い声や温かなぬくもりがほしいの。舞台で演じる人生以上のものがほしいのよ」

「サヴェージは本当に、女優をつづけることを許してくれるのか?」

「ええ、もちろん」ジュリアはいたずらっぽく笑った。「内心は不満でも、わたしを妻にするためなら喜んで耐え忍んでくれるわ」コーヒーを飲み、カップの縁越しにローガンを見やって、苦笑いを浮かべる。「ばかだと思っているんでしょう? 自分だったらどれだけ譲歩されようとも、劇場と距離を置いたりしない、そう言いたいんじゃない?」

「そのとおり」ローガンは抑揚のない声で答え、その日初めて、青い瞳に友情のこもった笑みを浮かべた。「だが、きみをばかだなんて思っちゃいない。ある意味、羨望に近いものを感じるよ。理由は訊かないでくれ——自分でもどうしてそんなふうに感じるのか、わからないんだから」

エピローグ

ふたりはウォーリックシャーの領地にある礼拝堂で、家族と一握りの親しい友人だけが参列する慎ましい結婚式を開いた。ジュリアの母エヴァは、娘がデイモンと結ばれたと知り有頂天だった。一方、父のハーゲイト卿はその表情から判断するかぎり、事の顛末に思うところもあったようだった。とはいえ、ふたりの結婚そのものは喜んでくれた。

式から数カ月も経つころには、ジュリアはデイモンの妻としての役目をたやすくこなせるようになっており、かえって当人たちが驚いたくらいだった。彼女のなかに、リーズ公爵夫人としての日々は退屈で堅苦しいものだとの意識があったとしても、いつの間にかどこかに消えうせてしまっていた。デイモンはほかの誰もしてくれなかったやり方でジュリアを甘やかし、高価な贈り物を与えたり、少しでも時間があればすぐに劇場から連れだしたりした。

ジュリアとちがいデイモンは屋外で過ごすのを好むたちで、彼女も気づくと一緒に郊外で長い散歩や遠乗りを楽しむようになっていた。ときには狩りや釣りに同行することもあった。その手のスポーツはあまり好きになれなかったが、夫の技術の高さには大いにほれぼれした。ある日のことだ。デイモンは領地に流れる小川でマス釣りを楽しんでおり、ジュリアは小川にかかった小さな橋に座ってのんびりとくつろいでいた。陽射しをたっぷり浴びながら、スカートを持ち上げ、橋の上からはだしをぶらぶらと揺らす。夫が竿を振るさまを、彼女は静かに見ていた。張りだした岸の下に大きなマスが潜んでいるようだ。デイモンは反対側の岸に立ち、熟練の手つきで、慌てることなく優雅に竿を操った。振るたびに、釣り糸が安定したリズムで遠くまで伸び、また手元に戻る。

「動かないで」デイモンが低い声で言った。ジュリアの白い足がゆらゆら揺れるのに気づいたのだ。だが手遅れだった。見慣れぬ光に警戒したのだろう、水面に上がって餌を食べようともせず、マスは逃げてしまった。デイモンはしかめっ面をした。「くそっ!」

「怖がらせちゃったのね」ジュリアはすまなそうに言った。「魚がそんなに繊細だなんて思わなかったから。それにわたし、長いことじっと座っていられないの」あきらめたように両手を上げ、橋の上に寝転がってため息をつく。「いいわ、今度からは一緒に来ない」

一分と経たないうちに、夫が見下ろしている気配を感じた。「そう簡単に釣りはいやだとは言わせないぞ」

ジュリアはまぶたを閉じたままほほえんだ。「いないほうが気が散らなくて、もっといっぱい釣れるわ」

デイモンがかたわらにしゃがみ、むきだしの膝を撫でる。「気が散るのもいいもんだ」彼はつぶやき、陽射しでぬくまった首筋に唇を押しつけた。

彼女を喜ばせるために、デイモンは舞踏会や夜会、音楽の夕べにも飽きることなく連れていった。嬉しいことに夫はダンスがとてもうまく、彼女が望めば、一晩中だって踊っていられるほどのエネルギーの持ち主だった。だが最も幸福な時間は、そうした社交行事を終えて帰宅した深夜、彼がメイドを下がらせて自らドレスを脱がせ、彼女が心地よい疲れに眠りにつくまで愛を交わす時間だった。

彼は素晴らしい友だちでもあった。妻の意見に熱心に耳を傾け、納得できない部分があればきちんと意見を交わし、彼女の知性を誇りにした。普通の男性なら、妻の知性には脅威を感じるはずだ。それればかりか、彼女が相談すればどんな些細な問題にもきちんと目を向け、誠実に対処した。困ったときにはジュリアは彼の膝に乗り、肩に頭をのせて気持ちを落ち着けた。そうすると適切な視点から問題を見つめなおすことができた。ときどき彼女は、すっかり彼を頼りにしている自分に気づいて怖くなることさえあった。

「誰かに対してこんな気持ちになれるなんて思わなかったわ」ある晩、ジュリアはベッドで夫と並んで横になり、暖炉の炎を見つめながら言った。「しかも、あなたみたいな男性に」

「わたしみたいな？」好奇心をそそられたのか、デイモンはおうむがえしにたずねた。

「そう、あなたはいつも事業の計画を立てたり、投資について考えたり、借地や農業経営について話しあったり――」

「演劇界の人間に比べれば、さぞかし退屈そうに見えるだろう」

「わたしたちって、趣味がまるで正反対ね」

デイモンは声をあげて笑い、妻の肩から毛布を引き剝がした。冷たい夜気が乳首を硬く尖らせる。炎の明かりと影が、素肌に陰影を投げかける。絹のような素肌に、彼はゆっくりと手を這わせた。「ある意味ではそうだな」と言い、身をかがめて首筋に顔をうずめる。「だが、いくつかの重要な点では趣味が合うらしい」愛撫を受けて彼女が身を震わせるのに気づくと、彼はほほえんだ。「入念なのがいいんだろう？」そう言うなり、首の横の感じやすい部分に歯を立てた。

ジュリアは両腕で夫を抱きしめ身を反らせて、いつものように、彼のくれる喜びを存分に味わった。

恋人としてのデイモンは、じつに惜しみなく愛情を注いだ。彼女の体を延々と、優しく愛撫しつづける日もあれば、荒々しい情熱で興奮を呼び覚ましてくれる日もあった。その気になればジュリアのほうから誘うこともあった。挑発的なデザインのドレスを着て、彼をじらすのだ。じきに彼は妻を腕のなかに引き寄せ、彼女が求めているものを与えてくれる。ジュリアは、夫と一緒にいるあいだは仕事上の悩みを忘れ、まったく別の自分になり、安らぎと安堵につつまれるのだった。

春になり、来るシーズンに向けた稽古が増えてくると、彼女もサヴェージ家のロンドンの邸宅とキャピタルを行き来する毎日となった。当初、団員たちはリーズ公爵夫人という彼女の新しい立場にまごついている様子だった。だが目の前の仕事に追われているうちに、その事実はあっという間に忘れ去られた。親友のアーリスはマイケル・フィスクと結婚し、なおかつ喜劇女優としての人気も衰えないとあり、幸せそのものだった。

一方、ローガンはというと、以前となんら変わらなかった。やかまし屋で、傲慢で、キャピタルをロンドン一の劇団にすることにとりつかれていた。劇場の内装をほんの少しでも新しくするたび、ますますやる気がわいてくるようだった。

「まるで最愛の人を見るような目ね」ある日の稽古のあと、金色に塗装したばかりの張り出し舞台をまじまじと見つめているローガンの姿を見つけたジュリアは、笑い交じりにそう言った。「あなたにそんな目で見つめられるためなら、なんでもあげるという女性が世のなかには大勢いるわよ。建築物はけっして愛をかえしてくれないってこと、忘れないようにね」

「そいつはまちがってるな」ローガンは言い、笑みを浮かべながら横目で彼女を見た。大きな手で張り出し舞台の精緻な彫刻を撫でる。「彼女は、生身の女以上のものをわたしに与えてくれる」

「劇場の代名詞は彼女なの？」

「ほかに考えられるか？」

ジュリアは腕組みをして、難しい顔で彼を見つめた。内心、彼と結婚しなくてよかったと思った。ローガンは、これからもきっとそうだろうが、人の心の機微というものがあまりよくわかっていない。彼のなかのなにかが、人を信じ、心を開くことを邪魔しているのだろう。だが信じて心を開かなければ、生身の女性を愛し、人間関係に欠かせないリスクを背負うことはできない。

やがて演劇シーズンを迎えると、ジュリアの周りには多くの崇拝者が集まるようになった。

そうした人びとのなかには、俳優に敬意を払う人もいれば、非常識な人もいる。妻の身の安全のためにデイモンは、自宅と劇場を行き来するときは必ず、先導者と武器を携えた従者に同行させた。買い物や知人宅を訪問する際にも有能な護衛をつけた。当初ジュリアは、そうした警護体制を大げさに感じていたが、すぐに、やはり必要だと思いなおした。舞台が終わってキャピタルを出ると、「ミセス・ウェントワース！」とか「公爵夫人！」などと呼びかける声が耳に入ってくる。彼らはジュリアを取り囲み、ドレスのレースや果ては彼女の髪までも、引っ張って取ろうとするのだ。

ローガンは彼女の人気ぶりを手放しで歓迎した。団員に人気があれば、それだけ売上も増えるからだ。「サヴェージとの結婚も、そう悪い判断ではなかったかもしれないな」劇場の外でジュリアの姿を一目拝もうと集まる人びとを目にしたあと、ローガンは思案げに言った。「大衆は、自分たちの娯楽のために公爵夫人が演技を披露してくださる、という図式が気に入っているらしい。こんなことならわたしも爵位がほしかったよ。そうしたら、どこまで上りつめられたことか」

「この騒動が劇場になんらかの利益をもたらしていると知って安心したわ」ジュリアは不機嫌に言いかえした。「それならこの不便にも耐えようという気になるもの」

彼女の皮肉にローガンがにやりとする。「たかが演劇よりも公爵のほうがいいと言って結婚したのはきみだ。きみのその選択によりキャピタルが利益を得たとしても、わたしのせいではない」

「それはそうだけど……笑って見てることはないじゃない？」ジュリアは咎めるような目で彼を見たが、じきに苦笑をもらした。

最近、ふたりの関係は少々ぎくしゃくしていた。たとえば先週の社交行事でのことだ。たとえリーズ公爵夫人という立場にあろうとも、雇い主の要請には従わねばならない、そんな態度をローガンが衆目の前で見せたことがあった。招待客のために余興を請われたローガンが夫と一緒にいるジュリアを手招きし、「公爵夫人も余興に参加してくれるでしょう」と主催者に提案したのだ。

ジュリアはそっと彼をにらんだ。その晩は余興の手伝いはしないと事前に断ってあった。女優としてではなく、デイモンの妻として出席していたからだ。劇場への寄付を募るために駆りだされるのはごめんだった。招待客たちは口々に是非と言ったが、彼女は夫のかたわらを離れなかった。

「ミスター・スコットは、わたしがお手伝いしなくてもひとりで余興を披露できますわ」ジュリアは口元に笑みを張りつけ、やんわりと断った。

ローガンは負けじと言い募った。「さあ、公爵夫人。せっかくみなさんも是非と言ってくださってるんですから」

デイモンが冷静をよそおい割って入った。「わたしが妻に、今夜はずっとそばにいるよう言ってあるのだよ。余興ならまたの機会にしてくれたまえ」

するとローガンは誰にともなくつぶやいた。「どうやら公爵は、妻に嫉妬するなど時代遅れだということをご存じないらしいな」

デイモンはジュリアの細いウエストに腕をまわした。「だが、このような妻をもっていれば、嫉妬するのが当然だろう?」当惑しきったジュリアの顔を見下ろし、安心させるようにほほえむ。「きみがやりたいなら、わたしはかまわないよ」

彼女は短くうなずき、夫に笑みをかえした。「では、あなたのために演じるわ」

その晩、ジュリアはベッドで夫に寄り添いながら、感謝の気持ちをこめてキスをした。

「今日のローガンの態度には呆れたわね。劇場の利益のことしか考えてないんだから。あなたは本当に心が広いわ。あそこで醜態を演じるような、独占欲の強い夫じゃなくてよかった!」

デイモンは彼女の顔をそっと自分のほうに向かせた。「本当はきみのすべてがほしい」彼の瞳は真剣そのものだった。「いつもそう思っている。あのいまいましい劇場できみがスコットと一緒にいる時間は、ずっと嫉妬に狂っている。それでもきみが好きなことをする邪魔をしないのは、きみを愛しているからこそだ。独占欲が強くないだなんて、誤解はしないでくれ」

後悔の念に駆られ、ジュリアはうなずいた。身を乗りだして彼にキスをし、嫉妬する必要などこれっぽっちもないのだと、無言のうちに伝えた。

『ジェーン・パトリック』は、今シーズンにキャピタルがお披露目した新作のひとつだ。華やかなる女流作家の人生を描いたもので、その数々の成功、挫折、そして、文学界で最も謎につつまれた人物と呼ばれる原因となったいくつもの悲劇的な恋を中心に物語が展開する。ローガンは当初、ジュリアにはこの役は無理ではないかとの見解を示していた。頑健な肉体の持ち主で、性格も男性的だったジェーンを演じるには、ジュリアでは繊細すぎるというのが理由だった。

だが彼女は果敢にジェーン役に挑戦した。外見的に物足りない部分は性格を誇張することで補い、最終的にはローガンにも満足してもらえた。作品のなかでローガンが演じるのはジェーンの親友のひとりだ。三〇年も前からずっとジェーンをひそかに愛しているにもかかわらず、けっして関係を深めようとはしないという役どころである。ジュリアはジェーンの尊大さを強調した演技を、ローガンは適度に抑えた演技をすることで、うまく互いのバランスを保った。

観客の評判も上々で、批評家からも賛辞が贈られていた。公演を開始して二週目を迎えたときには、ついに満員御礼となった。一カ月の長期公演が終わるころには、きっと大きな達成感を得られるだろう。ただ、自分とは正反対の女性を演じるのはかなり消耗させられるのも事実だった。公演を終えて帰宅すると、疲労のあまり食事をする気も会話をする気も起きず、ベッドに入るなり眠ってしまう毎日だった。

デイモンが観に来てくれた日、ジュリアは最高の演技を見せようと張りきった。座席は二階のボックス席と聞いている。弟のウィリアムと、数人の友人が同行するそうだ。決意を胸に、彼女は全力を投じてジェーンを演じた。情熱的な長広舌や痛烈な風刺のきいた言葉を口にし、わがもの顔に舞台を闊歩する。観客は笑い、驚いて息をのみ、第一幕が終わりに近づくころには静まりかえって舞台に見入っていた。ジュリアとローガンが激しく口論する場面、友人に無責任な生き方を非難されたジェーンが、激しく怒り狂う場面だ。

せりふを口にし始めたとたん、顔にどっと汗が噴きでるのをジュリアは感じた。衣装が妙にじとじとして、冷汗が首や胸の谷間を伝っていく。ローガンの顔に意識を集中させながら懸命に演じつづけたが、ひどいめまいに襲われていた。なにかがおかしいことに気づいて、早く第一幕が終わるよう祈る。この場面さえ演じきれれば、どこかに座って水でも飲み、がんがんと鳴り響く頭を休ませることができる。

だが恐ろしいことに、まるで船の上にいるかのように舞台がぐらりと揺れ始めた。すぐとなりにいるとわかっているのに、ローガンの声が遠くなっていく。彼の顔がぼやけ、青い瞳がやがて小さな点となり、灰色の霧につつまれる。いままでこんな感覚を味わったことはない。失神するんだわ……ジュリアは焦った。脚の力まで抜けていく。

すかさずローガンが手を差し伸べ、彼女の体をしっかりと支えた。朦朧としながらも、ジェーンは酔っぱらっているな、とかなんとか、彼が即興のせりふを口にしているのに気づいた。彼はジュリアを抱き上げると、そのまま袖に下がった。観客は失神の場面が事故だったことに気づかず、盛大な拍手を贈り、やがて幕が下りた。

ローガンは汗まみれのジュリアを腕に抱いたまま彼女の楽屋に向かった。彼女は質問をしてもなにも答えられない状態だった。ローガンが彼女をそっと椅子に下ろし、ぞろぞろとついてきた団員に鋭く指示を出す。「水を持ってこい」とひとりに命じ、ほかの団員には「おまえたちは集まってなにをじろじろ見てるんだ」と怒鳴りつける。野次馬連中はおとなしく楽屋をあとにした。彼はジュリアの前に立って、冷たい手をとり、せっせとこすった。「どうしたんだ、ジュリア?」たずねながら、自分のほうを向かせようとする。「顔が真っ青だぞ。今日はちゃんと食べたか? 紅茶でも飲むか? 酒がいいか?」

「いらない」ジュリアはつぶやき、片手を口元に持っていった。ひどい吐き気に襲われていた。その様子を見てローガンが目を細める。だが彼はなにも言わず、ただ思案げに鋭い視線を彼女に投げつづけた。

誰かが楽屋に入ってくる気配がして、ローガンが脇にどき、「心配はいらん」とぶっきらぼうに告げた。

見上げると、険しい表情をした夫の浅黒い顔が見えた。ジュリアはぎこちなく笑みを浮かべた。デイモンは笑みをかえさず、彼女の前にしゃがみこんだ。温かな手で顎の下に触れ、顔をのぞきこむ。「なにがあったんだ?」

「失神したの」醜態をさらした自分に驚きと恥ずかしさを覚える。「頭がくらくらしてしまって。でも……もうだいぶよくなったから」ジュリアは思いきってローガンのほうを見た。「舞台に戻れるわ」

ローガンが返事をする前に、デイモンが静かに言った。「きみはわたしと一緒に家に帰るんだ」

「ジュリアはそんなこと望んでないでしょうが」ローガンが口を挟む。

デイモンはジュリアの顔から視線をそらさず、顎に添えていた手を下ろした。「あとは代役に任せなさい。それとも、また失神してもいいのか？」

「幕が下りる前に演技をやめたことは、これまで一度もないのよ」ジュリアはつぶやき、途中で舞台を下りることを想像して呆然とした。

「演技の途中で失神したことだって一度もないだろう」デイモンの口調は抑えられていたが、そこには怒りと不安が見え隠れしていた。「来なさい、ジュリア。とても大丈夫だとは思えない」

彼女はゆっくりと立ち上がり、鏡をのぞきこんだ。足元がまだおぼつかない。夫の言うとおりだ。病人のような顔をしている。舞台を最後までやり遂げるのも、感情を爆発させ、激しく舞台の上を動きまわるのも、いまの自分にできるとは思えない。

ローガンも無理だと納得したようだ。両手で髪をかきあげると、「帰りたまえ」とつぶやいた。「あとのことは任せろ」とジュリアに言ってから、デイモンに向かってつけくわえる。

「明日の朝、具合を知らせてくれ」

ジュリアの抗議の言葉を無視して、デイモンは彼女を抱き、劇場の裏口から外に出た。彼が命じておいたのだろう、すでに馬車が来ていた。自宅に向かう馬車のなかで、彼女はずっとデイモンに寄りかかっていた。しっかりと支えてくれる腕が頼もしかった。「どうしてこうなったのか自分でもわからないわ。ただ疲れていただけだと思うのだけど……体力のいる役だから」

デイモンはなにも言わず、ただ妻の髪を撫で、汗ばんだ顔をハンカチで拭いていた。


医師は部屋を出ると、扉のすぐ外で待っていたデイモンに短く診断結果を告げた。ベッドに座っていたジュリアは、部屋に入ってくる夫の顔にさまざまな感情が浮かんでは消えるのを見ていた。そのなかには、喜びと不安もあった。ベッドに腰を下ろす彼に、ほほえんでみせる。彼は妻の手を、壊れ物を扱うかのようにそっと手にとった。

「まるきり気づかなかったのか？」という声はかすれていた。

「確信が持てなかったの」ためらいがちに笑みを浮かべながら、ジュリアは正直に認めた。「もう二、三週間様子を見てから言おうと思って。赤ちゃんができて、嬉しい？」

「ジュリア……訊くまでもないだろう……」デイモンは身を乗りだし、恭しく口づけた。ジュリアは情熱的に応え、夫の黒髪を指にからめた。

デイモンは身を引き、彼女の瞳をじっと見つめた。彼が問いかけようとしてためらっているのがわかる。自制心を総動員して、その言葉を胸の内に収めようとしているのだろう。

「この前からずっと考えていたの」ジュリアは彼の胸に両手をあてた。

夫は無言でつづきを待っている。慎重に言葉を選ぶ必要があった。そうしなければ、この心の変化をきちんと理解してもらえないだろう。

父親に愛され、認められる喜びを知らなかった彼女は、心の底から誰かを信頼できなかった。愛はけっして消えたりしないのだと、信じて安らぎを覚えることもできなかった。だがデイモンが、そんな彼女を変えてくれた。彼がジュリアに、生涯変わることのない愛情があるのだと信じさせてくれた。彼の愛こそが彼女に、女優としてのキャリアへのこだわりを捨てる勇気を与えた。いまは自分のなかの別の側面をもっと知りたかった。いままで仕事に没頭してきたように、これからは愛に身をゆだねたい。

かつての彼女は鎧をまとい、自立心を奪おうとするすべてのものを避けていた。言ってみれば自分で自分を檻に閉じこめていたようなものだ。だがいまや、その壁は崩れ始め、彼女が考えもしなかった新しい世界が向こうに見えている。

冒険に出るときのような気分だった。過去から解き放たれたとき、なにが自分を待ち受けているのだろう。ジュリアはおずおずとデイモンの手をとり、平らなおなかに、小さな命が宿っている場所に置いた。父親となった彼を想像してみる。すると、自然と笑みがこぼれた。まったく不思議としか言いようがない。大切な自由を奪う元凶と思っていたもの、夫と子どもが、夢にも思わなかった大きな自由をくれたのだ。彼らはジュリアの強さの源となるだろう。そして彼女は、彼らの強さの源になる。

「しばらく女優業は休むことにしたわ。演劇界にかかわる別の方法、少なくともいまのわたしには女優業よりも合っている方法を思いついたの。キャピタル劇場に出資するわ。それも、劇団の憲章にも名前を載せてもらえるくらい大規模な。そうすればミスター・スコットの事業パートナーになれる。もちろん、投資額では彼の足元にも及ばないけれど、ある程度の権限は持てるはずよ」

「目的は？」

「キャピタルの経営に力を貸すのよ。脚本家と交渉したり、絵師や楽師、建具師なんかの仕事を監督したり。事務室をもらって、スケジュールや配役、衣装を決めるのも手伝える。いくらだって仕事はあるわ！　ミスター・スコットはそういうこまかい仕事をする時間がないんだもの。自分のやりたい仕事をやり、しかも、大衆の目にさらされることはない。完璧な妥協案だと思わない？　演劇界に残りながら、あなたや赤ちゃんと過ごす時間をもっと作れる。夜は毎日、わが家にいるわ。舞台が終わったあと、深夜に帰ってきたりすることはもうないの」

「また舞台に立ちたくなるだろう」デイモンは妻の手を見つめ、そこにはめられたダイヤモンドの指輪をもてあそんでいる。

「そうね、いずれは……どうしてもやりたい役があったら」

「スコットはどう考えるだろうか。女性を事業のパートナーにするのは、いやだと言うんじゃないか？」

「十分な金額を提示すれば、彼はどんなことにもいやとは言わないわ」ジュリアはふいに笑みを浮かべた。

ふたりは長いことただ見つめあっていた。やがて、デイモンの顔にしぶしぶ笑みが広がる。

彼はそっとジュリアの体を横たえ、かたわらに寝そべった。体を撫で、おなかの上で止める。

「きみが幸せならそれでいい」デイモンはそう言うと、頬に優しく口づけた。

ジュリアは夫に脚をからませた。「幸せに決まってるじゃない。あなたはわたしに、想像もできなかったくらいたくさんのものをくれたのよ。愛、家庭、家族……」

「あとはなにがほしい？」デイモンは両手で妻の顔をつつみこみ、激しく口づけた。「教えてくれ、きっと手に入れてくるから」

「ほしいのはあなただけよ」ジュリアの瞳がきらめく。「永遠に」

「それなら最初からきみのものだ」デイモンはささやき、彼女を抱きしめ、もう一度キスをした。

訳者あとがき

「キャピタル・シアター・シリーズ」第二弾となる『ときめきの喝采（原題 Somewhere I'll Find You）』は、名家のひとり娘として生まれながら、ロンドン一の劇場の看板女優まで上りつめたジュリアと、公爵家の長子であるデイモンの数奇な運命をめぐる物語です。

横暴な父親によって生きる道を定められたふたりでしたが、ジュリアはその定めに逆らって女優となり、一方のデイモンはその定めを受け入れ、それぞれの人生を歩んでいました。けっして順調とは言えないそのような日々のなかで、ふたりは出会い、そして、複雑にからみあったお互いの運命を知ることとなります。惹かれあいながらも、ジュリアは女優という職業とその成功を捨てられないために、デイモンは女優という職業を認められないために、手に入れかけた愛を捨てることさえ決心しますが……。

当時の英国社会では、演劇は娯楽としての人気こそ高かったものの、俳優という職業はけっして社会的に認知されたものとは言えず、生活も不安定でした。そのためドルリーレーンなどの大劇場は俳優のための共済組織を作り、年金制度を設ける自助努力を進めています（本シリーズでも同様のエピソードが出てきますね）。ようやく俳優の地位向上の兆しが見え始めたのは、本作よりも三〇年ほど経ってからのこと。ケンブリッジなどの名門大学でアマチュア学生演劇が発展したのが、ひとつのきっかけでした。その後、本シリーズのローガンと同じように俳優と劇場経営者を兼任していた人気俳優ヘンリー・アーヴィングが、演劇人としては初めて「ナイト」の称号を授けられる（その後、辞退しましたが）などのさまざまな経緯を経て、ようやく現在のように、一職業としての俳優業が確立されていきます。

このような時代だったため、本作でもたびたび言及されるように、とくに女優は自らの体と引き換えにパトロンを得るなどの、厳しい選択を強いられることも多かったようです。平民出身の女性が人気女優となり、貴族の愛人、あるいは王族の愛妾として庇護の下に置かれるケースは少なくありませんでしたが、反対のケース、つまりジュリアのように名家出身の令嬢が人気女優として成功をおさめた例はなかったはずです。

ジュリアとデイモンがお互いへの愛を確信しつつも、ともに生きる人生に踏みきれないのは、こうした時代背景だからこそでしょう。それでもふたりが、ともに生きる道を選べたのはなぜだったのでしょうか。

著者のクレイパスはあるインタビューで、「あなたがヒストリカル・ロマンスのヒーローに求めるものは？」との問いに対し、こんなふうに答えています。「男らしくて、自分の思いをきちんと表現できること。困難な状況に陥っても独力で立ち上がれる、強い精神力を備えた男性がいいわ。ヒーローはやがてヒースクリフのような激しさでヒロインを愛するようになり、その思いを言葉と肉体で伝えようとする。そんなヒーローの愛情によって、ヒロインはひとりの人間として成長できる。それぞれの人生の目標に向かってふたりで力を合わせられる、そんなカップルが理想だと思うわ」

まさに本作のヒーローとヒロインにぴったりと当てはまります。シリーズ作『愛のカーテンコールを』はある意味、ヒロインが少女から大人の女性へと成長するさまを描いた物語でしたが、本作ではヒロインが「ひとりの人間として」成長する姿が描かれていると言えるでしょう。女優として成功を手に入れたジュリアは、デイモンとの出会いによって、一個の人としても一回りも二回りも大きくなったのではないでしょうか。

なお本作では、『あなたを夢見て』の作中作『マチルダ』が登場するのもうれしい驚きです。こういう小技をきかせるのもクレイパスはとても上手ですね。どのようなかたちで登場するかは読んでのお楽しみ。ともあれ、シリーズ作品として『愛のカーテンコールを』と舞台を同じにしながら、まったく異なる雰囲気の作品に仕上げる著者の力量はさすがとしかいいようがありません。デイモンとジュリアが運命を切り開いていくさまを、読者のみなさまにも堪能していただければ幸いです。

二〇〇九年九月

ライムブックス

ときめきの喝采《かっさい》

著　者　リサ・クレイパス
訳　者　平林《ひらばやし》 祥《しょう》

2009年10月20日　初版第一刷発行

発行人　成瀬雅人
発行所　株式会社原書房
〒160-0022東京都新宿区新宿1-25-13
電話・代表03-3354-0685　http://www.harashobo.co.jp
振替・00150-6-151594
ブックデザイン　川島進(スタジオ・ギブ)
印刷所　中央精版印刷株式会社

落丁・乱丁本はお取り替えいたします。
定価は、カバーに表示してあります。
 ISBN978-4-562-04370-5　Printed in Japan